晨韵笛音

——大学人文晨读教程

主　　编：李荣英　　谢志强

副 主 编：符有明　　向　悦

编写人员：（按姓氏拼音顺序）

符有明　　郭健勇

李荣英　　马　骋

彭祖鸿　　向　悦

谢志强　　徐　娥

广东省出版集团

广东人民出版社

·广州·

图书在版编目（ＣＩＰ）数据

晨韵笛音／李荣英，谢志强主编．—广州：广东
人民出版社，2012.7（2020.11 重印）
大学人文晨读教程
ISBN 978－7－218－07958－5

Ⅰ．①晨…　Ⅱ．①李…　②谢…　Ⅲ．①世界文
学－文学欣赏－高等学校－教材　Ⅳ．①I106

中国版本图书馆 CIP 数据核字（2012）第 159024 号

CHENYUN DIYIN——DAXUE RENWEN CHENDU JIAOCHENG

晨韵笛音——大学人文晨读教程

李荣英　谢志强　主编

版权所有　翻印必究

出 版 人：肖风华

责任编辑：梁　晖
封面设计：杨洁怡
责任技编：周星奎

出版发行：广东人民出版社
地　　址：广州市新港西路 204 号 2 号楼（邮政编码：510300）
电　　话：(020) 85716809（总编室）
传　　真：(020) 85716872
网　　址：http://www.gdpph.com
印　　刷：广东虎彩云印刷有限公司
书　　号：ISBN 978－7－218－07958－5
开　　本：787mm×1092mm　1/16
印　　张：18.25　　　　字　数：330 千
版　　次：2012 年 7 月第 1 版
印　　次：2020 年 11 月第 7 次印刷
定　　价：35.00 元

如发现印装质量问题，影响阅读，请与出版社（020－85716849）联系调换。

晨曦有限　　读书无涯

一日之计在于晨，晨为最佳读书时。诸多学校皆有晨读之习，只因尚未有专门教材，以致晨读材料选取随意无序，晨读效果不佳。鉴于此，我系同仁齐聚一堂，共编《晨韵笛音》一书，以期学生在晨曦有限之时，从无涯书海中掘珍取宝，于书声琅琅中享受文学，滋养良好之读书习惯。

本书之所以定名曰：晨韵笛音，是为大学人文晨读教程，旨在提升人文素养，意在引领学生阅读文学精品，品赏文学。晨韵者，晨曦也；笛音者，书声也；意即晨曦中琅琅书声，恰似笛音悠扬，意韵绵绵不绝于耳，美哉乐哉！

为使本书于读者有所补益，编写中力求实现：选文精美。全书分古典情韵、现代情怀、异域风情和治学感言四部分，选文二百余篇，涵盖古今、涉猎中外，诗、词、文众体兼备。选文篇篇精美，文质兼备，既适合朗读，又具深挚情意。同时，附录节选诗词文锦句百余句、治学修身格言百句，言简意丰，极富美感；"三字经、弟子规、千字文"蒙学之文，音韵铿锵，华美蕴蓄，颇具育人之用。

"治学感言"乃本书独到之处。收录中外治学文章23篇，既作华文朗读又导治学方向，助其借鉴读书之法、明确学习目的、辨清学习方向，育人于无形。

体例求新。全书以"读"为线，而各有侧重。朗读正文，重在朗，高声也；品读作者，重在品，细尝也；释读难点，重在释，解义也；读辟蹊径，

序

重在读，独到也，一语双关；阅读扩展，重在扩，延伸也。每部分附相应的总论，述各时期文体发展，析作家作品源流；所涉作品或原文实录，或节选收录，或长篇附录，使本书兼具深度与广度。

附录蒙学材料，匠心良苦。古语云"淹贯三才，出入经史"。熟读三字经，可知天下事，通圣人礼；熟读弟子规，正其身，修其心，慎言笃行；诵千字文，悟绝妙典籍，著华美文章。以期于"蒙求津逮，大学滥觞"中既长知识，又长智慧。

晨读伊始，可先读弟子规、三字经，正其读书心；次读其他篇章，增其文学意。详读"治学感言"，导其读书向。依次而施，晨读之效渐显。

本书不同于一般文选教材体例，既吸收文学研究之已有成果，又有所创新，自成特色。可供高等院校晨读之用，亦可作大学语文或人文素质课教材。愿与诸君分享焉。

是为序。

主　编

于罗定职业技术学院名棣楼

2012 年 7 月

古典情韵

第一组　诗境揽胜

1

目录

第二组　雅词掬芳

目 录

现代情怀

第一组　新诗寻美

目录

第二组　域外文情

治学感言

第一组　读书理念　　　　　　　　　　　　　　　　　　　　　（180）

第二组　读书经验　　　　　　　　　　　　　　　　　　　　　（195）

目 录

古典情韵

第一组　诗境揽胜

兴观群怨　美茂渊深

诗言志，志有哀乐，《诗》则无邪，哀而不伤，怨而不怒，发乎情，止乎礼义，不失中正平和之旨。《骚》铺张扬厉，流光溢彩，驰骋想象，五彩斑斓，所谓"金相玉质，百世无匹，名垂罔极，永不刊灭者也"（语出王逸《楚辞章句序》）。

乐府"感于哀乐"，其造语之精，用意之奇，有出于《三百》、《楚骚》之外者。奇则异想天开，巧则神工鬼斧。若《上邪》之山崩水竭、冬雷夏雪，《战城南》之"为我谓乌，且为客豪"，《陌上桑》之众见罗敷，皆见色而忘形，《孔雀东南飞》之"枝枝相覆盖，叶叶相交通，中有双飞鸟，自名为鸳鸯"，为其中之杰。"古诗"[①] 直指人心，怨叹感伤："人生天地间，忽如远行客"；"生年不满百，常怀千岁忧"；"思君令人老，轩车何来迟"；"盈盈一水间，脉脉不得语"。委婉缠绵，真可谓"一字千金"，无愧为"风余"、"诗母"之誉。

三曹七子，神清风举。尤其子建，骨气奇高，辞采华茂；其后风力渐尽，至元嘉中，有谢灵运，才高词盛，为一世之雄；东晋陶潜诗辞质而实绮，癯而实腴。齐、梁间，鲍照诗"上挽曹、刘之逸步，下开李杜之先鞭"；谢朓诗流转圆美，清新可爱；其他如颜延之、萧氏父子、何逊、吴均……虽彩丽竞繁，而兴寄都绝。庾信，由南入北，集南北文学之大成，有"文章老成，凌云健笔"之叹。

南北朝民歌大放异彩。"吴歌"、"西曲"，哀伤缠绵，出语天然；《敕勒川》、《木兰诗》质朴粗犷、豪迈雄壮。

唐兴三百年间，诗人不计其数，"诗唐"盛世，千古流芳。初唐四杰，一扫齐梁之风；子昂复以风骨胜，刘希夷、张若虚又益之以情韵，唐诗高潮自是势不可当。盛唐"李杜文章在，光焰万丈长"，孟浩然诗精力浑健，语淡而味终不薄；王维"五言宗匠"，诗中有画，画中有诗，禅诗一体；高适、岑参，边塞诗之杰，风骨宛然，慷慨怀感；其他如王昌龄、崔颢亦长于此。安史之乱后，大历诗人"气骨顿衰"，哀吟消沉，然刘长卿五绝之精炼淡远、韦应物之澄澈精致，仍能自成一格。韩愈诗"驱驾气势，若掀雷挟电，奋腾于天地之间"，与其同声相应之孟郊、贾岛、李贺诸人，亦力求雄奇，以至"两句三年得，一吟双泪流"，为诗呕血。白居易诗讽喻、感伤、闲适、杂律，追求"文章合为时而著，歌诗合为事而作"，上接风雅，力避险涩，节奏明快，尤以感伤诗《长恨歌》、《琵琶行》之意脉流畅明晰；元稹、张籍、王建诸人为其羽翼。韩孟、元白两大诗派之外，刘禹锡咏史诗之沧桑感慨、柳宗元山水诗之孤高清峻，各有天地。晚唐时事不可为，诗境或幽美深婉，或清旷明丽，总离不开几分颓唐。杜牧

---

① 即指：《古诗十九首》。

伤今怀古，忧郁中仍能意气风发；李商隐则深邃朦胧，内心体验流泻笔下。

诗之入宋，为之一变："以文字为诗，以才学为诗，以议论为诗"。唐诗浑朴真诚、以风神情韵擅长，重自然呈现；宋诗深刻机智、凭筋骨思理见胜，尚精心营构。唐有李杜，宋有苏黄。李白绝句自然浑成，妙句迭出，"我寄愁心与明月，随风直到夜郎西"堪称神来之笔；苏诗煞费苦心，"出新意于法度之中，寄妙理于豪放之外"，"清风终日自开帘，凉月今宵肯挂檐"刻意锤炼推敲。杜诗沉郁，工笔善雕；黄庭坚诗奇峭生新，"点铁成金、夺胎换骨"风靡一时，虽自称学杜，然毕竟不同。宋人南渡，有陆游之诗，虽早岁亦学江西诗派，未脱其藩篱，然将国仇家恨融于诗中，且强调诗外功夫，亦喜用典，可谓学杜有成，自成一大家。杨万里"诚斋体"机智活泼、风趣自然，范成大亦有可观之作。

宋人以后，金末有元好问，上薄风雅，中规李杜，直接苏黄，风格清挺，华实并茂，文质相兼，尤其是丧乱诗，颇具老杜风格。

金亡元兴，蒙人入主中原，华夏文化丧失殆尽。故元诗并无称道之处，至明太祖尽复汉人衣冠，以程朱理学治理天下。诗派迭出，却无创新之处。竟陵派、公安派、茶陵派昙花一现。然至明末清初易代之际，适逢国家乱离，民生维艰，顾炎武、黄宗羲、屈大均诗作颇动人心。吴梅村、钱谦益，虽其人不可取，然其诗不可废。钱氏为明末文坛盟主甚久，影响甚大，尤其是《后秋兴》八首组诗，自抒情志，颇见真性情，可谓窥杜诗堂奥，写尽乱离之悲。清康熙以后，百年盛世，国家承平，名家众起。王士禛主神韵，沈德潜尚格调，翁方纲崇肌理，袁枚倡性灵，以上诸家各抒己见，然诗作与其诗论，多不相称。只有王氏绝句略得唐人神韵。清后期，由盛转衰。时有龚自珍仕途不偶，多有讥切时政之作，《己亥杂诗》等篇，思想深度前人所未有，"著书都为稻粱谋"句，振聋发聩。

诗海拾贝

● 朗读正文

关 雎

《诗经》

关关雎鸠，在河之洲。窈窕淑女，君子好逑。
参差荇菜，左右流之。窈窕淑女，寤寐求之。
求之不得，寤寐思服。悠哉悠哉，辗转反侧。
参差荇菜，左右采之。窈窕淑女，琴瑟友之。
参差荇菜，左右芼之。窈窕淑女，钟鼓乐之。

【品读作者】①

《诗经》是我国第一部诗歌总集，共收录诗歌311篇，其中6篇有目无辞，称为笙诗。先秦时期称《诗》或《诗三百》，相传经过孔子的编订。西汉时被奉为儒家经典，称为《诗经》流传至今。

---

① 此处无具体作者，为体例统一，用"品读作者"之名。下文类似者，皆同。

【读辟蹊泾】

此诗可分四章（与东汉郑玄五章法不同），除第二章为八句外，其他三章均为四句。首章以关雎和鸣起兴，言青年男女恋爱乃人之天性。后三章乃是重章叠句之结构，皆以参差荇菜起兴，其动作分别为"流"、"采"、"芼"。在逻辑上属于递进关系。第二章寤寐求之，以至相思成疾，辗转反侧而不可得。第三章乃想象一旦求得，则以琴瑟友之。第四章将小乐器换成大乐器，以钟鼓乐之。整首诗层次分明，首章为总，后三章为分，言男子追求女子从想法到行动，层层递进，其爱慕之心可见，其追求之恒心可嘉。

● 朗读正文

蒹 葭
《诗经》

蒹葭苍苍，白露为霜。所谓伊人，在水一方。
溯洄从之，道阻且长；溯游从之，宛在水中央。
蒹葭萋萋，白露未晞。所谓伊人，在水之湄。
溯洄从之，道阻且跻；溯游从之，宛在水中坻。
蒹葭采采，白露未已。所谓伊人，在水之涘。
溯洄从之，道阻且右；溯游从之，宛在水中沚。

【读辟蹊泾】

秋水渺茫，已传幽人之神，"蒹葭"二句又传秋水之神矣。绘秋水者不能绘百川灌河为何状，但作芦洲荻渚霜天烟江之间而已。所谓伊人，何人也？可思而不可见，可望而不可亲。目前，意中，脉脉难言，但一望蒹葭，秋波无际，露气水光，空明相击，则以为在水一方而已。而一方果何在乎？溯洄、溯游而皆不可从也。此何人哉？"宛在"二字意想深穆，光景孤澹。"道阻且长"，"宛在水中央"，皆可意会而不可言传，知其解者并在水一方，亦但付之想象可也。

● 朗读正文

静 女
《诗经》

静女其姝，俟我于城隅。
爱而不见，搔首踟蹰。
静女其娈，贻我彤管。
彤管有炜，说[1]怿女美。
自牧归荑，洵美且异。
匪女之为美，美人之贻。

【释读难点】

〔1〕说（yuè）：通"悦"。

【读辟蹊泾】

此诗一共三章，每章四句，用"直陈其事"的写法，以男子的口吻，描写静女与情人相见并送情人以信物的情景。首章写小伙子赴约等待对方时的急切心情。第二章写情人相见后馈赠信物，以加深感情。第三章写静女赠送"彤管"和男青年内心的喜悦。诗虽短，但格调明朗欢快，静女的顽皮、活泼，男青年的忠厚淳朴及他对静女的炽热情感，在这首优美的诗歌中表现得淋漓尽致。

● 朗读正文　　　　　　　　君子于役
　　　　　　　　　　　　　《诗经》

　　　　君子于役，不知其期。曷[1]至哉？
　　　　鸡栖于埘，日之夕矣，羊牛下来。君子于役，如之何勿思！
　　　　君子于役，不日不月。曷其有佸？
　　　　鸡栖于桀，日之夕矣，羊牛下括。君子于役，苟无饥渴！

【释读难点】

〔1〕曷：通"何"。

【读辟蹊泾】

　　夕阳西照之时，鸡儿、羊儿、牛儿正在归圈，而思妇却形单影只，目睹此景，不能不令人触景伤情，思念起"于役"在外不能归家的丈夫。这正是"兴"的巧妙运用，淋漓尽致地写出了女主人公倚门望归人的形象和希望"于役"的丈夫早日归家的心理。然而，女主人公深深地明白她那种美好的希冀只不过是不现实的幻想。因而诗人的笔锋随着女主人公心情陡然一转，从"君子于役，如之何勿思"到"君子于役，苟无饥渴"，这样，就把她无奈的思念化作对丈夫深情的祝愿，祝愿离家在外的丈夫不要受饥挨渴，一颗妻子的心温柔得令人心碎。

● 朗读正文　　　　　　　　十五从军征
　　　　　　　　　　　　　汉乐府民歌

　　　　十五从军征，八十始得归。
　　　　道逢乡里人："家中有阿谁？"
　　　　遥看是君家，松柏冢累累。
　　　　兔从狗窦入，雉从梁上飞。
　　　　中庭生旅谷，井上生旅葵。
　　　　舂谷持作饭，采葵持作羹。
　　　　羹饭一时熟，不知贻阿谁。
　　　　出门东向望，泪落沾我衣。

【品读作者】

　　乐府是指古代朝廷里专管音乐的官府，秦已有之。汉承秦制，亦设有此机构。除了典礼祭祀使用的乐章主要由文人写作，其他普通场合演唱的歌词，主要是从各地搜集来的民歌。为了有所区别，习惯上把采自民间的歌词称为"乐府民歌"。后大多收入了宋代郭茂倩所编的《乐府诗集》中。汉乐府民歌表现了激烈的情感、生动活泼的想象力，而且采用了五言和杂言为主的新诗型，对整个诗史的发展有着重要意义。

【读辟蹊泾】

　　此诗围绕老兵的返乡经历及其情感变化谋篇布局，巧妙自然：先是急想回家，急想知道"家中有阿谁?"（始得归），充满与亲人团聚的希望（归途中），然后希望落空，进而彻底失望（返回家中，景象荒凉，了无一人），最后悲哀流泪，心茫然（"出门东向望"）。这些又归结为表现揭露黑暗社会现实的主题。全诗运用白描手法绘景写人，层次分明，语言质朴，且以哀景写哀情，情真意切，颇具特色，也颇能体现汉乐府即景抒情的艺术特点。

● 朗读正文　　　　　　　上 邪
汉乐府民歌

　　上邪！我欲与君相知，长命无绝衰。
　　山无陵，江水为竭，冬雷震震，夏雨雪，天地合，乃敢与君绝！

【读辟蹊泾】

　　这首诗想象丰富，构思奇特。前三句指天发誓，用的是直笔。后六句则用曲笔。一连假设了五种不可能出现的自然现象，以此作为"与君绝"的先决条件，恰因如此，使末句包含的实际语意与字面显示的语意正好相反，有力地体现了主人公"与君相知，长命无绝衰"的愿望，对爱情执着、坚定、永不变心的信念。

● 朗读正文　　　　　　　陌上桑
汉乐府民歌

　　日出东南隅，照我秦氏楼。秦氏有好女，自名为罗敷。罗敷喜蚕桑，采桑城南隅。青丝为笼系，桂枝为笼钩。头上倭堕髻，耳中明月珠。缃绮为下裙，紫绮为上襦。行者见罗敷，下担捋髭须。少年见罗敷，脱帽著帩头。耕者忘其犁，锄者忘其锄。来归相怨怒，但坐观罗敷。
　　使君从南来，五马立踟蹰。使君遣吏往，问是谁家姝？"秦氏有好女，自名为罗敷。""罗敷年几何？""二十尚不足，十五颇有余。"使君谢罗敷，"宁可共载不？"
　　罗敷前置辞："使君一何愚！使君自有妇，罗敷自有夫。东方千余骑，夫婿居上头。何用识夫婿？白马从骊驹；青丝系马尾，黄金络马头；腰中鹿卢剑，可值千万余。十五府小吏，二十朝大夫，三十侍中郎，四十专城居。为人洁白晳，鬑鬑颇有须；盈盈公府步，冉冉府中趋。坐中数千人，皆言夫婿殊。"

【读辟蹊泾】

　　诗歌以很短的篇章，塑造出罗敷这样完美的人物形象，思想性和艺术性都非常高。罗敷不仅貌美，更不畏权贵，敢于斗争，还不贪慕浮华。罗敷对使君的严词拒绝，不仅表现出她的敢于斗争精神，还体现出一个人的人格尊严问题。罗敷的完美形象有三点支撑，一是美貌，二是智慧，三是纯洁。罗敷拒绝使君，也就是要表明罗敷"可远观而不可亵玩焉"。罗敷的端庄端正与使君的随意轻浮形成鲜明对比。

迢迢牵牛星

《古诗十九首》

迢迢牵牛星，皎皎河汉女。
纤纤擢素手，札札弄机杼。
终日不成章，泣涕零如雨。
河汉清且浅，相去复几许？
盈盈一水间，脉脉不得语。

【品读作者】

　　《古诗十九首》是汉末五言古诗的汇集，非一时一人之作，作者皆不可考；保存于南朝梁代萧统编的《文选》，内容多为游子之歌和思妇之辞两大方面。诗歌抒情真挚动人，语言朴素自然，表现委婉曲折，标志着汉代文人五言诗的成熟，对后代影响深远。

【读辟蹊泾】

　　此诗是思妇之辞，写天上牛郎织女的故事。抒写织女隔着银河遥思牛郎的愁苦心情，表现人间别离之情。结句"盈盈一水间，脉脉不得语"，委婉缠绵，情景难分。

短歌行

曹　操

对酒当歌，人生几何？譬如朝露，去日苦多。
慨当以慷，忧思难忘。何以解忧？唯有杜康。
青青子衿，悠悠我心。但为君故，沉吟至今。
呦呦鹿鸣，食野之苹。我有嘉宾，鼓瑟吹笙。
明明如月，何时可辍？忧从中来，不可断绝。
越陌度阡，枉用相存。契阔谈讌，心念旧恩。
月明星稀，乌鹊南飞，绕树三匝，何枝可依？
山不厌高，海不厌深。周公吐哺，天下归心。

【品读作者】

　　曹操（155—220），字孟德，沛国谯县（今安徽亳州）人。他年二十进入官场，在镇压黄巾起义中发展了自己的势力，后"挟天子以令诸侯"，伐董卓，讨袁绍，统一并实际统治中国北方。他是我国历史上著名的政治家、军事家和文学家。他的诗歌大多脱胎于乐府民歌，表现社会乱离和自己的人生情怀，风格苍凉悲壮。

【读辟蹊泾】

　　观魏武此作，以及《苦寒行》，何等深，何等真。所以当时豪杰，乐为之用，乐为之死。[①]

---

　　① （清）吴淇：《六朝选诗定论》（卷五）。

● 朗读正文

野田黄雀行

曹 植

高树多悲风，海水扬其波。

利剑不在掌，结友何须多？

不见篱间雀，见鹞自投罗？

罗家得雀喜，少年见雀悲。

拔剑捎罗网，黄雀得飞飞。

飞飞摩苍天，来下谢少年。

【品读作者】

曹植（192—232），字子建，曹操三子，曹丕同母弟。封陈王，谥"思"，世称陈思王。曹植天资聪颖，与曹丕同为曹操继承权的有力竞争者。曹丕继位后，屡受压抑迫害。曹叡登基后，仍不受信任和重用，四十一岁即郁郁而死。其前期作品写贵族公子的优游生活和建功立业的政治抱负，后期则多为怀才不遇的不平和愤懑。他的诗歌把文人的艺术修养与民歌风格相结合，辞采华茂，感情深挚，代表了整个魏晋南北朝诗歌的发展方向。

【读辟蹊泾】

此诗写作背景为曹植身处动辄得咎的逆境，无力救助友人，深感愤懑，苦于手中无权柄，故而只能写诗寄意，在诗中塑造了一位"拔剑捎罗网"、拯救无辜者的少年侠士，借以表达自己的心曲。诗人以"高树多悲风，海水扬其波"的意象渲染出浓郁的悲剧气氛，隐喻当时政治形势的险恶；而少年拔剑捎网的形象则寄寓着诗人冲决罗网、一试身手的热切愿望。此诗意象高古，语言警策，急于有为的壮烈情怀跃然纸上。南朝梁代刘勰称此诗"格高才劲，且长于讽喻"[1]，确是中肯之论。

● 朗读正文

饮 酒

陶渊明

结庐在人境，而无车马喧。

问君何能尔？心远地自偏。

采菊东篱下，悠然见南山。

山气日夕佳，飞鸟相与还。

此中有真意，欲辩已忘言。

【品读作者】

陶渊明（365—427），名潜，字渊明，浔阳柴桑（今江西九江）人。年轻时曾出仕，终因无法忍受官场的污浊，四十一岁时弃官归隐。其诗以描写田园风光、歌咏劳动生活为主，表达自己独特的人生哲学和高尚的情操。诗歌风格平淡、质朴而又深蕴。他的人格和精神对中国古代士大夫有深刻影响。

【读辟蹊泾】

篱有菊则采之，采过则已，吾心无菊。忽悠然而见南山，日夕而见山气之佳，以悦鸟性，与之往

---

[1] （南朝·梁）刘勰：《文心雕龙·隐秀》。

还，山花人鸟，偶然相对，一片化机，天真自具，既无名象，不落言筌，其谁辨之?①

● 朗读正文 　　　　　　　　归园田居
　　　　　　　　　　　　　　陶渊明

　　少无适俗韵，性本爱丘山。误落尘网中，一去三十年。
　　羁鸟恋旧林，池鱼思故渊。开荒南野际，守拙归园田。
　　方宅十余亩，草屋八九间。榆柳荫后檐，桃李罗堂前。
　　暧暧远人村，依依墟里烟。狗吠深巷中，鸡鸣桑树颠。
　　户庭无尘杂，虚室有余闲。久在樊笼里，复得返自然。

【读辟蹊泾】

　　陶渊明深感自己处身的社会是充满着物欲与名利之争的，而他怀揣着不与世俗同流合污的心态，选择归隐山林，《桃花源记》和本诗都流露了作者对美好生活的向往，以及皈依田园，追求自由的生活理想。储、王极力拟之，然终似微隔。厚处、朴处，不能到也。②

● 朗读正文 　　　　　　　　江南可采莲
　　　　　　　　　　　　　　南朝民歌

　　江南可采莲，莲叶何田田。
　　鱼戏莲叶间。鱼戏莲叶东，鱼戏莲叶西，鱼戏莲叶南，鱼戏莲叶北。

【品读作者】

　　南朝民歌，产生年代始于三国东吴，迄于陈。留存于宋代郭茂倩编纂的《乐府诗集》中，总数约五百首。分为"吴歌"和"西曲"两大类。其中吴歌产生于六朝都城建业（南京）及周围地区，西曲产生于今湖北江陵、襄阳一带。南朝民歌的内容集中于写男女之情，语言明朗清丽，风格委婉缠绵。

【读辟蹊泾】

　　本篇是一首与劳动相结合的情歌。诗歌采用民间情歌常用的比兴、双关手法，以"莲"谐"怜"，象征爱情，以鱼儿戏水于莲叶间来暗喻青年男女在劳动中相互爱恋的欢乐情景。诗歌格调清新健康，开头三句勾勒出一幅生动的江南景致；后四句以东、西、南、北并列，方位的变化以鱼儿的游动为依据，显得活泼、自然、有趣。句式复沓而略有变化，是《诗经》的传统手法，用在这里，更令人联想到采莲人在湖中泛舟来往、歌声相和相应的情景。诗中没有一字直接写人，但是通过对莲叶和鱼儿的描绘，却如闻其声，如见其人，如临其境，感受到一股勃勃生气，领略到采莲人内心的欢乐。

● 朗读正文 　　　　　　　　西洲曲
　　　　　　　　　　　　　　南朝民歌

　　忆梅下西洲，折梅寄江北。单衫杏子红，双鬓鸦雏色。
　　西洲在何处？两桨桥头渡。日暮伯劳飞，风吹乌臼树。

---

① （清）王士禛：《古学千金谱》。
② （清）沈德潜：《古诗源》（卷八）。

树下即门前，门中露翠钿。开门郎不至，出门采红莲。

采莲南塘秋，莲花过人头。低头弄莲子，莲子青如水。

置莲怀袖中，莲心彻底红。忆郎郎不至，仰首望飞鸿。

鸿飞满西洲，望郎上青楼。楼高望不见，尽日栏杆头。

栏杆十二曲，垂手明如玉。卷帘天自高，海水摇空绿。

海水梦悠悠，君愁我亦愁。南风知我意，吹梦到西洲。

【读辟蹊泾】

《西洲曲》是南朝乐府民歌中最长的抒情诗篇。诗中描写了一位少女从初春到深秋，从现实到梦境，对钟爱之人的苦苦思念，洋溢着浓厚的生活气息和鲜明的感情色彩。"续续相生，连跗接萼，摇曳无穷，情味愈出。似绝句数首，攒簇而成，乐府中又生一体。初唐张若虚、刘希夷七言古，发源于此。"[1]

● 朗读正文

木兰诗
北朝民歌

唧唧复唧唧，木兰当户织。不闻机杼声，唯闻女叹息。问女何所思，问女何所忆。女亦无所思，女亦无所忆。昨夜见军帖，可汗大点兵。军书十二卷，卷卷有爷名。阿爷无大儿，木兰无长兄。愿为市鞍马，从此替爷征。

东市买骏马，西市买鞍鞯，南市买辔头，北市买长鞭。旦辞爷娘去，暮宿黄河边。不闻爷娘唤女声，但闻黄河流水鸣溅溅。旦辞黄河去，暮至黑山头。不闻爷娘唤女声，但闻燕山胡骑鸣啾啾。

万里赴戎机，关山度若飞。朔气传金柝，寒光照铁衣。将军百战死，壮士十年归。

归来见天子，天子坐明堂。策勋十二转，赏赐百千强。可汗问所欲，木兰不用尚书郎，愿借明驼千里足，送儿还故乡。

爷娘闻女来，出郭相扶将；阿姊闻妹来，当户理红妆；小弟闻姊来，磨刀霍霍向猪羊。开我东阁门，坐我西阁床。脱我战时袍，著我旧时裳。当窗理云鬓，对镜贴花黄。出门看火伴，火伴皆惊忙。同行十二年，不知木兰是女郎。

雄兔脚扑朔，雌兔眼迷离。双兔傍地走，安能辨我是雄雌？

【品读作者】

北朝民歌现存六十多首，多为氐、羌、鲜卑等少数民族的歌谣。质朴粗犷、豪迈雄壮是北朝民歌最显著的特色，内容多反映北地风光、战争生活、爱情婚姻等。《木兰诗》是北朝民歌的代表作品。

【读辟蹊泾】

这首诗具有浓郁的民歌特色。全诗以"木兰是女郎"来构思木兰的传奇故事，富有浪漫色彩。诗

① （清）沈德潜：《古诗源》（卷十二）。

歌繁简安排极具匠心，虽然写的是战争题材，但着墨较多的却是生活场景和儿女情态，富有生活气息。诗中以人物问答来刻画人物心理，生动细致；以众多的铺陈排比来描述行为情态，神气跃然；以风趣的比喻来收束全诗，令人回味。这就使作品具有强烈的艺术感染力。"《木兰诗》云：'问女何所思，问女何所忆。女亦无所思，女亦无所忆。' '东市买骏马，西市买鞍鞯，南市买辔头，北市买长鞭。'此乃信口道出，似不经意者，其古朴自然，繁而不乱。" "'雄兔脚扑朔，雌兔眼迷离。双兔傍地走，安能辨我是雄雌！'此结最着题，又出奇语，若缺此四句，使六朝诸公补之，未必能道此。"[①]

● **朗读正文**

登幽州台[1]歌
陈子昂

前不见古人，后不见来者。
念天地之悠悠，独怆然而涕下。

【释读难点】

〔1〕幽州台：即黄金台，在今北京市西南。

【品读作者】

陈子昂（659—700），字伯玉，今四川射洪县人。二十四岁进入官场，屡遭排挤打击，最终冤死狱中。陈子昂反对齐梁华靡文风，提倡"汉魏风骨"，倡言革新。其诗风格雄浑苍凉，刚健质朴。有《陈伯玉文集》十卷。

【读辟蹊径】

这首短诗深刻地表现了诗人怀才不遇、寂寞无聊的情绪。语言苍劲奔放，富有感染力，成为历代传诵的名篇。念这首诗，读者会深刻地感受到一种苍凉悲壮的气氛，面前仿佛出现了一幅北方原野的苍茫广阔的图景，而在这个图景面前，兀立着一位胸怀大志却因报国无门而感到孤独悲伤的诗人形象，因而深深为之激动。先朝之盛时，既不及见，将来之太平，又恐难期。不自我先，不自我后，此千古遭乱之君子所共伤也。不然，茫茫之感、悠悠之辞，何人不可用！何处不可题！岂知子昂"幽州"之歌，即阮公广武之叹哉！[②]

● **朗读正文**

送杜少府之任蜀川
王 勃

城阙辅三秦，风烟望五津。
与君离别意，同是宦游人。
海内存知己，天涯若比邻。
无为在歧路，儿女共沾巾。

【品读作者】

王勃（650—676），字子安，绛州龙门（今山西河津）人。年少志大，才高位卑，仕途坎坷，由贬所返回时因海船失事、落水惊悸而死，时年二十六岁。王勃强调诗歌的社会功能，提倡"刚健"、

---

① （明）杨慎：《升庵诗话》（卷一）。
② （清）陈沆：《诗比兴笺》（卷三）。

有"骨气"的诗歌风格，并身体力行，为初唐四杰之一。有《王子安集》十六卷。

【读辟蹊泾】

此诗是送别诗之名作，诗意慰勉勿在离别之时悲哀。首联严整对仗，颔联以散调相承，以实转虚，文情跌宕。第三联"海内存知己，天涯若比邻"，奇峰突起，高度地概括了"友情深厚，江山难阻"的情景，千古传诵，有口皆碑。尾联点出"送"的主题。全诗开合顿挫，气脉流通，意境旷达。一洗古送别诗中的悲凉凄怆之气、悲苦缠绵之态，音调爽朗，清新高远，独树碑石。这正是它受人喜爱的一个重要原因。

● 朗读正文

在狱咏蝉
骆宾王

西陆[1]蝉声唱，南冠[2]客思侵[3]。
那堪玄鬓影，来对白头吟。
露重飞难进，风多响易沉。
无人信高洁，谁为表予心？

【释读难点】

〔1〕西陆：指秋天。
〔2〕南冠：代指囚徒。　　〔3〕侵，侵袭。侵，一作"深"。

【品读作者】

骆宾王（640—684），今浙江义乌市人。仕途一直郁郁不得志，后参加徐敬业领导的反对武则天的起义，兵败，不知所终。初唐四杰之一，擅长长篇七言歌行，如《帝京篇》。有《骆临海集》十卷。

【读辟蹊泾】

"次句映带'在狱'。三、四句流水对，清利。五、六寓所思，深婉。尾'表'字应上'侵'字，有情。咏物诗，此与《秋雁》篇可称绝唱。"[1] 这首诗作于患难之中，感情充沛，取譬明切，用典自然，语多双关，于咏物中寄情寓兴，由物到人，由人及物，达到了物我一体的境界，是咏物诗中的名作。

【阅读扩展】

咏 蝉
李商隐

本以高难饱，徒劳恨费声。
五更疏欲断，一树碧无情。
薄宦梗犹泛，故园芜已平。
烦君最相警，我亦举家清。

蝉
虞世南

垂緌（ruí）饮清露，流响出疏桐。
居高声自远，非是藉秋风。

---

① （明）周珽：《唐诗选脉会通评林》（卷二十六）。

春江花月夜

张若虚

春江潮水连海平，海上明月共潮生。滟滟随波千万里，何处春江无月明。
江流宛转绕芳甸，月照花林皆似霰。空里流霜不觉飞，汀上白沙看不见。
江天一色无纤尘，皎皎空中孤月轮。江畔何人初见月？江月何年初照人？
人生代代无穷已，江月年年只相似。不知江月待何人，但见长江送流水。
白云一片去悠悠，青枫浦上不胜愁。谁家今夜扁舟子？何处相思明月楼？
可怜楼上月徘徊，应照离人妆镜台。玉户帘中卷不去，捣衣砧上拂还来。
此时相望不相闻，愿逐月华流照君。鸿雁长飞光不度，鱼龙潜跃水成文。
昨夜闲潭梦落花，可怜春半不还家。江水流春去欲尽，江潭落月复西斜。
斜月沉沉藏海雾，碣石潇湘无限路。不知乘月几人归，落月摇情满江树。

【品读作者】

张若虚，扬州人。生卒年不详，主要活动在唐中宗年间。与贺知章、包融、张旭齐名，并称"吴中四士"。其诗仅存两首，《春江花月夜》被人评为"以孤篇压倒全唐"。

【读辟蹊径】

作者抓住扬州南郊曲江或更南一带月下夜景中最动人的五种事物：春、江、花、月、夜，由景、情、理依次展开：首写春江美景，次写面对江月之感慨，最后写了人间思妇游子的离愁别绪。"前半见人有变异，月明常在，江月不必待人，惟江流与月同无尽也。后半写思妇怅望之情，曲折三致。题中五字安放自然，犹是王、杨、卢、骆之体。"① 可参见本书治学感言篇《如梦似幻的夜曲——〈春江花月夜〉赏析》。

山居秋暝

王维

空山新雨后，天气晚来秋。
明月松间照，清泉石上流。
竹喧归浣女，莲动下渔舟。
随意春芳歇，王孙自可留。

【品读作者】

王维（701—761），字摩诘，今山西太原人。多才多艺，工诗善画，精通乐律，擅长书法。其诗用语自然、质朴，形成苏轼所谓"诗中有画，画中有诗"的独特风格。内容上，前期多情绪昂扬、积极进取之作，后期多写山水田园闲适情趣。与孟浩然并称"王孟"，是盛唐山水田园诗派的代表人物。有《王维集》十卷。

---

① （清）沈德潜：《唐诗别裁集》（卷五）。

【读辟蹊泾】

月从松间照来，泉由石上流出，极清极淡，所谓洞口胡麻，非复俗指可染者。"浣女"、"渔舟"，秋晚情景；"归"字、"下"字，句眼大妙。而"喧"、"动"二字属之"竹"、"莲"，更奇入神。①

● 朗读正文 　　　　　使至塞上

王　维

单车欲问边，属国过居延。
征蓬出汉塞，归雁入胡天。
大漠孤烟直，长河落日圆。
萧关逢候骑，都护在燕然。

【读辟蹊泾】

开元二十五年（737）春，河西节度副使崔希逸大胜吐蕃，王维奉唐玄宗之令出塞赴凉州宣慰，居河西节度使幕中。此诗即出塞途中所作。"前四写其荒远，故用'过'字、'出''入'字，五、六写其无人，故用'孤烟'、'落日'、'直'字、'圆'字；又加一倍惊恐，方转出七、八，乃为有力。"②

● 朗读正文 　　　　临洞庭湖赠张丞相

孟浩然

八月湖水平，涵虚混太清。
气蒸云梦泽，波撼岳阳城。
欲济无舟楫，端居耻圣明。
坐观垂钓者，徒有羡鱼情。

【品读作者】

孟浩然（689—740），襄州襄阳（今湖北）人，中年以前居家苦学，隐居鹿门山。四十岁时赴长安求仕，落第后曾在江淮吴越漫游。做过张九龄的幕僚，不久归隐。其诗多咏山水田园，风格雅淡静远，语言质朴。与王维同为盛唐山水田园诗派代表作家，号"王孟"。有《孟浩然集》四卷。

【读辟蹊泾】

运用比兴手法，托物言志，自然和谐。诗歌既包蕴着丰富的自然美，又体现了诗人的逸士风神，正是"笔墨之外，自具性情"。前半望洞庭湖，后半赠张相公，只以望洞庭托意，不露干乞之痕。③

---

① （明）周珽：《唐诗选脉会通评林》。
② （清）屈复：《唐诗成法》。
③ （清）纪昀：《瀛奎律髓汇评》引（卷一）。

燕歌行
高 适

汉家烟尘在东北，汉将辞家破残贼。男儿本自重横行，
天子非常赐颜色。摐^[1]金伐鼓下榆关，旌旆逶迤碣石间。
校尉羽书飞瀚海，单于猎火照狼山。山川萧条极边土，
胡骑凭陵杂风雨。战士军前半死生，美人帐下犹歌舞。
大漠穷秋塞草腓，孤城落日斗兵稀。身当恩遇恒轻敌，
力尽关山未解围。铁衣远戍辛勤久，玉箸应啼别离后。
少妇城南欲断肠，征人蓟北空回首。边庭飘飖那可度，
绝域苍茫无所有！杀气三时作阵云，寒声一夜传刁斗。
相看白刃血纷纷，死节从来岂顾勋。君不见沙场征战苦，
至今犹忆李将军。

【释读难点】

〔1〕摐（chuāng）：撞击。

【品读作者】

高适（700—765），字达夫，今河北景县人，二十岁时宦游长安，求官不成，后入哥舒翰幕府；安史之乱起，出为淮南节度使，历蜀、彭二州刺史，西川节度使，官终散骑常侍。其诗以边塞题材最著名，与岑参齐名。风格慷慨苍凉、雄浑豪放。有《高常侍集》十卷。

【读辟蹊泾】

"达夫此篇，纵横出没如云中龙，不以古文四宾主法制之，意难见也"。"《燕歌行》之主中主，在忆将军李牧善养士而能破敌"，"于达夫时，必有不恤士卒之边将，故作此诗。而主中宾则'战士军前半死生，美人帐下犹歌舞'、'相看白刃血纷纷，死节从来岂顾勋'四语是也。其余皆是宾中主。自'汉家烟尘'至'未解围'，言出师遇敌也。此下理当接以'边庭'云云，但径直无味，故横间以'少妇'、'征人'四语。'君不见'云云，乃出正意以结之也"。^①

白雪歌送武判官归京
岑 参

北风卷地白草折，胡天八月即飞雪。
忽如一夜春风来，千树万树梨花开。
散入珠帘湿罗幕，狐裘不暖锦衾薄。
将军角弓不得控，都护铁衣冷难着。
瀚海阑干百丈冰，愁云惨淡万里凝。
中军置酒饮归客，胡琴琵琶与羌笛。

---

① （清）吴乔：《围炉诗话》（卷二）。

纷纷暮雪下辕门，风掣红旗冻不翻。

轮台东门送君去，去时雪满天山路。

山回路转不见君，雪上空留马行处。

【品读作者】

岑参（717—770），祖籍南阳新野，唐玄宗天宝三载（744）进入仕途，曾两次出塞。代宗大历二年（767）任嘉州刺史，后世称岑嘉州。与高适齐名，并称"高岑"。以边塞诗名世，想象丰富，气势豪迈，风格奇峭，色彩瑰丽。有《岑嘉州诗集》七卷。

【读辟蹊泾】

全诗从塞外冰天雪地的绮丽风光着笔，通过特殊的环境背景描绘衬托出送别之情，是咏边地雪景，寄寓送别之情的诗作。全诗句句咏雪，勾出天山奇寒。开篇先写野外雪景，把边地冬景比作是南国春景，可谓妙手回春。再从帐外写到帐内，通过人的感受，写天之奇寒。然后再移境帐外，勾画壮丽的塞外雪景，安排了送别的特定环境。最后写送出军门，正是黄昏大雪纷飞之时，大雪封山，山回路转，不见踪影，隐含离情别意。全诗连用四个"雪"字，写出别前、钱别、临别、别后四个不同画面的雪景，景致多样，色彩绚丽，十分动人。"忽如一夜春风来，千树万树梨花开"，意境清新诱人，读之无不叫绝。

● **朗读正文**

黄鹤楼

崔　颢

昔人已乘黄鹤去，此地空余黄鹤楼。

黄鹤一去不复返，白云千载空悠悠。

晴川历历汉阳树，芳草萋萋鹦鹉洲。

日暮乡关何处是？烟波江上使人愁。

【品读作者】

崔颢（？—754），今河南开封人，开元十年(722)或十一年(723)登进士第，早年漫游江南一带，后入朝为太仆寺丞，终于尚书司勋员外郎。他在当时享有盛名，《黄鹤楼》被严羽称为"唐人七律第一"。

【读辟蹊泾】

这首诗前写景，后抒情，一气贯注，浑然天成，即使有一代"诗仙"之称的李白，也不由得佩服得连连赞叹，觉得自己还是暂时止笔为好。为此，李白还遗憾得叹气说："眼前好景道不得，崔颢题诗在上头！"意得象先，神行语外，纵笔写去，遂擅千古之奇。①

【阅读扩展】

登金陵凤凰台

李　白

凤凰台上凤凰游，凤去台空江自流。

吴宫花草埋幽径，晋代衣冠成古丘。

三山半落青天外，二水中分白鹭洲。

总为浮云能蔽日，长安不见使人愁。

---

① （清）沈德潜：《唐诗别裁集》（卷十三）。

将进酒

李　白

君不见，黄河之水天上来，奔流到海不复回。
君不见，高堂明镜悲白发，朝如青丝暮成雪。
人生得意须尽欢，莫使金樽空对月。
天生我材必有用，千金散尽还复来。
烹羊宰牛且为乐，会须一饮三百杯。
岑夫子，丹丘生，将进酒，杯莫停！
与君歌一曲，请君为我倾耳听。
钟鼓馔玉不足贵，但愿长醉不复醒。
古来圣贤皆寂寞，惟有饮者留其名。
陈王昔时宴平乐，斗酒十千恣欢谑。
主人何为言少钱，径须沽取对君酌。
五花马，千金裘，呼儿将出换美酒，
与尔同销万古愁。

【品读作者】

李白（701—762），字太白，自号青莲居士。祖籍陇西成纪（今甘肃秦安），生于今四川江油，一说生于西域碎叶。唐天宝初受玉真公主、贺知章等的举荐，奉召入京供奉翰林，不久即遭谗去职。安史乱起，应邀入永王璘幕，永王兵败，李白下狱，得友人营救，被判长期流放夜郎，不久遇赦。晚年漫游于今南京、宣城一带，病卒当涂（今安徽）。李白一生风流倜傥，傲岸不群。其诗与杜甫齐名，并称"李杜"，号为"诗仙"。其诗想象奇特、雄奇奔放、瑰丽绚烂、清新自然，七古独步全唐。有《李太白全集》三十六卷。

【读辟蹊径】

这首诗篇幅不算长，却五音繁会，气象不凡。它笔酣墨饱，情极悲愤而作狂放，语极豪纵而又沉着。诗篇具有震动古今的气势与力量，这诚然与夸张手法不无关系，比如诗中屡用巨额数字（"千金"、"三百杯"、"斗酒十千"、"千金裘"、"万古愁"等等）表现豪迈诗情，又不给人空洞浮夸感，其根源就在于它那充实深厚的内在感情，那潜在酒话底下如波涛汹涌的郁怒情绪。此外，全篇大起大落，诗情忽擒忽张，由悲转乐、转狂放、转愤激，再转狂放，最后结穴于"万古愁"，回应篇首，如大河奔流，有气势，亦有曲折，纵横捭阖，力能扛鼎。其歌中有歌的包孕写法，又有鬼斧神工、"绝去笔墨畦径"之妙，既非镂刻能学，又非率尔可到。通篇以七言为主，而以三、五、十言句"破"之，极参差错综之致；诗句以散行为主，又以短小的对仗语点染（如"岑夫子，丹丘生"，"五花马，千金裘"），节奏疾徐尽变，奔放而不流易。《唐诗别裁》谓"读李诗者于雄快之中，得其深远宕逸之神，才是谪仙人面目"，此篇足以当之。首以黄河起兴，见人之年貌候改，有如河流莫返。一篇主意全在"人生得意须尽欢，莫使金樽空对月"两句。①

---

① （明）周珽：《唐诗选脉会通评林》。

● 朗读正文

长干行

李 白

妾发初覆额，折花门前剧。郎骑竹马来，绕床弄青梅。
同居长干里，两小无嫌猜。十四为君妇，羞颜未尝开。
低头向暗壁，千唤不一回。十五始展眉，愿同尘与灰。
常存抱柱信，岂上望夫台。十六君远行，瞿塘滟滪堆。
五月不可触，猿声天上哀。门前迟行迹，一一生绿苔。
苔深不能扫，落叶秋风早。八月蝴蝶来，双飞西园草。
感此伤妾心，坐愁红颜老。早晚下三巴，预将书报家。
相迎不道远，直至长风沙。

【读辟蹊泾】

儿女子情事，直从胸臆间流出，萦迂回折，一往情深。尝爱司空图所云"道不自器，与之圆方"为深得委曲之妙，此篇庶几近之。①

● 朗读正文

宣州谢朓楼饯别校书叔云

李 白

弃我去者，昨日之日不可留；
乱我心者，今日之日多烦忧。
长风万里送秋雁，对此可以酣高楼。
蓬莱文章建安骨，中间小谢[1]又清发。
俱怀逸兴壮思飞，欲上青天览明月。
抽刀断水水更流，举杯销愁愁更愁。
人生在世不称意，明朝散发弄扁舟。

【释读难点】

〔1〕小谢：指南朝齐代诗人谢朓。

【读辟蹊泾】

李白的可贵之处在于，尽管他精神上经受着苦闷的重压，但并没有因此放弃对进步理想的追求。诗中仍然贯注豪迈慷慨的情怀。"长风"两句，"俱怀"两句，更像是在悲怆的乐曲中奏出高昂乐观的音调，在黑暗的云层中露出灿烂明丽的霞光。"抽刀"两句，也在抒写强烈苦闷的同时表现出倔强的性格。因此，整首诗给人的感觉不是阴郁绝望，而是忧愤苦闷中显出现豪迈雄放的气概。这说明诗人既不屈服于环境的压抑，也不屈服于内心的重压。"厌世多艰，兴思远引。韵清气秀，蓬蓬起东海，蓬蓬起西海。异质快才，自足横绝一世"。②

---

① （清）爱新觉罗·弘历：《唐宋诗醇》。
② （明）周敬、周珽：《唐诗选脉会通评林》。

望　岳

杜　甫

岱宗夫如何，齐鲁青未了。
造化钟神秀，阴阳割昏晓。
荡胸生曾云，决眦入归鸟。
会当凌绝顶，一览众山小。

【品读作者】

杜甫（712—770），字子美，生于巩县（今河南巩义）。唐天宝初年曾与李白、高适在齐梁一带为豪侠之游，终因要继承家族"素业"而赴长安求官。多次向玄宗献赋的杜甫在安史之乱前夕获得了一个小官职。安史乱起，杜甫只身逃往肃宗所在的凤翔，被任命为左拾遗，不久即遭贬斥。国家处于激烈的震荡之中，杜甫也开始了他"漂泊西南天地间"的生活。在此期间，杜甫的诗歌创作也达到了炉火纯青的地步，被称为"诗史"的组诗、《秋兴八首》、《咏怀古迹》等都是这一时期完成的。永泰元年（765），蜀中大乱，杜甫携家人出三峡，大历五年（770）病逝于湘水之上。其诗歌"转益多师"，集其大成，风格"沉郁顿挫"。杜诗兼备众体，富于创新精神，唐诗中"李杜"并称，难分伯仲。有《杜甫集》六十卷，《小集》六卷，已散佚。历朝均有重编，现流行版本为清仇兆鳌所编《杜少陵集详注》二十五卷。

【读辟蹊泾】

诗用四层写意：首联远望之色，次联近望之势，三联细望之景，末联极望之情。上六实叙，下二虚摹。①

登　高

杜　甫

风急天高猿啸哀，渚[1]清沙白鸟飞回。
无边落木萧萧下，不尽长江滚滚来。
万里悲秋常作客，百年多病独登台。
艰难苦恨繁霜鬓，潦倒新停浊酒杯。

【释读难点】

〔1〕渚（zhǔ）：水中小块陆地。

【读辟蹊泾】

"万里"，地之远也；"悲秋"，时之凄惨也；"作客"，羁旅也；"常作客"，久旅也；"百年"，暮齿也；"多病"，衰疾也；"台"，高迥处也；"独登台"，无亲朋也。十四字之间含八意，而对偶又极精确。②

前四句景，后四句情。一、二碎，三、四整：变化笔法。五、六接递开合，兼叙点，一气喷薄而

---

① （清）仇兆鳌：《杜诗详注》（卷一）。
② （南宋）罗大经：《鹤林玉露》（乙编卷十五）。

出。此放翁常拟之境也。收不觉为对句，换笔换意，一定章法也。而笔势雄峻奔放，若天马之不可羁，则他人不及。①

● 朗读正文

长恨歌
白居易

汉皇重色思倾国，御宇多年求不得。　杨家有女初长成，养在深闺人未识。
天生丽质难自弃，一朝选在君王侧。　回眸一笑百媚生，六宫粉黛无颜色。
春寒赐浴华清池，温泉水滑洗凝脂。　侍儿扶起娇无力，始是新承恩泽时。
云鬓花颜金步摇，芙蓉帐暖度春宵。　春宵苦短日高起，从此君王不早朝。
承欢侍宴无闲暇，春从春游夜专夜。　后宫佳丽三千人，三千宠爱在一身。
金屋妆成娇侍夜，玉楼宴罢醉和春。　姊妹弟兄皆列土，可怜光彩生门户。
遂令天下父母心，不重生男重生女。　骊宫高处入青云，仙乐风飘处处闻。
缓歌慢舞凝丝竹，尽日君王看不足。　渔阳鼙鼓动地来[1]，惊破霓裳羽衣曲。
九重城阙烟尘生，千乘万骑西南行。　翠华摇摇行复止，西出都门百余里。
六军不发无奈何，宛转蛾眉马前死。　花钿委地无人收，翠翘金雀玉搔头。
君王掩面救不得，回看血泪相和流。　黄埃散漫风萧索，云栈萦纡登剑阁。
峨嵋山下少人行，旌旗无光日色薄。　蜀江水碧蜀山青，圣主朝朝暮暮情。
行宫见月伤心色，夜雨闻铃肠断声。　天旋日转回龙驭，到此踌躇不能去。
马嵬坡下泥土中，不见玉颜空死处。　君臣相顾尽沾衣，东望都门信马归。
归来池苑皆依旧，太液芙蓉未央柳。　芙蓉如面柳如眉，对此如何不泪垂？
春风桃李花开夜，秋雨梧桐叶落时。　西宫南苑多秋草，落叶满阶红不扫。
梨园弟子白发新，椒房阿监青娥老。　夕殿萤飞思悄然，孤灯挑尽未成眠。
迟迟钟鼓初长夜，耿耿星河欲曙天。　鸳鸯瓦冷霜华重，翡翠衾寒谁与共？
悠悠生死别经年，魂魄不曾来入梦。　临邛道士鸿都客，能以精诚致魂魄。
为感君王展转思，遂教方士殷勤觅。　排空驭气奔如电，升天入地求之遍。
上穷碧落下黄泉，两处茫茫皆不见。　忽闻海上有仙山，山在虚无缥缈间。
楼阁玲珑五云起，其中绰约多仙子。　中有一人字太真，雪肤花貌参差是。
金阙西厢叩玉扃，转教小玉报双成。　闻道汉家天子使，九华帐里梦魂惊。
揽衣推枕起徘徊，珠箔银屏迤逦开。　云鬓半偏新睡觉，花冠不整下堂来。
风吹仙袂飘摇举，犹似霓裳羽衣舞。　玉容寂寞泪阑干，梨花一枝春带雨。
含情凝睇谢君王，一别音容两渺茫。　昭阳殿里恩爱绝，蓬莱宫中日月长。
回头下望人寰处，不见长安见尘雾。　唯将旧物表深情，钿合金钗寄将去。
钗留一股合一扇，钗擘黄金合分钿。　但教心似金钿坚，天上人间会相见。

---

① （清）方东树：《昭昧詹言》（卷十七）。

临别殷勤重寄词，词中有誓两心知。七月七日长生殿，夜半无人私语时。
在天愿作比翼鸟，在地愿为连理枝。天长地久有时尽，此恨绵绵无绝期。

【释读难点】

〔1〕渔阳鼙鼓动地来：指安禄山起兵反唐。

【品读作者】

白居易（772—846），字乐天，祖籍太原，唐德宗贞元十六年（800）进士，授秘书省校书郎，不久入为翰林学士，改左拾遗。这一时期仕途得意，他写作了大量的讽喻诗，敢于直言针砭时弊。后因越职言事贬为江州司马，思想上逐渐消沉，写了不少感伤诗、闲适诗。晚年闲居洛阳，号香山居士。白居易是唐朝新乐府运动的倡导人，主张文学应干预社会。诗歌风格平易通俗，音律和谐，与元稹并称"元白"，擅长写长篇叙事诗。有《白氏长庆集》七十一卷。

【读辟蹊泾】

《长恨歌》就是歌"长恨"，"长恨"是诗歌的主题，故事的焦点，也是埋在诗里的一颗牵动人心的种子。而"恨"什么，为什么要"长恨"，诗人不是直接铺叙、抒写出来，而是通过他笔下诗化的故事，一层一层地展示给读者，让人们自己去揣摸，去回味，去感受。"白乐天《长恨歌》备述明皇、杨妃之始末，虽史传亦无以加焉。盖指其覆毕，托为声诗以讽时君，而垂戒来世。"①

● 朗读正文

琵琶行
白居易

浔阳江头夜送客，枫叶荻花秋瑟瑟。主人下马客在船，举酒欲饮无管弦。
醉不成欢惨将别，别时茫茫江浸月。忽闻水上琵琶声，主人忘归客不发。
寻声暗问弹者谁？琵琶声停欲语迟。移船相近邀相见，添酒回灯重开宴。
千呼万唤始出来，犹抱琵琶半遮面。转轴拨弦三两声，未成曲调先有情。
弦弦掩抑声声思，似诉平生不得志。低眉信手续续弹，说尽心中无限事。
轻拢慢捻抹复挑，初为霓裳后绿腰。大弦嘈嘈如急雨，小弦切切如私语。
嘈嘈切切错杂弹，大珠小珠落玉盘。间关莺语花底滑，幽咽泉流冰下难。
冰泉冷涩弦凝绝，凝绝不通声暂歇。别有幽愁暗恨生，此时无声胜有声。
银瓶乍破水浆迸，铁骑突出刀枪鸣。曲终收拨当心画，四弦一声如裂帛。
东船西舫悄无言，唯见江心秋月白。沉吟放拨插弦中，整顿衣裳起敛容。
自言本是京城女，家在蝦蟆陵下住。十三学得琵琶成，名属教坊第一部。
曲罢曾教善才伏，妆成每被秋娘妒。五陵年少争缠头，一曲红绡不知数。
钿头云篦击节碎，血色罗裙翻酒汙。今年欢笑复明年，秋月春风等闲度。
弟走从军阿姨死，暮去朝来颜色故。门前冷落鞍马稀，老大嫁作商人妇。
商人重利轻别离，前月浮梁买茶去。去来江口守空船，绕船月明江水寒。
夜深忽梦少年事，梦啼妆泪红阑干。我闻琵琶已叹息，又闻此语重唧唧。

---

① （明）张纶：《林泉随笔》。

同是天涯沦落人，相逢何必曾相识。我从去年辞帝京，谪居卧病浔阳城。
浔阳地僻无音乐，终岁不闻丝竹声。住近湓江地低湿，黄芦苦竹绕宅生。
其间旦暮闻何物？杜鹃啼血猿哀鸣。春江花朝秋月夜，往往取酒还独倾。
岂无山歌与村笛？呕哑嘲哳难为听。今夜闻君琵琶语，如听仙乐耳暂明。
莫辞更坐弹一曲，为君翻作《琵琶行》。感我此言良久立，却坐促弦弦转急。
凄凄不似向前声，满座重闻皆掩泣。座中泣下谁最多，江州司马[1]青衫湿。

【释读难点】

〔1〕江州司马：此处指白居易。

【读辟蹊泾】

这首诗"既专为此长安故倡女感今伤昔而作，又连绾己身迁谪失路之怀。直将混合作此诗之人与此诗所咏之人，二者为一体。真可谓能所双亡，主宾俱化，专一而更专一，感慨复加感慨"。①

朗读正文　　　　金铜仙人辞汉歌
李　贺

茂陵[1]刘郎秋风客，夜闻马嘶晓无迹。
画栏桂树悬秋香，三十六宫土花碧。
魏官牵车指千里，东关酸风[2]射眸子。
空将汉月出宫门，忆君清泪如铅水。
衰兰送客咸阳道，天若有情天亦老。
携盘独出月荒凉，渭城已远波声小。

【释读难点】

〔1〕茂陵：指汉武帝的陵墓。
〔2〕酸风：指刺眼的冷风。

【品读作者】

李贺（790—816），字长吉，今河南宜阳人，因父晋肃谐"进士"音，不得与进士试。年少失意，郁郁寡欢，以专心创作诗歌为务，呕心沥血，冥搜苦吟，年二十七而卒。诗风奇崛、幽峭、秾丽、凄艳，号为"诗鬼"。有《李长吉歌诗》四卷。

【读辟蹊泾】

全诗设想奇特而又深沉感人，形象鲜明而又变幻多姿。怨愤之情溢于言外，却并无怒目圆睁、气愤难平的表现。遣词造句奇峭而又妥帖，刚柔相济，恨爱互生，参差错落而又整饬绵密。整体上是一首既有独特风格，而又体现了各种艺术精华的诗作。

① 陈寅恪：《元白诗笺证稿》，生活·读书·新知三联书店2009年版。

李凭箜篌引

李 贺

吴丝蜀桐张高秋，空山凝云颓不流。

湘娥[1]啼竹素女[2]愁，李凭中国弹箜篌。

昆山玉碎凤凰叫，芙蓉泣露香兰笑。

十二门前融冷光，二十三丝动紫皇。

女娲炼石补天处，石破天惊逗秋雨。

梦入神山教神妪，老鱼跳波瘦蛟舞。

吴质不眠倚桂树，露脚斜飞湿寒兔。

【释读难点】

〔1〕湘娥：指湘水之神，古代舜帝的妃子娥皇、女英。

〔2〕素女：神话中的霜神。

【读辟蹊泾】

诗人在诗中致力于把自己对于箜篌声的抽象感觉、感情与思想借助联想转化成具体的物象，使之可见可感。诗歌没有对李凭的技艺作直接的评判，也没有直接描述诗人的自我感受，有的只是对于乐声及其效果的摹绘。然而纵观全篇，又无处不寄托着诗人的情思，曲折而又明朗地表达了他对乐曲的感受和评价。

离 思

元 稹

曾经沧海难为水，除却巫山不是云。

取次花丛懒回顾，半缘修道半缘君。

【品读作者】

元稹（779—831），字微之，洛阳人。唐德宗贞元九年（793）明经及第，任历监察御史。因得罪宦官被贬，后与裴度同时拜相，不久出为同州刺史，卒于武昌节度使任所。诗与白居易齐名，号称"元白"。有《元氏长庆集》六十卷。

【读辟蹊泾】

元稹这首绝句，不但取譬极高，抒情强烈，而且用笔极妙。前两句以极致的比喻写怀旧悼亡之情，"沧海"、"巫山"，词意豪壮，有悲歌传响、江河奔腾之势；"懒回顾"、"半缘君"，顿使语势舒缓下来，转为曲婉深沉的抒情。张弛自如，变化有致，形成一种跌宕起伏的旋律。就全诗情调而言，它言情而不庸俗，瑰丽而不浮艳，悲壮而不低沉，创造了唐人悼亡绝句中的绝妙境界。"曾经沧海"二句尤其为人称颂。

游终南山

孟 郊

南山塞天地，日月石上生。

高峰夜留景，深谷昼未明。

山中人自正，路险心亦平。

长风驱松柏，声拂万壑清。

到此悔读书，朝朝近浮名。

【品读作者】

孟郊（751—814），字东野，湖州武康（今浙江德清）人，唐德宗贞元十二年（796）进士，官至水陆转运判官。与贾岛齐名，苏轼称"郊寒岛瘦"。因境遇穷困，多凄苦之词，气度不足，元好问称为"诗囚"。有《孟东野诗集》十卷。

【读辟蹊泾】

韩愈在《荐士》诗里说孟郊的诗"横空盘硬语，妥帖力排奡"。"硬语"的"硬"，指字句的坚挺有力。这首《游终南山》，在体现这一特点方面很有代表性。沈德潜评此诗"盘空出险语"，又说它与《出峡》诗"上天下天水，出地入地舟"，"同一奇险"，也是就这一特点而言的。欣赏这首诗，必须紧扣诗题《游终南山》，切莫忘记那个"游"字。诗歌奇语横出，结有玄想。①

● 朗读正文　　　酬乐天扬州初逢席上见赠

刘禹锡

巴山楚水凄凉地，二十三年弃置身。

怀旧空吟闻笛赋，到乡翻似烂柯人[1]。

沉舟侧畔千帆过，病树前头万木春。

今日听君歌一曲，暂凭杯酒长精神。

【释读难点】

[1] 此句用《述异记》中典故，意思是离开家乡再回来时已有隔世之感。

【品读作者】

刘禹锡（772—842），字梦得，今考为匈奴族后裔，唐德宗贞元九年（793）进士，官监察御史。唐顺宗时，转屯田员外郎。革新失败，贬连州刺史，又贬朗州司马。后迁夔州、和州刺史。唐武宗会昌年间加检校礼部尚书，卒。世称刘宾客。其诗豪情高迈，风调自然，格律精切，长于讽喻。今有中华书局点校本《刘禹锡集》。

【读辟蹊泾】

诗歌表现了作者对自己被贬谪遭弃置的无限心酸和愤懑不平的思想感情，也表现了诗人的坚定信念和乐观精神。"沉舟"二语，见人事不齐，造化亦无如之何！悟得此旨，终身无不平之心矣。②

做此诗时刘禹锡罢和州（今安徽和县）刺史，召还京城。路经扬州，与白居易相遇，白曾作《醉赠刘二十八使君》一诗相赠，此诗为回赠之作。

---

① （明）唐汝询：《唐诗选脉会通评林》引。
② （清）沈德潜：《唐诗别裁集》。

醉赠刘二十八使君

白居易

为我引杯添酒饮，与君把箸击盘歌。

诗称国手徒为尔，命压人头不奈何。

举眼风光长寂寞，满朝官职独蹉跎。

亦知合被才名折，二十三年折太多。

● 朗读正文　　　　　　　　　石头城[1]

刘禹锡

山围故国周遭在，潮打空城寂寞回。

淮水东边旧时月，夜深还过女墙来。

【释读难点】

〔1〕石头城：在今南京市清凉山。

【读辟蹊径】

诗人随手拈来山、城、水、月等常见的意象，别具匠心组合成"意象之城"，进行了城与人之间探究历史奥秘的对话。意象之间相互映照折射，形成了意象集成的效应，讲述着一个没有故事的故事，一个关于历史沧桑和城市盛衰的故事，一个具有宇宙意识的关于常与变、瞬息与永恒的故事。

● 朗读正文　　　　　　　　　乌衣巷

刘禹锡

朱雀桥边野草花，乌衣巷口夕阳斜。

旧时王谢堂前燕，飞入寻常百姓家。

【读辟蹊径】

朱雀桥旁、乌衣巷里曾一度是高门望族的聚集之处，如今时过境迁，昔日繁华已如落花流水不复存在了。全诗抒发的是一种物是人非、沧海桑田的感慨，诗人选用了意蕴深刻的意象：野草、斜阳，其中最具匠心的是"飞燕"的形象，燕子彼时飞入侯门，如今那侯门深宅已成了百姓家，飞燕成为历史的见证人。全诗含蓄隽永，耐人寻味。

● 朗读正文　　　　　　　　　无　题

李商隐

相见时难别亦难，东风无力百花残。

春蚕到死丝方尽，蜡炬成灰泪始干。

晓镜但愁云鬓改，夜吟应觉月光寒。

蓬山此去无多路，青鸟殷勤为探看。

【品读作者】

李商隐（813—858），字义山，号玉溪生，一号樊南生，怀州河内（今河南沁阳）人。仕途坎坷，陷于党争的漩涡中无法自处，后离开京城去当地方官的幕僚，终生不得志，长期过着寄人篱下的生活。其诗歌大都抒发仕途潦倒的苦闷；咏史诗借古讽今；另独创无题诗，情思宛转，想象丰富，寄托深远，词采清丽。部分作品用典深僻，过于隐晦。有《李义山诗集》、《樊南文集》。

【读辟蹊泾】

首句"别"字为通篇主眼。江淹《别赋》说："黯然销魂者，唯别而已矣！"他以此同领起一篇惊心动魄而又美丽的赋；而"黯然"二字，也正是李商隐此诗所表达的整个情怀与气氛。"起句言缱绻多情，次句言流光易去，三、四句言心情难已（于仕进），五、六颜状亦觉其可怜，七、八望其为王母青禽，庶得入蓬山之路也。"①

● 朗读正文　　　　　　　　　　锦　瑟
李商隐

锦瑟无端五十弦，一弦一柱思华年。
庄生晓梦迷蝴蝶，望帝春心托杜鹃。
沧海月明珠有泪，蓝田日暖玉生烟。
此情可待成追忆？只是当时已惘然！

【读辟蹊泾】

这首《锦瑟》，是李商隐的代表作，爱诗的无不乐道喜吟，堪称最享盛名；然而它又是最不易讲解的一篇难诗。自宋元以来，揣测纷纷，莫衷一是。诗中，诗人大量借用庄生梦蝶、杜鹃啼血、沧海珠泪、良田生烟等典故，采用比兴手法，运用联想与想象，把听觉的感受，转化为视觉形象，以片段意象的组合，创造朦胧的境界，从而借助可视可感的诗歌形象来传达其真挚浓烈而又幽约深曲的深思。此篇乃自伤之词，骚人所谓美人迟暮也。"庄生"句言付之梦寐，"望帝"句言待之来世；"沧海"、"蓝田"言埋而不得自见；"月明"、"日暖"，则清时独为不遇之人，尤可悲也。感年华之易迈，借锦瑟以发端。"思华年"三字，一篇之骨。三、四赋"思"也，五、六赋"华年"也。末仍结归思之。②

● 朗读正文　　　　　　　　　　贾　生
李商隐

宣室求贤访逐臣，
贾生才调更无伦。
可怜夜半虚前席，
不问苍生问鬼神。

【读辟蹊泾】

点破而不说尽，有论而无断，并非由于内容贫弱而故弄玄虚，而是由于含蕴丰富，片言不足以尽

---

① （清）朱鹤龄：《重订李义山诗集笺注》。
② （清）沈厚塽：《李义山诗集辑评》引何焯语。

意。诗有讽有慨，寓慨于讽，旨意并不单纯。从讽的方面看，表面上似刺文帝，实际上诗人的主要用意并不在此。晚唐许多皇帝，大都崇佛媚道，服药求仙，不顾民生，不任贤才，诗人矛头所指，显然是当时现实中那些"不问苍生问鬼神"的封建统治者。在寓讽时主的同时，诗中又寓有诗人自己怀才不遇的深沉感慨。诗人夙怀"欲回天地"的壮志，但偏遭衰世，沉沦下僚，诗中每发"贾生年少虚垂涕"、"贾生兼事鬼"之慨。概而言之，讽汉文实刺唐帝，怜贾生实亦自悯。全诗"纯用议论矣，却用唱叹出之，不见议论之迹"。①

● 朗读正文

赤　壁

杜　牧

折戟沉沙铁未销，自将磨洗认前朝。
东风不与周郎便，铜雀春深锁二乔。

【品读作者】

杜牧（803—852），字牧之，京兆万年（今陕西长安）人。唐文宗大和年间进士，历任黄、湖等州刺史，司勋员外郎，中书舍人等职。其诗"雄姿英发"，五古笔力矫健，七律拗峭俊爽，七绝风华流美。在晚唐与李商隐齐名，称"小李杜"。诗存《樊川诗集》。

【读辟蹊泾】

"牧之此诗，盖嘲赤壁之功出于侥幸，若非天与东风之便，则周郎不能纵火，城亡家破，二乔且将为俘，安能据有江东哉？"牧之诗意"唯借'铜雀春深锁二乔'说来，便觉风华蕴藉，增人百感，此正风人巧于立言处"。②

● 朗读正文

泊秦淮

杜　牧

烟笼寒水月笼沙，夜泊秦淮近酒家。
商女不知亡国恨，隔江犹唱后庭花。

【读辟蹊泾】

首句写景荒凉，已为"亡国恨"勾魂摄魄。三、四句推原亡国之故，妙就现在所闻尤是亡国之音感叹，索性用"不知"二字，将"亡国恨"三字扫空，文心幻曲。③

● 朗读正文

饮湖上初晴后雨

苏　轼

水光潋滟晴方好，山色空濛雨亦奇。
欲把西湖比西子，淡妆浓抹总相宜。

---

① （清）纪昀：《玉溪生诗说》（卷上）。
② （清）贺贻孙：《诗筏》。
③ （清）杨逢春：《唐诗绎》。

古典情韵

第一组　诗境揽胜

【品读作者】

苏轼（1037—1101），字子瞻，号东坡居士，今四川眉山人。宋仁宗嘉祐二年（1057）进士及第，进入政坛。宋神宗熙宁间，与王安石政见不合，自请外调于杭州、密州、徐州、湖州等地。神宗元丰二年（1079）因"乌台诗案"下狱，后贬黄州团练副使。哲宗元祐二年（1087），司马光执政，起用旧党，苏轼一度被任为中书舍人、翰林学士。但因反对"尽废新法"，再度被迫离开朝廷。哲宗亲政后复用新党，苏轼被远谪岭南。徽宗即位，苏轼遇赦北还，病死于途中。与其父苏洵、弟苏辙皆以文学名世，世称"三苏"。苏轼艺术修养全面，文与欧阳修并称"欧苏"，诗歌、书法与黄庭坚并称"苏黄"，词开豪放之风，与辛弃疾并称"苏辛"，堪称一代文豪。有《东坡集》传世。

【读辟蹊泾】

这首诗构思高妙，概括性强，它不是描写西湖的一处之景、一时之景，而是对西湖美景的全面评价，把西湖晴雨皆宜的美景传神地勾勒出来。同时，这首诗还闪射出哲理的光辉，它给人们以启迪，说明大自然不缺乏美，缺乏的是自己的发现。这首诗在结构上是起承转合的典范。前两句白描，对偶工切，用陈述句，一起一承。第三句用假设句转折。第四句合拢。而且三、四句，不再对仗，改为散体单行，结构上具有灵活性、转折性、立体性，其意境单纯而丰富，含义深广。

● 朗读正文

寄黄几复

黄庭坚

我居北海君南海，寄雁传书谢不能。
桃李春风一杯酒，江湖夜雨十年灯。
持家但有四立壁，治病不蕲三折肱。
想见读书头已白，隔溪猿哭瘴溪藤。

【品读作者】

黄庭坚（1045—1105），字鲁直，自号山谷老人，又号涪翁，今江西修水县人。宋英宗治平进士，历任北京国子监教授、知太和县事，召为校书郎、秘书丞兼国史编修官。哲宗绍圣二年（1095），以修《神宗实录》失实贬涪州别驾。黄庭坚为苏门四学士之一，但书法、诗歌均与苏轼并称"苏黄"。其诗宗法杜甫，讲究以学问为诗，在当时非常风行，是为"江西诗派"。有《豫章集》、《山谷词》。

【读辟蹊泾】

"亦是一起浩然，一气涌出。五六一顿，结句与前一样笔法。山谷兀傲纵横，一气涌现。然专学之，恐流入空滑，须慎之。"[1]

● 朗读正文

书　愤

陆　游

早岁那知世事艰，中原北望气如山。
楼船夜雪瓜洲渡，铁马秋风大散关。
塞上长城空自许，镜中衰鬓已先斑。

---

[1] （清）方东树：《昭昧詹言》（卷二十）。

《出师》一表真名世，千载谁堪伯仲间。

【品读作者】

陆游（1125—1210），字务观，号放翁，越州山阴（今浙江绍兴）人。宋高宗绍兴二十三年（1153）应试礼部，名列奸相秦桧前，被除名。孝宗时赐进士出身，历枢密院编修，出判建康。后为范成大参议官，晚年退居故乡。诗为"中兴四大家"之一，词与散文也有所成。其诗现存九千多首，题材广阔，多抒发抗金报国之志。有《渭南文集》、《剑南诗稿》、《放翁词》。

【读辟蹊泾】

"志在立功，而有才不遇，奄乎就衰，故思之而有愤也。妙在三四句兼写景象，声色动人，否则近于枯竭。"①

● 朗读正文

沈 园
陆 游

城上斜阳画角哀，沈园非复旧池台。
伤心桥下春波绿，曾是惊鸿照影来。

【读辟蹊泾】

回忆与唐琬离异后在沈园邂逅的往事。首句的斜阳暗淡，画角哀鸣，奠定了全诗悲凉的基调，从视觉、听觉两方面渲染凄婉之情。次句引出处于悲哀氛围的沈园。第三句由眼前之景转入回忆。第四句借桥下春波当年映照过唐琬身影，表达了诗人忠贞不变的爱情。

● 朗读正文

小 池
杨万里

泉眼无声惜细流，树阴照水爱晴柔。
小荷才露尖尖角，早有蜻蜓立上头。

【品读作者】

杨万里（1127—1206），字廷秀，吉水人。宋高宗绍兴二十四年（1154）登进士第。历仕高宗、孝宗、光宗三朝，官临安府教授、国子博士等，宁宗时致仕。学者称诚斋先生。其诗初学江西诗派，终自成一家，号"诚斋体"。风格清新、活泼自然，语言通俗。有《诚斋集》。

【读辟蹊泾】

一个泉眼、一道细流、一池树阴、几支小小的荷叶、一只小小的蜻蜓，构成一幅生动的小池风物图，大自然中万物亲密和谐之景，不言自明。

● 朗读正文

州 桥
范成大

州桥南北是天街，父老年年等驾回。

---

① （清）方东树：《昭昧詹言》（卷二十）。

忍泪失声询使者："几时真有六军来？"

【品读作者】

范成大（1126—1193），字致能，号石湖居士，今江苏苏州市人。宋高宗绍兴二十四年（1154）登进士第，以起居郎假资政殿大学士，充祈请国信使赴金，不辱使命而归。历任中书舍人、吏部尚书、参知政事、四川制置使。晚年隐居苏州石湖。诗与尤袤、杨万里、陆游齐名，号为"中兴四大家"。有抒发爱国、关心民生的作品，田园诗自创一格，影响尤大。有《石湖居士诗集》、《石湖词》。

【读辟蹊泾】

"沉痛不可多读。此则七绝至高之境，超大苏而配老杜者矣。"①

● 朗读正文　　　　四时田园杂兴
范成大

新筑场泥镜面平，家家打稻趁霜晴。
笑歌声里轻雷动，一夜连枷响到明。

【读辟蹊泾】

这首诗是一首写实的作品，写出了农民丰收的喜悦，尽管要连夜辛苦劳作，却是一片"欢声笑语"，对幸福生活的向往使他们忘却了身体上的劳累。全诗用语简淡自然，表现出了农民单纯的快乐。

● 朗读正文　　　　己亥杂诗
龚自珍

浩荡离愁白日斜，
吟鞭东指即天涯。
落红不是无情物，
化作春泥更护花。

【品读作者】

龚自珍（1792—1841），字璱人，号定庵，清代思想家、文学家及改良主义的先驱者。二十七岁中举人，三十八岁中进士。曾任内阁中书、宗人府主事和礼部主事等官职。主张革除弊政，抵制外国侵略，曾全力支持林则徐禁除鸦片。四十八岁辞官南归，次年暴卒于江苏丹阳云阳书院。他主张诗文"更法"、"改图"，揭露清统治者的腐朽，洋溢着爱国热情，被柳亚子誉为"三百年来第一流"。著有《定庵文集》，留存文章三百余篇，诗词近八百首，今人辑为《龚自珍全集》。著名诗作《己亥杂诗》共三百五十首。

【读辟蹊泾】

这首小诗将政治抱负和个人志向融为一体，将抒情和议论有机结合，形象地表达了诗人复杂的情感。龚自珍论诗曾说"诗与人为一，人外无诗，诗外无人"②，他自己的创作就是最好的证明。

---

① （清）潘德舆：《养一斋诗话》（卷九）。
② （清）龚自珍：《书汤海秋诗集后》。

第二组　雅词掇芳

婉约豪放　琴心剑胆

诗至唐人已尽，词为诗余方兴。唐代以诗入乐，诗句齐整，而乐谱参差，以词就谱，必加衬字。久之，感其不便，遂依音律，作长短句之新词，时人谓之曲子词，后简称为词。词源于中晚唐，发展于五代，盛于两宋，元明顿衰，而至清复有中兴之象。

词之初期，仅有小令，其句法上多与诗相近。如李煜《虞美人》、《浪淘沙》诸调，实由五言七言诗句增删凑合而成。宋初范文正公、晏殊父子、欧阳修等人之词亦多小令，且袭后主之词风。及北宋仁宗之世，慢词肇兴，柳三变多创长调，功不可没，《雨霖铃》"杨柳岸，晓风残月"、"此去经年，应是良辰好景虚设。便纵有千种风情，更与何人说"，让多少有情人肝肠寸断、低回沉吟；然时有俗语尘下，不免为人诟病。李易安，千古第一女词人，生于两宋之际，掩抑自伤，流离暮齿，然作词颇富丈夫气，人称"闺阁中苏辛"，不乏"九万里风鹏正举（《渔家傲》）"之豪语，亦有"寻寻觅觅，冷冷清清，凄凄惨惨戚戚"、"绿肥红瘦"、"才下眉头，却上心头"之典雅俪语，其《词论》更是中国词学史上第一篇专论，令千万人心折。苏东坡以诗入词，《念奴娇》、《水调歌头》等皆有豪放之风，一洗天下耳目，又往往不协音律。其后周邦彦、姜夔等，均精于音律，创制新调，于是词之句法始繁复变化，而句之抑扬顿挫益谨严。其音律最严者，如《暗香》之"几时见得"一句之中，四声兼备，且诸字之间不能互易，声之轻重清浊可谓明矣。宋末张炎亦宗姜夔，以清空见长。承苏词之风者，有南宋辛弃疾。苏词豪放，辛词悲壮。词有辛弃疾，几如唐诗之有杜甫。与稼轩词风相近者，前有岳飞、张元幹、张孝祥，时有陆游、陈亮、刘过，后有刘克庄。以上诸人之词虽亦悲愤激烈，然皆不及辛词境界之高，意味之美。如《永遇乐》（千古江山）、《菩萨蛮》（郁孤台下清江水）、《摸鱼儿》（更能消几番风雨）等篇于豪壮之中，能沉咽蕴藉，空灵缠绵，可谓刚柔并济，其豪壮之情，不失于粗犷，仍能保持词体缥缈凄迷之美，且在内容方面较之苏词益为恢宏，重在言志，无意不可入，无事不可言。

宋人之后，词风顿衰。元明两代除元好问外，几无可称述者。元好问《摸鱼儿》词，中有"问世间情为何物，直教人生死相许"句名垂千古。

明人词，以杨慎为第一，其辞藻丽其外，凄咽于内。

明亡清兴，满人入关，承前代汉人文化，颇有中兴之象，词亦百家争鸣，或宗北宋，或尚南宋。浙西派，常州派，交相辉映。康熙年间，纳兰性德堪为词中大家，语言婉丽凄清，情致深沉缠绵。然英年早逝，令人叹惋。

词或媚或庄，或长或短，秀词与壮语齐飞，婉约与豪放并存。

词林撷英

● 朗读正文

菩萨蛮
韦 庄

人人尽说江南好，游人只合江南老。春水碧于天，画船听雨眠。　　炉边人似月，皓腕凝霜雪。未老莫还乡，还乡须断肠。

【品读作者】

韦庄（约836—910），字端己，长安杜陵（今陕西西安市）人，诗人韦应物第四世孙。曾任前蜀宰相，谥文靖。晚唐五代之际"花间派"词人，词风清丽，有《浣花词》流传。

【读辟蹊泾】

一幅春水画图，意中是思乡，笔下却说江南风景好，真是泪溢中肠，无人省得。①

● 朗读正文

菩萨蛮
温庭筠

小山重叠金明灭[1]，鬓云欲度香腮雪[2]。懒起画蛾眉，弄妆梳洗迟。
照花前后镜，花面交相映。新贴绣罗襦[3]，双双金鹧鸪。

【释读难点】

〔1〕小山：眉妆的名目，指弯弯的眉毛。金：指唐时妇女眉际妆饰之"额黄"。金明灭：一说描写女子头上插戴的饰金小梳子重叠闪烁的情形，一说指女子额上涂成梅花图案的额黄有所脱落而或明或暗。

〔2〕鬓云：像云朵似的鬓发。形容发髻蓬松如云。度：覆盖，形容鬓角延伸向脸颊，逐渐轻淡，像云影轻度。

〔3〕罗襦：丝绸短袄。

【品读作者】

温庭筠（812—876），本名岐，字飞卿，太原祁县（今山西祁县）人。富有天才，文思敏捷，每入试，押官韵，八叉手而成八韵，人称"温八叉"。然生性傲诞不羁，得罪权贵，屡举进士不第，终生困顿。官终国子助教，世称温助教。精通音律。工诗，与李商隐齐名，时称"温李"。善词，与韦庄齐名，并称"温韦"。其词辞藻华丽，秾艳精致，词风婉约，为"花间派"首要词人。存词七十余首。后人辑有《温飞卿集》及《金荃词》。

【读辟蹊泾】

此感士不遇也。篇法仿佛《长门赋》，而用节节逆叙。此章从梦晓后，领起"懒起"二字，含后文情事；"照花"四句，《离骚》"初服"之意。②

---

① （清）陈廷焯：《云韶集》（卷一）。
② （清）张惠言：《词选》（卷一）。

虞美人

李 煜

春花秋月何时了？往事知多少。小楼昨夜又东风，故国不堪回首月明中。雕栏玉砌应犹在，只是朱颜改。问君能有几多愁？恰似一江春水向东流。

【品读作者】

李煜（937—978），五代十国时南唐国君，字重光，号钟隐、莲峰居士。彭城（今江苏徐州）人。南唐中主李璟第六子，于宋建隆二年（961）继位，史称李后主。开宝八年（975），宋军破金陵（今南京），降宋，被俘至汴京（今开封），三年后因作感怀故国之名词《虞美人》而遭宋太宗毒死。李煜虽不通政治，然艺术才华非凡。精书法，善绘画，通音律，诗文均有造诣，尤以词最高，被称为"千古词帝"。前期词风格柔靡，类似花间词；后期词哀伤凄苦，抒亡国之痛，"变伶工之词为士大夫之词"。千古杰作《虞美人》、《浪淘沙》、《乌夜啼》感人至深。词辑入《南唐二主词》。

【读辟蹊泾】

于愁则喻春水，于恨则喻春草，颇似重复，而"恰似一江春水向东流"，以长句一气直下，"更行更远还生"，以短语一波三折，句法之变换，直与春水春草之姿态韵味融成一片，外体物情，内抒心象，岂独妙肖，谓之入神可也。①

浪淘沙

李 煜

帘外雨潺潺，春意阑珊。罗衾[1]不耐五更寒。梦里不知身是客[2]，一晌贪欢。　　独自莫凭栏，无限江山。别时容易见时难。流水落花春去也，天上人间！

【释读难点】

〔1〕罗衾：绸被子。
〔2〕身是客：指被拘汴京，形同囚徒。

【读辟蹊泾】

词中抒情，以景寓之，独后主每直抒心胸，一空倚傍，当非有所谢短，亦非有所不屑（抒情何必比写景高），乃缘衷情切至，忍俊不禁耳。②

乌夜啼

李 煜

昨夜风兼雨，帘帏飒飒秋声。烛残漏断频欹枕[1]，起坐不能平。　　世事漫随流水，算来梦里浮生[2]。醉乡路稳宜频到，此外不堪行。

---

① 俞平伯：《读词偶得》。
② 俞平伯：《读词偶得》。

【释读难点】

〔1〕漏：即铜壶滴漏，古代计时器。频欹枕：指倚枕不眠。

〔2〕梦里浮生：一作"一梦浮生"，李白《春夜宴从弟桃李园序》："浮生若梦，为欢几何！"

【读辟蹊泾】

此词表现的是南唐李后主对人生的感悟。此词上阕以倒叙的方式开篇，构成一种凄凉的氛围。下阕转入沉思，回想人生世事，往日的南唐早已土崩瓦解，曾经拥有的一切辉煌、幸福都被剥夺。这人生世事，有如流水不返，好似梦境虚无。后主对未来早已失去信心，在现实中又找不到解脱、超越痛苦之路，只好遁入醉乡求得暂时的麻醉和忘却。意识到人生的悲剧，却无法加以改变，是李煜的一大人生悲剧。

● 朗读正文 　　　　　　　蝶恋花

晏　殊

槛菊愁烟兰泣露，罗幕轻寒，燕子双飞去。明月不谙离恨苦，斜光到晓穿朱户。　　昨夜西风凋碧树，独上高楼，望尽天涯路。欲寄彩笺兼尺素，山长水阔知何处。

【品读作者】

晏殊（991—1055），字同叔，北宋政治家、文学家。抚州临川（今江西临川）人。七岁能文，十四岁以神童召试，赐同进士出身。在真、仁两朝从秘书省正字到知制诰，礼部、刑部、工部尚书，同中书门下平章事、集贤殿大学士兼枢密使。谥元献。平生爱荐举贤才，范仲淹、韩琦、欧阳修等名臣皆出其门下。他一生富贵优游，所作多吟成于舞榭歌台、花前月下，而笔调闲婉，理致深蕴，音律谐适，词语雅丽，为当时词坛耆宿，在北宋文坛上享有很高的地位。诗、文、词兼擅。

【读辟蹊泾】

此为晏殊写闺思的名篇。词之上阕运用移情于景的手法，选取眼前的景物，注入主人公的感情，点出离恨；下阕承离恨而来，通过高楼独望把主人公望眼欲穿的神态生动传神地表现出来。王国维在《人间词话》中把此词"昨夜西风"三句和柳永、辛弃疾的词句一起比作治学的三种境界，足见本词之盛名。全词深婉中见含蓄，广远中有蕴涵。

【阅读拓展】

王国维云："古今之成大事业、大学问者，必经过三种之境界：'昨夜西风凋碧树，独上高楼，望尽天涯路。'此第一境也。'衣带渐宽终不悔，为伊消得人憔悴。'此第二境也。'众里寻他千百度，蓦然回首，那人却在，灯火阑珊处。'此第三境也。此等语皆非大词人不能道。然遽以此意解释诸词，恐为晏、欧诸公所不许也。"

蝶恋花

柳　永

伫倚危楼风细细，望极春愁，黯黯生天际。草色烟光残照里，无言谁会凭阑意。　　拟把疏狂图一醉，对酒当歌，强乐还无味。衣带渐宽终不悔，为伊消得人憔悴。

青玉案

辛弃疾

东风夜放花千树，更吹落，星如雨。宝马雕车香满路。凤箫声动，玉壶光转，一夜鱼龙舞。蛾儿雪柳黄金缕，笑语盈盈暗香去。众里寻他千百度，蓦然回首，那人却在，灯火阑珊处。

● 朗读正文

蝶恋花

欧阳修

庭院深深深几许？杨柳堆烟，帘幕无重数。玉勒雕鞍游冶处[1]，楼高不见章台[2]路。　　雨横风狂三月暮，门掩黄昏，无计留春住。泪眼问花花不语，乱红飞过秋千去。

【释读难点】

〔1〕游冶处：指歌楼妓院。
〔2〕章台：汉长安街名。《汉书·张敞传》有"走马章台街"语。唐许尧佐《章台柳传》，记妓女柳氏事。后因此以章台为歌妓聚居之地。

【品读作者】

欧阳修（1007—1072），吉州吉水（今属江西吉安）人。字永叔，号醉翁、六一居士。北宋文学家、史学家。谥文忠。因支持范仲淹，被诬贬知滁州。官至翰林学士、枢密副使、参知政事。诗词文皆有成：北宋古文运动的领袖，为文以韩愈为宗，主张文应明道、致用，其文文笔纡曲、条达疏畅。其词婉丽，承袭南唐余风。诗如其文，平易疏朗。曾与宋祁合修《新唐书》，并独撰《新五代史》。现有《欧阳文忠公集》）。

【读辟蹊泾】

因花而有泪，此一层意也；因泪而问花，此一层意也；花竟不语，此一层意也；不但不语，且又乱落，此一层意也。①

● 朗读正文

渔家傲·秋思

范仲淹

塞下秋来风景异，衡阳雁去[1]无留意。四面边声[2]连角起，千嶂里，长烟落日孤城闭。　　浊酒一杯家万里，燕然未勒[3]归无计。羌管[4]悠悠霜满地，人不寐，将军白发征夫泪！

【释读难点】

〔1〕衡阳雁去："雁去衡阳"的倒语。相传北雁南飞，到湖南的衡阳为止。
〔2〕边声：边境特有的风声、乐声和马嘶声等。
〔3〕燕然未勒：指边患未平、功业未成。燕然：山名，即今蒙古境内之杭爱山。勒：刻石记功。据《后汉书·窦宪传》记载，东汉窦宪追击北匈奴，出塞三千余里，至燕然山刻石记功而还。
〔4〕羌管：羌笛。羌族乐器的一种。

---

① （清）王又华：《古今词论》引毛先舒语。

【品读作者】

范仲淹（989—1052），字希文，谥号"文正"。吴县（今江苏苏州）人。北宋政治家、文学家。以龙图阁直学士经略陕西，号令严明，羌人称为龙图老子，夏人称为小范老子。公元 1043 年（宋仁宗庆历三年）提出"十事疏"，史称"庆历新政"。可惜不久因保守派反对未能实现，因此被贬至陕西四路宣抚使，后在赴颍州途中病死。有《范文正公集》传世。

【读辟蹊泾】

上阕写景，描写塞下秋景，形成了浓厚的悲凉气氛，为下阕的抒情蓄势。下阕自抒胸怀，抒发壮志难酬的感慨和忧国的情怀。此词既表现将军的英雄气概及征夫的艰苦生活，也暗寓对宋王朝重内轻外政策的不满；爱国激情、浓重乡思，兼而有之，构成了将军与征夫复杂而又矛盾的情绪。综观全词，意境开阔苍凉，形象生动鲜明，读起来真切感人。

● 朗读正文　　　　　　　　　苏幕遮
范仲淹

碧云天，黄叶地，秋色连波，波上寒烟翠。山映斜阳天接水，芳草无情，更在斜阳外。　　黯乡魂[1]，追旅思[2]，夜夜除非，好梦留人睡。明月楼高休独倚，酒入愁肠，化作相思泪。

【释读难点】

〔1〕黯乡魂：用江淹《别赋》"黯然销魂"语。
〔2〕追：追随，可引申为纠缠。旅思：羁旅之思。

【读辟蹊泾】

此词抒写乡思旅愁，以铁石心肠人作黯然销魂语，尤见深挚。题材一般，但写法别致。上阕写景，气象阔大，意境深远，视点由上及下，由近到远。上阕皆为景语，仅"无情"二字点出愁绪，犹是对景而言，不露痕迹。言辞婉丽，深情绵邈，以大景写哀情，别有悲壮之气。

● 朗读正文　　　　　　　　念奴娇·赤壁怀古
苏　轼

大江东去，浪淘尽、千古风流人物。故垒西边，人道是、三国周郎[1]赤壁。乱石穿空，惊涛拍岸，卷起千堆雪。江山如画，一时多少豪杰。　　遥想公瑾当年，小乔[2]初嫁了，雄姿英发。羽扇纶巾[3]，谈笑间、强虏灰飞烟灭。故国[4]神游，多情应笑我，早生华发。人生如梦，一尊还酹[5]江月。

【释读难点】

〔1〕周郎：指周瑜。周瑜（175—210），字公瑾，庐江舒县（今安徽庐江西）人。东汉末年因其相貌英俊而有"周郎"之称。周瑜精通军事，又精于音律。公元 208 年，指挥著名的赤壁之战。公元 210 年，因病去世，年仅三十六岁（安徽庐江有周瑜墓）。
〔2〕小乔：乔玄的小女儿，生得闭月羞花，琴棋书画样样精通，是周瑜之妻；姐姐大乔为孙策之妻，有沉鱼落雁、倾国倾城之貌。

〔3〕羽扇纶（guān）巾：手摇动羽扇，头戴纶巾。这是古代儒将的装束，词中形容周瑜从容娴雅。

〔4〕故国：这里指旧地，当年的赤壁战场。

〔5〕酹（lèi）：（古人祭奠）以酒浇在地上祭奠。

【读辟蹊泾】

这首词是苏轼四十七岁谪居黄州游赤壁时写的。上阕写景，下阕怀古。赤壁雄奇，唤起诗人对东汉周瑜谈笑破敌的向往，自己功业无成而白发已生的感慨。词雄浑苍凉，大气磅礴，融景物、人事感叹、哲理于一体，撼魂荡魄。

● 朗读正文　　　　江城子·密州出猎

苏　轼

老夫聊发少年狂，左牵黄，右擎苍[1]，锦帽貂裘，千骑卷平冈。为报倾城随太守，亲射虎，看孙郎[2]。　　酒酣胸胆尚开张，鬓微霜，又何妨！持节云中，何日遣冯唐？[3]会挽雕弓如满月，西北望，射天狼[4]。

【释读难点】

〔1〕苍：黄狗，苍鹰。

〔2〕为报倾城随太守，亲射虎，看孙郎：为了酬答满城人都随同去看打猎的盛意，我亲自射虎，请你们看孙郎当年射虎的英姿。孙郎：指孙权，这里作者自喻。《三国志·吴志·孙权传》载："二十三年十月，权将如吴，亲乘马射虎于凌亭，马为虎伤。权投以双戟，虎却废。常从张世击以戈，获之。"

〔3〕持节云中，何日遣冯唐：是说朝廷何日派遣冯唐去云中赦免魏尚的罪呢？典出《史记·冯唐列传》。汉文帝时，魏尚为云中（汉时的郡名，在今内蒙古自治区托克托县一带）太守。他爱惜士卒，优待军吏，匈奴远避。匈奴曾一度来犯，魏尚亲率车骑出击，所杀甚众。后因报功文书上所载杀敌的数字与实际不合（虚报了六个），被削职。经冯唐代为辩白后，认为判得过重，文帝就派冯唐"持节"（带着传达圣旨的符节）去赦免魏尚的罪，让魏尚仍然担任云中郡太守。苏轼此时因政治上处境不好，调密州知州，故以魏尚自许，希望能得到朝廷的信任。

〔4〕天狼：星名，一称犬星，旧说指侵掠，这里引指西夏。《楚辞·九歌·东君》："长矢兮射天狼。"《晋书·天文志》云："狼一星在东井南，为野将，主侵掠。"词中以之隐喻侵犯北宋边境的辽国与西夏。

【读辟蹊泾】

此词为苏轼豪放词中较早之作，苏轼时任密州知州。词感情纵横奔放，令人"觉天风海雨逼人"。词中一连串表现动态的词，如"发""牵""擎""卷""射""挽""望"等，表现了作者的胸襟见识，一波三折，姿态横生，"狂"态毕露；气象恢宏，一反词作柔弱的格调，"指出向上一路，新天下耳目"，充满阳刚之美，成为历久弥珍的名篇。

● 朗读正文　　　江城子·乙卯正月二十日夜记梦

苏　轼

十年[1]生死两茫茫，不思量，自难忘。千里[2]孤坟，无处话凄凉。纵使相逢应不识，尘满面，鬓如霜。　　夜来幽梦忽还乡。小轩窗，正梳妆。相顾无言，惟有泪千行。料得年年肠断处，明月夜，短松冈。

【释读难点】

〔1〕十年：指结发妻子王弗去世已十年。

〔2〕千里：王弗葬地四川眉山与苏轼任所山东密州，相隔遥远，故称"千里"。

【读辟蹊泾】

苏东坡十九岁时，与年方十六的王弗结婚。王弗年轻美貌，且侍亲甚孝，二人恩爱情深。可惜天命无常，王弗二十七岁就去世了。这对苏东坡打击十分大。本词即是为纪念亡妻王弗而作。上阕写实，写对亡妻的深沉的思念。下阕记述梦境，抒写对亡妻执著不舍的深情。全词写"梦前思念，梦中相逢，梦后之悲"，情意缠绵，字字血泪。既写了王弗，又写了诗人自己，出语如话家常，却字字出自肺腑，深婉而真挚。

● 朗读正文　　　　　　　　　水调歌头

苏　轼

丙辰中秋，欢饮达旦，大醉，作此篇，兼怀子由。

明月几时有？把酒问青天。不知天上宫阙，今夕是何年。我欲乘风归去，又恐琼楼玉宇，高处不胜寒。起舞弄清影，何似在人间！　　转朱阁，低绮户，照无眠。不应有恨，何事长向别时圆？人有悲欢离合，月有阴晴圆缺，此事古难全。但愿人长久，千里共婵娟。

【读辟蹊泾】

此词是中秋望月怀人之作，表达了对胞弟苏辙的无限怀念。词人勾勒出皓月当空、美人千里、孤高旷远的境界氛围，反衬自己遗世独立的意绪，在月的阴晴圆缺当中，渗进浓厚的哲学意味，自然和社会高度契合。全词设景清丽雄阔，立意高远，情韵兼胜，境界壮美，典型地体现出苏词清雄旷达的风格。

● 朗读正文　　　　　　　　　蝶恋花

苏　轼

花褪残红青杏小。燕子飞时，绿水人家绕。枝上柳绵吹又少，天涯何处无芳草！　　墙里秋千墙外道。墙外行人，墙里佳人笑。笑渐不闻声渐悄，多情却被无情恼。

【读辟蹊泾】

这首《蝶恋花》，代表了苏词清新婉约的一面，表现词人创作上的多方面才能。上阕惜春，下阕抒感伤。面对残红褪尽，春意阑珊的景色，词人惋惜韶光流逝，感慨宦海沉浮，艺术构思新颖，使寻常景物含有深意，别有一种耐人玩味的情韵。

鹊桥仙
秦　观

纤云弄巧[1]，飞星[2]传恨，银汉迢迢暗度。金风玉露[3]一相逢，便胜却人间无数。　　柔情似水，佳期如梦，忍顾鹊桥归路！两情若是久长时，又岂在朝朝暮暮！

【释读难点】

[1] 纤云弄巧：是说纤薄的云彩，变化多端，呈现出许多细巧的花样。

[2] 飞星：流星。一说指牵牛、织女二星。

[3] 金风：秋风，秋天在五行中属金。玉露：秋露。李商隐《辛未七夕》："由来碧落银河畔，可要金风玉露时。"这句是说他们七夕相会。

【品读作者】

秦观（1049—1100），字少游，一字太虚，号淮海居士，别号邗沟居士。汉族，扬州高邮（今属江苏）人。与黄庭坚、张耒、晁补之合称"苏门四学士"。苏轼赞他"有屈宋之才"。"词体制淡雅，气骨不衰，清丽中不断意脉，咀嚼无滓，久而知味。"① 著有《淮海集》。

【读辟蹊径】

《鹊桥仙》原是为咏牛郎织女的爱情故事而创作的乐曲。上阕写佳期相会的盛况，下阕则叙依依惜别之情。词中明写天上双星，暗写人间情侣；其抒情，以乐景写哀，以哀景写乐，倍增其哀乐，读来荡气回肠，感人肺腑。结尾两句，更是爱情颂歌当中的千古绝唱。

青玉案
贺　铸

凌波[1]不过横塘路，但目送、芳尘[2]去。锦瑟华年谁与度？月桥花院，琐窗朱户，只有春知处。　　飞云冉冉蘅皋[3]暮，彩笔[4]新题断肠句。试问闲愁都几许？一川烟草，满城风絮，梅子黄时雨[5]。

【释读难点】

[1] 凌波：形容女子走路时步态轻盈。

[2] 芳尘：指美人的行踪。

[3] 蘅皋：长着香草的沼泽中的高地。蘅即杜蘅，一种多年生草本植物。

[4] 彩笔：比喻辞藻富丽的文笔。事见南朝江淹故事。

[5] 梅子黄时雨：四五月梅子黄熟，其间常阴雨连绵，俗称"黄梅雨"或"梅雨"。

【品读作者】

贺铸（1052—1125），北宋词人。字方回，卫州（今河南卫辉）人。宋太祖贺皇后族孙，自称是唐贺知章后裔，以知章居庆湖（即镜湖），自号庆湖遗老。年少读书，博学强记。任侠喜武，喜谈当

---

① （南宋）张炎：《词源》（卷下）。

世事，"可否不少假借，虽贵要权倾一时，小不中意，极口诋之无遗辞"①。因尚气使酒，终生不得美官，悒悒不得志。晚年更对仕途灰心，在任一年再度辞职。有《东山词》。

【读辞蹊泾】

此词抒写了因理想不能实现而郁郁不得志的"闲愁"。作者退隐横塘，壮志难伸，故借美人迟暮、盛年不偶，写自己的不为世用。上阕写相恋和怀念，开头两句写昏暮景色，暗示等待"凌波"仙子直到黄昏，仍不见踪影。写"美人"可望而不可即，以喻理想不能实现，形象生动。全词因果相承，情景互换，融情入景，设喻新奇。作者因此词而得名"贺梅子"。

● 朗读正文　　　　　　　　雨霖铃

柳　永

寒蝉凄切。对长亭晚，骤雨初歇。都门帐饮无绪，留恋处，兰舟[1]催发。执手相看泪眼，竟无语凝噎。念去去、千里烟波，暮霭沉沉楚天阔。

多情自古伤离别，更那堪冷落清秋节！今宵酒醒何处？杨柳岸、晓风残月。此去经年[2]，应是良辰好景虚设。便纵有、千种风情，更与何人说！

【释读难点】

〔1〕兰舟：据《述异记》载，鲁班曾刻木兰树为舟。后用作船的美称。

〔2〕经年：经过一年或多年，此指年复一年。

【品读作者】

柳永，生卒年不详。北宋词人。原名三变，字景庄，后改名永，字耆卿，崇安（今福建武夷山市）人。少年时出入歌楼酒馆，为歌妓乐工填词写曲，应进士试，被黜，遂自称"奉旨填词柳三变"。官至屯田员外郎，世称柳七（因排行第七得名）、柳屯田。为人放荡不羁，终身潦倒。其词多描绘城市风光和歌妓生活，尤长于抒写羁旅行役之情。词风婉约，是北宋第一个专力写词的词人，首创慢词。有"凡有井水饮处，皆能歌柳词"之说，对宋词的发展有较大的影响。有《乐章集》。

【读辞蹊泾】

全词围绕"伤离别"而构思，先写离别之前，重在勾勒环境；次写离别时刻，重在描写情态；再写别后想象，意在刻画心理。不论勾勒环境，描写情态，想象未来，词人都注意了前后照应、虚实相生，做到层层深入，尽情描绘，情景交融，读起来如行云流水，起伏跌宕中不见痕迹。

● 朗读正文　　　　　　　　望海潮

柳　永

东南形胜，三吴都会，钱塘自古繁华。烟柳画桥，风帘翠幕，参差十万人家。云树绕堤沙。怒涛卷霜雪，天堑无涯。市列珠玑，户盈罗绮，竞豪奢。　　重湖叠巘[1]清嘉，有三秋桂子，十里荷花。羌管弄晴[2]，菱歌泛夜[3]，嬉嬉钓叟莲娃[4]。千骑拥高牙[5]。乘醉听箫鼓，吟赏烟霞。异日图

_____

① 《宋史·贺铸传》。

将[6]好景，归去凤池[7]夸。

【释读难点】

〔1〕重湖叠𪩘（yǎn）：白堤两侧的里湖、外湖和远近重叠的山峰。

〔2〕羌管弄晴：悠扬的羌笛声在晴空中飘荡。

〔3〕菱歌泛夜：采菱的歌曲在夜间唱起。

〔4〕嬉嬉钓叟莲娃：钓鱼的老翁和采莲的少女都很愉快。

〔5〕千骑拥高牙：这里指孙何外出时仪仗很威风，随从人员多。高牙，古代行军有牙旗在前导引，旗很高，故称高牙。

〔6〕图将：把杭州美景画出来。将，用在动词后的语助词。

〔7〕凤池：凤凰池，对中书省的美称，这里代朝廷。

【读辟蹊泾】

这首词歌颂了杭州山水的美丽景色，赞美了杭州人民和平安定的欢乐生活，反映了北宋结束五代分裂割据局面以后，经过真宗、仁宗两朝的休养生息，所呈现的繁荣太平景象。

● 朗读正文

醉花阴
李清照

薄雾浓云愁永昼，瑞脑[1]销金兽[2]。佳节又重阳，玉枕纱厨，半夜凉初透。　　东篱[3]把酒黄昏后，有暗香盈袖。莫道不销魂，帘卷西风，人比黄花瘦。

【释读难点】

〔1〕瑞脑：一种香料，俗称冰片。

〔2〕金兽：兽形的铜香炉。

〔3〕东篱：泛指采菊之地，取自陶渊明《饮酒》诗："采菊东篱下"。

【品读作者】

李清照（1084—约1151），宋代女词人。号易安居士，齐州章丘（今属山东）人。父李格非为当时著名学者，夫赵明诚为金石考据家。早期生活优裕，与赵明诚共同致力于书画金石的搜集整理，著有《金石录》。金兵入据中原，流寓南方，赵明诚病死，境遇孤苦。前期词多写其悠闲生活，风韵优美；后期词多悲叹身世，情调感伤，有的也流露出对中原的怀念。词风多婉约清丽。有《词论》，对词学理论有独到见解，提出词"别是一家"之说。后人有《漱玉词》辑本。

【读辟蹊泾】

从天气到瑞脑金兽、玉枕纱厨、帘外菊花，词人用她愁苦的心情来看这一切，无不涂上一层愁苦的感情色彩。"莫道不消魂，帘卷西风，人比黄花瘦"创造出一个凄清寂寥、深秋怀人的境界。

● 朗读正文

声声慢
李清照

寻寻觅觅，冷冷清清，凄凄惨惨戚戚[1]。乍暖还寒时候，最难将息。三

古典情韵

第二组　雅词掬芳

41

杯两盏淡酒，怎敌他、晚来风急！雁过也，正伤心，却是旧时相识[2]。满地黄花堆积，憔悴损，如今有谁堪摘？守著窗儿，独自怎生得黑[3]！梧桐更兼细雨，到黄昏、点点滴滴。这次第，怎一个愁字了得！

【释读难点】

〔1〕戚戚：忧愁的样子。

〔2〕雁过也，正伤心，却是旧时相识：作者从北方流落南方，见北雁南飞，故有故乡之思和"似曾相识"的感慨。古时有鸿雁传书之说，而李清照婚后有《一剪梅》词寄赠丈夫，内云："云中谁寄锦书来，雁字回时，月满西楼。"如今作者丈夫已逝，孤独无靠，满腹心事无可告诉，因而感到"伤心"。

〔3〕怎生得黑：怎样挨到天黑呢。

【读辟蹊径】

全词景景含愁，通篇是愁，然而这一愁情作者却始终不说破，只是极力烘托渲染，层层推进，营造出"一重未了一重添"的凄苦氛围，留下无限的思索空间。全词写来尽管没有一滴泪，却是"一字一泪，满纸呜咽"。

● 朗读色文　　　　　　渔家傲
李清照

天接云涛连晓雾，星河欲转千帆舞。仿佛梦魂归帝所。闻天语，殷勤问我归何处？　　我报路长嗟日暮，学诗谩[1]有惊人句。九万里风鹏正举。风休住，蓬舟吹取三山去[2]！

【释读难点】

〔1〕谩：徒然，空。

〔2〕蓬舟：像蓬蒿被风吹转的船。古人以蓬根被风吹飞，喻飞动。三山：传说中海上的三座仙山，即蓬莱、方丈、瀛洲三座仙山。

【读辟蹊径】

以浪漫主义的艺术构思，梦游的方式，设想与天帝问答，倾诉隐衷，寄托自己的情思，景象壮阔，气势磅礴。为"无一毫粉钗气"的豪放词，是李清照的另类作品，近代梁启超评为："此绝似苏辛派，不类《漱玉集》中语。"① 可谓一语中的，道破天机。

● 朗读色文　　　　　　一剪梅
李清照

红藕香残玉簟[1]秋，轻解罗裳[2]，独上兰舟。云中谁寄锦书来？雁字[3]回时，月满西楼。　　花自飘零水自流，一种相思，两处闲愁。此情无计可消除，才下眉头，却上心头。

————————————

① 梁启超：《广蘅馆词选》（乙卷）。

【释读难点】

〔1〕玉簟（diàn）：光华如玉的精美竹席。

〔2〕裳（古音 cháng）：古人穿的下衣。也泛指衣服。

〔3〕雁字：雁行，指雁群飞时排成"一"或"人"形。相传雁能传书。

【读辟蹊泾】

上阕的五句按顺序写词人从昼到夜一天内所做之事、所触之景、所生之情。上阕的后三句，写了月光，写了西楼，表达了刻骨的相思。词的过片"花自飘零水自流"一句，承上启下，词意不断，既是即景，又兼比兴。词的下阕就从这一句自然过渡到后面的五句，转为纯抒情怀、直吐胸臆的独白。结拍三句，是历来为人所称道的名句。

● 朗读正文

钗头凤

陆 游

红酥[1]手，黄縢酒[2]。满城春色宫墙柳。东风恶，欢情薄。一怀愁绪，几年离索[3]。错，错，错！　　春如旧，人空瘦。泪痕红浥[4]鲛绡[5]透。桃花落，闲池阁。山盟虽在，锦书难托。莫，莫，莫！

【释读难点】

〔1〕酥（sū）：光洁细腻貌。

〔2〕黄縢酒：宋时官酒上以黄纸封口，又称黄封酒。

〔3〕离索：离群索居，分离也。

〔4〕浥（yì）：沾湿。

〔5〕鲛绡：传说鲛人织绡，极薄，后以泛指薄纱。

【品读作者】

陆游词作量不如诗篇巨大，但同样贯穿了气吞残虏的爱国主义精神。杨慎谓其词纤丽处似秦观，雄慨处似苏轼。

【读辟蹊泾】

这首词写陆游自己的爱情悲剧。陆游的原配夫人是同郡唐氏士族的一个大家闺秀，结婚以后，"伉俪相得"，"琴瑟甚和"，是一对情投意合的恩爱夫妻。不料，作为婚姻包办人之一的陆母却对儿媳产生了厌恶感，逼迫陆游休弃唐氏。在陆游百般劝谏、哀求而无效的情况下，二人被迫分离，唐氏改嫁"同郡宗子"赵士程，彼此之间也就音讯全无了。几年以后的一个春日，陆游在家乡山阴（今绍兴市）城南禹迹寺附近的沈园，与偕夫同游的唐氏邂逅相遇。唐氏安排酒肴，聊表对陆游的抚慰之情。陆游见人感事，心中感触很深，遂乘醉吟赋这首词，信笔题于园壁之上。全首词记述了词人与唐氏的这次相遇，表达了他们眷恋之深、相思之切，也抒发了词人怨恨愁苦而又难以言状的凄楚心情。

后唐氏见此词，随即附和了一首《钗头凤》，题于沈园壁上。两词所采用的艺术手段虽然不同，但都切合各自的性格、遭遇和身份。可谓各造其极，俱臻至境。合而读之，颇有珠联璧合、相映生辉之妙。

古典情韵

第二组 雅词掬芳

【阅读拓展】

钗头凤
唐婉[1]

世情薄，人情恶，雨送黄昏花易落。晓风干，泪痕残，欲笺心事，独语斜阑。难，难，难！
人成各，今非昨，病魂常似秋千索。角声寒，夜阑珊，怕人寻问，咽泪装欢。瞒，瞒，瞒！

〔1〕唐婉，字蕙仙，生卒年月不详。自幼文静灵秀，才华横溢。陆家曾以一支精美无比的家传凤
钗作信物，与唐家定亲。陆游二十岁（绍兴十四年，1144）与唐婉结合。不料唐婉的才华横溢与陆游
的亲密感情，引起了陆母的不满（女子无才便是德），陆母以为唐婉把儿子的前程耽误殆尽，遂命陆
游休了唐婉。陆游曾另筑别院安置唐婉，其母察觉后，命陆游另娶一位温顺本分的王氏女为妻。唐婉
而后由家人做主嫁给了皇家后裔同郡士人赵士程。

● 朗读正文　　　　　卜算子·咏梅
陆　游

驿外[1]断桥边，寂寞开无主。已是黄昏独自愁，更著风和雨。　　无意
苦争春，一任群芳妒[2]。零落成泥碾作尘，只有香如故。

【释读难点】

〔1〕驿外：指荒僻之地。驿，驿站，古代传递政府文书的人中途换马匹休息、住宿的地方。
〔2〕一任群芳妒：完全听凭百花去妒忌吧。一任，任凭。

【读辟蹊径】

以"咏梅"为题，将梅花人格化，咏物寓志，表达了自己孤高雅洁的志趣。给人们留下了十分深
刻的印象，成为一首咏梅的杰作。而毛泽东却曾反其意而用之。

【阅读拓展】

卜算子
毛泽东

风雨送春归，飞雪迎春到。已是悬崖百丈冰，犹有花枝俏。　　俏也不争春，只把春来报。待到
山花烂漫时，她在丛中笑。

● 朗读正文　　　破阵子·为陈同甫赋壮语以寄
辛弃疾

醉里挑灯看剑，梦回吹角连营。八百里分麾下炙，五十弦翻塞外声。沙
场秋点兵。　　马作的卢飞快，弓如霹雳弦惊。了却君王天下事，赢得生前
身后名。可怜白发生！

【品读作者】

辛弃疾（1140—1207），南宋词人。原字坦夫，改字幼安，别号稼轩，历城（今山东济南）人。
历任湖北、江西、湖南、福建、浙东安抚使等职。一生力主抗金。曾上《美芹十论》与《九议》，提
出抗金大计，然屡遭排挤，后抑郁而死。其词多颂爱国热情，诉壮志难酬之意，题材广阔，善化用典
故入词，风格沉雄豪迈又不乏细腻柔媚之处。后世将他与苏轼并称"苏辛"。有《稼轩长短句》。

醉后写梦，梦中雄心壮志得酬，意气风发，豪气冲天，如琵琶弦曲，越奏越急，声调冲入云霄。可怜白发生，满含悲凉，将这场梦境尽数喝断，壮志难酬的感慨破堤而出，浩浩荡荡，无边无涯。几条白发竟羁住了纵横沙场的壮志野马，怎不让人感到又是悲愤，又是凄凉。

● 朗读正文　　　　　　水龙吟·登建康赏心亭
辛弃疾

楚天千里清秋，水随天去秋无际。遥岑远目，献愁供恨，玉簪螺髻[1]。落日楼头，断鸿[2]声里，江南游子。把吴钩[3]看了，栏杆拍遍，无人会、登临意。　　休说鲈鱼堪脍，尽西风，季鹰[4]归未？求田问舍，怕应羞见，刘郎才气[5]。可惜流年，忧愁风雨[6]，树犹如此[7]！倩何人、唤取红巾翠袖，揾英雄泪！

【释读难点】

〔1〕玉簪螺髻：玉簪，碧玉簪。螺髻，螺旋盘结的发髻。皆形容远山秀美。

〔2〕断鸿：失群的孤雁。

〔3〕吴钩：本指一种弯形的剑，相传吴王命国中做金钩，有人杀掉自己两子，以血涂钩，铸成双钩献给吴王。后代指利剑。

〔4〕季鹰：据《晋书·张翰传》载，张翰（字季鹰）在洛阳做官，见秋风起，因想到家乡吴中的鲈鱼等美味，遂弃官而归。

〔5〕求田问舍，怕应羞见，刘郎才气：据《三国志·魏书·陈登传》载，许汜（sì）曾向刘备抱怨陈登看不起他，"久不相与语，自上大床卧，使客卧下床"。刘备批评许汜在国家危难之际只知置地买房，"如小人（刘备自称）欲卧百尺楼上，卧君于地，何但上下床之间邪"。求田问舍，置地买房。刘郎，刘备。

〔6〕忧愁风雨：化用苏轼《满庭芳》词义，原句为："百年里，浑教是醉，三万六千场。思量，能几许，忧愁风雨，一半相妨。"

〔7〕树犹如此：据《世说新语·言语》载，桓温北伐经金城，见从前所植柳树已长得十分粗大，慨然叹道："木犹如此，人何以堪！"

【读辟蹊泾】

词上阕大段写景：由水写到山，由无情之景写到有情之景，很有层次。下阕则直接言志。该词是辛词名作之一，它不仅对辛弃疾生活着的那个时代的矛盾有充分反映，有比较真实的现实内容，而且，作者运用圆熟精到的艺术手法把内容完美地表达出来，直到今天仍然具有极其强烈的感染力，使人们百读不厌。

● 朗读正文　　　　　　扬州慢
姜夔

淳熙丙申至日[1]，予过维扬。夜雪初霁，荠麦弥望。入其城则四顾萧条，寒水自碧。暮色渐起，戍角悲吟。予怀怆然，感慨今昔，因自度此曲，千岩老人以为有黍离之悲也。[2]

古典情韵

第二组　雅词掬芳

淮左名都，竹西佳处[3]，解鞍少驻初程。过春风十里[4]，尽荠麦青青。自胡马窥江[5]去后，废池乔木，犹厌言兵。渐黄昏，清角吹寒，都在空城。

杜郎[6]俊赏，算而今、重到须惊。纵豆蔻词工[7]，青楼梦好，难赋深情。二十四桥[8]仍在，波心荡、冷月无声。念桥边红药，年年知为谁生！

【释读难点】

〔1〕淳熙丙申：淳熙三年（1176）。至日：冬至。

〔2〕千岩老人：南宋诗人萧德藻，字东夫，自号千岩老人。姜夔曾跟他学诗，又是他的侄女婿。"黍离"：《诗经·王风》篇名。周平王东迁后，周大夫经过西周故都见"宗室宫庙，尽为禾黍"，遂赋《黍离》诗志哀。后世即用"黍离"来表示亡国之痛。

〔3〕竹西佳处：杜牧《题扬州禅智寺》诗："谁知竹西路，歌吹是扬州。"宋人于此筑竹西亭。这里指扬州。

〔4〕春风十里：杜牧《赠别》诗："春风十里扬州路，卷上珠帘总不如。"这里用以借指扬州。

〔5〕胡马窥江：指1161年金主完颜亮南侵，攻破扬州，直抵长江边的瓜洲渡，到淳熙三年（1176）姜夔过扬州已十六年。

〔6〕杜郎：杜牧。唐文宗大和七年（833）到九年（835），杜牧在扬州任淮南节度使掌书记。

〔7〕豆蔻词工：杜牧《赠别》诗："娉娉袅袅十三余，豆蔻梢头二月初。"豆蔻，形容少女美艳。

〔8〕二十四桥：杜牧《寄扬州韩绰判官》诗："二十四桥明月夜，玉人何处教吹箫。"二十四桥，有二说，一说唐时扬州城内有桥二十四座，皆为可纪之名胜。见沈括《梦溪笔谈·补笔谈》。一说专指扬州西郊的吴家砖桥（一名红药桥），"因古之二十四美人吹箫于此，故名"。见《扬州画舫录》。

【品读作者】

姜夔，生卒年不详。字尧章，自号白石道人，饶州鄱阳（今江西波阳县）人。南宋词人。少年孤贫，屡试不第，终生未仕，一生转徙江湖。早有文名，颇受杨万里、范成大、辛弃疾等人推赏。诗词俱佳，其诗早年学江西诗派，后自成一家，用字造句精心锤炼，格调自然高妙；其词清空幽静，音律精绝，风格清幽冷峻。有《白石道人诗集》。

【读辟蹊泾】

这首词写于宋孝宗淳熙三年（1176）冬至日，词前的小序对写作时间、地点及写作动因均作了交代。姜夔因路过扬州，目睹了战争洗劫后扬州的萧条景象，抚今追昔，悲叹今日的荒凉，追忆昔日的繁华，发为吟咏，以寄托对扬州昔日繁华的怀念和对今日山河破的哀思。《扬州慢》大量化用杜牧的诗句与诗境（有四处之多），又点出杜郎的风流俊赏，把杜牧的诗境融入自己的语境。用虚拟的手法，使其一波未平，一波又起，余音缭绕，余味不尽，是这首词的特色之一。

● 朗读正文

暗 香

姜 夔

辛亥[1]之冬，余载雪诣石湖[2]。止既月[3]，授简索句，且征新声，作此两曲，石湖把玩不已，使工伎肆习之，音节谐婉，乃名之曰《暗香》、《疏影》。

旧时月色，算几番照我，梅边吹笛？唤起玉人，不管清寒与攀摘。何逊[4]而今渐老，都忘却、春风词笔。但怪得竹外疏花，香冷入瑶席。

江国，正寂寂。叹寄与路遥，夜雪初积。翠尊[5]易泣，红萼[6]无言耿相忆。长记曾携手处，千树压、西湖寒碧。又片片吹尽也，几时见得？

【释读难点】

〔1〕辛亥：光宗绍熙二年（1191）。

〔2〕石湖：指范成大。

〔3〕止既月：指住满一月。

〔4〕何逊：南朝梁诗人，早年曾任南平王萧伟的记室。任扬州法曹时，廨舍有梅花一株，常吟咏其下。后居洛思之，请再往。抵扬州，花方盛片，逊对树彷徨终日。杜甫诗："东阁官梅动诗兴，还如何逊在扬州。"

〔5〕翠尊：翠绿酒杯，这里指酒。

〔6〕红萼：指梅花。

【读辟蹊泾】

昔盛今衰，轮回起伏，咏梅耶？叹人耶？不即不离。花无百日红，人无千日好，起落之间，人生可鉴。

●朗读正文

虞美人·听雨
蒋　捷

少年听雨歌楼上，红烛昏罗帐。壮年听雨客舟中，江阔云低，断雁[1]叫西风。　　而今听雨僧庐下，鬓已星星[2]也。悲欢离合总无情，一任阶前点滴到天明。

【释读难点】

〔1〕断雁：失群孤雁。

〔2〕星星：白发点点如星，形容白发很多。

【品读作者】

蒋捷，生卒年不详。字胜欲，号竹山，阳羡（今江苏宜兴）人。宋亡，深怀亡国之痛，隐居不仕，人称"竹山先生"，其气节为时人所重。长于词，与周密、王沂孙、张炎并称"宋末四大家"。其词风格多样，多抒发故国之思、山河之恸，而以悲凉清俊、萧寥疏爽为主。有《竹山词》。

【读辟蹊泾】

听雨为线，少年追欢逐笑，中年孤苦漂泊，晚年孤独寂寞，一生悲欢离合，雨为见证，雨为消解，简洁之至！有人云：亡国之情、哀国之痛蕴于言中，你怎么看？

【阅读扩展】

这种大跨度的写法在词中应用得十分广泛，现附录两首以供赏鉴：

生查子
欧阳修

去年元夜时，花市灯如昼。月上柳梢头，人约黄昏后。　　今年元夜时，月与灯依旧。不见去年人，泪满春衫袖。

丑奴儿·书博山道中壁
辛弃疾

少年不识愁滋味，爱上层楼。爱上层楼，为赋新词强说愁。　　而今识尽愁滋味，欲说还休。欲说还休，却道天凉好个秋！

● 朗读正文

满江红

岳 飞

怒发冲冠，凭栏处、潇潇雨歇。抬望眼，仰天长啸，壮怀激烈。三十功名尘与土[1]，八千里路云和月[2]。莫等闲、白了少年头，空悲切。　　靖康耻[3]，犹未雪。臣子恨，何时灭！驾长车，踏破贺兰山[4]缺。壮志饥餐胡虏肉，笑谈渴饮匈奴血。待从头收拾旧山河，朝天阙[5]。

【释读难点】

〔1〕三十功名尘与土：年已三十，建立了一些功名，不过很微不足道。

〔2〕八千里路云和月：形容南征北战，路途遥远，披星戴月。

〔3〕靖康耻：宋钦宗靖康二年（1127），金兵攻陷汴京（今开封），虏走徽、钦二帝。

〔4〕贺兰山：贺兰山脉位于宁夏回族自治区与内蒙古自治区交界处。

〔5〕朝天阙：朝见皇帝。天阙，本指宫殿前的楼观，此指皇帝生活的地方。

【品读作者】

岳飞（1103—1142），南宋抗金名将。字鹏举，相州汤阴（今属河南）人。官至枢密副使，封武昌郡开国公。以不附和议，被秦桧所陷，以"莫须有"罪名杀害。孝宗时追谥武穆，宁宗时追封鄂王，理宗时改谥忠武。一生戎马，所作诗文不多。

【读辟蹊径】

上阕写作者要为国家建立功业的急切心情。下阕写了三层意思：对金贵族掠夺者的深仇大恨，统一祖国的殷切希望，忠于朝廷即忠于祖国的赤诚之心。词感情激荡，气势磅礴，风格豪放，结构严谨，一气呵成，有着强烈的感染力。

● 朗读正文

临江仙

杨 慎

滚滚长江东逝水，浪花淘尽英雄。是非成败转头空。青山依旧在，几度夕阳红。　　白发渔樵江渚上，惯看秋月春风。一壶浊酒喜相逢。古今多少事，都付笑谈中。

【品读作者】

杨慎（1488—1559），杨廷和之子，明代文学家。字用修，号升庵。新都（今属四川）人。少时聪颖，十一岁能诗，十二岁拟作《古战场文》、《过秦论》，人皆惊叹不已。入京作《黄叶》诗，为李东阳所赞赏。公元1511年（正德六年），殿试第一，授翰林院修撰。秉性刚直，每事必直书。武宗微行出居庸关，上疏抗谏。世宗继位，任经筵讲官。公元1524年（嘉靖三年），众臣因"大礼议"，违背世宗意愿受廷杖，杨慎谪戍云南永昌卫，居云南三十余年，死于戍地。杨慎存诗约两千三百首，所写内容极为广泛。为明代三大才子其中之一，最为博览，号称"无书不读"。有《升庵集》。

【读辟蹊径】

张炎《词源》："词要清空，不要质实。"此词最大特点是"清空"，但清而更深刻，空而更丰赡，清空而更超绝，非一般的文字技巧可达到。它不同于一般登临古迹、触景生情的怀古之作，可称为词中的"史论"，无怪乎毛宗岗父子评点《三国演义》时将其放在卷首；它综观历代兴亡盛衰，以英雄豪杰的成败得失抒发感慨，表现出一种旷达超脱乃至"大彻大悟"式的历史观和人生观，读来令人荡气回肠、感慨万千。

● 朗读正文　　　　　　木兰词·拟古决绝词谏友
　　　　　　　　　　　　纳兰性德

　　人生若只如初见，何事秋风悲画扇。等闲变却故人心，却道故人心易变。　　骊山语罢清宵半，泪雨霖铃终不怨。何如薄幸锦衣郎，比翼连枝当日愿。

【品读作者】

　　纳兰性德（1655—1685），本名成德，为避太子讳改性德，字容若，号楞伽山人。满洲正黄旗人，清大学士明珠的公子，康熙十五年（1676）进士，授干清门侍卫。善骑射，喜郊游，好读书，其文学成就以词为最，尤以小令见长，时人誉为"清代第一词人"。相传曹雪芹所著《红楼梦》中贾宝玉的原型为纳兰性德。共存词三百四十二首，著有《通志堂集》、《纳兰词》（《饮水词》）等。

【读辟蹊泾】

　　此调原为唐教坊曲，后用为词牌。始见《花间集》韦庄词。词题说这是一首拟古之作，其所拟之《决绝词》本是古诗中的一种，是以女子的口吻控诉男子的薄情，从而表态与之决绝。如古辞《白头吟》："闻君有两意，故来相决绝。"唐元稹有《古决绝词》三首等。这里的拟作是借用汉唐典故而抒发"闺怨"之情。词情哀怨凄婉，屈曲缠绵。汪刻本于词题"拟古决绝词"后有"谏友"二字，由此而论，则这"闺怨"便是一种假托了，这怨情的背后，似乎更有着深层的痛楚。①

● 朗读正文　　　　　　　　金缕曲
　　　　　　　　　　　　　顾贞观

寄吴汉槎[1]宁古塔，以词代书。丙辰[2]冬，寓京师千佛寺，冰雪中作。

　　季子[3]平安否？便归来，平生万事，那堪回首？行路[4]悠悠谁慰藉？母老家贫子幼。记不起、从前杯酒。魑魅[5]搏人应见惯，总输他、覆雨翻云手[6]！冰与雪，周旋久。　　泪痕莫滴牛衣[7]透，数天涯、依然骨肉，几家能够？比似红颜多命薄，更不如今还有，只绝塞、苦寒难受。廿载包胥承一诺[8]，盼乌头马角[9]终相救。置此札，兄怀袖。

【释读难点】

〔1〕吴汉槎（chá）：即吴兆骞，字汉槎。清顺治十四年（1658），他因江南科场案件牵连，谪戍宁古塔（今黑龙江宁安）。顾贞观与吴是好友，当时顾在纳兰性德家教书，写此词表示对朋友的同情与慰藉。纳兰性德见词泣下，遂求情于其父纳兰明珠（宰相），吴兆骞遂被收回。《金缕曲》共二首，选一首。

————————————

① 盛冬铃：《纳兰性德词选》。

〔2〕丙辰：这里指康熙十五年（1676）。

〔3〕季子：春秋时，吴王寿梦之子季札，有贤名，因封于延陵，遂号称"延陵季子"，后来常用"季子"称呼姓吴的人。

〔4〕行路：这里指与己无关的路人。

〔5〕魑魅：鬼怪。

〔6〕覆雨翻云手：形容反复无常。

〔7〕牛衣：编草或乱麻为之，以被牛体者。《汉书·王章传》云，章疾病无被，卧牛衣中，与妻决泣涕。后人因谓夫妇贫困为牛衣对泣。这里指粗劣的衣服。

〔8〕廿载：自吴兆骞坐江南科场案至此，整整二十年。包胥承一诺：春秋时，伍子胥避害自楚逃吴，对申包胥说："我必覆楚。"申包胥答："我必存之。"后伍子胥引吴兵陷楚都郢，申包胥入秦求兵，终复楚国。

〔9〕乌头马角：战国末，燕太子丹为质于秦，求归。秦王说："乌头白，马生角，乃许耳！"太子丹仰天长叹，乌头变白，马亦生角。

【品读作者】

顾贞观（1637—1714），字华峰，号梁汾，江苏无锡人。清康熙五年（1666年）举人，擢秘书院典籍。后归江南，读书终老。与纳兰性德交厚，工诗文，词名尤著，以自描见长，不雕琢，尝云：吾词独不落宋人圈。可信必传。有《弹指词》。有单行刻本传世。

【读辟蹊泾】

此词表达了对朋友远谪的深切关怀、同情和慰藉。上阕写对友人的问候、同情。"季子平安否"，不是一般寒暄，而是对谪戍远方至友的深切关怀。"冰与雪"，暗喻自己与吴兆骞，都是在清朝严酷的统治下辗转反侧。下阕劝慰好友并写自己全力相救的赤诚之心。"置此札，兄怀袖"，劝友人以此信为安慰，放宽心，解忧愁。通篇如话家常，宛转反复，心迹如见，一字一句，真挚感人。

● 朗读正文

天净沙·秋思
马致远

枯藤老树昏鸦，小桥流水人家，古道西风瘦马。夕阳西下，断肠人[1]在天涯。

【释读难点】

〔1〕断肠人：此指漂泊天涯、极度悲伤、流落他乡的旅人。

【品读作者】

马致远（1250—1321以后），大都（今北京市）人。晚年号东篱，以示效陶渊明之志。与关汉卿、郑光祖、白朴并称"元曲四大家"，是元代时著名大戏剧家、散曲家，有"曲状元"之称，作有《汉宫秋》、《青衫泪》等杂剧十五种。

【读辟蹊泾】

此曲有"秋思之祖"之称。羁旅漂泊人，时逢黄昏，有感而发，发而思，思而悲，悲而泣，泣而痛。前三句，九个名词连缀，无一虚造硬加之词，成不涂浓墨之书画，不同的景物和谐地造化在一起，不得不令人拍案道奇。萧萧凄凄，无声似有声："断肠人在天涯"，顿时令人拊胸掩面哽咽，潸然泪下，泪悲情亦痛，化景为情，情从景出，勾勒出充满忧伤的旅人远离家乡、孤身漂泊的身影。

山坡羊·潼关怀古

张养浩

峰峦如聚,波涛如怒,山河表里[1]潼关路。望西都[2],意踌躇。伤心秦汉经行处[3],宫阙万间都做了土。兴,百姓苦;亡,百姓苦。

【释读难点】

〔1〕山河表里:具体指潼关外有黄河,内有华山。形容潼关一带地势险要。

〔2〕西都:指长安(今陕西西安)。这是泛指秦汉以来在长安附近所建的都城。古称长安为西都,洛阳为东都。

〔3〕秦汉经行处:秦朝都城咸阳和西汉都城长安都在陕西省境内潼关的西面。经行处,指秦汉故都遗址。

【品读作者】

张养浩(1269—1329),字希孟,号云庄,济南(今属山东)人,元代著名散曲家。曾任监察御史,因批评时政,为权贵所忌,被罢官。复职后官至礼部尚书,参议中书省事。后因上疏谏元夕内庭张灯得罪,辞官归隐,屡召不赴。1329 年关中大旱,应召出任陕西行台中丞,忙于赈灾事宜,积劳成疾,任职仅四个月,死于任所。《山坡羊·潼关怀古》即为赴陕西赈灾途中所作。

【读辟蹊泾】

潼关自古是历代兵家必争之地,长安是多朝古都,作者登高伫望,思古之情油然而起。"兴,百姓苦;亡,百姓苦。"鞭辟入里,精警异常,恰如黄钟大吕,振聋发聩,使全曲闪烁着耀眼的思想光辉。

第三组　文华章彩

文以载道　不平则鸣

古之散文，别于韵文、骈文，凡不押韵、不重排偶者，皆称散文，经、传、史、书亦在此列。唐宋以前，散文颇具政治、道德色彩，与个性、情感无涉。

先秦诸子以《论语》、《孟子》、《老子》为宗师，皆以论说为主，《老子》五千言，多骈偶之笔，已启后人骈文之始。春秋战国，诸侯纷争，战事频繁，为历史散文成长之沃土。《春秋》微言大义，《左传》叙事言胜，《战国策》记言述行，三者各占一隅，开历史散文之滥觞。西汉《史记》树传记散文之典范，"究天人之际，通古今之变，成一家之言"，无愧"史家之绝唱，无韵之离骚"，《项羽本纪》流转四方。东汉《汉书》叙事稍见繁细，而风趣更妙，《苏武传》名扬千载。

及至魏晋，骈赋盛极，丽词雅义，《归田赋》、《哀江南赋》、《子虚赋》华章溢彩，富丽辞工；陶渊明《归去来兮辞》、吴均《与宋元思书》，"寄至味于淡泊"。至唐之时，古文运动兴起，一改前朝绮靡之风，写法日益繁复。山水游记、寓言、传记、杂文，蕴含其中，尤以"唐宋八大家"为著，韩愈之作以笔为文，含英咀华，气盛言宣，"文起八代之衰，道济天下之溺，忠犯人主之怒，而勇夺三军之帅"（苏轼语）；柳宗元《永州八记》堪称勾画精品。

"自秦以下，文莫盛于宋。""唐宋八大家"，宋占六位。数量繁复，佳作纷呈，日渐成熟。欧阳修"以文章道德，为一世学者宗师"。[①]《醉翁亭记》晶莹秀润，《泷冈阡表》情深文婉。苏门三杰，文坛榜样，苏轼之文行云流水自然成文，"常行于所当行，常止于不可不止"。《赤壁赋》幽美而深邃。

至明代，个性解放思潮大行其道，散文流派众多，名家迭起，先有"七子"拟古为主，后有唐宋派"皆自胸中流出"，公安三袁"独抒性灵"。归有光引生活琐事入古文，纡徐平淡，《项脊轩志》不事雕饰而韵味自致；又有张岱兼收唐宋散文之神髓、魏晋笔记文之谐趣，堪称晚明小品文大家。

桐城派，执清代文坛之牛耳，以重"义理"、"考据"、"辞章"之统一为盛名，方苞之《左忠毅公逸事》严谨雅洁，乃传世名篇，姚鼐之《登泰山记》"首尾无一懈笔，殆神来之候也"。[②] 后有郑燮、袁枚反拟古，重个性，言之有物而饱含深情。《祭妹文》，与昌黎《祭十二郎文》、欧阳修《泷冈阡表》鼎足而立。

文以载道，不平则鸣。散文之路，归宿于"情"。

---

① （北宋）苏轼：《六一居士集叙》。
② 林纾语。

古文采萃

阳货欲见孔子
《论语》

阳货欲见孔子[1]，孔子不见，归孔子豚[2]。孔子时其亡也[3]，而往拜之。遇诸涂[4]。

谓孔子曰："来！予与尔言。"曰："怀其宝而迷其邦[5]，可谓仁乎？"曰："不可。""好从事而亟失时，可谓知乎？"[6]曰："不可。""日月逝矣，岁不我与[7]。"孔子曰："诺，吾将仕[8]矣。"

【释读难点】

〔1〕阳货：名虎，字货。季氏家臣，其时把持季氏权柄，左右鲁国政坛。见：使动用法，让……来见。

〔2〕归：通"馈"，赠送。豚：小猪，指蒸熟之小猪。

〔3〕时：通"伺"，伺机，伺察。亡：不在。

〔4〕涂：路上，后写作"途"。

〔5〕怀其宝：身怀才能。宝，宝物，比喻才能。迷其邦：使自己国家迷乱。迷，使动用法。

〔6〕从事：指做官。亟：屡次。知：聪明，后写作"智"。

〔7〕日月、岁：指时光、岁月。"我"是前置宾语。与：动词，在一起，等待。

〔8〕仕：做官。

【品读作者】

孔子（约公元前551—前479），名丘，字仲尼。春秋末年鲁国陬邑（今山东曲阜东南）人，中国古代伟大的思想家、教育家，儒家学说的创始人。出身微贱，周游列国，终不见用。晚年致力于教育，开创私学，并整理《诗》、《书》、《礼》、《易》等前代文化典籍，修订鲁国编年史《春秋》。被后世尊为孔圣人、至圣先师，被联合国教科文组织评选为"世界十大文化名人"之一。《论语》是孔子及其弟子言论和活动的记录，为孔门弟子及其后学编纂而成，为语录体散文，文字简朴而含义隽永。

【读辟蹊泾】

阳货欲逼孔子来见他，孔子不见，于是阳货送他一口小猪。圣人不能缺礼（按古礼："大夫有赐于士，不得受于其家，则往拜其门。"再者，"礼"亦为孔子学说核心之一），必须回拜，可是又不愿见他。于是打听到阳货不在家时才去拜访。言外之意："还了礼，你不在家，不能怪我。"但很不幸，可能阳货权大人多，早就得到情报，在路上将孔子堵住。一见面就毫不客气："岁月不饶人啊。"其意是告诉孔子："我知道你不愿意出来在我手下做官，我偏逼你出来，看你怎么说。"孔子回答得也很巧妙："好啊，我出来做官。"其意是："你官大，我一老头，拧不过你，暂且先出来做官，但没说在你手下做官。"此段对话颇可见圣人可爱的一面，有些老顽童的性格，说话很讲艺术，斗争很讲策略。

● 朗读正文　　　天时不如地利，地利不如人和
孟 子

孟子曰："天时不如地利，地利不如人和。"三里之城，七里之郭，环而攻之而不胜。夫环而攻之，必有得天时者矣；然而不胜者，是天时不如地利也。城非不高也，池非不深也，兵革非不坚利也，米粟非不多也，委而去之，是地利不如人和也。故曰："域民不以封疆之界，固国不以山溪之险，威天下不以兵革之利。得道者多助，失道者寡助；寡助之至，亲戚畔之；多助之至，天下顺之。以天下之所顺，攻亲戚之所畔，故君子有不战，战必胜矣。"

（选自朱熹集注，胡真集评：《孟子》，上海古籍出版社 2007 年版）

【品读作者】

孟子（约公元前 372—前 289），名轲，字子舆。战国邹（今山东邹县东南）人。为战国中期儒家学派的主要代表人物，后世尊为"亚圣"。曾受业于孔子之孙子思的门人，周游列国而不为所用，晚年退而与弟子万章、公孙丑著书立说，作《孟子》七篇。其思想接近孔子，主张"仁政"和"王道"，并提出"民贵君轻"的著名观点。孟子知言善辩，其文章长于譬喻，气势充沛，感情强烈。

【读辟蹊径】

首章谓"天时不如地利，地利不如人和"，下面分三段，第一段说天时不如地利，第二段说地利不如人和，第三段却专说"人和"，而归之"得道者多助"，一节高一节，此是作文中大法度也。①

● 朗读正文　　　鱼我所欲也
孟 子

孟子曰：鱼，我所欲也；熊掌，亦我所欲也。二者不可得兼，舍鱼而取熊掌者也。生，亦我所欲也；义，亦我所欲也；二者不可得兼，舍生而取义者也。

生亦我所欲，所欲有甚于生者，故不为苟得也；死亦我所恶，所恶有甚于死者，故患有所不辟也。

如使人之所欲莫甚于生，则凡可以得生者，何不用也？使人之所恶莫甚于死者，则凡可以辟患者，何不为也？由是则生而有不用也，由是则可以辟患而有不为也。是故所欲有甚于生者，所恶有甚于死者。非独贤者有是心也，人皆有之，贤者能勿丧耳。

一箪食，一豆羹，得之则生，弗得则死。呼尔而与之，行道之人弗受；蹴尔而与之，乞人不屑也。

万钟则不辨礼义而受之，万钟于我何加焉？为宫室之美，妻妾之奉，所

---

① （南宋）李涂：《文章精义》。

识穷乏者得我欤？向为身死而不受，今为宫室之美为之；向为身死而不受，今为妻妾之奉为之；向为身死而不受，今为所识穷乏者得我而为之：是亦不可以已乎？此之谓失其本心。

（选自朱熹集注，胡真集评：《孟子》，上海古籍出版社 2007 年版）

【读辟蹊泾】

孟子在这里提出了他的一个重要的伦理学观点，即人对于道德价值的追求，在一定条件下可以超越其生存需要，这就是所谓"舍生取义"。文章开头用形象的比喻引出中心思想，然后逐层从正反两方面加以分析论证，并通过具体例证，将深刻的道理以浅显的语言说出，逻辑性强，富有说服力。文中多用反问句，使文章具有一种不容置疑的雄辩气势。

● 朗读正文

劝 学
荀 子

君子曰：学不可以已。青，取之于蓝，而青于蓝；冰，水为之，而寒于水。木直中绳，𫐓[1]以为轮，其曲中规。虽有槁暴，不复挺者，𫐓使之然也。故木受绳则直，金就砺[2]则利，君子博学而日参省乎己，则知明而行无过矣。故不登高山，不知天之高也；不临深谿，不知地之厚也；不闻先王之遗言，不知学问之大也。于、越、夷、貉[3]之子，生而同声，长而异俗，教使之然也。《诗》曰："嗟尔君子，无恒安息。靖共尔位，好是正直。神之听之，介尔景福。"

神莫大于化道，福莫长于无祸。吾尝终日而思矣，不如须臾之所学也。吾尝跂而望矣，不如登高之博见也。登高而招，臂非加长也，而见者远；顺风而呼，声非加疾也，而闻者彰。假[4]舆马者，非利足也，而致千里；假舟楫者，非能水也，而绝江河。君子生非异也，善假于物也。

南方有鸟焉，名曰蒙鸠，以羽为巢，而编之以发，系之苇苕，风至苕折，卵破子死。巢非不完也，所系者然也。西方有木焉，名曰射干，茎长四寸，生于高山之上，而临百仞之渊。木茎非能长也，所立者然也。蓬生麻中，不扶而直。白沙在涅，与之俱黑。兰槐之根是为芷，其渐之滫[5]，君子不近，庶人不服。其质非不美也，所渐者然也。故君子居必择乡，游必就士，所以防邪辟而近中正也。物类之起，必有所始。荣辱之来，必象其德。肉腐出虫，鱼枯生蠹（dù）。怠慢忘身，祸灾乃作。强自取柱，柔自取束。邪秽在身，怨之所构。施薪若一，火就燥也；平地若一，水就湿也。草木畴生，禽兽群焉，物各从其类也。是故质的张而弓矢至焉，林木茂而斧斤至焉，树成荫而众鸟息焉，醯酸而蚋[6]聚焉。故言有召祸也，行有招辱也，君子慎其所立乎！

积土成山，风雨兴焉；积水成渊，蛟龙生焉；积善成德，而神明自得，圣心备焉。故不积跬步，无以至千里；不积小流，无以成江海。骐骥一跃，不能十步；驽马十驾，功在不舍。锲而舍之，朽木不折；锲而不舍，金石可镂。蚓无爪牙之利，筋骨之强，上食埃土，下饮黄泉，用心一也。蟹八跪而二螯，非蛇蟺之穴无可寄托者，用心躁也。是故无冥冥之志者，无昭昭之明；无惛惛之事者，无赫赫之功。行衢道者不至，事两君者不容。目不能两视而明，耳不能两听而聪。螣蛇无足而飞，鼫鼠五技而穷。《诗》曰："尸鸠在桑，其子七兮。淑人君子，其仪一兮。其仪一兮，心如结兮。"故君子结于一也。

昔者瓠巴鼓瑟而流鱼出听，伯牙鼓琴而六马仰秣。故声无小而不闻，行无隐而不形。玉在山而草木润，渊生珠而崖不枯。为善不积邪？安有不闻者乎？

学恶乎始？恶乎终？曰：其数则始乎诵经，终乎读礼。其义则始乎为士，终乎为圣人。真积力久则入，学至乎没而后止也。故学数有终，若其义则不可须臾舍也。为之，人也；舍之，禽兽也。故《书》者，政事之纪也；《诗》者，中声之所止也；《礼》者，法之大分，群类之纲纪也。故学至乎《礼》而止矣。夫是之谓道德之极。《礼》之敬文也，《乐》之中和也，《诗》、《书》之博也，《春秋》之微也，在天地之间者毕矣。

君子之学也，入乎耳，箸乎心，布乎四体，形乎动静。端而言，蝡而动，一可以为法则。小人之学也，入乎耳，出乎口。口、耳之间，则四寸耳，曷足以美七尺之躯哉！古之学者为己，今之学者为人。君子之学也，以美其身；小人之学也，以为禽犊[7]。故不问而告谓之傲，问一而告二谓之囋。傲，非也；囋，非也；君子如向矣。

学莫便乎近其人。《礼》、《乐》法而不说，《诗》、《书》故而不切，《春秋》约而不速。方其人之习君子之说，则尊以遍矣，周于世矣！故曰：学莫便乎近其人。

学之经莫速乎好其人，隆礼次之。上不能好其人，下不能隆礼，安特将学杂识志、顺《诗》、《书》而已耳！则末世穷年，不免为陋儒而已。将原先王，本仁义，则礼正其经纬蹊径也。若挈裘领，诎五指而顿之，顺者不可胜数也。不道礼宪，以《诗》、《书》为之，譬之犹以指测河也，以戈舂黍也，以锥餐壶也，不可以得之矣。故隆礼，虽未明，法士也；不隆礼，虽察辩，散儒也。

问楛[8]者，勿告也；告楛者，勿问也；说楛者，勿听也；有争气者，勿与辩也。故必由其道至，然后接之，非其道则避之，故礼恭，而后可与言道之方；辞顺，而后可与言道之理；色从，而后可与言道之致。故未可与言而言谓之傲，可与言而不言谓之隐，不观气色而言谓之瞽[9]。故君子不傲、不隐、不瞽，谨顺其身。《诗》曰："匪交匪舒，天子所予。"此之谓也。

百发失一，不足谓善射；千里跬步不至，不足谓善御；伦类不通，仁义不一，不足谓善学。学也者，固学一之也。一出焉，一入焉，涂巷之人也；其善者少，不善者多，桀、纣、盗跖也；全之尽之，然后学者也。

君子知夫不全不粹之不足以为美也，故诵数以贯之，思索以通之，为其人以处之，除其害者以持养之。使目非是无欲见也，使耳非是无欲闻也，使口非是无欲言也，使心非是无欲虑也。及至其致好之也，目好之五色，耳好之五声，口好之五味，心利之有天下。是故权利不能倾也，群众不能移也，天下不能荡也。生乎由是，死乎由是，夫是之谓德操。德操然后能定，能定然后能应。能定能应，夫是之谓成人[10]。天见其明，地见其光，君子贵其全也。

（选自扬倞注，王鹏整理：《荀子》，上海古籍出版社 2010 年版）

【释读难点】

〔1〕輮：用火加热使木头弯曲的工艺。

〔2〕砺：磨刀石。

〔3〕于越、夷貉：古地名，文中指不同地方。

〔4〕假：借助、凭借。

〔5〕潃（xiǔ）：臭水。

〔6〕蚋：一种小飞虫，类似蚊子。

〔7〕禽犊：古人相见用作馈赠礼品的小动物。

〔8〕楛：粗劣，指不合礼法。

〔9〕瞀：指盲目行事。

〔10〕成人：指道德完备之人。

【品读作者】

荀子（约公元前313—前238），名况，又称荀卿或孙卿。战国赵人。曾游学于齐，在稷下学宫讲学，后去楚国被春申君用为兰陵令。春申君死后，荀子废居于兰陵。韩非、李斯都是他的学生。荀子的思想基本上属于儒家，对其他各家学说也有所批判和扬弃。《荀子》一书今存三十二篇，大部分是荀子本人的著作。其文章朴实浑厚、严谨沉着，标志着先秦论说文的成熟。

【读辟蹊泾】

文章从儒家道德修养论的立场，系统论述了学习的重要意义，以及学习的内容、方法、途径和最终所要达到的境界等问题。虽然文中所谈到的学习是与儒家所要求的君子道德修养紧密联系在一起的，但其中提出的一些主张，如学无止境、锲而不舍、用心专一、虚心求教等，都具有普遍性的借鉴意义。文章使用了大量的比喻，形象地说明道理；句法整饬，已出现排偶现象，富于文采。

● 朗读正文　　　　逍遥游（节选）

庄　子

北冥有鱼，其名为鲲。鲲之大，不知其几千里也。化而为鸟，其名为鹏。鹏之背，不知其几千里也。怒而飞，其翼若垂天之云。是鸟也，海运则将徙于南冥。南冥者，天池也。

《齐谐》者，志怪者也。《谐》之言曰："鹏之徙于南冥也，水击三千里，抟扶摇而上者九万里，去以六月息者也。"野马也，尘埃也，生物之以息相吹也。天之苍苍，其正色邪？其远而无所至极邪？其视下也，亦若是则已矣。且夫水之积也不厚，则其负大舟也无力。覆杯水于坳堂之上，则芥为之舟，置杯焉则胶，水浅而舟大也。风之积也不厚，则其负大翼也无力。故九万里则风斯在下矣，而后乃今培风；背负青天而莫之夭阏者，而后乃今将图南。

蜩与学鸠笑之曰："我决起而飞，枪榆枋而止，时则不至，而控于地而已矣，奚以之九万里而南为？"适莽苍者，三餐而反，腹犹果然；适百里者宿春粮，适千里者，三月聚粮。之二虫，又何知！

小知不及大知，小年不及大年。奚以知其然也？朝菌[1]不知晦朔，蟪蛄[2]不知春秋，此小年也。楚之南有冥灵者，以五百岁为春，五百岁为秋；上古有大椿者，以八千岁为春，八千岁为秋，此大年也。而彭祖乃今以久特闻，众人匹之。不亦悲乎！

汤之问棘也是已："穷发之北有冥海者，天池也。有鱼焉，其广数千里，未有知其修者，其名为鲲。有鸟焉，其名为鹏，背若泰山，翼若垂天之云；抟扶摇羊角而上者九万里，绝云气，负青天，然后图南，且适南冥也。斥鴳（yàn）笑之曰：'彼且奚适也？我腾跃而上，不过数仞而下，翱翔蓬蒿之间，此亦飞之至也。而彼且奚适也？'"此小大之辩也。

故夫知效一官，行比一乡，德合一君，而征一国者，其自视也亦若此矣。而宋荣子犹然笑之。且举世而誉之而不加劝，举世而非之而不加沮，定乎内外之分，辩乎荣辱之境，斯已矣。彼其于世，未数数然也。虽然，犹有未树也。夫列子御风而行，泠然善也，旬有五日而后反。彼于致福者，未数数然也。此虽免乎行，犹有所待者也。若夫乘天地之正，而御六气之辩，以游无穷者，彼且恶乎待哉！故曰：至人无己，神人无功，圣人无名。

（选自王先谦集解，方勇整理：《庄子集解》，上海古籍出版社 2009 年版）

【释读难点】

〔1〕朝菌：一种生长期很短，朝生暮死的菌类。

〔2〕蟪蛄：寒蝉的别名。

【品读作者】

庄子（约公元前369—前286），名周，战国宋之蒙（今河南商丘东北）人。道家学派的主要代表人物之一。家境贫穷，鄙视富贵。庄子思想受到老子的影响，却与老子有很大不同，主张齐万物、外生死、无是非、无所待的"逍遥"境界，向往回归原始素朴的社会。《庄子》散文极富文学色彩，想象丰富而奇特，善于夸张，行文汪洋恣肆，仪态万方，将玄奥的哲理与生动的形象及诗意的境界融为一体。

【读辟蹊泾】

文章主要讨论如何才能摆脱世俗的功名、利禄、权位的束缚，使自己的精神生活提升到"乘天地之正，而御六气之辩，以游无穷"的"逍遥游"境界。所谓"逍遥游"，意思是放浪不羁、怡然自得、遨游于天地之间，也就是一种绝对的精神自由。文章运用大量的寓言、比喻和传说故事，生动形象地阐发其玄奥的哲理，想象丰富而奇特，文笔夸张而活泼，极富文学色彩和艺术感染力。

● 朗读正文

秋 水 （节选）
庄 子

　　秋水时至，百川灌河，泾流之大，两涘渚崖之间，不辨牛马。于是焉河伯欣然自喜，以天下之美为尽在己。顺流而东行，至于北海，东面而视，不见水端。于是焉河伯始旋其面目，望洋向若而叹曰："野语有之，曰：'闻道百，以为莫己若'者，我之谓也。且夫我尝闻少仲尼之闻而轻伯夷之义者，始吾弗信；今我睹子之难穷也，吾非至于子之门，则殆矣。吾长见笑于大方之家。"

　　北海若曰："井蛙不可以语于海者，拘于虚也；夏虫不可以语于冰者，笃于时也；曲士不可以语于道者，束于教也。今尔出于崖涘，观于大海，乃知尔丑，尔将可与语大理矣。天下之水，莫大于海，万川归之，不知何时止而不盈；尾闾泄之，不知何时已而不虚；春秋不变，水旱不知。此其过江河之流，不可为量数。而吾未尝以此自多者，自以比形于天地，而受气于阴阳，吾在天地之间，犹小石、小木之在大山也。方存乎见少，又奚以自多！计四海之在天地之间也，不似礨空之在大泽乎？计中国之在海内，不似稊[1]米之在大仓乎？号物之数谓之万，人处一焉；人卒九州，谷食之所生，舟车之所通，人处一焉，此其比万物也，不似毫末之在于马体乎？五帝之所连，三王之所争，仁人之所忧，任士之所劳，尽此矣。伯夷辞之以为名，仲尼语之以为博，此其自多也，不似尔向之自多于水乎？"

　　河伯曰："然则吾大天地而小毫末，可乎？"

　　北海若曰："否。夫物量无穷，时无止，分无常，终始无故。是故大知观于远近，故小而不寡，大而不多，知量无穷；证向今故，故遥而不闷，掇而不跂，知时无止；察乎盈虚，故得而不喜，失而不忧，知分之无常也；明乎坦涂，故生而不说，死而不祸，知终始之不可故也。计人之所知，不若其所不知；其生之时，不若未生之时；以其至小，求穷其至大之域，是故迷乱而不能自得也。由此观之，又何以知毫末之足以定至细之倪？又何以知天地之足以穷至大之域？"

　　河伯曰："世之议者皆曰：'至精无形，至大不可围。'是信情乎？"

　　北海若曰："夫自细视大者不尽，自大视细者不明。夫精，小之微也；垺[2]，大之殷也。故异便，此势之有也。夫精粗者，期于有形者也；无形者，数之所不能分也；不可围者，数之所不能穷也。可以言论者，物之粗也；可以意致者，物之精也；言之所不能论，意之所不能察致者，不期精粗焉。是故大人之行，不出乎害人，不多仁恩；动不为利，不贱门隶；货财弗

古典情韵

第三组 文华章彩

争，不多辞让；事焉不借人，不多食乎力，不贱贪污；行殊乎俗，不多辟异；为在从众，不贱佞谄；世之爵禄不足以为劝，戮耻不足以为辱。知是非之不可为分，细大之不可为倪。闻曰：'道人不闻，至德不得，大人无己。'约分之至也。"

（选自王先谦集解，方勇整理：《庄子集解》，上海古籍出版社 2009 年版）

【释读难点】

〔1〕稊（tí）：①稗子一类的草，子实像糜子。②杨柳新长出的嫩芽。

〔2〕垺（fú）：外城，古代指城圈外围的大城。

【读辟蹊泾】

文章前半部分是主体，通过河伯与北海若的对话，说明万物的大小、贵贱、生死、是非都是相对的，可以互相转化的。目的是宣扬万物齐一的道理，要求人们突破主观上的执着，从道的立场观照万物，不要用人为来破坏天性。文章所阐发的"万物齐一"的思想具有一定的辩证法因素，对克服认识上的主观性和片面性有一定的启发意义。但作者反对一切人为、忽视人在认识世界和改造世界中的主观能动性，是偏激的。文章运用拟人化的手法，将玄奥的哲理与浓郁的诗情结合在一起，想象奇特，具有很强的艺术感染力。

● *朗读正文*

老子语录①

老 子

1. 天下皆知美之为美，斯恶矣；皆知善之为善，斯不善矣。故有无相生，难易相成，长短相形，高下相倾，音声相和，前后相随。

2. 曲则全，枉[1]则直，洼[2]则盈，敝[3]则新，少则得，多则惑。是以圣人抱一[4]为天下式。不自见，故明；不自是，故彰[5]；不自伐，故有功；不自矜，故长。夫唯不争，故天下莫能与之争。

3. 信[6]言不美，美言不信。善者不辩，辩者不善。知者不博[7]，博者不知。圣人不积[8]，既以为[9]人己愈有，既以与人己愈多。

（选自奚侗集解，方勇整理：《老子》，上海古籍出版社 2007 年版）

【释读难点】

〔1〕枉：邪曲，弯曲。谓用力使物弯曲。

〔2〕洼：凹地，深池。

〔3〕敝：凋敝，陈旧。

〔4〕抱一：抱，守。一，道。

〔5〕彰：彰显。

〔6〕信：诚实。

〔7〕知：真知于事，指对事物有深入真切之认识。博：指博学多闻。

〔8〕积：蓄藏，聚集。

〔9〕为：施予，赠予，同"遗"。

---

① 选自《老子》二章、二十三章、八十一章。

【品读作者】

老子，又称老聃、李耳，字伯阳，楚国苦县（今河南鹿邑东）人。是我国古代伟大的哲学家和思想家、道家学派创始人。老子乃世界百位历史名人之一，存世有《道德经》（又称《老子》），其作品的精华是朴素的辩证法，主张无为而治，其学说对中国哲学发展具有深刻影响。在道教中老子被尊为道祖。

【读辟蹊径】

以上所选三段充分体现了老子朴素的辩证思想。清心寡欲，自然无为乃其核心思想。

"夫唯不争，故天下莫能与之争"，在当前物欲横流之际，对一些名利熏心之人，此言可谓良药。然在竞争激烈之社会，欲求个人发展，则不免消极。

"信言不美，美言不信"乃是为人处世之准则。正所谓忠言逆耳利于行，良药苦口利于病。人言虽美，未必可信。俗话说得好，无事献殷勤，非奸即盗。老子很多名言对当代人颇有启示。

【阅读扩展】

《老子》一书仅五千言，但言短意丰。名言妙句颇多，且富哲理，现摘录若干，以资品赏。

老子语录

1. 道可道，非常道。名可名，非常名。无名天地之始；有名万物之母。故常无，欲以观其妙；常有，欲以观其徼。此两者，同出而异名，同谓之玄。玄之又玄，众妙之门。

2. 是以圣人处无为之事，行不言之教；万物作而弗始，生而弗有，为而弗恃，功成而弗居。夫唯弗居，是以不去。

3. 持而盈之，不如其已；揣而锐之，不可长保。金玉满堂，莫之能守；富贵而骄，自遗其咎。功遂身退，天之道也。

4. 五色令人目盲；五音令人耳聋；五味令人口爽；驰骋畋猎，令人心发狂；难得之货，令人行妨。是以圣人为腹不为目，故去彼取此。

5. 人法地，地法天，天法道，道法自然。

6. 善行无辙迹，善言无瑕谪；善数不用筹策；善闭无关楗而不可开，善结无绳约而不可解。

7. 将欲歙之，必故张之；将欲弱之，必故强之；将欲废之，必故兴之；将欲取之，必故与之。是谓微明。

8. 柔弱胜刚强。鱼不可脱于渊，国之利器不可以示人。

9. 天下之至柔，驰骋天下之至坚。无有入无间，吾是以知无为之有益。

10. 大成若缺，其用不弊。大盈若冲，其用不穷。大直若屈，大巧若拙，大辩若讷。静胜躁，寒胜热。清静为天下正。

● 朗读正文

狐假虎威①
《战国策·楚策一》

虎求百兽而食之，得狐。狐曰："子无敢食我也。天帝使我长百兽，今子食我，是逆天帝命也。子以我为不信，吾为子先行，子随我后，观百兽之见我而敢不走乎？"虎以为然，故遂与之行。兽见之皆走。虎不知兽畏己而走也，以为畏狐也。

---

① 此文原题为《荆宣王问群臣》，现标题为编者所注。

（选自刘向编订，明洁辑评：《战国策》，上海古籍出版社 2008 年版）

【品读作者】

《战国策》是战国策士的集体创作，而最后编订者为西汉之刘向。《战国策》共三十三篇，分为东周、西周、秦、齐、楚、赵、韩、燕、宋、卫、中山诸策。内容上接《春秋》，下迄秦汉之际，保存了战国时期的许多重要史料。《战国策》中的文章，纵横捭阖，气势雄健，论事周密，说理酣畅，形象生动，具有很强的感染力。

【读辟蹊泾】

这是一个寓言故事。狐狸假借老虎的威风去吓唬其他野兽。比喻依仗别人的势力去欺压别人。也讽刺了那些仗着别人威势、招摇撞骗的人。故事风趣，寓理深刻。

● 朗读正文　　　　　　　狡兔三窟①
《战国策·齐策四》

齐人有冯谖者，贫乏不能自存。使人属孟尝君，愿寄食门下。孟尝君曰："客何好？"曰："客无好也。"曰："客何能？"曰："客无能也。"孟尝君笑而受之曰："诺。"左右以君贱之也，食以草具。

居有顷，倚柱弹其剑，歌曰："长铗归来乎！食无鱼。"左右以告。孟尝君曰："食之，比门下之鱼客。"居有顷，复弹其铗，歌曰："长铗归来乎！出无车。"左右皆笑之，以告。孟尝君曰："为之驾，比门下之车客。"于是乘其车，揭其剑，过其友，曰："孟尝君客我。"后有顷，复弹其剑铗，歌曰："长铗归来乎！无以为家。"左右皆恶之，以为贪而不知足。孟尝君问："冯公有亲乎？"对曰："有老母。"孟尝君使人给其食用，无使乏。于是冯谖不复歌。

后孟尝君出记，问门下诸客："谁习计会，能为文收责[1]于薛乎？"冯谖署曰："能。"孟尝君怪之，曰："此谁也？"左右曰："乃歌夫'长铗归来'者也。"孟尝君笑曰："客果有能也，吾负之，未尝见也。"请而见之，谢曰："文倦于事，愦于忧，而性懧愚，沉于国家之事，开罪于先生。先生不羞，乃有意欲为收责于薛乎？"冯谖曰："愿之。"于是约车治装，载券契而行，辞曰："责毕收，以何市而反？"孟尝君曰："视吾家所寡有者。"驱而之薛。使吏召诸民当偿者，悉来合券。券遍合，起，矫命以责赐诸民。因烧其券。民称万岁。

长驱到齐，晨而求见。孟尝君怪其疾也，衣冠而见之，曰："责毕收乎？来何疾也！"曰："收毕矣！""以何市而反？"冯谖曰："君云：'视吾家所寡有者'。臣窃计：君宫中积珍宝，狗马实外厩，美人充下陈；君家所寡有者，以义耳。窃以为君市义。"孟尝君曰："市义奈何？"曰："今君有区区之薛，

———————————

① 此文原题为《齐人冯谖者》，现标题为编者所注。

不拊爱子其民，因而贾利之。臣窃矫君命，以责赐诸民，因烧其券，民称万岁。乃臣所以为君市义也。"孟尝君不说，曰："诺，先生休矣！"

后期年，齐王谓孟尝君曰："寡人不敢以先王之臣为臣。"孟尝君就国于薛，未至百里，民扶老携幼，迎君道中正日。孟尝君顾谓冯谖："先生所为文市义者，乃今日见之！"冯谖曰："狡兔有三窟，仅得免其死耳。今君有一窟，未得高枕而卧也。请为君复凿二窟。"孟尝君予车五十乘，金五百斤，西游于梁。谓梁王曰："齐放其大臣孟尝君于诸侯。诸侯先迎之者，富而兵强。"于是，梁王虚上位，以故相为上将军，遣使者黄金千斤，车百乘，往聘孟尝君。冯谖先驱，诚孟尝君曰："千金，重币也；百乘，显使也。齐其闻之矣。"梁使三反，孟尝君固辞不往也。

齐王闻之，君臣恐惧，遣太傅赍[2]黄金千斤，文车二驷，服剑一，封书一，谢孟尝君曰："寡人不祥，被于宗庙之祟，沉于谄谀之臣，开罪于君，寡人不足为也。愿君顾先王之宗庙，姑反国统万人乎？"冯谖诚孟尝君曰："愿请先王之祭器，立宗庙于薛。"庙成，还报孟尝君曰："三窟已就，君姑高枕为乐矣。"

孟尝君为相数十年，无纤介之祸者，冯谖之计也。

（选自刘向编订，明洁辑评：《战国策》，上海古籍出版社2008年版）

【释读难点】

〔1〕责：同"债"。

〔2〕赍：携带。

【读辟蹊泾】

无能、无好，写得平平无奇，长铗三弹，写得凄凉寂寞。以下逐层生色，结穴十分热闹。回环照应，前后生情，细若罗纹，灿如织锦，极有渲衬文字。①

● 朗读正文

自相矛盾

韩 非

楚人有鬻矛与盾者，誉之曰："吾盾之坚，物莫能陷也！"又誉其矛曰："吾矛之利，于物无不陷也。"或曰："以子之矛，陷子之盾，何如？"其人弗能应也。

（选自韩非著，陈奇猷校注：《韩非子新校注》，上海古籍出版社2000年版）

【品读作者】

韩非（约公元前279—前233），战国末韩国公子。与李斯同师于荀卿，而喜好黄老刑名法术之学。后出使秦国，遭李斯、姚贾谗毁而下狱，被迫自杀于狱中。韩非是先秦法家集大成之人物，建立了完整的法家理论体系。著有《韩非子》，全书分为五十五篇，以论说文为主，文章分析透彻，切合

---

① （清）高塘集评：《国策钞》（卷二）引俞桐川语。

事实，言辞峭刻，锋芒逼人。

【读辟蹊泾】

自相矛盾的故事反映的是一种逻辑矛盾，而不是哲学上的矛盾观点。逻辑矛盾是一种思维的混乱。认为自己的矛很厉害，什么盾都可以刺破；又认为自己的盾很厉害，什么矛都刺不破。以子之矛攻子之盾？结果不管如何，都可以证明其中的一句话是错误的。

● **朗读正文**

讳疾忌医
韩 非

扁鹊见蔡桓公，立有间。扁鹊曰："君有疾在腠理[1]，不治将恐深。"桓侯曰："寡人无疾。"扁鹊出，桓侯曰："医之好治不病以为功。"

居十日，扁鹊复见曰："君之病在肌肤，不治将益深。"桓侯不应。扁鹊出，桓侯又不悦。居十日，扁鹊复见曰："君子病在肠胃，不治将益深。"桓侯又不应。扁鹊出，桓侯又不悦。居十日，扁鹊望桓侯而还走。

桓侯故使人问之，扁鹊曰："疾在腠理，汤熨[2]之所及也；在肌肤，针石[3]之所及也；在肠胃，火齐[4]之所及也；在骨髓，司命之所属，无奈何也。今在骨髓，臣是以无请也。"

居五日，桓公体痛，使人索扁鹊，已逃秦矣，桓侯遂死。故良医之治病也，攻之于腠理，此皆争之于小者也。夫事之祸福亦有腠理之地，故曰："圣人早从事焉。"

【释读难点】

〔1〕腠（còu）理：皮肤表面的纹理。
〔2〕汤熨：中医用布包热药敷患处。
〔3〕针石：中医用针或石针刺穴位。
〔4〕火齐：中医汤药名，火齐汤。

【读辟蹊泾】

故事中的蔡桓公隐瞒疾病，不愿医治，最终耽误了自己的病情，走向死亡。后人用"讳疾忌医"这个成语比喻有些人因为怕人批评而掩饰自己的缺点和错误，最终不利于自己。

● **朗读正文**

过秦论（上）
贾 谊

秦孝公据崤函（xiáohán）之固，拥雍州之地，君臣固守，以窥周室；有席卷天下，包举宇内，囊括四海之意，并吞八荒之心。当是时也，商君佐之，内立法度，务耕织，修守战之具，外连横而斗诸侯。于是秦人拱手而取西河之外。

孝公既没，惠文、武王蒙故业，因遗策，南取汉中，西举巴、蜀，东割膏腴之地，北收要害之郡。诸侯恐惧，会盟而谋弱秦，不爱珍器、重宝、肥饶之地，以致天下之士，合从[1]缔交，相与为一。当此之时，齐有孟尝，赵有平原，楚有春申，魏有信陵。此四君者，皆明智而忠信，宽厚而爱人，尊贤而重士，约从离横，兼韩、魏、燕、楚、齐、赵、宋、卫、中山之众。于是六国之士，有宁越、徐尚、苏秦、杜赫之属为之谋，齐明、周最、陈轸、召滑、楼缓、翟景、苏厉、乐毅之徒通其意，吴起、孙膑、带佗、倪良、王廖、田忌、廉颇、赵奢之伦制其兵。尝以什倍之地、百万之众，叩关而攻秦。秦人开关延敌，九国之师，逡（qūn）巡遁逃而不敢进。秦无亡矢遗镞之费，而天下诸侯已困矣。于是从散约解，争割地而赂秦。秦有余力而制其弊，追亡逐北，伏尸百万，流血漂橹。因利乘便，宰割天下，分裂河山，强国请服，弱国入朝。

延及孝文王、庄襄王，享国之日浅，国家无事。及至始皇，奋六世之余烈，振长策而御宇内，吞二周而亡诸侯，履至尊而制六合，执敲扑而鞭笞天下，威振四海。南取百越之地，以为桂林、象郡；百越之君，俯首系颈，委命下吏。乃使蒙恬北筑长城而守藩篱，却匈奴七百余里；胡人不敢南下而牧马，士不敢弯弓而报怨。于是废先王之道，焚百家之言，以愚黔首；隳[2]名城，杀豪俊。收天下之兵聚之咸阳，销锋镝，铸以为金人十二，以弱天下之民。然后践华为城，因河为池，据亿丈之城，临不测之溪以为固。良将劲弩，守要害之处；信臣精卒，陈利兵而谁何！天下已定，始皇之心，自以为关中之固，金城千里，子孙帝王万世之业也。

始皇既没，余威震于殊俗。然陈涉瓮牖绳枢之子，氓隶之人，而迁徙之徒也。才能不及中庸，非有仲尼、墨翟（dí）之贤，陶朱、猗顿之富。蹑足行伍之间，倔起阡陌之中，率罢弊之卒，将数百之众，转而攻秦。斩木为兵，揭竿为旗。天下云集响应，赢粮而景从，山东豪俊，遂并起而亡秦族矣。

且夫天下非小弱也，雍州之地，崤函之固，自若也。陈涉之位，不尊于齐、楚、燕、赵、韩、魏、宋、卫、中山之君也；锄耰棘矜，不铦[3]于钩戟、长铩也；谪戍之众，非抗于九国之师也；深谋远虑，行军用兵之道，非及向时之士也。然而成败异变，功业相反。试使山东之国与陈涉度长絜大，比权量力，则不可同年而语矣。然秦以区区之地，致万乘之权，招八州而朝同列，百有余年矣。然后以六合为家，崤函为宫。一夫作难而七庙隳，身死人手，为天下笑者。何也？仁义不施，而攻守之势异也。

（选自余诚编：《古文释义》，岳麓书社 2003 年版）

【释读难点】

〔1〕从：通"纵"。

〔2〕隳（huī）：毁弃。

〔3〕铦（xiān）：锋利。

【品读作者】

贾谊（公元前200—前168），洛阳（今河南洛阳东）人。西汉杰出的政治家和辞赋家。贾谊天资过人，二十岁时升任太中大夫，因此遭到嫉恨，被贬为长沙王太傅，后改任梁怀王太傅。怀王堕马而死，贾谊自伤失职，郁郁而死。他的《吊屈原赋》、《鹏鸟赋》是楚辞向汉赋过渡时期的重要作品；政论文《过秦论》、《陈政事疏》等富有气势和说服力，颇具战国纵横家的风格。有今人辑之《贾谊集》。

【读辟蹊泾】

"过秦论"者，论秦之过也。只是末句"仁义不施"一语便断尽。通篇文字，只看得中间"然而"二字一转。未转以前，重叠只是论秦如此之强；既转以后，重叠只是论陈涉如此之微。通篇只得二句文字：一句只是以秦国如此之强，一句只是以陈涉如此之微。至于前半有说六国时，此只是反衬秦；后半有说秦（六国）时，此只是反衬陈涉。最是疏奇之笔……前写诸侯如彼难，后写陈涉如此易，真是可发一笑。①

● **朗读正文**　　　　　　# 项羽本纪（节选）
司马迁

项王军壁垓下，兵少食尽。汉军及诸侯兵围之数重。夜闻汉军四面皆楚歌，项王乃大惊，曰："汉皆已得楚乎？是何楚人之多也！"项王则夜起，饮帐中。有美人名虞，常幸从；骏马名骓，常骑之。于是项王乃悲歌忼慨，自为诗曰："力拔山兮气盖世，时不利兮骓不逝。骓不逝兮可奈何！虞兮虞兮奈若何？"歌数阕，美人和之。项王泣数行下，左右皆泣，莫能仰视。

于是项王乃上马骑，麾下壮士骑从者八百余人，直夜溃围南出，驰走。平明，汉军乃觉之，令骑将灌婴以五千骑追之。项王渡淮，骑能属者百余人耳。项王至阴陵，迷失道，问一田父，田父绐曰："左。"左，乃陷大泽中，以故汉追及之。项王乃复引兵而东，至东城，乃有二十八骑。汉骑追者数千人。项王自度不得脱，谓其骑曰："吾起兵至今八岁矣，身七十余战，所当者破，所击者服，未尝败北，遂霸有天下。然今卒困于此，此天之亡我，非战之罪也。今日固决死，愿为诸君快战，必三胜之，为诸君溃围、斩将、刈旗，令诸君知天亡我，非战之罪也。"乃分其骑以为四队，四向。汉军围之数重。项王谓其骑曰："吾为公取彼一将。"令四面骑驰下，期山东为三处。于是项王大呼驰下，汉军皆披靡，遂斩汉一将。是时，赤泉侯为骑将，追项王，项王瞋目而叱之，赤泉侯人马俱惊，辟易数里。与其骑会为三处。汉军不知项王所在，乃分军为三，复围之。项王乃驰，复斩汉一都尉，杀数十百人。复聚其骑，亡其两骑耳，乃谓其骑曰："何如？"骑皆伏曰："如大王言！"

————————

① （清）金圣叹：《天下才子必读书》（卷六）。

于是项王乃欲东渡乌江。乌江亭长权船待，谓项王曰："江东虽小，地方千里，众数十万人，亦足王也。愿大王急渡。今独臣有船，汉军至，无以渡。"项王笑曰："天之亡我，我何渡为！且籍与江东子弟八千人渡江而西，今无一人还，纵江东父兄怜而王我，我何面目见之？纵彼不言，籍独不愧于心乎？"乃谓亭长曰："吾知公长者。吾骑此马五岁，所当无敌，尝一日行千里，不忍杀之，以赐公。"乃令骑皆下马步行，持短兵接战。独籍所杀汉军数百人。项王身亦被十余创，顾见汉骑司马吕马童，曰："若非吾故人乎？"马童面之，指王翳曰："此项王也。"项王乃曰："吾闻汉购我头千金，邑万户，吾为汝德。"乃自刎而死。王翳取其头，余骑相蹂践争项王，相杀者数十人。最其后，郎中骑杨喜、骑司马吕马童、郎中吕胜、杨武，各得其一体。五人共会其体，皆是。故分其地为五：封吕马童为中水侯，封王翳为杜衍侯，封杨喜为赤泉侯，封杨武为吴防侯，封吕胜为涅阳侯。

（选自涵芬楼影印宋黄善夫刻本《史记》，1936年原刊本）

【品读作者】

司马迁（公元前145—？），字子长，夏阳（今陕西韩城南）人。司马迁少而好学，二十岁开始漫游。武帝元封三年（公元前108）继承父亲，担任太史令。太初元年（公元前104）着手编写《史记》。天汉二年（公元前99），因替投降匈奴的李陵辩解，而触怒武帝，被处以腐刑。司马迁深以为耻，下定决心发愤著书以完成自己的使命和人生价值。司马迁四十五岁时，基本完成了《史记》的写作。

《史记》"究天人之际，通古今之变，成一家之言"，是我国第一部纪传体编年史，鲁迅誉之为"史家之绝唱，无韵之离骚"。司马迁另有《悲士不遇赋》和《报任安书》传世。

【读辟蹊泾】

羽之神勇，千古无二；太史公以神勇之笔写神勇之人，亦千古无二。迄今正襟读之，犹觉暗哑叱咤之雄，纵横驰骋于数页之间，驱数百万甲兵，如大风卷箨，奇观也。①

● 朗读正文　　　　　　兰亭集序
王羲之

永和九年，岁在癸丑，暮春之初，会于会稽山阴之兰亭，修禊事也。群贤毕至，少长咸集。此地有崇山峻岭，茂林修竹；又有清流激湍，映带左右，引以为流觞曲水。列坐其次，虽无丝竹管弦之盛，一觞一咏，亦足以畅叙幽情。是日也，天朗气清，惠风和畅，仰观宇宙之大，俯察品类之盛，所以游目骋怀，足以极视听之娱，信可乐也。

夫人之相与，俯仰一世，或取诸怀抱，晤言一室之内；或因寄所托，放浪形骸之外。虽取舍万殊，静躁不同，当其欣于所遇，暂得于己，快然自

①　（清）李晚芳：《读史管见》卷一。

足，曾不知老之将至；及其所之既倦，情随事迁，感慨系之矣。向之所欣，俯仰之间，已为陈迹，犹不能不以之兴怀。况修短随化，终期于尽。古人云："死生亦大矣。"岂不痛哉！

每览昔人兴感之由，若合一契，未尝不临文嗟悼，不能喻之于怀。固知一死生为虚诞，齐彭殇为妄作。后之视今，亦犹今之视昔。悲夫！故列叙时人，录其所述，虽世殊事异，所以兴怀，其致一也。后之览者，亦将有感于斯文。

（选自余诚编：《古文释义》，岳麓书社2003年版）

【品读作者】

王羲之（321—379），字逸少，琅琊临沂（今属山东）人，东晋高官王导的侄子。曾任江州刺史、会稽内史、右军将军等职，世称王右军，是我国历史上著名的书法家，有"书圣"之称。他长于诗文，但为书法之名所掩。现存辑本《王右军集》。

【读辟蹊径】

这篇序文可分为两部分。前半部分生动而形象地记叙了兰亭集会的盛况和乐趣。其中对兰亭地理形势和自然风物的描绘，短短几句，不但写出了兰亭环境的清幽，也写出了与会者的雅情。后半部分抒发了盛事不常、人生短暂的感慨，情绪颇为忧伤；但紧接着通过对"一死生"、"齐彭殇"的批判，又表现出了一种达观精神。这在玄学盛行，崇尚老庄的魏晋，可谓独树一帜。此文产生于雕词琢句的骈文风行时代，但它不追求华丽的辞藻，叙事写景清新自然，抒情议论朴实真挚，这是难能可贵的。

● 朗读正文

归去来兮辞
陶渊明

归去来兮，田园将芜胡不归！既自以心为形役，奚惆怅而独悲！悟已往之不谏，知来者之可追；实迷途其未远，觉今是而昨非。

舟摇摇以轻飏，风飘飘而吹衣。问征夫以前路，恨晨光之熹微。乃瞻衡宇，载欣载奔。僮仆欢迎，稚子候门。三径就荒，松菊犹存。携幼入室，有酒盈樽。引壶觞以自酌，眄庭柯以怡颜。倚南窗以寄傲，审容膝之易安。园日涉以成趣，门虽设而常关。策扶老以流憩，时矫首而遐观。云无心以出岫，鸟倦飞而知还。景翳翳以将入，抚孤松而盘桓。

归去来兮，请息交以绝游。世与我而相遗，复驾言兮焉求！悦亲戚之情话，乐琴书以消忧。农人告余以春及，将有事于西畴。或命巾车，或棹孤舟。既窈窕以寻壑，亦崎岖而经丘。木欣欣以向荣，泉涓涓而始流。美万物之得时，感吾生之行休！

已矣乎！寓形宇内复几时，曷不委心任去留！胡为乎遑遑兮欲何之？富贵非吾愿，帝乡不可期。怀良辰以孤往，或植杖而耘耔。登东皋以舒啸，临清流而赋诗。聊乘化以归尽，乐夫天命复奚疑！

（选自余诚编：《古文释义》，岳麓书社2003年版）

68

【读辟蹊泾】

本文为作者辞去彭泽令后初归家时所作。归去来，即归去之意。文中写他归隐后的喜悦心情和隐居田园的乐趣，表达了作者与官场彻底决裂的思想感情。语言清新流畅，诗意浓郁。善于借景抒情，既富于浓厚的抒情色彩，又充满哲理的内涵，是一篇情、景、理和谐统一的佳作。

● 朗读玉文

五柳先生传

陶渊明

先生不知何许人也，亦不详其姓字。宅边有五柳树，因以为号焉。闲静少言，不慕荣利。好读书，不求甚解。每有会意，便欣然忘食。性嗜酒，家贫不能常得，亲旧知其如此，或置酒而招之。造饮辄尽，期在必醉。既醉而退，曾不吝情去留。环堵萧然，不蔽风日；短褐穿结，箪瓢屡空，晏如也！常著文章自娱，颇示己志。忘怀得失，以此自终。

赞曰："黔娄之妻有言：'不戚戚于贫贱，不汲汲于富贵。'其言兹若人之俦乎？衔觞赋诗，以乐其志。无怀氏之民欤？葛天氏之民欤？"

（选自朱清主编：《古文观止鉴赏集评》，安徽文艺出版社2010年版）

【读辟蹊泾】

本篇为作者自况之文，叙述他的爱好和率性任真、不慕荣利的性格特征和生活追求，表现了对污浊的现实社会的无所措怀和否定。用语浅显而含义深刻，篇幅简短而包罗宏富，是一篇颇有特色的自传文。

● 朗读玉文

桃花源记

陶渊明

晋太元中，武陵人捕鱼为业。缘溪行，忘路之远近。忽逢桃花林，夹岸数百步，中无杂树，芳草鲜美，落英缤纷。

渔人甚异之，复前行，欲穷其林。林尽水源，便得一山。山有小口，仿佛若有光，便舍船从口入。初极狭，才通人，复行数十步，豁然开朗。土地平旷，屋舍俨然，有良田、美池、桑竹之属，阡陌交通，鸡犬相闻。其中往来种作，男女衣着，悉如外人。黄发垂髫，并怡然自乐。

见渔人，乃大惊，问所从来，具答之。便要还家，设酒杀鸡作食。村中闻有此人，咸来问讯。自云先世避秦时乱，率妻子邑人来此绝境，不复出焉，遂与外人间隔。问今是何世，乃不知有汉，无论魏晋。此人一一为具言所闻，皆叹惋。余人各复延至其家，皆出酒食，停数日，辞去。此中人语云："不足为外人道也。"

既出，得其船，便扶向路，处处志之。及郡下，诣太守说如此。太守即遣人随其往，寻向所志，遂迷不复得路。

南阳刘子骥，高尚士也。闻之，欣然规往，未果，寻病终。后遂无问津者。

（选自朱清主编：《古文观止鉴赏集评》，安徽文艺出版社 2010 年版）

【读辟蹊泾】

这是一篇作者虚构以寄托其社会理想的作品，它描绘了一幅没有压迫剥削、平等自由的社会生活图景，其中有作者憧憬的淳朴恬美的社会生活，也是老子追求的"小国寡民"社会模式的缩影。反映了作者对当时社会的不满和否定。作品语言朴素优美、自然流畅，读后令人悠然神往。

● 朗读正文   与朱元思书
                             吴　均

　　风烟俱净，天山共色。从流飘荡，任意东西。自富阳至桐庐，一百许里，奇山异水，天下独绝。

　　水皆缥碧，千丈见底；游鱼细石，直视无碍。急湍甚箭，猛浪若奔。

　　夹岸高山，皆生寒树，负势竞上，互相轩邈，争高直指，千百成峰。泉水激石，泠泠作响；好鸟相鸣，嘤嘤成韵。蝉则千转不穷，猿则百叫无绝。鸢飞戾天者，望峰息心；经纶世务者，窥谷忘反。横柯上蔽，在昼犹昏；疏条交映，有时见日。

（选自许梿评选，黎经诰笺注：《六朝文絜笺注》，上海古籍出版社 1982 年版）

【品读作者】

吴均（469—520），字叔庠，南朝齐梁时的文学家、史学家，今浙江省人。出身贫寒，自幼聪敏好学。诗文自成一家，格调清新，语言质朴，称"吴均体"，开创一代诗风。有《吴朝请集》。

【读辟蹊泾】

文中写富阳到桐庐百余里间的山水景色，语言清新优美，生动自然，勾勒了一幅富春江沿线优美的山光水色画卷，表现出高远的意境，是南朝写景小品的代表作之一。

【阅读拓展】

答谢中书书
陶弘景

山川之美，古来共谈。高峰入云，清流见底。两岸石壁，五色交晖。青林翠竹，四时俱备。晓雾将歇，猿鸟乱鸣。夕日欲颓，沈鳞竞跃。实是欲界之仙都。自康乐以来，未复有能与其奇者。

（《艺文类聚》卷三七）

● 朗读正文   三峡·江水
                             郦道元

　　江水又东，迳广溪峡，斯乃三峡之首也。峡中有瞿塘、黄龛二滩。其峡盖自昔禹凿以通江，郭景纯所谓巴东之峡，夏后疏凿者也。

　　江水又东，迳巫峡，杜宇所凿以通江水也。江水历峡东，迳新崩滩。其间首尾百六十里，谓之巫峡，盖因山为名也。

自三峡七百里中，两岸连山，略无阙处；重岩叠嶂，隐天蔽日，自非亭午夜分，不见曦月。至于夏水襄陵，沿溯阻绝，或王命急宣，有时朝发白帝，暮到江陵，其间千二百里，虽乘奔御风不以疾也。春冬之时，则素湍绿潭，回清倒影。绝巘多生怪柏，悬泉瀑布，飞漱其间。清荣峻茂，良多趣味。每至晴初霜旦，林寒涧肃，常有高猿长啸，属引凄异，空谷传响，哀转久绝。故渔者歌曰："巴东三峡巫峡长，猿鸣三声泪沾裳！"

江水又东，迳流头滩。其水并峻急奔暴，鱼鳖所不能游，行者常苦之，其歌曰："滩头白勃坚相持，倏忽沦没别无期。"袁山松曰："自蜀至此，五千余里；下水五日，上水百日也。"

江水又东，迳宜昌县北，县治江之南岸也。江水又东，迳狼尾滩，而历人滩。江水又东，迳黄牛山，下有滩名曰黄牛滩。江水又东，迳西陵峡。宜都记曰："自黄牛滩东入西陵界，至峡口百许里，山水纡曲，而两岸高山重障，非日中夜半，不见日月，绝壁或千许丈，其石彩色，形容多所像类。林木高茂，略尽冬春。猿鸣至清，山谷传响，泠泠不绝。"所谓三峡，此其一也。山松言："常闻峡中水疾，书记及口传悉以临惧相戒，曾无称有山水之美也。及余来践跻此境，既至欣然始信耳闻之不如亲见矣。其叠崿秀峰，奇构异形，固难以辞叙。林木萧森，离离蔚蔚，乃在霞气之表。仰瞩俯映，弥习弥佳，流连信宿，不觉忘返。目所履历，未尝有也。既自欣得此奇观，山水有灵，亦当惊知己于千古矣。"

（选自郦道元著，王先谦注：《王氏合校水经注》，中华书局2009年版）

【品读作者】

郦道元（？—527），字善长，范阳涿鹿（今河北涿州市）人。仕于北魏，历任东荆州刺史、河南尹、御史中尉等职。平生好学，博览群书，所著除《水经注》外，尚有《本志》、《七聘》等。

【读辟蹊径】

选文写长江三峡中的巫峡和西陵峡一带山水，以水所流经的顺序表现了该地不同季节的各种景色和雄峻面貌。语言生动流畅，极具诗情画意。

● 朗读正文

师　说

韩　愈

古之学者必有师。师者，所以传道受业解惑也。人非生而知之者，孰能无惑？惑而不从师，其为惑也，终不解矣。生乎吾前，其闻道也固先乎吾，吾从而师之；生乎吾后，其闻道也亦先乎吾，吾从而师之。吾师道也，夫庸知其年之先后生于吾乎！是故无贵无贱，无长无少，道之所存，师之所存也。

嗟乎！师道之不传也久矣！欲人之无惑也难矣！古之圣人，其出人也远矣，犹且从师而问焉；今之众人，其下圣人也亦远矣，而耻学于师。是故圣益圣，愚益愚；圣人之所以为圣，愚人之所以为愚，其皆出于此乎！

爱其子，择师而教之；于其身也，则耻师焉，惑矣！彼童子之师，授之书而习其句读者也，非吾所谓传其道解其惑者也。句读之不知，惑之不解，或师焉，或不焉，小学而大遗，吾未见其明也。

巫医乐师百工之人，不耻相师，士大夫之族，曰师曰弟子云者，则群聚而笑之。问之，则曰："彼与彼年相若也，道相似也。位卑则足羞，官盛则近谀。"呜呼！师道之不复可知矣。巫医、乐师、百工之人，君子不齿，今其智乃反不能及，其可怪也欤！

圣人无常师。孔子师郯子、苌弘、师襄、老聃。郯子之徒，其贤不及孔子。孔子曰："三人行，则必有我师。"是故弟子不必不如师，师不必贤于弟子，闻道有先后，术业有专攻，如是而已。

李氏子蟠，年十七，好古文，六艺经传，皆通习之，不拘于时，学于余。余嘉其能行古道，作《师说》以贻之。

（选自明代嘉靖年间徐氏东雅堂刊本《昌黎先生集》）

【品读作者】

韩愈（768—824），字退之，今河南邓州市人。韩氏郡望昌黎，常以此自称，后世称韩昌黎。德宗贞元八年（792）进士，曾任节度判官，调四门博士，迁监察御史。后因上书言事，贬为阳山令。宪宗时迁刑部侍郎，穆宗时累官至吏部侍郎。韩愈推尊儒学，力排佛老。为文提倡散体，反对六朝以来骈偶文，倡导古文运动，为"唐宋八大家"之首。其诗另辟蹊径，以文为诗，气势壮阔，笔力雄健，力求新奇，流于险怪，对宋诗影响尤其深远。有《昌黎先生集》四十卷，《外集》十卷。

【读辟蹊径】

《师说》是韩愈的一篇流传千古的文章，文章不足五百字，但却全面有力地论述了当时不从师的风气，用正反对比的手法，说明了从师的重要性，号召青年都能从师学习，为青年人提倡良好的学风。全文论证严密，说理透辟，是一篇深思熟虑的作品，它的意义远远超出了一对师生之间的往来赠答，产生了深远的影响。

● 朗读正文

张中丞传后叙

韩 愈

元和二年四月十三日夜，愈与吴郡张籍阅家中旧书，得李翰所为《张巡传》。翰以文章自名，为此传颇详密。然尚恨有阙者：不为许远立传，又不载雷万春事首尾。

远虽材若不及巡者，开门纳巡，位本在巡上，授之柄而处其下，无所疑忌，竟与巡俱守死，成功名。城陷而虏，与巡死先后异耳。两家子弟材智下，不能通知二父志，以为巡死而远就虏，疑畏死而辞服于贼。远诚畏死，何苦守尺寸之地，食其所爱之肉，以与贼抗而不降乎？当其围守时，外无蚍蜉蚁子之援，所欲忠者，国与主耳，而贼语以国亡主灭。远见救援不至，而贼来益众，必以其言为信。外无待而犹死守，人相食且尽，虽愚人亦能数日而知死处矣。远之不畏死亦明矣！乌有城坏其徒俱死，独蒙愧耻求活？虽至愚者不忍为，鸣呼！而谓远之贤而为之邪？

说者又谓远与巡分城而守，城之陷，自远所分始。以此诟远，此又与儿童之见无异。人之将死，其藏腑必有先受其病者；引绳而绝之，其绝必有处。观者见其然，从而尤之，其亦不达于理矣！小人之好议论，不乐成人之美，如是哉！如巡、远之所成就，如此卓卓，犹不得免，其他则又何说！

当二公之初守也，宁能知人之卒不救，弃城而逆遁？苟此不能守，虽避之他处何益？及其无救而且穷也，将其创残饿赢之余，虽欲去，必不达。二公之贤，其讲之精矣！守一城，捍天下，以千百就尽之卒，战百万日滋之师，蔽遮江淮，沮遏其势，天下之不亡，其谁之功也？当是时，弃城而图存者，不可一二数；擅强兵坐而观者，相环也。不追议此，而责二公以死守，亦见其自比于逆乱，设淫辞而助之攻也。

愈尝从事于汴徐二府，屡道于两府间，亲祭于其所谓双庙者。其老人往往说巡、远时事云：南霁云之乞救于贺兰也，贺兰嫉巡、远之声威功绩出己上，不肯出师救；爱霁云之勇且壮，不听其语，强留之，具食与乐，延霁云坐。霁云慷慨语曰："云来时，睢阳之人，不食月余日矣！云虽欲独食，义不忍；虽食，且不下咽！"因拔所佩刀，断一指，血淋漓，以示贺兰。一座大惊，皆感激为云泣下。云知贺兰终无为云出师意，即驰去；将出城，抽矢射佛寺浮图，矢着其上砖半箭，曰："吾归破贼，必灭贺兰，此矢所以志也。"愈贞元中过泗州，船上人犹指以相语。城陷，贼以刃胁降巡，巡不屈，即牵去，将斩之；又降霁云，云未应。巡呼云曰："南八，男儿死耳，不可为不义屈！"云笑曰："欲将以有为也；公有言，云敢不死！"即不屈。

张籍曰："有于嵩者，少依于巡；及巡起事，嵩常在围中。籍大历中于和州乌江县见嵩，嵩时年六十余矣。以巡初尝得临涣县尉，好学，无所不读。籍时尚小，粗问巡、远事，不能细也。云巡长七尺余，须髯若神。尝见嵩读《汉书》，谓嵩曰：'何为久读此？'嵩曰：'未熟也。'巡曰：'吾于书读不过三遍，终身不忘也。'因诵嵩所读书，尽卷不错一字。嵩惊，以为巡偶熟此卷，因乱抽他帙以试，无不尽然。嵩又取架上诸书试以问巡，巡应口诵无疑。嵩从巡久，亦不见巡常读书也。为文章，操纸笔立书，未尝起草。初守睢阳时，士卒仅万人，城中居人户，亦且数万，巡因一见问姓名，其后无不识者。巡怒，须髯辄张。及城陷，贼缚巡等数十人坐，且将戮。巡起旋，其众见巡起，或起或泣。巡曰：'汝勿怖！死，命也。'众泣不能仰视。巡就戮时，颜色不乱，阳阳如平常。远宽厚长者，貌如其心；与巡同年生，月日后于巡，呼巡为兄，死时年四十九。"

嵩贞元初死于亳宋间。或传嵩有田在亳宋间，武人夺而有之，嵩将诣州讼理，为所杀。嵩无子。张籍云。

（选自明代嘉靖年间徐氏东雅堂刊本《昌黎先生集》）

【读辟蹊径】

辩许远无降贼之理，全用议论，后于老人言。补南霁云乞师，全用叙事，末从张籍口中述于嵩。述张巡轶事，拉杂错综，史笔中之变体也。争光日月，气薄云霄，文至此可云不朽。[1]

●**朗读正文** 　　　　　　　祭十二郎文
韩　愈

年月日，季父愈闻汝丧之七日，乃能衔哀致诚，使建中远具时羞之奠，告汝十二郎之灵：

呜呼！吾少孤，及长，不省所怙，惟兄嫂是依。中年，兄殁南方，吾与汝俱幼，从嫂归葬河阳，既又与汝就食江南。零丁孤苦，未尝一日相离也。吾上有三兄，皆不幸早世，承先人后者，在孙惟汝，在子惟吾，两世一身，形单影只。嫂尝抚汝指吾而言曰："韩氏两世，惟此而已！"汝时尤小，当不复记忆，吾时虽能记忆，亦未知其言之悲也。

吾年十九，始来京城。其后四年，而归视汝。又四年，吾往河阳省坟墓，遇汝从嫂丧来葬。又二年，吾佐董丞相于汴州，汝来省吾，止一岁，请归取其孥[1]。明年，丞相薨。吾去汴州，汝不果来。是年，吾佐戎徐州，使取汝者始行，吾又罢去，汝又不果来。吾念汝从于东，东亦客也，不可以久，图久远者，莫如西归，将成家而致汝。呜呼！孰谓汝遽去吾而殁乎！吾与汝俱少年，以为虽暂相别，终当久相与处，故舍汝而旅食京师，以求斗斛之禄；诚知其如此，虽万乘之公相，吾不以一日辍汝而就也！

去年，孟东野往，吾书与汝曰："吾年未四十，而视茫茫，而发苍苍，而齿牙动摇。念诸父与诸兄，皆康强而早世，如吾之衰者，其能久存乎？吾不可去，汝不肯来，恐旦暮死，而汝抱无涯之戚也！"孰谓少者殁而长者存，强者夭而病者全乎？呜呼！其信然邪？其梦邪？其传之非其真邪？信也，吾兄之盛德而夭其嗣乎？汝之纯明而不克蒙其泽乎？少者强者而夭殁，长者衰者而存全乎？未可以为信也。梦也，传之非其真也？东野之书，耿兰之报，何为而在吾侧也？呜呼！其信然矣！吾兄之盛德而夭其嗣矣！汝之纯明宜业其家者，不克蒙其泽矣！所谓天者诚难测，而神者诚难明矣！所谓理者不可推，而寿者不可知矣！

虽然，吾自今年来，苍苍者或化而为白矣，动摇者或脱而落矣，毛血日益衰，志气日益微，几何不从汝而死也！死而有知，其几何离？其无知，悲

---

[1]（清）沈德潜：《唐宋八家文读本》（卷二）。

不几时，而不悲者无穷期矣！汝之子始十岁，吾之子始五岁，少而强者不可保，如此孩提者，又可冀其成立邪？呜呼哀哉！呜呼哀哉！汝去年书云："比得软脚病，往往而剧。"吾曰："是疾也，江南之人，常常有之。"未始以为忧也。呜呼！其竟以此而殒其生乎？抑别有疾而至斯乎？汝之书，六月十七日也。东野云，汝殁以六月二日，耿兰之报无月日。盖东野之使者，不知问家人以月日，如耿兰之报，不知当言月日。东野与吾书，乃问使者，使者妄称以应之耳。其然乎？其不然乎？

今吾使建中祭汝，吊汝之孤与汝之乳母。彼有食可守以待终丧，则待终丧而取以来，如不能守以终丧，则遂取以来。其余奴婢，并令守汝丧。吾力能改葬，终葬汝于先人之兆，然后惟其所愿。

呜呼！汝病吾不知时，汝殁吾不知日，生不能相养于共居，殁不能抚汝以尽哀，敛不凭其棺，窆[2]不临其穴。吾行负神明而使汝夭，不孝不慈，而不能与汝相养以生、相守以死；一在天之涯，一在地之角，生而影不与吾形相依，死而魂不与吾梦相接，吾实为之，其又何尤！彼苍者天，曷其有极！自今已往，吾其无意于人世矣！当求数顷之田于伊、颍之上，以待余年，教吾子与汝子，幸其成；长吾女与汝女，待其嫁，如此而已！呜呼！言有穷而情不可终，汝其知也邪！其不知也邪！呜呼哀哉！尚飨！

（选自余诚编：《古文释义》，岳麓书社 2003 年版）

【释读难点】

〔1〕孥：妻与子的统称。

〔2〕窆（biǎn）：下棺入穴。

【读辟蹊径】

情之至者，自然流为至文。读此等文，须想其一面哭一面写，字字是血，字字是泪。未尝有意为文，而文无不工。祭文中千年绝调。①

【阅读拓展】

自古视忠孝义为德，《出师表》乃忠之表率，《陈情表》为义之楷模，其情至深至醇至美。现附于后，以资赏鉴。

出师表

诸葛亮

先帝创业未半，而中道崩殂。今天下三分，益州疲敝，此诚危急存亡之秋也。然侍卫之臣，不懈于内；忠志之士，忘身于外者，盖追先帝之殊遇，欲报之于陛下也。诚宜开张圣听，以光先帝遗德，恢宏志士之气；不宜妄自菲薄，引喻失义，以塞忠谏之路也。

宫中、府中，俱为一体，陟罚臧否，不宜异同。若有作奸犯科及为忠善者，宜付有司，论其刑赏，以昭陛下平明之治，不宜偏私，使内外异法也。侍中、侍郎郭攸之、费祎、董允等，此皆良实，志虑忠纯，是以先帝简拔以遗陛下。愚以为宫中之事，事无大小，悉以咨之，然后施行，必能裨补阙漏，有所广益。将军向宠，性行淑均，晓畅军事，试用之于昔日，先帝称之曰能，是以众议举宠以为

---

① （清）吴楚材：吴调侯、《古文观止》（卷八）。

督。愚以为营中之事，事无大小，悉以咨之，必能使行阵和穆，优劣得所也。亲贤臣，远小人，此先汉所以兴隆也；亲小人，远贤臣，此后汉所以倾颓也。先帝在时，每与臣论此事，未尝不叹息痛恨于桓、灵也。侍中、尚书、长史、参军，此悉贞良死节之臣也，愿陛下亲之信之，则汉室之隆，可计日而待也。

臣本布衣，躬耕于南阳，苟全性命于乱世，不求闻达于诸侯。先帝不以臣卑鄙，猥自枉屈，三顾臣于草庐之中，咨臣以当世之事。由是感激，遂许先帝以驱驰。后值倾覆，受任于败军之际，奉命于危难之间，尔来二十有一年矣。先帝知臣谨慎，故临崩寄臣以大事也。受命以来，夙夜忧叹，恐托付不效，以伤先帝之明。故五月渡泸，深入不毛。今南方已定，兵甲已足，当奖帅三军，北定中原。庶竭驽钝，攘除奸凶，兴复汉室，还于旧都。此臣所以报先帝而忠陛下之职分也。至于斟酌损益，进尽忠言，则攸之、祎、允等之任也。

愿陛下托臣以讨贼兴复之效，不效则治臣之罪，以告先帝之灵。若无兴德之言，则责攸之、祎、允等之咎，以彰其慢。陛下亦宜自谋，以咨诹善道，察纳雅言，深追先帝遗诏，臣不胜受恩感激。今当远离，临表涕泣，不知所云。

（选自余诚编：《古文释义》，岳麓书社 2003 年版）

陈情表
李 密

臣密言：臣以险衅，夙遭闵凶。生孩六月，慈父见背；行年四岁，舅夺母志。祖母刘，愍臣孤弱，躬亲抚养。臣少多疾病，九岁不行；零丁孤苦，至于成立。既无叔伯，终鲜兄弟。门衰祚薄，晚有儿息。外无期功强近之亲，内无应门五尺之童。茕茕孑立，形影相吊。而刘夙婴疾病，常在床蓐。臣侍汤药，未尝废离。

逮奉圣朝，沐浴清化。前太守臣逵，察臣孝廉；后刺史臣荣，举臣秀才。臣以供养无主，辞不赴命。诏书特下，拜臣郎中；寻蒙国恩，除臣洗马。猥以微贱，当侍东宫，非臣陨首所能上报。臣具以表闻，辞不就职。诏书切峻，责臣逋慢。郡县逼迫，催臣上道；州司临门，急于星火。臣欲奉诏奔驰，则以刘病日笃；欲苟顺私情，则告诉不许。臣之进退，实为狼狈。

伏惟圣朝以孝治天下，凡在故老，犹蒙矜育；况臣孤苦，特为尤甚。且臣少事伪朝，历职郎署，本图宦达，不矜名节。今臣亡国贱俘，至微至陋。过蒙拔擢，宠命优渥，岂敢盘桓，有所希冀？但以刘日薄西山，气息奄奄，人命危浅，朝不虑夕。臣无祖母，无以至今日；祖母无臣，无以终余年。母孙二人，更相为命。是以区区不能废远。

臣密今年四十有四，祖母刘今年九十有六。是臣尽节于陛下之日长，报刘之日短也。乌鸟私情，愿乞终养。臣之辛苦，非独蜀之人士及二州牧伯所见明知，皇天后土，实所共鉴。

愿陛下矜愍愚诚，听臣微志。庶刘侥幸，卒保余年。臣生当陨首，死当结草。臣不胜犬马怖惧之情，谨拜表以闻。

（选自余诚编：《古文释义》，岳麓书社 2003 年版）

● 朗读正文

小石潭记
柳宗元

从小丘西行百二十步，隔篁竹，闻水声，如鸣佩环，心乐之。伐竹取道，下见小潭，水尤清冽。全石以为底，近岸，卷石底以出，为坻，为屿，为嵁，为岩。青树翠蔓，蒙络摇缀，参差披拂。

潭中鱼可百许头，皆若空游无所依。日光下澈，影布石上，怡然不动；

俶（chù）尔远逝，往来翕（xī）忽，似与游者相乐。

潭西南而望，斗折蛇行，明灭可见。其岸势犬牙差互，不可知其源。

坐潭上，四面竹树环合，寂寥无人，凄神寒骨，悄怆幽邃。以其境过清，不可久居，乃记之而去。

同游者：吴武陵，龚古，余弟宗玄。隶而从者，崔氏二小生：曰恕己，曰奉壹。

（选自《柳宗元集》，中华书局1979年版）

【品读作者】

柳宗元（773—819），德宗贞元九年（793）进士，又中博学宏辞科，授集贤殿正字，调蓝田尉，拜监察御史；顺宗永贞元年（805）官礼部员外郎，后因参与王叔文革新运动失败，贬为永州司马。十年后召入京，再贬柳州刺史，卒于任所。世称柳柳州或柳河东。柳宗元诗文与韩愈齐名，同为古文运动的倡导者。文多刺时忧世，笔锋犀利；其中山水游记成就尤高，清灵俊爽，寄托深远。诗幽峭明净，高标自举。有《柳河东集》四十五卷。

【读辟蹊泾】

这是一篇文质精美、情景交融的山水游记。全文二百九十三字，用移步换景、特写、变焦等手法，有形、有声、有色地刻画出小石潭的动态美，写出了小石潭环境景物的幽美和静穆，抒发了作者贬官失意后的孤凄之情。这篇散文保持了《永州八记》一贯的行文风格，察其微，状其貌，传其神，是一篇充满了诗情画意、情景交融的山水游记散文。

● 朗读正文

读孟尝君传

王安石

世皆称孟尝君能得士，士以故归之，而卒赖其力以脱于虎豹之秦。嗟呼！孟尝君特鸡鸣狗盗之雄耳，岂足以言得士？不然，擅齐之强，得一士焉，宜可以南面而制秦，尚何取鸡鸣狗盗之力哉？鸡鸣狗盗之出其门，此士之所以不至也。

（选自朱清主编：《古文观止鉴赏集评》，安徽文艺出版社2010年版）

【品读作者】

王安石（1021—1086），今江西临川人。仁宗庆历二年（1042）进士，初知鄞县，有政声，曾上万言书，主张改革。神宗即位，累官至参知政事，后两度拜相，执政期间，积极推行农业、水利、经济等各方面的改革，以发展生产，增加收入。但由于操之过急、用人不当等，新法也产生了一些弊端。晚年退居金陵。封荆国公，世称王荆公。王安石在文学上自为一大家，主张文章应有补于世，其文逻辑谨严，辩理深邃，笔力雄健，语言简练，极峭拔、奇崛之致，为"唐宋八大家"之一。其诗长于说理，精于修辞，风格遒劲有力，亦有情韵深婉之作。有《临川集》、《临川先生》。

【读辟蹊泾】

《读孟尝君传》，全篇只有四句话八十八字，却议论脱俗，结构严谨，用词简练，气势轩昂，被历代文论家誉为"文短气长"的典范。

● 朗读正文

醉翁亭记
欧阳修

环滁皆山也。其西南诸峰，林壑尤美，望之蔚然而深秀者，琅琊也。山行六七里，渐闻水声潺潺，而泻出于两峰之间者，酿泉也。峰回路转，有亭翼然临于泉上者，醉翁亭也。作亭者谁？山之僧智仙也。名之者谁？太守自谓也。太守与客来饮于此，饮少辄醉，而年又最高，故自号曰"醉翁"也。醉翁之意不在酒，在乎山水之间也。山水之乐，得之心而寓之酒也。

若夫日出而林霏开，云归而岩穴暝，晦明变化者，山间之朝暮也。野芳发而幽香，佳木秀而繁阴，风霜高洁，水落而石出者，山间之四时也。朝而往，暮而归，四时之景不同，而乐亦无穷也。

至于负者歌于途，行者休于树，前者呼，后者应，伛偻提携，往来而不绝者，滁人游也。临溪而渔，溪深而鱼肥；酿泉为酒，泉香而酒洌；山肴野蔌，杂然而前陈者，太守宴也。宴酣之乐，非丝非竹；射者中，弈者胜，觥筹交错，坐起而喧哗者，众宾欢也。苍颜白发，颓然乎其间者，太守醉也。

已而夕阳在山，人影散乱，太守归而宾客从也。树林阴翳，鸣声上下，游人去而禽鸟乐也。然而禽鸟知山林之乐，而不知人之乐；人知从太守游而乐，而不知太守之乐其乐也。醉能同其乐，醒能述以文者，太守也。太守谓谁？庐陵欧阳修也。

（选自余诚编：《古文释义》，岳麓书社2003年版）

【读辟蹊径】

《醉翁亭记》通过对优美的自然环境的描写与和乐的社会风气的描写，含蓄委婉地表现了作者贬官之后的特殊心境。这篇散文中，有景物的描写，人事的叙述，情感的抒发，而这三者又都生动地表现了欧阳修当时的特殊情怀。欧阳修以"醉翁"自称，旷达自放，摆脱宦海浮沉，人世纷扰，在这远离都市的山水之间，把自己的心灵沉浸到闲适、恬淡的情境里，获得了一种平衡、和谐的感受。这种感受渗透在《醉翁亭记》里，使文章如田园诗一般，淡雅而自然，婉转而流畅。

● 朗读正文

前赤壁赋
苏 轼

壬戌之秋，七月既望，苏子与客泛舟游于赤壁之下。清风徐来，水波不兴。举酒属客，诵明月之诗，歌窈窕之章。少焉，月出于东山之上，徘徊于斗牛之间。白露横江，水光接天。纵一苇之所如，凌万顷之茫然。浩浩乎如冯虚御风，而不知其所止；飘飘乎如遗世独立，羽化而登仙。

于是饮酒乐甚，扣舷而歌之。歌曰："桂棹兮兰桨，击空明兮溯流光。渺渺兮予怀，望美人兮天一方。"客有吹洞箫者，倚歌而和之。其声呜呜然，如怨如慕，如泣如诉；余音袅袅，不绝如缕；舞幽壑之潜蛟，泣孤舟之嫠妇[1]。苏子愀然，正襟危坐，而问客曰："何为其然也？"客曰："'月明星稀，乌鹊南飞'，此非曹孟德之诗乎？西望夏口，东望武昌，山川相缪，郁乎苍苍，此非孟德之困于周郎者乎？方其破荆州，下江陵，顺流而东也，舳舻千里，旌旗蔽空，酾酒临江，横槊赋诗，固一世之雄也，而今安在哉？况吾与子渔樵于江渚之上，侣鱼虾而友麋鹿，驾一叶之扁舟，举匏樽[2]以相属，寄蜉蝣[3]于天地，渺沧海之一粟，哀吾生之须臾，羡长江之无穷。挟飞仙以遨游，抱明月而长终，知不可乎骤得，托遗响于悲风？"

苏子曰："客亦知夫水与月乎！逝者如斯而未尝往也，盈虚者如彼，而卒莫消长也。盖将自其变者而观之，则天地曾不能一瞬；自其不变者而观之，则物于我皆无尽也，而又何羡乎？且夫天地之间，物各有主。苟非吾之所有，虽一毫而莫取。惟江上之清风与山间之明月，耳得之而为声，目遇之而成色，取之无禁，用之不竭，是造物者之无尽藏也，而吾与子之所共适。"

客喜而笑，洗盏更酌，肴核既尽，杯盘狼籍，相与枕藉乎舟中，不知东方之既白。

（选自余诚编：《古文释义》，岳麓书社 2003 年版）

【释读难点】

〔1〕嫠（lí）妇：寡妇。

〔2〕匏樽：葫芦制成的酒器。

〔3〕蜉蝣：昆虫名，夏秋之交生于水边，朝生暮死。

【读辟蹊泾】

游赤壁，受用现今无限风月，乃是此老一生本领，却因平平写不出来，故特借洞箫呜咽，忽然从曹工发议，然后接口一句喝倒，痛陈其胸前一片空阔了悟，妙甚。①

● 朗读正文

承天寺夜游
苏 轼

元丰六年十月十二日夜，解衣欲睡，月色入户，欣然起行。念无与为乐者，遂至承天寺，寻张怀民。怀民亦未寝，相与步于中庭。

庭下如积水空明，水中藻荇交横，盖竹柏影也。

何夜无月，何处无竹柏？但少闲人如吾两人者耳。

（选自苏轼著，孔凡礼点校：《苏轼文集》，中华书局 1986 年版）

【读辟蹊泾】

此文游记以真情实感为依托，信笔写来，起于当起，止于当止，犹如行云流水，于无技巧中见技巧，可谓"一语天然万古新，豪华落尽见真淳"。

<hr>

① （清）金圣叹：《天下才子必读书》（卷十五）。

● 朗读正文

岳阳楼记
范仲淹

庆历四年春，滕子京谪守巴陵郡。越明年，政通人和，百废具兴，乃重修岳阳楼，增其旧制，刻唐贤、今人诗赋于其上。属予作文以记之。

予观夫巴陵胜状，在洞庭一湖。衔远山，吞长江，浩浩汤汤，横无际涯；朝晖夕阴，气象万千。此则岳阳楼之大观也，前人之述备矣。然则北通巫峡，南极潇湘，迁客骚人，多会于此，览物之情，得无异乎？

若夫霪雨霏霏，连月不开；阴风怒号，浊浪排空；日星隐曜，山岳潜形；商旅不行，樯倾楫摧；薄暮冥冥，虎啸猿啼。登斯楼也，则有去国怀乡，忧谗畏讥，满目萧然，感极而悲者矣。

至若春和景明，波澜不惊；上下天光，一碧万顷；沙鸥翔集，锦鳞游泳；岸芷汀兰，郁郁青青；而或长烟一空，皓月千里；浮光耀金，静影沉璧；渔歌互答，此乐何极！登斯楼也，则有心旷神怡，宠辱偕忘，把酒临风，其喜洋洋者矣。

嗟夫！予尝求古仁人之心，或异二者之为。何哉？不以物喜，不以己悲。居庙堂之高，则忧其民；处江湖之远，则忧其君。是进亦忧，退亦忧。然则何时而乐耶？其必曰"先天下之忧而忧，后天下之乐而乐"欤？噫！微斯人，吾谁与归！

时六年九月十五日。

（选自余诚编：《古文释义》，岳麓书社2003年版）

【读辟蹊泾】

开题别出心裁。正文熔记事、写景、抒情和议论于一炉，记事简明，写景铺张，抒情真切，议论精辟。语言骈散结合，锤炼精纯，留下了许多千古名句。

● 朗读正文

滕王阁序
王　勃

豫章故郡，洪都新府。星分翼轸，地接衡庐。襟三江而带五湖，控蛮荆而引瓯越。物华天宝，龙光射牛斗之墟；人杰地灵，徐孺下陈蕃之榻。雄州雾列，俊采星驰。台隍枕夷夏之交，宾主尽东南之美。都督阎公之雅望，棨戟遥临；宇文新州之懿范，襜帷暂驻。十旬休假，胜友如云；千里逢迎，高朋满座。腾蛟起凤，孟学士之词宗；紫电清霜，王将军之武库。家君作宰，路出名区；童子何知，躬逢胜饯。

时维九月，序属三秋。潦水尽而寒潭清，烟光凝而暮山紫。俨骖騑[1]于上路，访风景于崇阿。临帝子之长洲，得仙人之旧馆。层峦耸翠，上出重霄；飞阁流丹，下临无地。鹤汀凫渚，穷岛屿之萦回；桂殿兰宫，列冈峦之体势。披绣闼，俯雕甍，山原旷其盈视，川泽盱其骇瞩。闾阎扑地，钟鸣鼎食之家；舸舰迷津，青雀黄龙之轴。虹销雨霁，彩彻云衢，落霞与孤鹜齐飞，秋水共长天一色。渔舟唱晚，响穷彭蠡之滨；雁阵惊寒，声断衡阳之浦。遥吟俯畅，逸兴遄飞。爽籁发而清风生，纤歌凝而白云过。睢园绿竹，气凌彭泽之樽；邺水朱华，光照临川之笔。四美具，二难并。穷睇眄[2]于中天，极娱游于暇日。天高地迥，觉宇宙之无穷；兴尽悲来，识盈虚之有数。望长安于日下，指吴会于云间。地势极而南溟深，天柱高而北辰远。关山难越，谁悲失路之人？萍水相逢，尽是他乡之客。怀帝阍而不见，奉宣室以何年？

呜呼！时运不齐，命途多舛。冯唐易老，李广难封。屈贾谊于长沙，非无圣主；窜梁鸿于海曲，岂乏明时？所赖君子安贫，达人知命。老当益壮，宁移白首之心；穷且益坚，不坠青云之志。酌贪泉而觉爽，处涸辙以犹欢。北海虽赊，扶摇可接；东隅已逝，桑榆非晚。孟尝高洁，空怀报国之心；阮籍猖狂，岂效穷途之哭？

勃，三尺微命，一介书生。无路请缨，等终军之弱冠；有怀投笔，慕宗悫[3]之长风。舍簪笏于百龄，奉晨昏于万里。非谢家之宝树，接孟氏之芳邻。他日趋庭，叨陪鲤对；今晨捧袂，喜托龙门。杨意不逢，抚凌云而自惜；钟期相遇，奏流水以何惭？

呜呼！胜地不常，盛筵难再。兰亭已矣，梓泽丘墟。临别赠言，幸承恩于伟饯；登高作赋，是所望于群公。敢竭鄙诚，恭疏短引。一言均赋，四韵俱成。请洒潘江，各倾陆海云尔！

> 滕王高阁临江渚，
> 佩玉鸣鸾罢歌舞。
> 画栋朝飞南浦云，
> 珠帘暮卷西山雨。
>
> 闲云潭影日悠悠，
> 物换星移几度秋。
> 阁中帝子今何在？
> 槛外长江空自流。

（选自余诚编：《古文释义》，岳麓书社2003年版）

【释读难点】

〔1〕骖骓(cānfēi)：驾车的马。

〔2〕睇眄(tìmiǎn)：看。

〔3〕宗悫(què)：南朝宋人，少时有"愿乘长风破万里浪"之志。

【读辟蹊泾】

对众挥毫，珠玑络绎，固可想见旁若无人之概。而字句属对极工，词旨转折一气，结构浑成，竟似无缝天衣。纵使出自从容雕琢，亦不得不叹为神奇，况乃以仓促立就，尤属绝无而仅有矣。[①]

● 朗读&文

项脊轩志

归有光

项脊轩，旧南阁子也。室仅方丈，可容一人居。百年老屋，尘泥渗漉，雨泽下注；每移案，顾视无可置者。又北向，不能得日，日过午已昏。余稍为修葺，使不上漏。前辟四窗，垣墙周庭，以当南日，日影反照，室始洞然。又杂植兰桂竹木于庭，旧时栏楯，亦遂增胜。借书满架，偃仰啸歌，冥然兀坐，万籁有声。而庭阶寂寂，小鸟时来啄食，人至不去。三五之夜，明月半墙，桂影斑驳，风移影动，珊珊可爱。

然余居于此，多可喜，亦多可悲。

先是，庭中通南北为一。迨诸父异爨[1]，内外多置小门墙，往往而是。东犬西吠，客逾庖而宴，鸡栖于厅。庭中始为篱，已为墙，凡再变矣。家有老妪，尝居于此。妪，先大母婢也，乳二世，先妣抚之甚厚。室西连于中闺，先妣尝一至。妪每谓余曰："某所，而母立于兹。"妪又曰："汝姊在吾怀，呱呱而泣；娘以指叩门扉曰：'儿寒乎？欲食乎？'吾从板外相为应答。"语未毕，余泣，妪亦泣。余自束发读书轩中，一日，大母过余曰："吾儿，久不见若影，何竟日默默在此，大类女郎也？"比去，以手阖门，自语曰："吾家读书久不效，儿之成，则可待乎！"顷之，持一象笏[2]至，曰："此吾祖太常公宣德间执此以朝，他日汝当用之。"瞻顾遗迹，如在昨日，令人长号不自禁。

轩东故尝为厨，人往，从轩前过。余扃牖而居，久之，能以足音辨人。轩凡四遭火，得不焚，殆有神护者。

项脊生曰："蜀清守丹穴，利甲天下，其后秦皇帝筑女怀清台。刘玄德与曹操争天下，诸葛孔明起陇中。方二人之昧昧于一隅也，世何足以知之？余区区处败屋中，方扬眉瞬目，谓有奇景，人知之者，其谓与坎井之蛙何异！"

余既为此志后五年，吾妻来归，时至轩中，从余问古事，或凭几学书。吾妻归宁，述诸小妹语曰："闻姊家有阁子，且何谓阁子也？"其后六年，吾妻死，室坏不修。其后二年，余久卧病无聊，乃使人复葺南阁子，其制稍异于前。然自后余多在外，不常居。

庭有枇杷树，吾妻死之年所手植也，今已亭亭如盖矣。

（选自四库丛刊本《震川先生集》，商务印书馆 1935 年版）

---

① （清）余诚：《重订古文释义新编》（卷七）。

〔1〕异爨（cuàn）：各起炉灶，不在一起烧火做饭，也就是分家。

〔2〕象笏（hù）：古时候大臣朝见皇帝时所用的手板，多用象牙制成，记录准备启奏的事项，以免忘记。

【品读作者】

归有光（1506—1571），字熙甫，号震川，昆山人。三十五岁中举，而后屡试不第，移居嘉定讲学授徒，六十岁始中进士。官至南京太仆寺丞。为文反对拟古，主张平易，为明代唐宋派代表作家。其文长于即事抒情，纡徐平淡，文字朴素简洁，在当时影响很大，为明代散文重要作家。有《震川集》。

【读辟蹊泾】

本文以项脊轩为对象，通过其"今昔"变化，写出作者与家族亲人的真挚感情，表达了作者对家世变迁、人世沧桑的感慨。作者善于把叙事和抒情融为一体，叙事极有条理，抒情极为婉切，于生活琐事中，透出人间的真情与家庭的乐趣，也表现出作者高雅脱俗的情趣。

● 朗读正文　　　　　　　湖心亭看雪
张　岱

崇祯五年十二月，余住西湖。大雪三日，湖中人鸟声俱绝。是日，更定矣，余挐一小舟，拥毳衣炉火，独往湖心亭看雪。雾凇沆砀，天与云与山与水，上下一白。湖上影子，惟长堤一痕，湖心亭一点，与余舟一芥，舟中人两三粒而已。到亭上，有两人铺毡对坐，一童子烧酒，炉正沸。见余大喜，曰："湖中焉得更有此人！"拉余同饮。余强饮三大白而别。问其姓氏，是金陵人，客此。及下船，舟子喃喃曰："莫说相公痴，更有痴似相公者！"

（选自说库本《陶庵梦忆》）

【品读作者】

张岱（1597—1679），字宗子，又字石公，号陶庵，又号蝶庵，今浙江绍兴人。终生未仕。明亡后，隐居剡溪，生活困顿。文学上受袁宏道性灵说的影响，直抒胸臆，不事雕琢，是明末小品文的代表作家。为文亦雅亦俗，平淡自然，富于诗意，多故国之思、身世之悲，时有感伤怀旧情绪。著有《琅嬛文集》、《陶庵梦忆》、《西湖梦寻》等。

【读辟蹊泾】

本文篇幅简短，语言凝练，生动地描绘出西湖冬夜的雪景，富有诗情画意，寄寓了作者孤高幽独的情韵。

● 朗读正文　　　　　　　西湖七月半
张　岱

西湖七月半，一无可看，止可看看七月半之人。

看七月半之人，以五类看之：其一，楼船箫鼓，峨冠盛筵，灯火优傒，声光相乱，名为看月而实不见月者，看之；其一，亦船亦楼，名娃闺秀，携及童娈，笑啼杂之，还坐露台，左右盼望，身在月下而实不看月者，看之；其一，亦船亦声歌，名妓闲僧，浅斟低唱，弱管轻丝，竹肉相发，亦在月下，亦看月，而欲人看其看月者，看之；其一，不舟不车，不衫不帻，酒醉饭饱，呼群三五，跻入人丛，昭庆、断桥，嘄呼嘈杂，装假醉，唱无腔曲，月亦看，看月者亦看，不看月者亦看，而实无一看者，看之；其一，小船轻幌，净几暖炉，茶铛旋煮，素瓷静递，好友佳人，邀月同坐，或匿影树下，或逃嚣里湖，看月而人不见其看月之态，亦不作意看月者，看之。

杭人游湖，巳出酉归，避月如仇。是夕好名，逐队争出，多犒门军酒钱，轿夫擎燎，列俟岸上。一入舟，速舟子急放断桥，赶入胜会。以故二鼓以前，人声鼓吹，如沸如撼，如魇如呓，如聋如哑，大船小船一齐凑岸，一无所见，止见篙击篙，舟触舟，肩摩肩，面看面而已。少刻兴尽，官府席散，皂隶喝道去，轿夫叫船上人，怖以关门，灯笼火把如列星，一一簇拥而去。岸上人亦逐队赶门，渐稀渐薄，顷刻散尽矣。

吾辈始舣舟近岸，断桥石磴始凉，席其上，呼客纵饮，此时月如镜新磨，山复整妆，湖复颒面，向之浅斟低唱者出，匿影树下者亦出，吾辈往通声气，拉与同坐，韵友来，名妓至，杯箸安，竹肉发。月色苍凉，东方将白，客方散去。吾辈纵舟，酣睡于十里荷花之中，香气拍人，清梦甚惬。

（选自说库本《陶庵梦忆》）

【读辟蹊泾】

这是一篇简洁优美的游记小品。它追忆了明代杭州人七月半游西湖的风习情景，构思别出心裁，寓意愤世疾俗。作者开门见山指出"西湖七月半，一无可看，止可看看七月半之人"，接着便分别对达官贵人、名媛闺秀、妓女和尚、无赖子弟和风雅文士五类人，从他们的身份地位、情态格调上予以概括描述，生动泼辣，好恶明确，抒发了作者鄙视庸俗的情怀。然后，作者指出杭州人七月半夜游西湖的实质是立名目，赶热闹，再进一步描写出一幅喧闹嚣杂的场面。最后回到自己在人散之后看月的情景，写出西湖的湖山月色之美，寄托着自己清高雅洁的情怀，同时既区别于又反衬出庸俗的不堪。不难体会，作者在入清代以后，写这样一篇追忆明末杭州风习的小品，勾画出一幅人情世态，是怀有国破家亡的悲愤的。然而它写得构思新奇，文笔简洁，形象生动，而寓意含蓄，所以隽永耐读。

● 朗读正文

聊斋志异自序

蒲松龄

披萝带荔，三闾氏感而为骚；牛鬼蛇神，长爪郎吟而成癖。自鸣天籁，不择好音，有由然矣。

松落落秋萤之火，魑魅争光；逐逐野马之尘，魍魉两见笑。才非干宝，雅爱搜神；情类黄州，喜人谈鬼。闻则命笔，遂以成编。久之，四方同人，又以邮筒相寄，因而物以好聚，所积益夥。甚者：人非化外，事或奇于断发之乡；睫在眼前，怪有过于飞头之国。遄飞逸兴，狂固难辞；永托旷怀，痴且不讳。展如之人，得毋向我胡卢耶？然五父衢头，或涉滥听；而三生石上，颇悟前因。放纵之言，有未可概以人废者。

松悬弧时，先大人梦一病瘠瞿昙，偏袒入室，药膏如钱，圆粘乳际。寤而松生，果符墨志。且也：少羸多病，长命不犹。门庭之凄寂，则冷淡如僧；笔墨之耕耘，则萧条似钵。每搔头自念：勿亦面壁人果吾前身耶？盖有漏根因，未结人天之果；而随风荡堕，竟成藩溷之花。

茫茫六道，何可谓无其理哉！独是子夜荧荧，灯昏欲蕊；萧斋瑟瑟，案冷疑冰。集腋为裘，妄续《幽冥》之录；浮白载笔，仅成孤愤之书。寄托如此，亦足悲矣！嗟乎！惊霜寒雀，抱树无温；吊月秋虫，偎栏自热。知我者，其在青林黑塞间乎！康熙己未春日

（选自蒲松龄著，冯镇峦评：《聊斋志异·冯镇峦批评本》，岳麓书社2011年版）

【品读作者】

蒲松龄（1640—1715），字留仙，一字剑臣，别号柳泉居士，今山东淄博人。十九岁应童子试，县、府、道均考第一，但此后屡试不第。蒲松龄塾师一生，过着清寒的生活。他以一腔孤愤创作了文言短篇小说近五百篇，集为《聊斋志异》，借花妖狐怪的精彩故事讽喻现实，成为中国文言小说史上的巅峰之作。此外，他还有诗近千首，词百余首，文四百多篇，戏三出，俚曲十多种，杂著五本，近人路大荒辑为《蒲松龄集》。

【读辟蹊泾】

文笔优美，绮丽诡异。引经据典，字字珠玑。短短数百言，把写作《聊斋志异》的因缘、背景和心境交代得一清二楚。这样一位伟大的文学家竟然"惊霜寒雀，抱树无温；吊月秋虫，偎栏自热"，贫困、孤独、悲愤、无助的身影跃然纸上，令后人感叹！

● 朗读正文

别赋

江淹

黯然销魂者，唯别而已矣！况秦吴兮绝国，复燕宋兮千里。或春苔兮始生，乍秋风兮暂起。是以行子肠断，百感凄恻。风萧萧而异响，云漫漫而奇色。舟凝滞于水滨，车逶迟于山侧。棹容与而讵前，马寒鸣而不息。掩金觞而谁御，横玉柱而沾轼。居人愁卧，怳若有亡。日下壁而沈彩，月上轩而飞光。见红兰之受露，望青楸之离霜。巡层楹而空掩，抚锦幕而虚凉。知离梦之踯躅，意别魂之飞扬。故别虽一绪，事乃万族。

至若龙马银鞍，朱轩绣轴，帐饮东都，送客金谷。琴羽张兮箫鼓陈，燕赵歌兮伤美人；珠与玉兮艳暮秋，罗与绮兮娇上春。惊驷马之仰秣，耸渊鱼之赤鳞。造分手而衔涕，感寂漠而伤神。

乃有剑客惭恩，少年报士，韩国赵厕，吴宫燕市，割慈忍爱，离邦去里，沥泣共诀，抆血相视。驱征马而不顾，见行尘之时起。方衔感于一剑，

非买价于泉里。金石震而色变，骨肉悲而心死。

或乃边郡未和，负羽从军。辽水无极，雁山参云。闺中风暖，陌上草熏。日出天而耀景，露下地而腾文。镜朱尘之照烂，袭青气之烟煴。攀桃李兮不忍别，送爱子兮沾罗裙。

至如一赴绝国，讵相见期。视乔木兮故里，决北梁兮永辞。左右兮魄动，亲宾兮泪滋。可班荆兮憎恨，唯罇酒兮叙悲。值秋雁兮飞日，当白露兮下时，怨复怨兮远山曲，去复去兮长河湄。

又若君居淄右，妾家河阳。同琼佩之晨照，共金炉之夕香。君结绶兮千里，惜瑶草之徒芳。惭幽闺之琴瑟，晦高台之流黄。春宫閟此青苔色，秋帐含兹明月光。夏簟清兮昼不暮，冬釭凝兮夜何长！织锦曲兮泣已尽，回文诗兮影独伤。

傥有华阴上士，服食还山。术既妙而犹学，道已寂而未传。守丹灶而不顾，炼金鼎而方坚。驾鹤上汉，骖鸾腾天。暂游万里，少别千年。惟世间兮重别，谢主人兮依然。

下有芍药之诗，佳人之歌。桑中卫女，上宫陈娥。春草碧色，春水渌波。送君南浦，伤如之何！至乃秋露如珠，秋月如珪。明月白露，光阴往来。与子之别，思心徘徊。

是以别方不定，别理千名。有别必怨，有怨必盈。使人意夺神骇，心折骨惊。虽渊云之墨妙，严乐之笔精。金闺之诸彦，兰台之群英。赋有凌云之称，辨有雕龙之声。谁能摹暂离之状，写永诀之情者乎！

（《文选》卷一六）

【品读作者】

江淹（444—505），字文通，南朝著名军事家、政治家、文学家，宋州济阳考城（今河南商丘）人。少时孤贫好学，六岁能诗，十三岁丧父，二十岁左右在新安王刘子鸾幕下任职，开始其政治生涯。齐高帝闻其才，召授尚书驾部郎，骠骑参军事；明帝时为御史中丞，先后弹劾中书令谢朓等人；武帝时任骠骑将军兼尚书左丞。历仕南朝宋、齐、梁三代。早年即因文章华丽闻名于世，晚年作品质量却大不如前，世称"江郎才尽"，至今传为文坛掌故。

【读辟蹊泾】

此文系江郎成名之作，首段以首句"黯然销魂者，唯别而已矣"始，为全文抒情定下基调，以"别虽一绪，事乃万族"终。中间七段承"万族之事"展开论述，分别描摹富贵之别、侠客之别、从军之别、绝国之别、夫妻之别、方外之别、情侣之别等不同情状。末端则"以别方不定，别理千名，有别必怨，有怨必盈"进行概括总结。结构上首尾呼应，以突出主旨。全篇颇似论文，首句是论点，思路清晰，次序井然。其最突出者，在于借环境描写和气氛渲染以刻画人物心理感受。尤善于对生活进行观察、概括、提炼、择取不同场所、时序、景物来烘托、刻画人物情感活动，铺张而不厌其详，夸饰而不失其真，酣畅淋漓，确能引发共鸣，而领悟"悲"之所以为美。通篇骈偶，清新流丽，充满诗情画意。尤其是"春草碧色，春水渌波。送君南浦，伤如之何"等名句，如溪流山中，着落预判，千古传诵。

与陈伯之书

丘 迟

迟顿首陈将军足下：无恙，幸甚幸甚！将军勇冠三军，才为世出，弃燕雀之小志，慕鸿鹄以高翔。昔因机变化，遭遇明主，立功立事，开国称孤，朱轮华毂，拥旄万里，何其壮也！如何一旦为奔亡之虏，闻鸣镝而股战，对穹庐以屈膝，又何劣邪！

寻君去就之际，非有他故，直以不能内审诸己，外受流言，沈迷猖獗，以至于此。圣朝赦罪责功，弃瑕录用，推赤心于天下，安反侧于万物，将军之所知，不假仆一二谈也。朱鲔涉血于友于，张绣剚刃于爱子，汉主不以为疑，魏君待之若旧。况将军无昔人之罪，而勋重于当世！夫迷涂知反，往哲是与；不远而复，先典攸高。主上屈法申恩，吞舟是漏；将军松柏不翦，亲戚安居。高台未倾，爱妾尚在，悠悠尔心，亦何可言！今功臣名将，雁行有序。佩紫怀黄，赞帷幄之谋；乘轺建节，奉疆埸之任。并刑马作誓，传之子孙。将军独腼颜借命，驱驰毡裘之长，宁不哀哉！

夫以慕容超之强，身送东市；姚泓之盛，面缚西都。故知霜露所均，不育异类；姬汉旧邦，无取杂种。北虏僭盗中原，多历年所，恶积祸盈，理至燋烂。况伪孽昏狡，自相夷戮，部落携离，酋豪猜贰。方当系颈蛮邸，悬首槁街，而将军鱼游于沸鼎之中，燕巢于飞幕之上，不亦惑乎！

暮春三月，江南草长，杂花生树，群莺乱飞。见故国之旗鼓，感平生于畴日，抚弦登陴，岂不怆悢！所以廉公之思赵将，吴子之泣西河，人之情也，将军独无情哉！想早励良规，自求多福。

当今皇帝盛明，天下安乐。白环西献，楛矢东来；夜郎滇池，解辫请职；朝鲜昌海，蹶角受化。唯北狄野心，掘强沙塞之间，欲延岁月之命耳。中军临川殿下，明德茂亲，摠兹戎重。吊民洛汭，伐罪秦中。若遂不改，方思仆言，聊布往怀，君其详之。丘迟顿首。

（《文选》卷四三）

【品读作者】

丘迟（464—508），字希范，吴兴乌程（今浙江湖州）人。南朝梁文学家。于南朝齐时以秀才迁殿中郎。入梁后，官中书郎、司空从事中郎等职。能诗，工骈文，辞采逸丽。

【读辟蹊泾】

全文可分为五段，分述伯之以往经历、现实处境、内心疑虑，逐层申说，有的放矢。无论是赏识其才能，惋惜其失足，还是担忧其处境，期望其归来，均发自肺腑，真挚感人，全文循循善诱、真诚相待，绝无空泛说教、虚声恫吓之语。不由得伯之不动心，可谓攻心高手，不战而屈人之兵矣。

古典情韵

第三组 文华章彩

【阅读扩展】

北山移文

孔稚珪

钟山之英，草堂之灵，驰烟驿路，勒移山庭。夫以耿介拔俗之标，萧洒出尘之想，度白雪以方洁，干青云而直上，吾方知之矣。若其亭亭物表，皎皎霞外，芥千金而不眄，屣万乘其如脱，闻凤吹于洛浦，值薪歌于延濑，固亦有焉。岂期终始参差，苍黄翻覆，泪翟子之悲，恸朱公之哭，乍回迹以心染，或先贞而后黩，何其谬哉！呜呼！尚生不存，仲氏既往，山阿寂寥，千载谁赏？

世有周子，隽俗之士；既文既博，亦玄亦史。然而学遁东鲁，习隐南郭，偶吹草堂，滥巾北岳。诱我松桂，欺我云壑。虽假容于江皋，乃缨情于好爵。

其始至也，将欲排巢父，拉许由，傲百氏，蔑王侯，风情张日，霜气横秋。或叹幽人长往，或怨王孙不游。谈空空于释部，核玄玄于道流。务光何足比，涓子不能俦。及其鸣驺入谷，鹤书赴陇；形驰魄散，志变神动。尔乃眉轩席次，袂耸筵上，焚芰制而裂荷衣，抗尘容而走俗状。风云凄其带愤，石泉咽而下怆，望林峦而有失，顾草木而如丧。

至其钮金章，绾墨绶，跨属城之雄，冠百里之首，张英风于海甸，驰妙誉于浙右。道帙长殡，法筵久埋。敲扑喧嚣犯其虑，牒诉倥偬装其怀。琴歌既断，酒赋无续。常绸缪于结课，每纷纶于折狱。笼张赵于往图，架卓鲁于前箓。希踪三辅豪，驰声九州牧。使我高霞孤映，明月独举，青松落阴，白云谁侣？磵户摧绝无与归，石径荒凉徒延伫。至于还飙入幕，写雾出楹，蕙帐空兮夜鹤怨，山人去兮晓猿惊。昔闻投簪逸海岸，今见解兰缚尘缨。

于是南岳献嘲，北陇腾笑，列壑争讥，攒峰竦诮。慨游子之我欺，悲无人以赴吊。故其林惭无尽，涧愧不歇，秋桂遣风，春萝罢月，骋西山之逸议，驰东皋之素谒。今又促装下邑，浪栧上京。虽情投于魏阙，或假步于山扃。岂可使芳杜厚颜，薜荔无耻，碧岭再辱，丹崖重滓，尘游躅于蕙路，污渌池以洗耳。宜扃岫幌，掩云关，敛轻雾，藏鸣湍，截来辕于谷口，杜妄辔于郊端。于是丛条瞋胆，叠颖怒魄，或飞柯以折轮，乍低枝而扫迹。请回俗士驾，为君谢逋客。

（《文选》卷四三）

● 朗读正文　哀江南赋序

庾　信

粤以戊辰之年，建亥之日，大盗移国，金陵瓦解。余乃窜身荒谷，公私涂炭。华阳奔命，有去无归。中兴道销，穷于甲戌。三日哭于都亭，三年囚于别馆。天道周星，物极不反。傅燮之但悲身世，无处求生；袁安之每念王室，自然流涕。

昔桓君山之志事，杜元凯之平生，并有著书，咸能自序。潘岳之文采，始述家风；陆机之辞赋，先陈世德。信年始二毛，即逢丧乱，藐是流离，至于暮齿。燕歌远别，悲不自胜；楚老相逢，泣将何及！畏南山之雨，忽践秦庭；让东海之滨，遂餐周粟。下亭漂泊，高桥羁旅。楚歌非取乐之方，鲁酒无忘忧之用。追为此赋，聊以记言，不无危苦之辞，惟以悲哀为主。

日暮途远，人间何世！将军一去，大树飘零。壮士不还，寒风萧瑟。荆璧睨柱，受连城而见欺；载书横阶，捧珠盘而不定。钟仪君子，入就南冠之囚；季孙行人，留守西河之馆。申包胥之顿地，碎之以首；蔡威公之泪尽，加之以血。钓台移柳，非玉关之可望；华亭鹤唳，岂河桥之可闻！

孙策以天下为三分，众才一旅；项籍用江东之子弟，人惟八千。遂乃分裂山河，宰割天下。岂有百万义师，一朝卷甲，芟夷斩伐，如草木焉？江淮无涯岸之阻，亭壁无藩篱之固。头会箕敛者，合从缔交；锄耰棘矜者，因利乘便。将非江表王气，终于三百年乎！

是知并吞六合，不免轵道之灾；混一车书，无救平阳之祸。呜呼！山岳崩颓，既履危亡之运；春秋迭代，必有去故之悲。天意人事，可以凄怆伤心者矣！况复舟楫路穷，星汉非乘槎可上；风飙道阻，蓬莱无可到之期。穷者欲达其言，劳者须歌其事。陆士衡闻而抚掌，是所甘心；张平子见而陋之，固其宜矣。

（选自中华书局排印本《庾子山集注》）

【品读作者】

庾信（513—581）字子山，小字兰成，南阳新野（今属河南）人，南北朝时期诗人、文学家。生于文学世家，父庾肩吾就是当时大官之一，文学上亦名重一时。庾信少年俊迈聪敏绝伦，自幼随父出入宫廷，后与徐陵一起任东宫学士，为宫体文学之代表人物，其文风被誉为"徐庾体"。侯景叛乱时，庾信逃往江陵，辅佐梁元帝。后奉命出使西魏，在此期间，梁为西魏所灭。北朝素来倾慕南方文学，庾信久负盛名，因而被迫留在北方，官至车骑大将军、开府仪同三司，北周代魏后，更迁为骠骑大将军、开府仪同三司。故世称"庾开府"，如杜甫即以"清新庾开府，俊逸鲍参军"来称誉李白。时陈朝与北周通好，流寓人士，并许归还故国，唯庾信与王褒不得回南方。所以，庾信一方面身居显贵，被尊为文坛宗师，受皇帝礼遇，与诸王结布衣之交，另一方面又深切思念故国乡土，为自己身仕敌国而羞愧，因不得自由而怨愤。如此至老，死于隋文帝开皇元年。

【读辟蹊泾】

南北朝骈文号称盛世，然多华丽之作，空洞无言。而此篇文质兼擅，融南北文学之长，刚劲中有柔美，情深意长。用典极为老辣，不失空灵，语言无呆板之弊，以个人身世为暗线，融家国之悲，述乱离之苦，不觉令人悲怆。

● 朗读美文

诫兄子严敦书
马 援

援兄子严敦并喜讥议，而通轻侠客。援前在交趾，还书诫之曰："吾欲汝曹闻人过失，如闻父母之名：耳可得闻，口不可得言也。好议论人长短，妄是非正法，此吾所大恶也，宁死，不愿闻子孙有此行也。汝曹知吾恶之甚矣，所以复言者，施衿结缡，申父母之戒，欲使汝曹不忘之耳！龙伯高敦厚周慎，口无择言，谦约节俭，廉公有威，吾爱之重之，愿汝曹效之。杜季良豪侠好义，忧人之忧，乐人之乐，清浊无所失，父丧致客，数郡毕至，吾爱之重之，不愿汝曹效也。效伯高不得，犹为谨敕之士，所谓刻鹄不成，尚类鹜者也。效季良不得，陷为天下轻薄子，所谓画虎不成反类狗者也。讫今季良尚未可知，郡将下车辄切齿，州郡以为言，吾常为寒心，是以不愿子孙效也。"

【品读作者】

马援（前14—49），字文渊。扶风茂陵（今陕西省兴平市窦马村）人。著名军事家，东汉开国功臣之一，为刘秀统一天下立下赫赫战功。天下统一之后，虽已年迈，仍请缨东征西讨，西破羌人，南征交趾，官至伏波将军，人称"马伏波"。其老当益壮、马革裹尸之气概甚得后人崇敬。

【读辟蹊泾】

此信乃马援率兵远征期间写给两个侄儿之书信。在信中，马援针对两个侄子喜言他人是非，爱交轻薄侠客之弱点，教其为人处世之方法，多引证自己生平之经验，可谓苦口婆心。言语亲近随和，有耳提面命之功。文中大量使用句末语气词，以简驭繁，虽只一字，却含义丰富；表达感情以无胜有，不着情语而情真意切。文中用"也"表达肯定和期望，态度坚绝；用"矣""耳"表达爱憎倾向，情深意长；用"者也"，则表达出对评说对象有所保留或不以为然。以上语气词合在一起，读来抑扬顿挫，字里行间又透出教诲、期望、关怀和爱护，一举两得。

● 朗读正文　　　　　　　　　　论盛孝章书
孔　融

岁月不居，时节如流。五十之年，忽焉已至。公为始满，融又过二。海内知识，零落殆尽，惟会稽盛孝章尚存。其人困于孙氏，妻孥湮没，单子独立，孤危愁苦。若使忧能伤人，此子不得复永年矣！

《春秋传》曰："诸侯有相灭亡者，桓公不能救，则桓公耻之。"今孝章，实丈夫之雄也，天下谈士，依以扬声，而身不免于幽絷，命不期于旦夕，是吾祖不当复论损益之友，而朱穆所以绝交也。公诚能驰一介之使，加咫尺之书，则孝章可致，友道可弘矣。

今之少年，喜谤前辈，或能讥评孝章。孝章要为有天下大名，九牧之人，所共称叹。燕君市骏马之骨，非欲以骋道里，乃当以招绝足也。惟公匡复汉室，宗社将绝，又能正之。正之之术，实须得贤。珠玉无胫而自至者，以人好之也，况贤者之有足乎！昭王筑台以尊郭隗，隗虽小才，而逢大遇，竟能发明主之至心，故乐毅自魏往，剧辛自赵往，邹衍自齐往。向使郭隗倒悬而王不解，临溺而王不拯，则士亦将高翔远引，莫有北首燕路者矣。凡所称引，自公所知，而复有云者，欲公崇笃斯义也。因表不悉。

【品读作者】

孔融（153—208），字文举，鲁国（今山东曲阜）人，东汉文学家，"建安七子"之首。家学渊源，系孔子二十世孙，太山都尉孔宙之子。少有异才，勤奋好学，有神童之誉，颇为当时名相李膺所重，与平原陶丘洪、陈留边让并称俊秀。少时让梨之事，流传至今。

【读辟蹊泾】

此信名重当时，流传千古，妙不可言；其内容之丰富，语言之精粹，堪称旷世杰作。其妙不外四端：情沛，理充，言约，义丰。

从"风月不居"到"友道可弘矣"是以情动人。人生易老、岁月如流、故旧日稀、知交凋零，有忧愁，有激愤，旨在让曹公产生共鸣，激发其同病相怜和拯救之心。曹公果为所动，遂发"制命"，召见盛宪。

从"令之少年"到"弱路者矣"重在说理，旨在以无可辩驳之理使曹操接受盛宪。其理如下：一者孝章有"天下大名"，足值一救；二者若救孝章，必致天下人才同往，此为匡复汉室之必须。以上诸理条条服人，步步深入，可谓表理皆透，不由得曹公不服。

信末二句既是自谦，又是补充，既见其人情练达、高深修养，又得古代文人互敬互重、互知互谅之美德，更使文意完美，天衣无缝，真是一石数鸟，得一箭多雕之妙。

在语言上，以四言为主，骈俪生花，却又言约意丰，简洁明快，极富表现力。而文中用典更是要言妙道，其精粹典丽，让人叹为观止。

现代情怀

第一组　新诗寻美

我手写我口，古岂能拘牵

自 20 世纪以来，现代诗人们不断地从传统文化及西方现代文明中汲取养分，大胆改革诗歌的创作方式，以自由清新的诗作，表达了对祖国命运的关注、对自我价值的思考和对人类幸福的憧憬，使中国诗坛呈现风格多样、流派纷呈的繁荣景象。

五四时期，胡适首倡以白话写诗，成为中国新诗"第一人"。郭沫若，现代诗坛的杰出代表，一首著名的《凤凰涅槃》成为新旧交替时代无可替代的精神象征。20 世纪二三十年代下，徐志摩、闻一多提倡新格律诗和"三美"原则，《死水》和《再别康桥》颇富绘画美、建筑美和音乐美，是典型的"三美"产物，尤其是后者句式错落，韵脚柔和，首尾两节中"轻轻的我走了/正如我轻轻的来"，颇具回环往复之美和音乐之美，恰当暗示了个人惆怅而潇洒的心态。艾青的《大堰河——我的保姆》挚爱深沉，表达了对祖国深沉的爱，诗风忧郁。七月诗派、九叶诗派等先后出现于诗坛，以对现实主义与现代主义精神的独特综合，在中国现代诗坛上占有独特的地位。20 世纪五六十年代的郭小川、贺敬之，80 年代风行中国内地的朦胧诗派（北岛、顾城、舒婷）、台湾的余光中等都对新诗作出了自己的贡献。

现代诗歌清新自由，风格纷呈，或传统，或现代，或豪迈，或纤柔，或奔放，或含蓄，色彩斑斓，展现了 20 世纪我国诗人丰富的情感生活和复杂的思想经历，把现代诗苑装点得多姿多彩。

诗海拾贝

● 朗读正文

繁　星
冰　心

这些事——
是永不漫灭的回忆：
月明的园中，
藤萝的叶下，
母亲的膝上。

（选自沈庆利选编：《二十世纪中国诗歌精选》，人民文学出版社 2005 年版）

【品读作者】

冰心（1900—1999），原名谢婉莹，笔名冰心，取"一片冰心在玉壶"之意。原籍福建福州长乐。

著名诗人、作家、翻译家、儿童文学家。代表作品：诗集《繁星》、《春水》，散文集《寄小读者》等。

【读辟蹊径】

冰心诗受印度诗人泰戈尔小诗的影响，《繁星》、《春水》诗集中多为无标题的自由体小诗，以"自然"、"童真"与"母爱"为主题，以对母爱与童真的歌颂、对自然的赞颂以及对人生的思考和感悟为主要内容，风格单纯清丽，本诗能较好地体现冰心诗的这种风格。

【阅读拓展】

泰戈尔《飞鸟集》，冰心其他诗。

● 朗读正文

断 章
卞之琳

你站在桥上看风景
看风景的人在楼上看你
明月装饰了你的窗子
你装饰了别人的梦

(选自沈庆利选编：《二十世纪中国诗歌精选》，人民文学出版社 2005 年版)

【品读作者】

卞之琳（1910—2000），生于江苏海门，曾用笔名季陵，诗人（"汉园三诗人"之一）、文学评论家、翻译家。新月派后期的重要代表诗人。代表作品：《三秋草》、《鱼目集》、《数行集》等。

【读辟蹊径】

以往通常认为这是一首哲理诗，这种解读虽有道理但并非完全能准确地将诗的意味表现出来，读者可以试着从不同角度，比如说爱情、人生等角度进行解读，会发现多元的解读似乎并不相悖，应该说这正是本诗真正的魅力所在。

【阅读拓展】

卞之琳《墙头草》、《鱼化石》等。

● 朗读正文

死 水
闻一多

这是一沟绝望的死水，
清风吹不起半点漪沦。
不如多扔些破铜烂铁，
爽性泼你的剩菜残羹。

也许铜的要绿成翡翠，
铁罐上锈出几瓣桃花；
再让油腻织一层罗绮，

霉菌给他蒸出些云霞。

让死水酵成一沟绿酒，
漂满了珍珠似的白沫；
小珠笑一声变成大珠，
又被偷酒的花蚊咬破。

那么一沟绝望的死水，
也就夸得上几分鲜明。
如果青蛙耐不住寂寞，
又算死水叫出了歌声。

这是一沟绝望的死水，
这里断不是美的所在，
不如让给丑恶来开垦，
看他造出个什么世界。

（选自《闻一多全集》（第三卷），生活·读书·新知三联书店 1992 年版）

【品读作者】

闻一多（1899—1946），原名闻家骅，又名多、亦多、一多，字友三、友山，生于湖北浠水县。诗人、学者及著名的民主战士，1946 年被国民党当局暗杀。早期新月派代表诗人之一。代表作品：诗集《红烛》、《死水》等。

【读辟蹊泾】

闻一多提出诗歌音乐美、建筑美、绘画美的"三美"原则，本诗就是他践行自己诗歌理论的代表性作品，诗歌的形式整齐划一，每一句、每一节字数完全相同，韵律统一而富有变化，偶句押韵却每节换韵。更为重要的是本诗反映的是诗人对当时中国现状的严肃思考。

【阅读拓展】

闻一多《洗衣歌》、《炉中煤》等。

● 朗读正文 　　　我不知道风是在哪一个方向吹
徐志摩

我不知道风
是在哪一个方向吹——
我是在梦中，
在梦的轻波里依洄。

我不知道风

是在哪一个方向吹——
我是在梦中，
她的温存，我的迷醉。

我不知道风
是在哪一个方向吹——
我是在梦中，
甜美是梦里的光辉。

我不知道风
是在哪一个方向吹——
我是在梦中，
她的负心，我的伤悲。

我不知道风
是在哪一个方向吹——
我是在梦中，
在梦的悲哀里心碎！

我不知道风
是在哪一个方向吹——
我是在梦中，
黯淡是梦里的光辉。

（写于1928年，初载同年3月10日《新月》月刊第一卷第1号，署名志摩）

【品读作者】

徐志摩（1897—1931），浙江海宁人。现代诗人、散文家，是早期新月派最重要的代表诗人，1931年因飞机失事而亡。诗作深受欧美浪漫主义和唯美派诗人的影响。代表作品：诗集《志摩的诗》、《猛虎集》，散文集《自剖》等。

【读辟蹊径】

全诗共六节，每节的前三句相同，辗转反复，余音袅袅，诗中最重的意象是"梦"，梦的特点让本诗蒙上一层挥之不去的多义朦胧的色彩。有人说本诗表达了作者追求那种"回到生命本体中去"的诗歌理想，是很有道理的，但是不是简单化了呢？

● 朗读正文

再别康桥

徐志摩

轻轻的我走了，

现代情怀

第一组 新诗寻美

正如我轻轻的来；
我轻轻的招手，
作别西天的云彩。

那河畔的金柳
是夕阳中的新娘
波光里的艳影，
在我的心头荡漾。

软泥上的青荇，
油油的在水底招摇；
在康河的柔波里，
我甘心做一条水草

那榆荫下的一潭，
不是清泉，是天上虹
揉碎在浮藻间，
沉淀着彩虹似的梦。
寻梦？撑一支长篙，
向青草更青处漫溯，
满载一船星辉，
在星辉斑斓里放歌。
但我不能放歌，
悄悄是别离的笙箫；
夏虫也为我沉默，
沉默是今晚的康桥！
悄悄的我走了，
正如我悄悄的来；
我挥一挥衣袖，
不带走一片云彩。

（写于 1928 年 11 月 6 日，初载 1928 年 12 月 10 日《新月》月刊第一卷第 10 号，署名徐志摩）

【读辟蹊泾】

　　本诗是诗人重访母校剑桥大学时写下的。诗中始终有一种淡淡的离愁，作者选取了一系列能表现剑桥美丽的风景和宁静的气氛的意象，如金柳、水草、清泉、长篙等，如此美景自然让人流连其间，作者正是借助这些意象将剑桥的特点和自己的离别之愁巧妙地表现出来，难怪能被广泛传诵。

【阅读拓展】

徐志摩《沙场娜拉》、《雪花的快乐》等。

● 朗读正文

我用残损的手掌

戴望舒

我用残损的手掌
摸索这广大的土地：
这一角已变成灰烬，
那一角只是血和泥；
这一片湖该是我的家乡，
（春天，堤上繁花如锦障，
嫩柳枝折断有奇异的芬芳）
我触到荇藻和水的微凉；
这长白山的雪峰冷到彻骨，
这黄河的水夹泥沙在指间滑出；
江南的水田，你当年新生的禾草
是那么细，那么软……现在只有蓬蒿；
岭南的荔枝花寂寞地憔悴，
尽那边，我蘸着南海没有渔船的苦水……
无形的手掌掠过无限的江山，
手指沾了血和灰，手掌粘了阴暗，
只有那辽远的一角依然完整，
温暖，明朗，坚固而蓬勃生春。
在那上面，我用残损的手掌轻抚，
像恋人的柔发，婴孩手中乳。
我把全部的力量运在手掌 贴在上面，

寄与爱和一切希望，
因为只有那里是太阳，是春，
将驱逐阴暗，带来苏生，
因为只有那里我们不像牲口一样活，
蝼蚁一样死……那里，永恒的中国！

（选自《戴望舒诗全编》，浙江文艺出版社 1989 年版）

【品读作者】

戴望舒（1905—1950），浙江杭县（今杭州市余杭区）人。原名戴朝安，又名戴梦鸥，戴望舒为笔名，语出屈原《离骚》："前望舒使先驱兮，后飞廉使奔属 。"中国现代派象征主义诗人，人称"雨巷诗人"，曾赴法国留学，受法国象征派诗人影响。代表作品：诗集《望舒草》、《望舒诗稿》等。

【读辟蹊泾】

从《雨巷》到本诗，诗人经历了由吟诵个人伤感情怀到将个人命运与祖国命运交汇在一起的转变，也可以说完成了由小我到大我的精神蜕变。本诗通过祖国原本的大好江山与满目疮痍的现状的强烈对比，表现了诗人的悲愤和拳拳的赤子爱国之心，但诗人是光明的，因为他从祖国的后方看到了希望。

【阅读拓展】

戴望舒《雨巷》。

● **朗读正文**

更 夫

穆 旦

冬夜的街头失去了喧闹的
脚步和呼喊，人的愤怒和笑靥
如隔世的梦，一盏微弱的灯光
闪闪地摇曳着一付深沉的脸。

怀着寂寞，像山野里的幽灵，
他默默地从大街步进小巷；
生命在每一声里消失了，
化成声音，向辽远的虚空飘荡；

飘向温暖的睡乡，在迷茫里
警起旅人午夜的彷徨；
一阵寒风自街头刮上半空，
深巷里的狗吠出凄切的回响。

把天边的黑夜抛在身后，
一双脚步又走向幽暗的三更天，
期望日出如同期望无尽的路，
鸡鸣时他才能找寻着梦。

1936 年 11 月

（选自《穆旦诗文集》，人民文学出版社 2006 年版）

【品读作者】

穆旦（1918—1977），生于天津，祖籍浙江海宁。原名查良铮，与著名作家金庸（查良镛）为同族的叔伯兄弟，"查"字拆成木旦，故笔名穆旦。著名爱国主义诗人、翻译家，是九叶诗派中成就最高的诗人。代表作品：《探险者》、《穆旦诗集》等。

【读辟蹊径】

本诗中，诗人塑造了一位深沉、寂寞、迷茫的更夫形象，他用自己的生命告诉他人生命的消逝。诗中所选取的意象：冬夜的街头、微弱的灯光、深沉的脸、小巷、狗吠等，共同构成了更夫的背景，也构成了更夫的命运。

【阅读拓展】

穆旦《诗八首》、《赞美》等。

● 朗读正文

老 马

臧克家

总得叫大车装个够，
他横竖不说一句话，
背上的压力往肉里扣，
他把头沉重地垂下！

这刻不知道下刻的命，
他有泪只往心里咽，
眼里飘来一道鞭影，
他抬头望望前面。

（选自臧克家著：《烙印》，华夏出版社 2009 年版）

【品读作者】

臧克家（1905—2004），山东诸城人，曾用名臧瑗望，笔名少全、何嘉。曾师从闻一多，著名作家、编辑家，杰出的爱国主义诗人，新中国成立后长期担任中国诗歌学会会长、中国毛泽东诗词研究会名誉会长、中国写作学会名誉会长等职。代表作品：诗集《烙印》等。

【读辟蹊径】

被誉为"农民诗人"的臧克家，似乎对描写中国农民有着特殊的感情，本诗就是通过农村用来拉车的马而且还是老马的意象，来象征中国千千万万的苦难沉重却异常坚忍的中国农民。当然放到当下，我们是不是还可以赋予本诗新的含义呢？

【阅读拓展】

臧克家《有的人》、《三代》等。

● 朗读正文

我爱这土地

艾青

假如我是一只鸟，
我也应该用嘶哑的喉咙歌唱：
这被暴风雨所打击着的土地，
这永远汹涌着我们的悲愤的河流，

现代情怀

第一组 新诗寻美

101

这无止息地吹刮着的激怒的风，
和那来自林间的无比温柔的黎明……
——然后我死了，
连羽毛也腐烂在土地里面。

为什么我的眼里常含泪水？
因为我对这土地爱得深沉……

（一九三八年十一月十七日）

（选自《艾青诗选》，人民文学出版社 1997 年版）

【品读作者】

艾青（1910—1996），浙江金华人，本名蒋海澄，字养源。自幼由一位贫苦农妇养育到五岁。1928 年入杭州国立西湖艺术学院绘画系。1985 年，获法国文学艺术最高勋章，这是我国诗人得到的第一个国外文学艺术的最高级大奖。代表作品：诗集《大堰河——我的保姆》、《我爱这土地》、《北方》等。

【读辟蹊径】

艾青诗的魅力所在并不在于诗的形式、语言有多么优美，而是在于平淡的诗语深处蕴藏的深沉而真挚的感情。本诗的语言相对艾青其他诗而言语言上还是非常精美的，借鸟、土地、河流、风等意象表达的是对正在遭受苦难的祖国的热爱，愿意为祖国献身的决心。

【阅读拓展】

艾青《大堰河——我的保姆》等。

● 朗读正文

落雪的夜
牛　汉

北方，
落雪的夜里
一个伙伴
给我送来一包木炭。
他知道我寒冷，我贫穷
我没有火。

祖国呵，
你是不是也寒冷？

我可以为你的温暖，
将自己当作一束木炭
燃烧起来……

（选自刘福春编：《牛汉诗文集》，人民文学出版社 2010 年版）

【品读作者】

牛汉（1923— ），山西省定襄县人。原名史成汉，曾用笔名谷风。现当代著名诗人，七月诗派重要的代表性诗人，曾任《新文学史料》主编、《中国》文学杂志执行副主编。作品译成俄、日、英、法、西等国文字出版。代表作品：诗集《海上蝴蝶》、《祖国》、《爱与歌》等。

【读辟蹊径】

祖国在这里被意象化为人。诗人感到寒冷，有人送给了诗人"一包木炭"，那么祖国呢？诗中的抒情主体"我"，在祖国寒冷的时候，宁愿"把自己当作一束木炭""燃烧起来"，赤子爱国之情跃然纸上，这首诗的结构可概括为这样一个模式：现实（"我"）—情感（爱国之情）—现实（"祖国"）。现实总是外化的，而情感是内化的，内化的情感（爱国之情）通过语言材料艺术地表现为外化的现实（语言承载的意象）。

【阅读拓展】

牛汉《悼念一棵枫树》、《华南虎》、《汗血马》等。

● 朗读正文

相信未来

食　指

当蜘蛛网无情地查封了我的炉台，
当灰烬的余烟叹息着贫穷的悲哀，
我依然固执地铺平失望的灰烬，
用美丽的雪花写下：相信未来。
当我的紫葡萄化为深秋的露水，
当我的鲜花依偎在别人的情怀，
我依然固执地用凝霜的枯藤
在凄凉的大地上写下：相信未来。

我要用手指那涌向天边的排浪，
我要用手掌那托住太阳的大海，
摇曳着曙光那枝温暖漂亮的笔杆
用孩子的笔体写下：相信未来。

我之所以坚定地相信未来，
是我相信未来人们的眼睛——
她有拨开历史风尘的睫毛，
她有看透岁月篇章的瞳孔。

不管人们对于我们腐烂的皮肉，

现代情怀

第一组　新诗寻美

那些迷途的惆怅、失败的苦痛，
是寄予感动的热泪、深切的同情，
还是给以轻蔑的微笑、辛辣的嘲讽。

我坚信人们对于我们的脊骨，
那无数次的探索、迷途、失败和成功，
一定会给予热情、客观、公正的评定。
是的，我焦急地等待着他们的评定。

朋友，坚定地相信未来吧，
相信不屈不挠的努力，
相信战胜死亡的年轻，
相信未来、热爱生命。

1968 年　北京
（选自《食指诗选》，人民文学出版社 2009 年版）

【品读作者】

食指（1948— ），山东鱼台人，原名郭路生，因母亲在行军途中分娩，故名路生，在"文化大革命"中因救出被围打的教师而遭受迫害。1968 年到山西插队，1970 年进厂当工人，1971 年参军，1973 年复员，曾在北京光电技术研究所工作。因在部队中遭受强烈刺激，导致精神分裂，至今仍在精神病院。代表作品：诗集《相信未来》、《食指·黑大春现代抒情诗合集》、《诗探索金库·食指卷》等。

【读辟蹊泾】

本诗前三节写"我"是怎样"相信未来"的，后三节写为什么要"相信未来"，最后一节呼唤人们带着对未来的信念去努力，去热爱，去生活。用语质朴，而思想深刻；性格鲜明，又令人折服。全诗基本上遵从了四行一节，在轻重音不断变化中求得感人效果的传统方式；以语言的时间艺术，与中国画式的空间艺术相结合，实现了诗人所反复讲述的"我的诗是一面窗户，是窗含西岭千秋雪"的艺术。

【阅读拓展】

食指《鱼儿三部曲》、《海洋三部曲》等。

● 朗读正文

回　答

北　岛

卑鄙是卑鄙者的通行证，
高尚是高尚者的墓志铭，
看吧，在那镀金的天空中，
飘满了死者弯曲的倒影。

冰川纪过去了，
为什么到处都是冰凌？

好望角发现了，
为什么死海里千帆相竞？

我来到这个世界上，
只带着纸、绳索和身影，
为了在审判之前，
宣读那些被判决的声音。

告诉你吧，世界
我——不——相——信！
纵使你脚下有一千名挑战者，
那就把我算作第一千零一名。

我不相信天是蓝的，
我不相信雷的回声，
我不相信梦是假的，
我不相信死无报应。

如果海洋注定要决堤，
就让所有的苦水都注入我心中，
如果陆地注定要上升，
就让人类重新选择生存的峰顶。

新的转机和闪闪星斗，
正在缀满没有遮拦的天空。
那是五千年的象形文字，
那是未来人们凝视的眼睛。

（选自《北岛作品精选》，长江文艺出版社 2011 年版）

【品读作者】

北岛（1949—　），祖籍浙江湖州，生于北京，本名赵振开，曾用笔名石默。1978 年同诗人芒克创办民间诗歌刊物《今天》。曾一度旅居瑞典等七个国家，在世界上多个国家进行创作，寻找机会朗读自己的诗歌，多次获得诺贝尔文学奖提名。2007 年起定居香港。代表作品：《太阳城札记》、《北岛诗选》、《北岛顾城诗选》等。

【读辟蹊径】

诗开头的两句今天已成为家喻户晓的名言。头两节用死者的倒影、冰凌、死海等意象象征现实世界的荒谬，但是主人公并不屈从于现实，而是凭着坚定的信念和献身的精神勇敢地发起挑战。诗的语言是铿锵有力、掷地有声的，选取的意象有着深远的象征意义。

【阅读拓展】

北岛《生活》（全诗只一个字：网）、《结局或开始——献给遇罗克》等。

● 朗读正文

远和近

顾　城

你
一会看我
一会看云
我觉得
你看我时很远
你看云时很近

（选自《顾城的诗》，人民文学出版社 1998 年版）

【品读作者】

顾城（1956—1993），北京人，朦胧诗主要代表人物，被称为当代的唯灵浪漫主义诗人。早期的诗歌有孩子般的纯稚风格、梦幻情绪，用直觉和印象式的语句来咏唱童话般的少年生活。后期隐居激流岛，1993 年 10 月 8 日在其新西兰寓所因婚变杀死妻子谢烨后自杀。代表作品：《顾城的诗》、《顾城童话寓言诗选》、《顾城新诗自选集》等。

【读辟蹊泾】

本诗虽短，却内涵丰富。"远"、"近"，是物理距离概念，这是客观存在，有科学的衡量标准；但在情感作用下产生的心理距离却不同，"远"可以变"近"，"近"可以变"远"。诗中用"你"、"我"、"云"心理距离的变换，曲折地反映了人与人之间的隔阂、戒备以及诗人对和谐、融洽的理想人际关系的向往、追求。

【阅读拓展】

顾城《一代人》、《雪人》等。

● 朗读正文

悬崖边的树

曾　卓

不知道是什么奇异的风
将一棵树吹到了那边——
平原的尽头
临近深谷的悬崖上
它倾听远处森林的喧哗
和深谷中小溪的歌唱
它孤独地站在那里
显得寂寞而又倔强
它的弯曲的身体

留下了风的形状

它似乎即将倾跌进深谷里

却又像是要展翅飞翔……

（选自《诗刊》1979 年 9 月号）

【品读作者】

曾卓（1922—2002），原籍湖北黄陂，生于湖北武汉，原名曾庆冠。七月诗派重要诗人，1940 年加入全国文协，组织诗垦地社，编辑出版《诗垦地丛刊》，1947 年为《大刚报》主编副刊，1952 年任长江日报社副社长，当选武汉市文联、文协副主席。代表作品：诗集《门》、《悬崖边的树》、《老水手的歌》等。

【读辟蹊径】

本诗是一篇看似平淡却十分清新、独特的佳作。诗人用通俗、简练的几句话很好地勾勒出一幅奇特的图景：空旷的草原的尽头，一棵树独处悬崖边，似将跌近深谷，又像展翅飞翔。没有任何刻意的渲染，却能让读者眼前清晰呈现出这道奇特的风景。整首诗的节奏缓而不慢，调子低而不沉。作者似乎并没有大悲大喜，写景抒情都是平淡的，但是读起来十分清新自然，似乎悟出了一些生命的真谛。

【阅读拓展】

曾卓《门》、《来自草原的人》、《母亲》、《铁栏与火》等。

● 朗读正文

面朝大海，春暖花开
海 子

从明天起，做一个幸福的人

喂马，劈柴，周游世界

从明天起，关心粮食和蔬菜

我有一所房子，面朝大海，春暖花开

从明天起，和每一个亲人通信

告诉他们我的幸福

那幸福的闪电告诉我的

我将告诉每一个人

给每一条河每一座山取一个温暖的名字

陌生人，我也为你祝福

愿你有一个灿烂的前程

愿你有情人终成眷属

愿你在尘世获得幸福

我只愿面朝大海，春暖花开

（选自《海子的诗》，人民文学出版社 1995 年版）

现代情怀

第一组 新诗寻美

【品读作者】

海子（1964—1989），安徽怀宁人，原名查海生。1982 年开始诗歌创作，当时即被称为"北大三诗人"之一。1984 年创作成名作《亚洲铜》和《阿尔的太阳》，第一次使用"海子"作为笔名，是中国 20 世纪 70 年代新文学史中一位全力冲击文学与生命极限的诗人。代表作品：诗集《土地》、《海子、骆一禾作品集》、《海子的诗》、《海子诗全编》等。

【读辟蹊泾】

本诗标题就非常有张力，为什么一定要面朝大海？面朝大海如何看到春暖花开？两者似乎风马牛不相及，却又通过诗人的幻想联结在一起。诗中连用三个"从明天起"，为什么是从明天起，而不是从现在起？诗人是向往幸福的，同时也希望他人幸福，于是便有了四个"愿"字句了。

【阅读拓展】

海子《麦地》、《麦地与诗人》、《五月的麦地》等。

● 朗读正文

在潮湿的小站上

舒 婷

风，若有若无
雨，三点两点
这是深秋的南方
一位少女喜孜孜向我奔来
又怅然退去
花束倾倒在臂弯

她在等谁呢？
月台空荡荡
灯光水汪汪

列车缓缓开动
在橙色光晕的夜晚
白纱巾一闪一闪……

（选自《中国当代名诗人选集·舒婷》，人民文学出版社 2007 年版）

【品读作者】

舒婷（1952— ），祖籍福建泉州，生于福建龙海，原名龚佩瑜。当代女诗人，朦胧诗派的代表作家之一，与北岛、顾城齐名。1979 年开始发表诗歌作品，1980 年至福建省文联工作，从事专业写作。代表作品：诗集《双桅船》、《会唱歌的鸢尾花》、《始祖鸟》，散文集《心烟》等。

【读辟蹊泾】

作者选用了一系列丰富的意象：风、雨、花束、月台、灯光、列车、白纱巾，寥寥数笔，勾勒出一幅很有画面感的站台离别图。这些意象的选取很微妙，带来一种平和的、羞涩的又有点悲伤的情调，我们会不自觉地去想：这女孩在等谁呢？她等来了吗？她的爱人在列车上吗？但是作者没有告诉我们答案，这种留白恰到好处，余味无穷。

【阅读拓展】

舒婷《致橡树》、《祖国啊，我亲爱的祖国》等。

● 朗读正文

月光光

余光中

月光光，月是冰过的砒霜
月如砒，月如霜
落在谁的伤口上？
恐月症和恋月狂
逆发的季节，月光光

幽灵的太阳，太阳的幽灵
死星脸上回光的反映
恋月狂和恐月症
祟着猫，祟着海
祟着苍白的美妇人

太阴下，夜是死亡的边境
偷渡梦，偷渡云
现代远，古代近
恐月症和恋月狂
太阳的赝币，铸两面侧像

海在远方怀孕，今夜
黑猫在瓦上诵经
恋月狂和恐月症
苍白的美妇人
大眼睛的脸，贴在窗上

我也忙了一整夜，把月光
掬在掌，注在瓶
分析化学的成分
分析回忆，分析悲伤
恐月症和恋月狂，月光光

（选自《中外名家经典诗歌·余光中卷——乡愁》，长江文艺出版社2011年版）

现代情怀

第一组 新诗寻美

【品读作者】

余光中（1928— ），祖籍福建永春，生于江苏南京，1948年随父母迁香港，次年赴台，就读于台湾大学外文系。后赴美进修，获爱荷华大学艺术硕士学位。返台后任师大、政大、台大及香港中文大学教授，现任台湾中山大学文学院院长。代表作品：散文集《听听那冷雨》、《逍遥游》，诗集《歌》、《天狼星》，诗论集《诗的创作与鉴赏》等。

【读辟蹊泾】

诗歌的首句开始，以"月是冰过的砒霜"这一突兀又新奇的意象开始，展开了思绪的表达，无疑深深地抓住了每一个读者的心。月在中国传统文化中是温柔、多情、相思的化身，而作者以"月是冰过的砒霜"作比喻，是有其深刻含义的。月在什么时候，成为什么样的人的"砒霜"呢？作者给予了下面的答案：恐月症和恋月狂/迸发的季节，月光光。

【阅读拓展】

余光中《乡愁》等。

● 朗读正文　　　　　等你，在雨中

余光中

等你，在雨中，在造虹的雨中
蝉声沉落，蛙声升起
一池的红莲如红焰，在雨中

你来不来都一样，竟感觉
每朵莲都像你
尤其隔着黄昏，隔着这样的细雨

永恒，刹那，刹那，永恒
等你，在时间之外
在时间之内，等你，在刹那，在永恒

如果你的手在我的手里，此刻
如果你的清芬
在我的鼻孔，我会说，小情人

诺，这只手应该采莲，在吴宫
这只手应该
摇一柄桂桨，在木兰舟中

一颗星悬在科学馆的飞檐

耳坠子一般的悬着
瑞士表说都七点了忽然你走来

步雨后的红莲，翩翩，你走来
像一首小令
从一则爱情的典故里你走来

从姜白石的词里，有韵地，你走来

（选自《中外名家经典诗歌·余光中卷——乡愁》，长江文艺出版社 2011 年版）

【读辟蹊泾】

诗作名曰"等你"，但全诗只字未提"等你"的焦急和无奈，而是别出心裁地状写"等你"的幻觉和美感。黄昏将至，细雨蒙蒙，彩虹飞架，红莲如火，"蝉声沉落，蛙声升起"。正因为"你"在"我"心中深埋，所以让人伤感的黄昏才显得如诗如画，莲象征美丽与圣洁，诗中的莲既是具象的实物，又是美与理想的综合。

● 朗读正文

树的画像
席慕蓉

当迎风的笑靥已不再芬芳
温柔的话语都已沉寂
当星星的瞳子渐冷渐暗
而千山万径都绝灭踪迹

我只是一棵孤独的树
在抗拒着秋的来临

（选自《席慕蓉诗集》，作家出版社 2010 年版）

【品读作者】

席慕蓉（1943— ），女，祖籍内蒙古，蒙古族，全名穆伦·席连勃，意即大江河，"慕蓉"是"穆伦"的谐译。著名诗人、散文家、画家，1949 年随家定居台湾。代表作品：诗集《七里香》、《有一首歌》、《心灵的探索》。

【读辟蹊泾】

这是一篇意境优美、舒缓抒情的诗歌，读来温柔婉约，又带着些淡淡的感伤。诗歌选取笑靥、话语、星星、踪迹、树等意象，寥寥几笔，勾勒了一棵秋风中独自站立的树。花儿不再，星星渐冷，踪迹隐没，只剩下一棵树在风中茕茕独立，带着些萧索，也带着些顽强的韧性，卓尔不群，让人惊叹。这种细腻温柔的文字，让读者感受到字里行间带着的一些不知名的情绪，让人久久不能忘怀。

【阅读拓展】

席慕蓉《乡愁》等。

现代情怀

第一组 新诗寻美

第二组　散文沐情

慢慢走，欣赏吧

中国现代散文在同期文学格局中地位虽没有小说高，但仍然成就卓著，大师辈出，名作荟萃。大致经历了三次高峰时期：第一个高峰是五四时期，这时期的散文突出表现为对白话美文的追求，周作人、朱自清为其中杰出代表。周作人的《故乡的野菜》、《北京的茶食》、《乌篷船》等虽取材平凡，然经作者精心"调理"，却情趣高雅，神韵超凡。朱自清的《荷塘月色》融情入景，以文作画，普通荷塘在其笔下熠熠生辉、色彩斑斓。梁实秋之雅舍散文，以理节情，化俗为雅，趣味纯正，蕴涵淡远，熔性情、经验、学识于一炉，集雅人、达士、学者为一体，实为周作人之后的闲适散文大家。第二个高峰时期是20世纪五六十年代，这时期政治抒情散文盛行，出现了当代散文三大家：杨朔、秦牧、刘白羽。第三个高峰是新时期以后，名家辈出，名作迭出，尤其20世纪80年代末、90年代初一大批诗人、小说家、学者如余秋雨、王蒙、陆文夫、史铁生等开始介入散文创作，从而掀起了"文化散文"与"学者散文"的浪潮。其中，余秋雨的《文化苦旅》艺术上的重要突破给当代散文产生了巨大的影响。史铁生的《我与地坛》以作者本人坎坷的经历，阐释深刻的人生哲理，是20世纪90年代文坛的重大收获。此外，台湾作家余光中早在20世纪六七十年代写的《听听那冷雨》、《鬼雨》等写得非常大气，语言张力极强，读起来琅琅上口，韵律十足，为现代汉语写作开辟了新境界。

每一时期的散文都有不同的表现形式，风格也是各不相同，但不论何种形式、何种风格，真挚的情感表达和严肃的人生思考却始终是中国现代散文的精神内核。阅读这些散文在享受精美甘露文字的同时，也沐浴着真挚情感和理性思维的春风。

散文采萃

● 朗读正文　　　　　　乌篷船

周作人

子荣君[1]：

接到手书，知道你要到我的故乡去，叫我给你一点什么指导。老实说，我的故乡，真正觉得可怀恋的地方，并不是那里；但是因为在那里生长，住过十多年，究竟知道一点情形，所以写这一封信告诉你。

我所要告诉你的，并不是那里的风土人情，那是写不尽的，但是你到那里一看也就会明白的，不必啰唆地多讲。我要说的是一种很有趣的东西，这便是船。你在家乡平常总坐人力车，电车，或是汽车，但在我的故乡那里这些都没有，除了在城内或山上是用轿子以外，普通代步都是用船。船有两种，普通坐的都是"乌篷船"，白篷的大抵作航船用，坐夜航船到西陵去也有特别的风趣，但是你总不便坐，所以我就可以不说了。乌篷船大的为"四明瓦"（Symenngoa），小的为脚划船亦称小船。但是最适用的还是在这中间的"三道"，亦即三明瓦。篷是半圆形的，用竹片编成，中夹竹箬，上涂黑油；在两扇"定篷"之间放着一扇遮阳，也是半圆的，木作格子，嵌着一片片的小鱼鳞，径约一寸，颇有点透明，略似玻璃而坚韧耐用，这就称为明瓦。三明瓦者，谓其中舱有两道，后舱有一道明瓦也。船尾用橹，大抵两支，船首有竹篙，用以定船。船头着眉目，状如老虎，但似在微笑，颇滑稽而不可怕，唯白篷船则无之。三道船篷之高大约可以使你直立，舱宽可以放下一顶方桌，四个人坐着打马将，——这个恐怕你也已学会了罢？小船则真是一叶扁舟，你坐在船底席上，篷顶离你的头有两三寸，你的两手可以搁在左右的舷上，还把手都露出在外边。在这种船里仿佛是在水面上坐，靠近田岸去时泥土便和你的眼鼻接近，而且遇着风浪，或是坐得少不小心，就会船底朝天，发生危险，但是也颇有趣味，是水乡的一种特色。不过你总可以不必去坐，最好还是坐那三道船罢。

你如坐船出去，可是不能像坐电车的那样性急，立刻盼望走到。倘若出城，走三四十里路，（我们那里的里程是很短，一里才及英里三分之一），来回总要预备一天。你坐在船上，应该是游山的态度，看看四周物色，随处可见的山，岸旁的乌柏，河边的红蓼和白苹，渔舍，各式各样的桥，困倦的时候睡在舱中拿出随笔来看，或者冲一碗清茶喝喝。偏门外的鉴湖一带，贺家池，壶觞左近，我都是喜欢的，或者往娄公埠骑驴去游兰亭，（但我劝你还是步行，骑驴或者于你不很相宜，）到得暮色苍然的时候进城上都挂着薛荔的东门来，倒是颇有趣味的事。倘若路上不平静，你往杭州去时可于下午开船，黄昏时候的景色正最好看，只可惜这一带地方的名字我都忘记了。夜间睡在舱中，听水声橹声，来往船只的招呼声，以及乡间的犬吠鸡鸣，也都很有意思。雇一只船到乡下去看庙戏，可以了解中国旧戏的真趣味，而且在船上行动自如，要看就看，要睡就睡，要喝酒就喝酒，我觉得也可以算是理想的行乐法。只可惜讲维新以来这些演剧与迎会都已禁止，中产阶级的低能人别在"布业会馆"等处建起"海式"的戏场来，请大家买票看上海的猫儿戏。这些地方你千万不要去。——你到我那故乡，恐怕没有一个人认得，我又因为在教书不能陪你去玩，坐夜船，谈闲天，实在抱歉而且惆怅。川岛君夫妇现在偁山下，本来可以给你介绍，但是你到那里的时候他们恐怕已经离开故乡了。初寒，善自珍重，不尽。

十五年十一月十八日夜，于北京

（1926年11月作，选自《泽泻集》）

【释读难点】

〔1〕子荣，是周作人的笔名，始用于1923年8月26日《晨报副刊》发表的《医院的阶陛》一文。以后，1923年、1925年均用过此笔名，在本文之后，1927年9、10月所作《诅咒》、《功臣》等文中，也用过"子荣"的笔名。一说"子荣"此笔名系从周作人在日本时的恋人"干荣子"的名字点化而来。本文收信人与写信人是同一人，可以看做是作者寂寞的灵魂的内心对白。

【品读作者】

周作人（1885—1967），浙江绍兴人，其兄为鲁迅（周树人）、弟周建人。中国现代著名散文家、文学理论家、评论家、诗人、翻译家、思想家，中国民俗学开拓人，新文化运动的杰出代表。1939年至1945年间，担任汪伪政权北京大学图书馆馆长、华北政务委员会常务委员兼教育总署督办等职，后被判入狱。代表作品：散文集《苦雨斋谈》、《生活的况味》、《看云随笔》、《流年感忆》等。

【读辟蹊泾】

本文用书信形式，记叙了作者浙东家乡的"一种很有趣的东西"——"乌篷船"，为人们描写了一幅具有江南水乡特色的风物民俗的画面。清淡的口吻、清丽的笔调、清幽的情怀、清隽的神韵，流泻清静的心境、恬淡的乡情，船的结构、种类以及乘船的乐趣从容道来，悠闲自得之余不乏丰富知识，不失为周氏"平和冲淡"的散文风格的典型代表。

● 朗读正文

匆　匆

朱自清

　　燕子去了，有再来的时候；杨柳枯了，有再青的时候；桃花谢了，有再开的时候。但是，聪明的，你告诉我，我们的日子为什么一去不复返呢？——是有人偷了他们罢：那是谁？又藏在何处呢？是他们自己逃走了罢：现在又到了哪里呢？

　　我不知道他们给了我多少日子；但我的手确乎是渐渐空虚了。在默默里算着，八千多日子已经从我手中溜去；像针尖上一滴水滴在大海里，我的日子滴在时间的流里，没有声音，也没有影子。我不禁头涔涔而泪潸潸了。

　　去的尽管去了，来的尽管来着；去来的中间，又怎样地匆匆呢？早上我起来的时候，小屋里射进两三方斜斜的太阳。太阳他有脚啊，轻轻悄悄地挪移了；我也茫茫然跟着旋转。于是——洗手的时候，日子从水盆里过去；吃饭的时候，日子从饭碗里过去；默默时，便从凝然的双眼前过去。我觉察他去的匆匆了，伸出手遮挽时，他又从遮挽着的手边过去，天黑时，我躺在床上，他便伶伶俐俐地从我身上跨过，从我脚边飞去了。等我睁开眼和太阳再见，这算又溜走了一日。我掩着面叹息。但是新来的日子的影儿又开始在叹息里闪过了。

　　在逃去如飞的日子里，在千门万户的世界里的我能做些什么呢？只有徘徊罢了，只有匆匆罢了；在八千多日的匆匆里，除徘徊外，又剩些什么呢？

过去的日子如轻烟，被微风吹散了，如薄雾，被初阳蒸融了；我留着些什么痕迹呢？我何曾留着像游丝样的痕迹呢？我赤裸裸来到这世界，转眼间也将赤裸裸地回去罢？但不能平的，为什么偏要白白走这一遭啊？

你聪明的，告诉我，我们的日子为什么一去不复返呢？

（选自《朱自清散文精选》，人民文学出版社 2003 年版）

【品读作者】

朱自清（1898—1948），原籍浙江绍兴，生于江苏东海，原名自华，号秋实，改名自清，字佩弦。现代著名散文家、诗人、学者。以独特的美文艺术风格，为中国现代散文增添了瑰丽的色彩，创造了具有中国民族特色的散文体制和风格。主要作品：《雪朝》、《踪迹》、《背影》、《春》、《欧游杂记》、《你我》等。

【读辟蹊径】

本文开头三个比喻，都与春天有关，语言极其老辣，声调抑扬顿挫，读起来琅琅上口，读完后，有一种沧桑感，然而又似乎充满青春活力，让人满怀希望。但这三句都是为下文做铺垫，表示时间流逝，一去不复返。"去的尽管去了，来的尽管来着"。"洗手的时候，日子从水盆里过去；吃饭的时候，日子从饭碗里过去；默默时，便从凝然的双眼前过去。"诸如此类的精彩句子举不胜举，皆显示了作者极强的语言功力，且富有人生哲理。通篇语言优美，感情饱满，特别适合朗读，不愧为经典美文。

【阅读拓展】

蒋子龙《时间》。

● 朗读品文　　　　　　我与地坛（节选）
史铁生

一

我在好几篇小说中都提到过一座废弃的古园，实际就是地坛。许多年前旅游业还没有开展，园子荒芜冷落得如同一片野地，很少被人记起。

地坛离我家很近。或者说我家离地坛很近。总之，只好认为这是缘分。地坛在我出生前四百多年就坐落在那儿了，而自从我的祖母年轻时带着我父亲来到北京，就一直住在离它不远的地方——五十多年间搬过几次家，可搬来搬去总是在它周围，而且是越搬离它越近了。我常觉得这中间有着宿命的味道：仿佛这古园就是为了等我，而历尽沧桑在那儿等待了四百多年。

它等待我出生，然后又等待我活到最狂妄的年龄上忽地残废了双腿。四百多年里，它一面剥蚀了古殿檐头浮夸的琉璃，淡褪了门壁上炫耀的朱红，坍圮了一段段高墙又散落了玉砌雕栏，祭坛四周的老柏树愈见苍幽，到处的野草荒藤也都茂盛得自在坦荡。这时候想必我是该来了。十五年前的一个下午，我摇着轮椅进入园中，它为一个失魂落魄的人把一切都准备好了。那时，太阳循着亘古不变的路途正越来越大，也越红。在满园弥漫的沉静光芒中，一个人更容易看到时间，并看见自己的身影。

自从那个下午我无意中进了这园子，就再没长久地离开过它。我一下子

现代情怀　　第二组　散文沐情

就理解了它的意图。正如我在一篇小说中所说的："在人口密聚的城市里，有这样一个宁静的去处，像是上帝的苦心安排。"

两条腿残废后的最初几年，我找不到工作，找不到去路，忽然间几乎什么都找不到了，我就摇了轮椅总是到它那儿去，仅为着那儿是可以逃避一个世界的另一个世界。我在那篇小说中写道："没处可去我便一天到晚耗在这园子里。跟上班下班一样，别人去上班我就摇了轮椅到这儿来。园子无人看管，上下班时间有些抄近路的人们从园中穿过，园子里活跃一阵，过后便沉寂下来。""园墙在金晃晃的空气中斜切下一溜荫凉，我把轮椅开进去，把椅背放倒，坐着或是躺着，看书或者想事，撅一权树枝左右拍打，驱赶那些和我一样不明白为什么要来这世上的小昆虫。""蜂儿如一朵小雾稳稳地停在半空；蚂蚁摇头晃脑捋着触须，猛然间想透了什么，转身疾行而去；瓢虫爬得不耐烦了，累了祈祷一回便支开翅膀，忽悠一下升空了；树干上留着一只蝉蜕，寂寞如一间空屋；露水在草叶上滚动，聚集，压弯了草叶轰然坠地摔开万道金光。""满园子都是草木竞相生长弄出的响动，窸窸窣窣片刻不息。"这都是真实的记录，园子荒芜但并不衰败。

除去几座殿堂我无法进去，除去那座祭坛我不能上去而只能从各个角度张望它，地坛的每一棵树下我都去过，差不多它的每一米草地上都有过我的车轮印。无论是什么季节，什么天气，什么时间，我都在这园子里呆过。有时候呆一会儿就回家，有时候就呆到满地上都亮起月光。记不清都是在它的哪些角落里了。我一连几小时专心致志地想关于死的事，也以同样的耐心和方式想过我为什么要出生。这样想了好几年，最后事情终于弄明白了：一个人，出生了，这就不再是一个可以辩论的问题，而只是上帝交给他的一个事实；上帝在交给我们这件事实的时候，已经顺便保证了它的结果，所以死是一件不必急于求成的事，死是一个必然会降临的节日。这样想过之后我安心多了，眼前的一切不再那么可怕。比如你起早熬夜准备考试的时候，忽然想起有一个长长的假期在前面等待你，你会不会觉得轻松一点？并且庆幸并且感激这样的安排？

剩下的就是怎样活的问题了，这却不是在某一个瞬间就能完全想透的、不是一次性能够解决的事，怕是活多久就要想它多久了，就像是伴你终生的魔鬼或恋人。所以，十五年了，我还是总得到那古园里去、去它的老树下或荒草边或颓墙旁，去默坐，去呆想、去推开耳边的嘈杂理一理纷乱的思绪，去窥看自己的心魂。十五年中，这古园的形体被不能理解它的人肆意雕琢，幸好有些东西任谁也不能改变它的。譬如祭坛石门中的落日，寂静的光辉平铺的一刻，地上的每一个坎坷都被映照得灿烂；譬如在园中最为落寞的时间，一群雨燕便出来高歌，把天地都叫喊得苍凉；譬如冬天雪地上孩子的脚印，总让人猜想他们是谁，曾在哪儿做过些什么，然后又都到哪儿去了；譬如那些苍黑的古柏，你忧郁的时候它们镇静地站在那儿，你欣喜的时候它们依然镇静地站在那儿，它们没日没夜地站在那儿从你没有出生一直站到这个世界上又没了你的时候；譬如暴雨骤临园中，激起一阵阵灼烈而清纯的草木和泥土的气味，让人想起无数个夏天的事件；譬如秋风忽至，再有一场早霜，落叶或飘摇歌舞或坦然安卧，满园中播散着熨帖而微苦的味道。味道是最说不清楚的。味道不能写只能闻，要你身临其境去闻才能明了。味道甚至是难于记忆的，只有你又闻到它你才能记起它的全部情感和意蕴。所以我常常要到那园子里去。

二

现在我才想到，当年我总是独自跑到地坛去，曾经给母亲出了一个怎样的难题。

她不是那种光会疼爱儿子而不懂得理解儿子的母亲。她知道我心里的苦闷，知道不该阻止我出去走走，知道我要是老呆在家里结果会更糟，但她又担心我一个人在那荒僻的园子里整天都想些什么。我那时脾气坏到极点，经常是发了疯一样地离开家，从那园子里回来又中了魔似的什么话都不说。母亲知道有些事不宜问，便犹犹豫豫地想问而终于不敢问，因为她自己心里也没有答案。她料想我不会愿意她跟我一同去，所以她从未这样要求过，她知道得给我一点独处的时间，得有这样一段过程。她只是不知道这过程得要多久，和这过程的尽头究竟是什么。每次我要动身时，她便无言地帮我准备，帮助我上了轮椅车，看着我摇车拐出 小院；这以后她会怎样，当年我不曾想过。

有一回我摇车出了小院；想起一件什么事又返身回来，看见母亲仍站在原地，还是送我走时的姿势，望着我拐出小院去的那处墙角，对我的回来竟一时没有反应。待她再次送我出门的时候，她说："出去活动活动，去地坛看看书，我说这挺好。"许多年以后我才渐渐听出，母亲这话实际上是自我安慰，是暗自的祷告，是给我的提示，是恳求与嘱咐。只是在她猝然去世之后，我才有余暇设想。当我不在家里的那些漫长的时间，她是怎样心神不定坐卧难宁，兼着痛苦与惊恐与一个母亲最低限度的祈求。现在我可以断定，以她的聪慧和坚忍，在那些空落的白天后的黑夜，在那不眠的黑夜后的白天，她思来想去最后准是对自己说："反正我不能不让他出去，未来的日子是他自己的，如果他真的要在那园子里出了什么事，这苦难也只好我来承担。"在那段日子里——那是好几年长的一段日子，我想我一定使母亲作过了最坏的准备了，但她从来没有对我说过："你为我想想"。事实上我也真的没为她想过。那时她的儿子还太年轻，还来不及为母亲想，他被命运击昏了头，一心以为自己是世上最不幸的一个，不知道儿子的不幸在母亲那儿总是要加倍的。她有一个长到二十岁上忽然截瘫了的儿子，这是她唯一的儿子；

她情愿截瘫的是自己而不是儿子，可这事无法代替；她想，只要儿子能活下去哪怕自己去死呢也行，可她又确信一个人不能仅仅是活着，儿子得有一条路走向自己的幸福；而这条路呢，没有谁能保证她的儿子终于能找到。——这样一个母亲，注定是活得最苦的母亲。

有一次与一个作家朋友聊天，我问他学写作的最初动机是什么？他想了一会说："为我母亲。为了让她骄傲。"我心里一惊，良久无言。回想自己最初写小说的动机，虽不似这位朋友的那般单纯，但如他一样的愿望我也有，且一经细想，发现这愿望也在全部动机中占了很大比重。这位朋友说："我的动机太低俗了吧？"我光是摇头，心想低俗并不见得低俗，只怕是这愿望过于天真了。他又说："我那时真就是想出名，出了名让别人羡慕我母亲。"我想，他比我坦率。我想，他又比我幸福，因为他的母亲还活着。而且我想，他的母亲也比我的母亲运气好，他的母亲没有一个双腿残废的儿子，否则事情就不这么简单。

在我的头一篇小说发表的时候，在我的小说第一次获奖的那些日子里，我真是多么希望我的母亲还活着。我便又不能在家里呆了，又整天整天独自跑到地坛去，心里是没头没尾的沉郁和哀怨，走遍整个园子却怎么也想不通：母亲为什么就不能再多活两年？为什么在她儿子就快要碰撞开一条路的时候，她却忽然熬不住了？莫非她来此世上只是为了替儿子担忧，却不该分享我的一点点快乐？她匆匆离我去时才只有四十九呀！有那么一会，我甚至对世界对上帝充满了仇恨和厌恶。后来我在一篇题为"合欢树"的文章中写道："我坐在小公园安静的树林里，闭上眼睛，想，上帝为什么早早地召母亲回去呢？很久很久，迷迷糊糊的我听见了回答：'她心里太苦了，上帝看她受不住了，就召她回去。'我似乎得了一点安慰，睁开眼睛，看见风正从树林里穿过。""小公园"，指的也是地坛。

只是到了这时候，纷纭的往事才在我眼前幻现得清晰，母亲的苦难与伟大才在我心中渗透得深彻。上帝的考虑，也许是对的。

摇着轮椅在园中慢慢走，又是雾罩的清晨，又是骄阳高悬的白昼，我只想着一件事：母亲已经不在了。在老柏树旁停下，在草地上在颓墙边停下，又是处处虫鸣的午后，又是鸟儿归巢的傍晚，我心里只默念着一句话：可是母亲已经不在了。把椅背放倒，躺下，似睡非睡挨到日没，坐起来，心神恍惚，呆呆地直坐到古祭坛上落满黑暗然后再渐渐浮起月光，心里才有点明白，母亲不能再来这园中找我了。

曾有过好多回，我在这园子里呆得太久了，母亲就来找我。她来找我又不想让我发觉，只要见我还好好地在这园子里，她就悄悄转身回去，我看见过几次她的背影。我也看见过几回她四处张望的情景，她视力不好，端着眼镜像在寻找海上的一条船，她没看见我时我已经看见她了，待我看见她也看见我了我就不去看她，过一会我再抬头看她就又看见她缓缓离去的背影。我单是无法知道有多少回她没有找到我。有一回我坐在矮树丛中，树丛很密，我看见她没有找到我；她一个人在园子里走，走过我的身旁，走过我经常呆的一些地方，步履茫然又急迫。我不知道她已经找了多久还要找多久，我不知道为什么我决意不喊她——但这绝不是小时候的捉迷藏，这也许是出于长大了的男孩子的倔强或羞涩？但这倔只留给我痛悔，丝毫也没有骄傲。我真想告诫所有长大了的男孩子，千万不要跟母亲来这套倔强，羞涩就更不必，我已经懂了可我已经来不及了。

儿子想使母亲骄傲，这心情毕竟是太真实了，以致使"想出名"这一声名狼藉的念头也多少改变了一点形象。这是个复杂的问题，且不去管它了罢。随着小说获奖的激动逐日暗淡，我开始相信，至少有一点我是想错了：我用纸笔在报刊上碰撞开的一条路，并不就是母亲盼望我找到的那条路。年年月月我都到这园子里来，年年月月我都要想，母亲盼望我找到的那条路到底是什么。母亲生前没给我留下过什么隽永的哲言，或要我恪守的教诲，只是在她去世之后，她艰难的命运，坚忍的意志和毫不张扬的爱，随光阴流转，在我的印象中愈加鲜明深刻。

有一年，十月的风又翻动起安详的落叶，我在园中读书，听见两个散步的老人说："没想到这园子有这么大。"我放下书，想，这么大一座园子，要在其中找到她的儿子，母亲走过了多少焦灼的路。多年来我头一次意识到，这园中不单是处处都有过我的车辙，有过我的车辙的地方也都有过母亲的脚印。

三

如果以一天中的时间来对应四季，当然春天是早晨，夏天是中午，秋天是黄昏，冬天是夜晚。如果以乐器来对应四季，我想春天应该是小号，夏天是定音鼓，秋天是大提琴，冬天是圆号和长笛。要是以这园子里的声响来对应四季呢？那么，春天是祭坛上空漂浮着的鸽子的哨音，夏天是冗长的蝉歌和杨树叶子哗啦啦地对蝉歌的取笑，秋天是古殿檐头的风铃响，冬天是啄木鸟随意而空旷的啄木声。以园中的景物对应四季，春天是一径时而苍白时而黑润的小路，时而明朗时而阴晦的天上摇荡着串串杨花；夏天是一条条耀眼而灼人的石凳，或阴凉而爬满了青苔的石阶，阶下有果皮，阶上有半张被坐皱的报纸；秋天是一座青铜的大钟，在园子的西北角上曾丢弃着一座很大的铜钟，铜钟与这园子一般年纪，浑身挂满绿锈，文字已不清晰；冬天，是林中空地上几只羽毛蓬松的老麻雀。以心绪对应四季呢？春天是卧病的季节，否则人们不易发觉春天的残忍与渴望；夏天，情人们应该在这个季节里失恋，不然就似乎对不起爱情；秋天是从外面买一棵盆花回家的时候，把花搁在阔别了的家中，并且打开窗户把阳光也放进屋里，慢慢回忆慢慢整理一些发过霉的东西；冬天伴着火炉和书，一遍遍坚定不死的决心，写一些并不发出的信。还可以用艺术形式对应四季，这样春天就是一幅画，夏天是一部长篇小说，秋天是一首短歌或诗，冬天是一群雕塑。以梦呢？以梦对应四季呢？春天是树尖上的呼喊，夏天是呼喊中的细雨，秋天是细雨中的土地，冬天是干净的土地上的一只孤零的烟斗。

因为这园子，我常感恩于自己的命运。

我甚至现在就能清楚地看见，一旦有一天我不得不长久地离开它，我会怎样想念它，我会怎样想念它并且梦见它，我会怎样因为不敢想念它而梦也梦不到它。

……

（选自史铁生著：《我与地坛》，人民文学出版社 2011 年版）

【品读作者】

史铁生（1951—2010），北京人，当代著名作家。在二十多岁"最狂妄的年龄上忽地残废了双腿"，一度想自杀，在母亲的鼓励下，坚强地活了下来，并努力拼搏，自称是"职业是生病，业余在写作"。然而母亲在作者功成名就之前就去世了，没能看到儿子的辉煌。作者为此写下了轰动 20 世纪 90 年代中国文坛的名作《我与地坛》。

【读辟蹊径】

原文共有七部分，现因篇幅所限，只节选了前面三部分。这篇文章被誉为 20 世纪 90 年代中国文坛最大的收获。作者以抒情的笔调极为沉痛地写下了自己的苦难史，也是心灵史。语言抒情又富有哲理性。其丰沛的力度，让我们不得不思考人生的诸多问题。正如作者沿着母亲走过的痕迹推着轮椅压过一样，我们沿着作者的轮椅压过的痕迹走遍地坛的每一个角落，仿佛看见了母亲在地坛寻找儿子的足迹。地坛仿佛在那等了四百多年，等到作者在"最狂妄的年龄上"残废了双腿之后去光顾它。几十年后又等待我们的光顾，这时它远没有了文中所写的荒凉。而作家正是在它的荒凉中悟出了人生的真谛，走出了生活的迷茫。

● 朗读E文　　　　　　　一只特立独行的猪

王小波

插队的时候，我喂过猪，也放过牛。假如没有人来管，这两种动物也完全知道该怎样生活。它们会自由自在地闲逛，饥则食渴则饮，春天来临时还要谈谈爱情；这样一来，它们的生活层次很低，完全乏善可陈。人来了以后，给它们的生活做出了安排：每一头牛和每一口猪的生活都有了主题。就它们中的大多数而言，这种生活主题是很悲惨的：前者的主题是干活，后者的主题是长肉。我不认为这有什么可抱怨的，因为我当时的生活也不见得丰富了多少，除了八个样板戏，也没有什么消遣。有极少数的猪和牛，它们的生活另有安排。以猪为例，种猪和母猪除了吃，还有别的事可干。就我所见，它们对这些安排也不大喜欢。种猪的任务是交配，换言之，我们的政策准许它当个花花公子。但是疲惫的种猪往往摆出一种肉猪（肉猪是阉过的）

才有的正人君子架势，死活不肯跳到母猪背上去。母猪的任务是生崽儿，但有些母猪却要把猪崽儿吃掉。总的来说，人的安排使猪痛苦不堪。但它们还是接受了：猪总是猪啊。

对生活做种种设置是人特有的品性。不光是设置动物，也设置自己。我们知道，在古希腊有个斯巴达，那里的生活被设置得了无生趣，其目的就是要使男人成为亡命战士，使女人成为生育机器，前者像些斗鸡，后者像些母猪。这两类动物是很特别的，但我以为，它们肯定不喜欢自己的生活。但不喜欢又能怎么样？人也好，动物也罢，都很难改变自己的命运。

以下谈到的一只猪有些与众不同。我喂猪时，它已经有四五岁了，从名分上说，它是肉猪，但长得又黑又瘦，两眼炯炯有光。这家伙像山羊一样敏捷，一米高的猪栏一跳就过；它还能跳上猪圈的房顶，这一点又像是猫——所以它总是到处游逛，根本就不在圈里呆着。所有喂过猪的知青都把它当宠儿来对待，它也是我的宠儿——因为它只对知青好，容许他们走到三米之内，要是别的人，它早就跑了。它是公的，原本该劁掉。不过你去试试看，哪怕你把劁猪刀藏在身后，它也能嗅出来，朝你瞪大眼睛，噢噢地吼起来。我总是用细米糠熬的粥喂它，等它吃够了以后，才把糠对到野草里喂别的猪。其他猪看了嫉妒，一起嚷起来。这时候整个猪场一片鬼哭狼嚎，但我和它都不在乎。吃饱了以后，它就跳上房顶去晒太阳，或者模仿各种声音。它会学汽车响、拖拉机响，学得都很像；有时整天不见踪影，我估计它到附近的村寨里找母猪去了。我们这里也有母猪，都关在圈里，被过度的生育搞得走了形，又脏又臭，它对它们不感兴趣；村寨里的母猪好看一些。它有很多精彩的事迹，但我喂猪的时间短，知道得有限，索性就不写了。总而言之，所有喂过猪的知青都喜欢它，喜欢它特立独行的派头儿，还说它活得潇洒。但老乡们就不这么浪漫，他们说，这猪不正经。领导则痛恨它，这一点以后还要谈到。我对它则不止是喜欢——我尊敬它，常常不顾自己虚长十几岁这一现实，把它叫做"猪兄"。如前所述，这位猪兄会模仿各种声音。我想它也学过人说话，但没有学会——假如学会了，我们就可以做倾心之谈。但这不能怪它。人和猪的音色差得太远了。

后来，猪兄学会了汽笛叫，这个本领给它招来了麻烦。我们那里有座糖厂，中午要鸣一次汽笛，让工人换班。我们队下地干活时，听见这次汽笛响就收工回来。我的猪兄每天上午十点钟总要跳到房上学汽笛，地里的人听见它叫就回来——这可比糖厂鸣笛早了一个半小时。坦白地说，这不能全怪猪兄，它毕竟不是锅炉，叫起来和汽笛还有些区别，但老乡们却硬说听不出来。领导上因此开了一个会，把它定成了破坏春耕的坏分子，要对它采取专政手段——会议的精神我已经知道了，但我不为它担忧——因为假如专政是指绳索和杀猪刀的话，那是一点门都没有的。以前的领导也不是没试过，一百人也逮不住它。狗也没用：猪兄跑起来像颗鱼雷，能把狗撞出一丈开外。谁知这回是动了真格的，指导员带了二十几个人，手拿五四式手枪；副指导员带了十几人，手持看青的火枪，分两路在猪场外的空地上兜捕它。这就使我陷入了内心的矛盾：按我和它的交情，我该舞起两把杀猪刀冲出去，和它并肩战斗，但我又觉得这样做太过惊世骇俗——它毕竟是只猪啊；还有一个理由，我不敢对抗领导，我怀疑这才是问题之所在。总之，我在一边看着。猪兄的镇定使我佩服之极：它很冷静地躲在手枪和火枪的连线之内，任凭人喊狗咬，不离那条线。这样，拿手枪的人开火就会把拿火枪的打死，反之亦然；两头同时开火，两头都会被打死。至于它，因为目标小，多半没事。就这样连兜了几个圈子，它找到了一个空子，一头撞出去了；跑得潇洒之极。以后我在甘蔗地里还见过它一次，它长出了獠牙，还认识我，但已不容我走近了。这种冷淡使我痛心，但我也赞成它对心怀叵测的人保持距离。

我已经四十岁了，除了这只猪，还没见过谁敢于如此无视对生活的设置。相反，我倒见过很多想要设置别人生活的人，还有对被设置的生活安之若素的人。因为这个缘故，我一直怀念这只特立独行的猪。

（选自《王小波作品集·沉默的大多数》，北方文艺出版社 2006 年版）

【品读作者】

王小波（1952—1997），北京人，当代著名学者、作家，被誉为中国的乔伊斯兼卡夫卡，亦是唯一一位两次获得世界华语文学界的重要奖项"台湾联合报系文学奖中篇小说大奖"的中国大陆作家。代表作品：《黄金时代》、《白银时代》、《红拂夜奔》等。

【读辟蹊泾】

此文语言幽默，哲理深刻。名为写猪，实则写人。此猪颇有人性，"饥则食渴则饮，春天来临时还要谈谈爱情"，本可以自由闲逛，但不幸的是它成了配种的工具，人类对它的生活进行了设置。为了自由，此猪对设置它的人进行了反击，并冲出了包围圈。人不仅设置猪，也设置自己。这位猪兄疲惫时往往摆出正人君子架势，死活不肯跳到母猪背上去。因为人类的安排使它感到很痛苦。它想自己选择交配对象，于是自己跑出圈去。它可以特立独行，无视人类对它的设置，但被设置好的人却只能听从设置者的安排，按事先设置好的方式生活。猪可逃出人的设置，追求自由；"我"却只能心向往之，而对被设置的生活安之若素。

【阅读拓展】

王小波《人性的逆转》、《椰子树与平等》。

● 朗读范文　　听听那冷雨
余光中

惊蛰一过，春寒加剧。先是料料峭峭，继而雨季开始，时而淋淋漓漓，时而渐渐沥沥，天潮潮地湿湿，即连在梦里，也似乎有把伞撑着。而就凭一把伞，躲过一阵潇潇的冷雨，也躲不过整个雨季。连思想也都是潮润润的。

每天回家，曲折穿过金门街到厦门街迷宫式的长巷短巷，雨里风里，走入霏霏令人更想入非非。想这样子的台北凄凄切切完全是黑白片的味道，想整个中国整部中国的历史无非是一张黑白片子，片头到片尾，一直是这样下着雨的。这种感觉，不知道是不是从安东尼奥尼那里来的。不过那一块土地是久违了，二十五年，四分之一的世纪，即使有雨，也隔着千山万山，千伞万伞。十五年，一切都断了，只有气候，只有气象报告还牵连在一起。大寒流从那块土地上弥天卷来，这种酷冷吾与古大陆分担。不能扑进她怀里，被她的裙边扫一扫吧也算是安慰孺慕之情。

这样想时，严寒里竟有一点温暖的感觉了。这样想时，他希望这些狭长的巷子永远延伸下去，他的思路也可以延伸下去，不是金门街到厦门街，而是金门到厦门。他是厦门人，至少是广义的厦门人，二十年来，不住在厦门，住在厦门街，算是嘲弄吧，也算是安慰。不过说到广义，他同样也是广义的江南人，常州人，南京人，川娃儿，五陵少年。杏花春雨江南，那是他的少年时代了。再过半个月就是清明。安东尼奥尼的镜头摇过去，摇过去又摇过来。残山剩水犹如是，皇天后土犹如是。纭纭黔首纷纷黎民从北到南犹如是。那里面是中国吗？那里面当然还是中国永远是中国。只是杏花春雨已不再，牧童遥指已不再，剑门细雨渭城轻尘也都已不再。然则他日思夜梦的那片土地，究竟在哪里呢？

在报纸的头条标题里吗？还是香港的谣言里？还是傅聪的黑键白键马思聪的跳弓拨弦？还是安东尼奥尼的镜底勒马洲的望中？还是呢，故宫博物院的壁头和玻璃柜内，京戏的锣鼓声中太白和东坡的韵里？

杏花。春雨。江南。六个方块字，或许那片土就在那里面。而无论赤县也好神州也好中国也好，变来变去，只要仓颉的灵感不灭美丽的中文不老，那形象那磁石一般的向心力当必然长在。因为一个方块字是一个天地。太初有字，于是汉族的心灵他祖先的回忆和希望便有了寄托。譬如凭空写一个"雨"字，点点滴滴，滂滂沱沱，淅沥淅沥淅沥，一切云情雨意，就宛然其中了。视觉上的这种美感，岂是什么 rain 也好 pluie 也好所能满足？翻开一部《辞源》或《辞海》，金木水火土，各成世界，而一入"雨"部，古神州的天颜千变万化，便悉在望中，美丽的霜雪云霞，骇人的雷电霹雳，展露的无非是神的好脾气与坏脾气，气象台百读不厌门外汉百思不解的百科全书。

听听，那冷雨。看看，那冷雨。嗅嗅闻闻，那冷雨，舔舔吧，那冷雨。雨在他的伞上这城市百万人的伞上雨衣上屋上天线上，雨下在基隆港在防波堤海峡的船上，清明这季雨。雨是女性，应该最富于感性。雨气空而迷幻，细细嗅嗅，清清爽爽新新，有一点点薄荷的香味，浓的时候，竟发出草和树林之后特有的淡淡土腥气，也许那竟是蚯蚓的蜗牛的腥气吧，毕竟是惊蛰了啊。也许地上的地下的生命也许古中国层层叠叠的记忆皆蠢蠢而蠕，也许是植物的潜意识和梦紧，那腥气。

第三次去美国，在高高的丹佛他山居住了两年。美国的西部，多山多沙漠，千里干旱，天，蓝似安格罗·萨克逊人的眼睛，地，红如印第安人的肌肤，云，却是罕见的白鸟。落矶山簇簇耀目的雪峰上，很少飘云牵雾。一来高，二来干，三来森林线以上，杉柏也止步，中国诗词里"荡胸生层云"，或是"商略黄昏雨"的意趣，是落矶山上难睹的景象。落矶山岭之胜，在石，在雪。那些奇岩怪石，相叠互倚，砌一场惊心动魄的雕塑展览，给太阳和千里的风看。那雪，白得虚虚幻幻，冷得清清醒醒，那股皑皑不绝一仰难尽的气势，压得人呼吸困难，心寒眸酸。不过要领略"白云回望合，青霭入看无"的境界，仍须回来中国。台湾湿度很高，最饶云气氤氲雨意迷离的情调。两度夜宿溪头，树香沁鼻，宵寒袭肘，枕着润碧湿翠苍苍交叠的山影和万籁都歇的岑寂，仙人一样睡去。山中一夜饱雨，次晨醒来，在旭日未升的原始幽静中，冲着隔夜的寒气，踏着满地的断柯折枝和仍在流泻的细股雨水，一径探入森林的秘密，曲曲弯弯，步上山去。溪头的山，树密雾浓，蓊郁的水气从谷底冉冉升起，时稠时稀，蒸腾多姿，幻化无定，只能从雾破云开的空处，窥见乍现即隐的一峰半壑，要纵览全貌，几乎是不可能的。至少入山两次，只能在白茫茫里和溪头诸峰玩捉迷藏的游戏。回到台北，世人问起，除了笑而不答心自闲，故作神秘之外，实际的印象，也无非山在虚无之间罢了。云缭烟绕，山隐水迢的中国风景，由来于宋人画的韵味。那天下也许是赵家的天下，那山水却是米家的山水。而究竟，是米氏父子下笔像中国的山水，还是中国的山水上纸像宋画，恐怕是谁也说不清楚了吧？

雨不但可嗅，可亲，更可以听。听听那冷雨。听雨，只要不是石破天惊的台风暴雨，在听觉上总是一种美感。大陆上的秋天，无论是疏雨滴梧桐，或是骤雨打荷叶，听去总有一点凄凉，凄清，凄楚，于今在岛上回味，则在凄楚之外，再笼上一层凄迷了。饶你多少豪情侠气，怕也经不起三番五次的风吹雨打。一打少年听雨，红烛昏沉。再打中年听雨，客舟中，江阔云低。三打白头听雨在僧庐下，这便是亡宋之痛，一颗敏感心灵的一生：楼上，江上，庙里，用冷冷的雨珠子串成。十年前，他曾在一场摧心折骨的鬼雨中迷失了自己。雨，该是一滴湿漓漓的灵魂，窗外在喊谁。

雨打在树上和瓦上，韵律都清脆可听。尤其是铿铿敲在屋瓦上，那古老的音乐，属于中国。王禹偁的黄冈，破如椽的大竹为屋瓦。据说住在竹楼上面，急雨声如瀑布，密雪声比碎玉，而无论鼓琴，咏诗，下棋，投壶，共鸣的效果都特别好。这样岂不像住在竹和筒里面，任何细脆的声响，怕都会加倍夸大，反而令人耳朵过敏吧。

雨天的屋瓦，浮漾湿湿的流光，灰而温柔，迎光则微明，背光则幽暗，对于视觉，是一种低沉的安慰。至于雨敲在鳞鳞千瓣的瓦上，由远而近，轻轻重重轻轻，夹着一股股的细流沿瓦槽与屋檐潺潺泻下，各种敲击音与滑音密织成网，谁的千指百指在按摩耳轮。"下雨了"，温柔的灰美人来了，她冰冰的纤手在屋顶拂弄着无数的黑键啊灰键，把晌午一下子奏成了黄昏。

在古老的大陆上，千屋万户是如此。二十多年前，初来这岛上，日式的瓦屋亦是如此。先是天黯了下来，城市像罩在一块巨幅的毛玻璃里，阴影在户内延长复加深。然后凉凉的水意弥漫在空间，风自每一个角落里旋起，感觉得到，每一个屋顶上呼吸沉重都覆着灰云。雨来了，最轻的敲打乐敲打这城市，苍茫的屋顶，远远近近，一张张敲过去，古老的琴，那细细密密的节奏，单调里自有一种柔婉与亲切，滴滴点点滴滴，似幻似真，若孩时在摇篮里，一曲耳熟的童谣摇摇欲睡，母亲吟哦鼻音与喉音。或是在江南的泽国水乡，一大筐绿油油的桑叶被啮于千百头蚕，细细琐琐屑屑，口器与口器咀咀嚼嚼。雨来了，雨来的时候瓦这么说，一片瓦说千亿片瓦说，说轻轻地奏吧沉沉地弹，徐徐地叩吧挞挞地打，间间歇歇敲一个雨季，即兴演奏从惊蛰到清明，在零落的坟上冷冷奏挽歌，一片瓦吟千亿片瓦吟。

在旧式的古屋里听雨，听四月，霏霏不绝的黄梅雨，朝夕不断，旬月绵延，湿黏黏的苔藓从石阶下一直侵到舌底，心底。到七月，听台风台雨在古屋顶上一夜盲奏，千层海底的热浪沸沸被狂风挟来，掀翻整个太平洋只为向他的矮屋檐重重压下，整个海在他的蜗壳上哗哗泻过。不然便是雷雨夜，白烟一般的纱帐里听羯鼓一通又一通，滔天的暴雨滂滂沛沛扑来，强劲的电琵琶忐忐忑忑忐忐忑忑，弹动屋瓦的惊悸腾腾欲掀起。不然便是斜斜的西北雨斜斜刷在窗玻璃上，鞭在墙上打在阔大的芭蕉叶上，一阵寒濑泻过，秋意便弥湿旧式的庭院了。

在旧式的古屋里听雨，春雨绵绵听到秋雨潇潇，从少年听到中年，听听那冷雨。雨是一种单调而耐听的音乐是室内乐是室外乐，户内听听，户外听听，冷冷，那音乐。雨是一种回忆的音乐，听听那冷雨，回忆江南的雨下得满地是江湖下在桥上和船上，也下在四川在秧田和蛙塘下肥了嘉陵江下湿布谷咕咕的啼声。雨是潮潮润润的音乐下在渴望的唇上，舔舔那冷雨。

因为雨是最最原始的敲打乐从记忆的彼端敲起。瓦是最最低沉的乐器灰蒙蒙的温柔覆盖着听雨的人，瓦是音乐的雨伞撑起。但不久公寓的时代来临，台北你怎么一下子长高了，瓦的音乐竟成了绝响。千片万片的瓦翩翩，美丽的灰蝴蝶纷纷飞走，飞入历史的记忆。现在雨下下来下在水泥的屋顶和墙上，没有音韵的雨季。树也砍光了，那月桂，那枫树，柳树和擎天的巨椰，雨来的时候不再有丛叶嘈嘈切切，闪动湿湿的绿光迎接。鸟声减了啾啾，蛙声沉了阁阁。秋天的虫吟也减了唧唧。七十年代的台北不需要这些，一个乐队接一个乐队便遣散尽了。要听鸡叫，只有去诗经的韵里寻找。现在只剩下一张黑白片，黑白的默片。

正如马车的时代去后，三轮车的时代也去了。曾经在雨夜，三轮车的油布篷挂起，送她回家的途中，篷里的世界小得多可爱，而且躲在警察的辖区以外。雨衣的口袋越大越好，盛得下他的一只手里握一只纤纤的手。台湾的雨季这么长，该有人发明一种宽宽的双人雨衣，一人分穿一只袖子，此外的部分就不必分得太苛。而无论工业如何发达，一时似乎还废不了雨伞。只要雨不倾盆，风不横吹，撑一把伞在雨中仍不失古典的韵味。任雨点敲在黑布伞或是透明的塑胶伞上，将骨柄一旋，雨珠向四方喷溅，伞缘便旋成了一圈飞檐。跟女友共一把雨伞，该是一种美丽的合作吧。最好是初恋，有点兴奋，更有点不好意思，若即若离之间，雨不妨下大一点。真正初恋，恐怕是兴奋得不需要伞的，手牵手在雨中狂奔而去，把年轻的长发和肌肤交给漫天的淋淋漓漓，然后向对方的唇上颊上尝凉凉甜甜的雨水。不过那要非常年轻且激情，同时，也只能发生在法国的新潮片里吧。

大多数的雨伞想不会为约会张开。上班下班，上学放学，菜市来回的途中。现实的伞，灰色的星期三。握着雨伞。他听那冷雨打在伞上。索性更冷一些就好了，他想。索性把湿湿的灰雨冻成干干爽爽的白雨，六角形的结晶体在无风的空中回回旋旋地降下来，等须眉和肩头白尽时，伸手一拂就落了。二十五年，没有受故乡白雨的祝福，或许发上下一点白霜是一种变相的自我补偿吧。一位英雄，经得起多少次雨季？他的额头是水成岩削成还是火成岩？他的心底究竟有多厚的苔藓？厦门街的雨巷走了二十年与记忆等长，一座无瓦的公寓在巷底等他，一盏灯在楼上的雨窗子里，等他回去，向晚餐后的沉思冥想去整理青苔深深的记忆。

前尘隔海。古屋不再。听听那冷雨。

（选自《中国当代散文八大家·余光中卷》，海天出版社 2001 年版）

【读辟蹊径】

作者住在台湾厦门街的二十年，在梦里寻根寻了二十年。他总说自己是厦门人，是江南人，他日夜思念的——那杏花春雨的江南哟！在冷雨中，他畅想江南，"楼上，江上，庙里，用冷冷的雨珠子串成"，但终究无法回去，于是，"前尘隔海。古屋不再"，只得"听听那冷雨"以解乡愁。散文的形式表达的是和诗《月光光》、《乡愁》一样的对故乡的思念之情。

● 朗读正文　　　　　　　读伊索寓言
钱锺书

比我们年轻的人，大概可以分作两种。第一种是和我们年龄相差得极多的小辈，我们能够容忍这种人，并且会喜欢而给予保护；我们可以对他们卖老，我们的年长只增添了我们的尊严。还有一种是比我们年轻得不多的后生，这种人只会惹我们的厌恨以至于嫉忌，他们已失掉尊敬长者的观念，而我们的年龄又不够引起他们对老弱者的怜悯；我们非但不能卖老，还要赶着他们学少，我们的年长反使我们吃亏。这两种态度是到处看得见的。譬如一个近三十的女人，对于十八九岁女孩子的相貌，还肯说好，对于二十三四岁的少女们，就批判得不留情面了。所以小孩子总能讨大人的喜欢，而大孩子跟小孩子之间就免不了时常冲突。一切人事上的关系，只要涉到年辈资格先后的，全证明了这个分析的正确。

从整个历史来看，古代相当于人类的小孩子时期。先前是幼稚的，经过几千百年的长进，慢慢地到了现代。时代愈古，愈在前，它的历史愈短；时代愈在后，它积的阅历愈深，年龄愈多。所以我们反是我们祖父的老辈，上古三代反不如现代的悠久古老。这样，我们的信而好古的态度，便发生了新意义。我们思慕古代不一定是尊敬祖先，也许只是喜欢小孩子，并非为敬老，也许是卖老。没有老头子肯承认自己是衰朽顽固的，所以我们也相信现代一切，在价值上、品格上都比古代进步。

这些感想是偶尔翻看《伊索寓言》引起的。是的，《伊索寓言》大可看得。它至少给予我们三种安慰。第一，这是一本古代的书，读了可以增进我们对于现代文明的骄傲。第二，它是一本小孩子读物，看了愈觉得我们是成人了，已超出那些幼稚的见解。第三呢，这部书差不多都是讲禽兽的，从禽兽变到人，你看这中间需要多少进化历程！我们看到这许多蝙蝠、狐狸等的举动言论，大有发迹后访穷朋友、衣锦还故乡的感觉。但是穷朋友要我们帮助，小孩子该我们教导，所以我们看了《伊索寓言》，也觉得有好多浅薄的见解，非加以纠正不可。

例如蝙蝠的故事：蝙蝠碰见鸟就充作鸟，碰见兽就充作兽。人比蝙蝠就聪明多了。他会把蝙蝠的方法反过来施用：在鸟类里偏要充兽，表示脚踏实地；在兽类里偏要充鸟，表示高超出世。向武人卖弄风雅，向文人装作英雄；在上流社会里他是又穷又硬的平民，到了平民中间，他又是屈尊下顾的文化分子：这当然不是蝙蝠，这只是——人。

蚂蚁和促织的故事：一到冬天，蚂蚁出晒米粒；促织饿得半死，向蚂蚁借粮，蚂蚁说："在夏天唱歌作乐的是你，到现在挨饿，活该！"这故事应该还有下文。据柏拉图《对话篇·菲德洛斯》（Phaedrus）说，促织进化，变成诗人。照此推论，坐看着诗人穷饿、不肯借钱的人，前身无疑是蚂蚁了。促织饿死了，本身就做蚂蚁的粮食；同样，生前养不活自己的大作家，到了死后偏有一大批人靠他生活，譬如，写回忆怀念文字的亲戚和朋友，写研究论文的批评家和学者。

狗和他自己影子的故事：狗衔肉过桥，看见水里的影子，以为是另一只狗也衔着肉，因而放弃了嘴里的肉，跟影子打架，要抢影子衔的肉，结果把嘴里的肉都丢了。这篇寓言的本意是戒贪得，但是我们现在可以应用到旁的方面。据说每个人需要一面镜子；可以常常自照，知道自己是个什么东西。

不过，能自知的人根本不用照镜子；不自知的东西，照了镜子也没有用——譬如这只衔肉的狗，照镜以后，反害他大叫大闹，空把自己的影子，当作攻击狂吠的对象。可见有些东西最好不要对镜自照。

天文家的故事：天文家仰面看星象，失足掉在井里，大叫"救命"；他的邻居听见了，叹气说："谁叫他只望着高处，不管地下呢！"只向高处看，不顾脚下的结果，有时是下井，有时是下野或者下台。不过，下去以后，决不说是不小心掉下去的，只说有意去做下层的调查和工作。譬如这位天文家就有很好的借口：坐井观天。真的，我们就是下去以后，眼睛还是向上看的。

乌鸦的故事：上帝要拣最美丽的鸟作禽类的王，乌鸦把孔雀的长毛披在身上，插在尾巴上，到上帝前面去应选，果然为上帝挑中；其他鸟类大怒，把它插上的毛羽都扯下来，依然现出乌鸦的本相。这就是说，披着长头发的，未必就真是艺术家；反过来说，秃顶无发的人当然未必是学者或思想家，寸草也不生的头脑，你想还会产生什么旁的东西？这个寓言也不就此结束，这只乌鸦借来的羽毛全给人家拔去，现了原形，老羞成怒，提议索性大家把自己天生的毛羽也拔个干净，到那时候，大家光着身子，看真正的孔雀、天鹅等跟乌鸦有何分别。这个遮羞的方法至少人类是常用的。

牛跟蛙的故事：母蛙鼓足了气，问小蛙道："牛有我这样大么？"小蛙答说："请你不要胀了，当心肚子爆裂！"这母蛙真是笨坯！她不该跟牛比伟大的，她应该跟牛比娇小。所以我们每一种缺陷都有补偿，吝啬说是经济，愚蠢说是诚实，卑鄙说是灵活，无才便说是德。因此世界上没有自认为一无可爱的女人，没有自认为百不如人的男子。这样，彼此各得其所，当然会相安无事。

老婆子和母鸡的故事：老婆子养只母鸡，每天下一个蛋。老婆子贪心不足，希望它一天下两个蛋，加倍喂她。从此鸡愈吃愈肥，不下蛋了——所以戒之在贪。伊索错了！他该说：大胖子往往是小心眼。

狐狸和葡萄的故事：狐狸看见藤上一颗颗已熟的葡萄，用尽方法，弄不到嘴只好放弃，安慰自己说："这葡萄也许还是酸的，不吃也罢！"就是吃到了，他还要说："这葡萄果然是酸的。"假如他是一只不易满足的狐狸，这句话他对自己说，因为现实终"不够理想"。假如他是一只很感满意的狐狸，这句话他对旁人说，因为诉苦经可以免得旁人来分甜头。

驴子跟狼的故事：驴子见狼，假装腿上受伤，对狼说："脚上有刺，请你拔去了，免得你吃我时舌头被刺。"狼信以为真，专心寻刺，被驴子踢伤逃去，因此叹气说："天派我做送命的屠夫的，何苦做治病的医生呢！"这当然幼稚得可笑，他不知道医生也是屠夫的一种。

这几个例可以证明《伊索寓言》是不宜做现代儿童读物的。卢梭在《爱弥儿》卷二里反对小孩子读寓言，认为有坏心术，举狐狸骗乌鸦嘴里的肉一则为例，说小孩子看了，不会跟被骗的乌鸦同情，反会羡慕善骗的狐狸。要是真这样，不就证明小孩子的居心本来欠好吗？小孩子该不该读寓言，全看我们成年人在造成一个什么世界、一个什么社会，给小孩子长大了来过活。卢梭认为寓言会把纯朴的小孩子教得复杂了，失去了天真，所以要不得。我认为寓言要不得，因为它把纯朴的小孩子教得愈简单了，愈幼稚了，以为人事里是非的分别、善恶的果报，也像在禽兽中间一样的公平清楚，长大了就处处碰壁上当。缘故是，卢梭是原始主义者，主张复古，而我是相信进步的人——虽然并不像寓言里所说的苍蝇，坐在车轮的轴心上，嗡嗡地叫道："车子的前进，都是我的力量。"

（选自钱锺书著：《写在人生边上》，中国社会科学出版社 1990 年版）

【品读作者】

钱锺书（1910—1998），江苏无锡人，字默存，号槐聚，曾用笔名中书君，中国现代著名作家、文学研究家。曾为《毛泽东选集》英文版翻译小组成员，他在文学、国学、比较文学、文化批评等领域的成就，推崇者甚至冠以"钱学"之誉。代表作品：长篇小说《围城》、短篇小说集《人·兽·鬼》、散文集《写在人生边上》等。

【读辟蹊泾】

作为学贯中西的学者，钱锺书对《伊索寓言》的解读视角极为独特，见解犀利，没有丝毫的学究气，很生活化，情趣化，语言冷静中透着讽刺，幽默中略带调侃。其风格与小说《围城》一脉相承。作者名为读寓言，其读后感亦可作为新寓言。

【阅读拓展】

钱锺书《猫》、《围城》等。

● 朗读正文

胡同文化

汪曾祺

北京城像一块大豆腐，四方四正。城里有大街，有胡同。大街、胡同都是正南正北，正东正西。北京人的方位意识极强。过去拉洋车的，逢转弯处都高叫一声"东去！""西去！"以防碰着行人。老两口睡觉，老太太嫌老头子挤着她了，说"你往南边去一点"。这是外地少有的。街道如是斜的，就特别标明是斜街，如烟袋斜街、杨梅竹斜街。大街、胡同，把北京切成一个又一个方块。这种方正不但影响了北京人的生活，也影响了北京人的思想。

胡同原是蒙古语，据说原意是水井，未知确否。胡同的取名，有各种来源。有的是计数的，如东单三条、东四十条。有的原是皇家储存物件的地方，如皮库胡同、惜薪司胡同（存放柴炭的地方）。有的是这条胡同里曾住过一个有名的人物，如无量大人胡同、石老娘（老娘是接生婆）胡同。大雅宝胡同原名大哑巴胡同，大概胡同里曾住过一个哑巴。王皮胡同是因为有一个姓王的皮匠。王广福胡同原名王寡妇胡同。有的是某种行业集中的地方。手帕胡同大概是卖手帕的。羊肉胡同当初想必是卖羊肉的。有的胡同是像其形状的。高义伯胡同原名狗尾巴胡同。小羊宜宾胡同原名羊尾巴胡同。大概是因为这两条胡同的样子有点像羊尾巴、狗尾巴。有些胡同则不知道何所取义，如大绿纱帽胡同。

胡同有的很宽阔，如东总布胡同、铁狮子胡同。这些胡同两边大都是"宅门"，到现在房屋都还挺整齐。有些胡同很小，如耳朵眼胡同。北京到底有多少胡同？北京人说：有名的胡同三千六，没名的胡同数不清。通常提起"胡同"，多指的是小胡同。

胡同是贯通大街的网络。它距离闹市很近，打个酱油，约二斤鸡蛋什么的，很方便，但又似很远。这里没有车水马龙，总是安安静静的。偶尔有剃头挑子的"唤头"（像一个大镊子，用铁棒从当中擦过，便发出嗡的一声）、磨剪子磨刀的"惊闺"（十几个铁片穿成一串，摇动作声）、算命的盲人（现在早没有了）吹的短笛的声音。这些声音不但不显得喧闹，倒显得胡同里更加安静了。

胡同和四合院是一体。胡同两边是若干四合院连接起来的。胡同、四合院，是北京市民的居住方式，也是北京市民的文化形态。我们通常说北京的市民文化，就是指的胡同文化。胡同文化是北京文化的重要组成部分，即使不是最主要的部分。

胡同文化是一种封闭的文化。住在胡同里的居民大都安土重迁，不大愿意搬家。有在一个胡同里一住住几十年的，甚至有住了几辈子的。胡同里的房屋大都很旧了，"地根儿"房子就不太好，旧房檩，断砖墙。下雨天常是外面大下，屋里小下。一到下大雨，总可以听到房塌的声音，那是胡同里的房子。但是他们舍不得"挪窝儿"，——"破家值万贯"。

四合院是一个盒子。北京人理想的住家是"独门独院"。北京人也很讲究"处街坊"。"远亲不如近邻"。"街坊里道"的，谁家有点事，婚丧嫁娶，都得"随"一点"份子"，道个喜或道个恼，不这样就不合"礼数"。但是平常日子，过往不多，除了有的街坊是棋友，"杀"一盘；有的是酒友，到"大酒缸"（过去山西人开的酒铺，都没有桌子，在酒缸上放一块规成圆形的厚板以代酒桌）喝两"个"（大酒缸二两一杯，叫做"一个"）；或是鸟友，不约而同，各晃着鸟笼，到天坛城根、玉渊潭去"会鸟"（会鸟是把鸟笼挂在一处，既可让鸟互相学叫，也互相比赛），此外，"各人自扫门前雪，休管他人瓦上霜"。

北京人易于满足，他们对生活的物质要求不高。有窝头，就知足了。大腌萝卜，就不错。小酱萝卜，那还有什么说的。臭豆腐滴几滴香油，可以待姑奶奶。虾米皮熬白菜，嘿！我认识一个在国子监当过差，伺候过陆润庠、王婷等祭酒的老人，他说："哪儿也比不了北京。北京的熬白菜也比别处好吃，——五味神在北京"。五味神是什么神？我至今考查不出来。但是北京人的大白菜文化却是可以理解的。北京人每个人一辈子吃的大白菜摞起来大概有北海白塔那么高。

北京人爱瞧热闹，但是不爱管闲事。他们总是置身事外，冷眼旁观。北京是民主运动的策源地，"民国"以来，常有学生运动。北京人管学生运动叫做"闹学生"。学生示威游行，叫做"过学生"。与他们无关。

北京胡同文化的精义是"忍"。安分守己、逆来顺受。老舍《茶馆》里的王利发说，"我当了一辈子的顺民"，是大部分北京市民的心态。

我的小说《八月骄阳》里写到"文化大革命"，有这样一段对话：

"还有个章法没有？我可是当了一辈子安善良民，从来奉公守法。这会儿，全乱了。我这眼面前就跟'下黄土'似的，简直的。分不清东西南北了。"

"您多余操这份儿心。粮店还卖不卖棒子面？"

"卖！"

"还是的。有棒子面就行。……"

我们楼里有个小伙子，为一点事，打了开电梯的小姑娘一个嘴巴。我们都很生气，怎么可以打一个女孩子呢！我跟两个上了岁数的老北京（他们是"搬迁户"，原来是住在胡同里的）说，大家应该主持正义，让小伙子当众向小姑娘认错，这二位同志说："叫他认错？门儿也没有！忍着吧！——'穷忍着，富耐着，睡不着眯着'！""睡不着眯着"这话实在太精彩了！睡不着，别烦躁，别起急，眯着。北京人，真有你的！

北京的胡同在衰败，没落。除了少数"宅门"还在那里挺着，大部分民居的房屋都已经很残破，有的地基柱基甚至已经下沉，只有多半截还露在地面上。有些四合院门外还保存已失原形的拴马桩、上马石，记录着失去的荣华。有打不上水来的井眼、磨圆了棱角的石头棋盘，供人凭吊。西风残照，衰草离披，满目荒凉，毫无生气。

看看这些胡同的照片，不禁使人产生怀旧情绪，甚至有些伤感。但是这是无可奈何的事。在商品经济大潮的席卷之下，胡同和胡同文化总有一天会消失的。也许像西安的虾蟆陵，南京的乌衣巷，还会保留一两个名目，使人怅望低徊。

再见吧，胡同。

一九九三年三月十五日

（选自《汪曾祺散文选集》，百花文艺出版社1996年版）

【品读作者】

汪曾祺（1920—1997），江苏高邮人。现当代著名小说家，散文家，京派作家的代表人物，被誉为"抒情的人道主义者，中国最后一个纯粹的文人，中国最后一个士大夫"。著有小说集《邂逅集》、散文集《蒲桥集》。

【读辟蹊泾】

北京城四方四正，胡同正南正北，无数的胡同把北京城分割成无数的小方块。而世代生活在这小方块中的北京人深受其影响，形成了特有的北京市民文化。可以说，要了解北京人，不能不知道胡同文化。作为一个长期生活在北京的外地作家，汪曾祺以旁观者的角度观察着北京人，他深知北京人安土重迁的性格；物质上易于满足，但精神上始终有一种贵族的高贵（由遛鸟可知）；爱瞧热闹，但不参与热闹；宁可当一辈子的顺民，奉公守法，逆来顺受，穷忍着，富耐着，睡不着眯着。然而在商品经济大潮的席卷之下，胡同文化渐趋衰败乃至消亡。放眼望去，今日胡同已衰草披离，满目荒凉。作为一个有良知的作家，怎能不伤感怀旧，怅望低回。

【阅读扩展】

萧乾《老北京的小胡同》，冯骥才《快手刘》等。

● 朗读正文

道士塔

余秋雨

一

莫高窟大门外，有一条河，过河有一溜空地，高高低低建着几座僧人圆寂塔。塔呈圆形，状近葫芦，外敷白色。从几座坍弛的来看，塔心竖一木桩，四周以黄泥塑成，基座垒以青砖。历来住持莫高窟的僧侣都不富裕，从这里也可找见证明。夕阳西下，朔风凛冽，这个破落的塔群更显得悲凉。

有一座塔，由于修建年代较近，保存得较为完整。塔身有碑文，移步读去，猛然一惊，它的主人，竟然就是那个王圆箓！

历史已有记载，他是敦煌石窟的罪人。

我见过他的照片，穿着土布棉衣，目光呆滞，畏畏缩缩，是那个时代到处可以遇见的一个中国平民。他原是湖北麻城的农民，逃荒到甘肃，做了道士。几经转折，不幸由他当了莫高窟的家，把持着中国古代最灿烂的文化。他从外国冒险家手里接过极少的钱财，让他们把难以计数的敦煌文物一箱箱运走。今天，敦煌研究院的专家们只得一次次屈辱地从外国博物馆买取敦煌文献的微缩胶卷，叹息一声，走到放大机前。

完全可以把愤怒的洪水向他倾泄。但是，他太卑微，太渺小，太愚昧，最大的倾泄也只是对牛弹琴，换得一个漠然的表情。让他这具无知的躯体全然肩起这笔文化重债，连我们也会觉得无聊。

这是一个巨大的民族悲剧。王道士只是这出悲剧中错步上前的小丑。一位年轻诗人写道，那天傍晚，当冒险家斯坦因装满箱子的一队牛车正要启程，他回头看了一眼西天凄艳的晚霞。那里，一个古老民族的伤口在滴血。

二

真不知道一个堂堂佛教圣地，怎么会让一个道士来看管。中国的文官都到哪里去了，他们滔滔的奏折怎么从不提一句敦煌的事由？

其时已是二十世纪初年，欧美的艺术家正在酝酿着新世纪的突破。罗丹正在他的工作室里雕塑，雷诺阿、德加、塞尚已处于创作晚期，莫奈早就展出过他的《草地上的午餐》。他们中有人已向东方艺术投来歆羡的目光，而敦煌艺术，正在王道士手上。

王道士每天起得很早，喜欢到洞窟里转转，就像一个老农，看看他的宅院。他对洞窟里的壁画有点不满，暗乎乎的，看着有点眼花。亮堂一点多好呢，他找了两个帮手，拎来一桶石灰。草扎的刷子装上一个长把，在石灰桶里蘸一蘸，开始他的粉刷。第一遍石灰刷得太薄，五颜六色还隐隐显现，农民做事就讲个认真，他再细细刷上第二遍。这儿空气干燥，一会儿石灰已经干透。什么也没有了，唐代的笑容，宋代的衣冠，洞中成了一片净白。道士擦了一把汗憨厚地一笑，顺便打听了一下石灰的市价。他算来算去，觉得暂时没有必要把更多的洞窟刷白，就刷这几个吧，他达观地放下了刷把。

当几面洞壁全都刷白，中座的塑雕就显得过分惹眼。在一个干干净净的农舍里，她们婀娜的体态过于招摇，她们柔美的浅笑有点尴尬。道士想起了自己的身份，一个道士，何不在这里搞上几个天师、灵官菩萨？他吩咐帮手去借几个铁锤，让原先几座塑雕委曲一下。事情干得不赖，才几下，婀娜的体态变成碎片，柔美的浅笑变成了泥巴。听说邻村有几个泥匠，请了来，拌点泥，开始堆塑他的天师和灵官。泥匠说从没干过这种活计，道士安慰道，不妨，有那点意思就成。于是，像顽童堆造雪人，这里是鼻子，这里是手脚，总算也能稳稳坐住。行了，再拿石灰，把它们刷白。画一双眼，还有胡子，像模像样。道士吐了一口气，谢过几个泥匠，再作下一步筹划。

今天我走进这几个洞窟，对着惨白的墙壁、惨白的怪象，脑中也是一片惨白。我几乎不会言动，眼前直晃动着那些刷把和铁锤。"住手！"我在心底痛苦地呼喊，只见王道士转过脸来，满眼困惑不解。是啊，他在整理他的宅院，闲人何必喧哗？我甚至想向他跪下，低声求他："请等一等，等一等……"但是等什么呢？我脑中依然一片惨白。

三

1900年5月26日清晨，王道士依然早起，辛辛苦苦地清除着一个洞窟中的积沙。没想到墙壁一震，裂开一条缝，里边似乎还有一个隐藏的洞穴。王道士有点奇怪，急忙把洞穴打开，嗬，满满实实一洞的古物！

王道士完全不能明白，这天早晨，他打开了一扇轰动世界的门户。一门永久性的学问，将靠着这个洞穴建立。无数才华横溢的学者，将为这个洞穴耗尽终生。中国的荣耀和耻辱，将由这个洞穴吞吐。

现在，他正衔着旱烟管，趴在洞窟里随手捡翻。他当然看不懂这些东西，只觉得事情有点蹊跷。为何正好我在这儿时墙壁裂缝了呢？或许是神对我的酬劳。趁下次到县城，捡了几个经卷给县长看看，顺便说说这桩奇事。

县长是个文官，稍稍掂出了事情的分量。不久甘肃学台叶昌炽也知道了，他是金石学家，懂得洞窟的价值，建议藩台把这些文物运到省城保管。但是东西很多，运费不低，官僚们又犹豫了。只有王道士一次次随手取出一点文物，在官场上送来送去。

中国是穷。但只要看看这些官僚豪华的生活排场，就知道绝不会穷到筹不出这笔运费。中国官员也不是都没有学问，他们也已在窗明几净的书房里翻动出土经卷，推测着书写朝代了。但他们没有那副赤肠，下个决心，把祖国的遗产好好保护一下。他们文雅地摸着胡须，吩咐手下："什么时候，叫那个道士再送几件来！"已得的几件，包装一下，算是送给哪位京官的生日礼品。

就在这时，欧美的学者、汉学家、考古家、冒险家，却不远万里、风餐露宿，朝敦煌赶来。他们愿意变卖掉自己的全部财产，充作偷运一两件文物回去的路费。他们愿意吃苦，愿意冒着葬身沙漠的危险，甚至作好了被打、被杀的准备，朝这个刚刚打开的洞窟赶来。他们在沙漠里燃起了股股炊烟，而中国官员的客厅里，也正茶香缕缕。

没有任何关卡，没有任何手续，外国人直接走到了那个洞窟跟前。洞窟砌了一道砖、上了一把锁，钥匙挂在王道士的裤腰带上。外国人未免有点遗憾，他们万里冲刺的最后一站，没有遇到森严的文物保护官邸，没有碰见冷漠的博物馆馆长，甚至没有遇到看守和门卫，一切的一切，竟是这个脏脏的土道士。他们只得幽默地耸耸肩。

略略交谈几句，就知道了道士的品位。原先设想好的种种方案纯属多余，道士要的只是一笔最轻松的小买卖。就像用两枚针换一只鸡，一颗钮扣换一篮青菜。要详细地复述这笔交换帐，也许我的笔会不太沉稳，我只能简略地说：1905年10月，俄国人勃奥鲁切夫用一点点随身带着的俄国商品，换取了一大批文书经卷；1907年5月，匈牙利人斯坦因用一叠子银元换取了二十四大箱经卷、五箱织绢和绘画；1908年7月，法国人伯希和又用少量银元换去了十大车、六千多卷写本和画卷；1911年10月，日本人吉川小一郎和橘瑞超用难以想象的低价换取了三百多卷写本和两尊唐塑；1914年，斯坦因第二次又来，仍用一点银元换去五大箱、六百多卷经卷……

道士也有过犹豫，怕这样会得罪了神。解除这种犹豫十分简单，那个斯坦因就哄他说，自己十分崇拜唐僧，这次是倒溯着唐僧的脚印，从印度到中国取经来了。好，既然是洋唐僧，那就取走吧，王道士爽快地打开了门。这里不用任何外交辞令，只需要几句现编的童话。一箱子，又一箱子；一大车，又一大车。都装好了，扎紧了，吁——，车队出发了。

没有走向省城，因为老爷早就说过，没有运费。好吧，那就运到伦敦，运到巴黎，运到彼得堡，运到东京。

王道士频频点头，深深鞠躬，还送出一程。他恭敬地称斯坦因为"司大人讳代诺"，称伯希和为"贝大人讳希和"。他的口袋里有了一些沉甸甸的银元，这是平常化缘时很难得到的。他依依惜别，感谢司大人、贝大人的"布施"。车队已经驶远，他还站在路口。沙漠上，两道深深的车辙。

斯坦因他们回到国内，受到了热烈的欢迎。他们的学术报告和探险报告，时时激起如雷的掌声。他们在叙述中常常提到古怪的王道士，让外国听众感到，从这么一个蠢人手中抢救这笔遗产，是多么重要。他们不断暗示，是他们的长途跋涉，使敦煌文献从黑暗走向光明。

他们都是富有实干精神的学者，在学术上，我可以佩服他们。但是，他们的论述中遗忘了一些极基本的前提。出来辩驳为时已晚，我心头只是浮现出一个当代中国青年的几行诗句，那是他写给火烧圆明园的额尔金勋爵的：

我好恨
恨我没早生一个世纪
使我能与你对视着站立
在阴森幽暗的古堡
晨光微露的旷野
要么我拾起你扔下的白手套
要么你接住我甩过去的剑
要么你我各乘一匹战马
远远离开遮天的帅旗
离开如云的战阵
决胜负于城下

对于这批学者，这些诗句或许太硬。但我确实想用这种方式，拦住他们的车队。对视着，站立在沙漠里。他们会说，你们无力研究；那么好，先找一个地方，坐下来，比比学问高低。什么都成，就是不能这么悄悄地运走祖先给我们的遗赠。

我不禁又叹息了，要是车队果真被我拦下来了，然后怎么办呢？我只得送缴当时的京城，运费姑且不计。但当时，洞窟文献不是确也有一批送京的吗？其情景是，没装木箱，只用席子乱捆，沿途官员伸手进去就取走一把，在哪儿歇脚又得留下几捆，结果，到京城时已零零落落，不成样子。

偌大的中国，竟存不下几卷经文？比之于被官员大量糟践的情景，我有时甚至想狠心说一句：宁肯存放在伦敦博物馆里！这句话终究说得不太舒心。被我拦住的车队，究竟应该驶向哪里？这里也难，那里也难，我只能让他停驻在沙漠里，然后大哭一场。

我好恨！

四

不止是我在恨。敦煌研究院的专家们，比我恨得还狠。他们不愿意抒发感情，只是铁板着脸，一钻几十年，研究敦煌文献。文献的胶卷可以从外国买来，越是屈辱越是加紧钻研。

我去时，一次敦煌学国际学术讨论会正在莫高窟举行。几天会罢，一位日本学者用沉重的声调作了一个说明："我想纠正一个过去的说法。这几年的成果已经表明，敦煌在中国，敦煌学也在中国！"

中国的专家没有太大的激动，他们默默地离开了会场，走过王道士的圆寂塔前。

（选自余秋雨著：《秋雨散文》，浙江文艺出版社 1994 年版）

【品读作者】

余秋雨（1946— ），浙江省余姚县（今属慈溪市）人，上海戏剧学院教授，曾任上海戏剧学院副院长、院长、荣誉院长，国际知名的学者和作家。他的作品在 20 世纪 90 年代至 21 世纪初的中国大陆最畅销书籍中占据了非常重要的地位，在台湾、香港等地也有很大影响。代表作品：散文集《文化苦旅》、《山居笔记》、《霜冷长河》、《行者无疆》等。

【读辟蹊泾】

本文揭示了一个文化悲剧，一个巨大的民族悲剧，但除了愤怒与悲哀，作者也未能告诉我们出现这样的悲剧的根源所在。人的被"错置"的命运是导致历史荒谬的本源所在，而"家天下"的制度则是民族悲剧必然发生的现实因素，文化认知意识的落后则是这一悲剧产生的文化背景与根源性动因。

【阅读拓展】

余秋雨《都江堰》。

● 朗读乙文 　　　　浴着光辉的母亲

林清玄

在公共汽车上，看见一个母亲不断疼惜呵护弱智的儿子，担心着儿子第一次坐公共汽车受到惊吓。

"宝宝乖，别怕别怕，坐车车很安全。"——那母亲口中的宝宝，看来已经是十几岁的少年了。

乘客们都用非常崇敬的眼神看着那浴满爱的光辉的母亲。

我想到，如果人人都能用如此崇敬的眼神看自己的母亲就好了，可惜，一般人常常忽略自己的母亲也是那样充满光辉。

那对母子下车的时候，车内一片静默，司机先生也表现了平时少有的耐心，等他们完全下妥当了，才缓缓起步，开走。

乘客们都还向那对母子行注目礼，一直到他们消失于街角。

我们为什么对一个人完全无私的溶入爱里会有那样庄严的静默呢？原因是我们往往难以达到那种完全溶入的庄严境界。

完全的溶入，是无私的、无我的，无造作的，就好像灯泡的钨丝突然接通，就会点亮而散发光辉。

就以对待孩子来说吧！弱智的孩子在母亲的眼中是那么天真、无邪，那么值得爱怜，我们自己对待正常健康的孩子则是那么严苛，充满了条件，无法全心地爱怜。

但愿，我们看自己孩子的眼神也可以像那位母亲一样，完全无私、溶入，有一种庄严之美，充满爱的光辉。

（选自唐唐选编：《感悟母爱全集》，海潮出版社 2010 年版）

【品读作者】

林清玄（1953—　），台湾省高雄人。笔名：秦情、林漓、林大悲等。毕业于中国台湾世界新闻专科学校，曾任台湾《中国时报》海外版记者、《工商时报》经济记者、《时报杂志》主编等职。代表作品：散文《清净之莲》、《桃花心木》、《生命的化妆》等。

【读辟蹊径】

对于母爱，有太多太多的文字描述过，有太多太多的人赞美过。要想赞美出新意来确有相当难度，本文描写的是一位弱智孩子的母亲，选取的也只是坐公车这样一件小事，但浓浓的爱意便从"宝宝乖……"的话语中流露出来，这位"浴满爱的光辉"的母亲也感动了在场的每一个人。这里没有特别的描写和烘托，有的是近乎白描式的描写和由此引发的感触。

【阅读拓展】

朱自清《背影》。

● 朗读正文　　苦难的精神价值
周国平

维克多·弗兰克是意义治疗法的创立者，他的理论已成为弗洛伊德、阿德勒之后维也纳精神治疗法的第三学派。第二次世界大战期间，他曾被关进奥斯维辛集中营，受尽非人的折磨，九死一生，只是侥幸地活了下来。在《活出意义来》这本小书中，他回顾了当时的经历。作为一名心理学家，他并非像一般受难者那样流于控诉纳粹的暴行，而是尤能细致地捕捉和分析自己的内心体验以及其他受难者的心理现象，许多章节读来饶有趣味，为研究受难心理学提供了极为生动的材料。不过，我在这里想着重谈的是这本书的另一个精彩之处，便是对苦难的哲学思考。

对意义的寻求是人的最基本的需要。当这种需要找不到明确的指向时，人就会感到精神空虚，弗兰克称之为"存在的空虚"。这种情形普遍地存在于当今西方的"富裕社会"。当这种需要有明确的指向却不可能实现时，人就会有受挫之感，弗兰克称之为"存在的挫折"。这种情形发生在人生的各种逆境或困境之中。

寻求生命意义有各种途径，通常认为，归结起来无非一是创造，以实现

现代情怀　　第二组　散文沐情

内在的精神能力和生命的价值，二是体验，藉爱情、友谊、沉思、对大自然和艺术的欣赏等美好经历获得心灵的愉悦。那么，倘若一个人落入了某种不幸境遇，基本上失去了积极创造和正面体验的可能，他的生命是否还有一种意义呢？在这种情况下，人们一般是靠希望活着的，即相信或至少说服自己相信厄运终将过去，然后又能过一种有意义的生活。然而，第一，人生中会有一种可以称做绝境的境遇，所遭遇的苦难是致命的，或者是永久性的，人不复有未来，不复有希望。这正是弗兰克曾经陷入的境遇，因为对于奥斯维辛集中营的战俘来说，煤气室和焚尸炉几乎是不可逃脱的结局。我们还可以举出绝症患者，作为日常生活中的一个相关例子。如果苦难本身毫无价值，则一旦陷入此种境遇，我们就只好承认生活没有任何意义了。第二，不论苦难是否暂时的，如果把眼前的苦难生活仅仅当作一种虚幻不实的生活，就会如弗兰克所说忽略了苦难本身所提供的机会。他以狱中亲历指出，这种态度是使大多数俘虏丧失生命力的重要原因，他们正因此而放弃了内在的精神自由和真实自我，意志消沉，一蹶不振，彻底成为苦难环境的牺牲品。

所以，在创造和体验之外，有必要为生命意义的寻求指出第三种途径，即肯定苦难本身在人生中的意义。一切宗教都很重视苦难的价值，但认为这种价值仅在于引人出世，通过受苦，人得以救赎原罪，进入天国（基督教），或看破红尘，遁入空门（佛教）。与它们不同，弗兰克的思路属于古希腊以来的人文主义传统，他是站在肯定人生的立场上来发现苦难的意义的。他指出，即使处在最恶劣的境遇中，人仍然拥有一种不可剥夺的精神自由，即可以选择承受苦难的方式。一个人不放弃他的这种"最后的内在自由"，以尊严的方式承受苦难，这种方式本身就是"一项实实在在的内在成就"，因为它所显示的不只是一种个人品质，而且是整个人性的高贵和尊严，证明了这种尊严比任何苦难更有力，是世间任何力量不能将它剥夺的。正是由于这个原因，在人类历史上，伟大的受难者如同伟大的创造者一样受到世世代代的敬仰。也正是在这个意义上，陀思妥耶夫斯基说出了这句耐人寻味的话："我只担心一件事，就是怕我配不上我所受的苦难。"

我无意颂扬苦难。如果允许选择，我宁要平安的生活，得以自由自在地创造和享受。但是，我赞同弗兰克的见解，相信苦难的确是人生的必含内容，一旦遭遇，它也的确提供了一种机会。人性的某些特质，惟有藉此机会才能得到考验和提高。一个人通过承受苦难而获得的精神价值是一笔特殊的财富，由于它来之不易，就决不会轻易丧失。而且我相信，当他带着这笔财富继续生活时，他的创造和体验都会有一种更加深刻的底蕴。

（选自《周国平散文精品集》，北京理工大学出版社 2009 年版）

【品读作者】

周国平（1945—　），上海人，1967 年毕业于北京大学哲学系，1981 年毕业于中国社会科学院研究生院哲学系，现为中国社会科学院哲学研究所研究员。主要作品：学术专著《尼采：在世纪的转折点上》、《尼采与形而上学》，散文集《守望的距离》、《各自的朝圣路》、《安静》、《善良·丰富·高贵》等。

【读辟蹊径】

如何对待苦难，中国有"不吃苦中苦，难为人上人"的古话，要想出人头地，就必须要能吃苦。本文用的是学者化、思辨式的语言谈论一个我们经常谈及的话题，思考如何寻求生命意义的途径：创造、体验和肯定苦难本身在人生中的意义，人为苦难的价值让人得到考验和提高，丰富自己的人生。

【阅读拓展】

周国平《面对苦难》、《人性》等。

现代情怀

第二组 散文沐情

异域风情

第一组　异国诗风

率真酣畅的心灵乐章

外国诗歌浩如烟海，在 18 世纪末、19 世纪初，诗歌艺术达到了欧洲诗歌发展史上的高峰。浪漫主义诗歌运动覆盖了欧洲的大部分地区。诗歌在这个时期启蒙了人类向往自由与博爱的精神，使人感悟到自然的灵魂与人类心智的融合。在英国有华兹华斯、拜伦、雪莱、济慈等。其中，"湖畔派"诗人华兹华斯追求与自然融为一体的恬淡自适，而拜伦、雪莱、济慈体现出的激情与伤感，则是浪漫主义的另一面，他们的炽情诗作与传奇人生（拜伦、雪莱、济慈皆早夭）使得浪漫主义的荣耀达到了顶峰，拜伦和雪莱已经成为浪漫主义的代言人。在俄国，浪漫主义诗歌收获的最大硕果是了不起的普希金，当然还有莱蒙托夫。同时，像匈牙利诗人裴多菲也是浪漫主义诗风中的佼佼者。年幼的美国则诞生出惠特曼的壮阔而深情的吟唱。总之，这股浪漫主义的诗歌潮流，可谓浩浩荡荡，蔚为壮观。本组我们重点选取了几首浪漫主义诗歌的代表作品，这里有草地上聆听杜鹃啼鸣的浮想联翩，有对秋日迷人风光的热情歌颂、对西风狂扫陈腐播撒新生的激越礼赞，对自由奔放任性不羁的大海的遐想神往，也有对伟大领袖的深切悲悼，对苦难民族的痛惜与鼓舞，还有情深意笃、赤诚坚贞的爱之表白，其风格或淳朴清新，或博大恢宏，或情思缱绻，或悲壮沉雄，为我们展示出一场美不胜收的心灵盛宴。

诗海拾贝

● 朗读正文

致布谷鸟

［英］华兹华斯 著　　吕志鲁 译

啊，快乐的新客！
听到了，听到你我喜不自禁，
布谷鸟啊，你到底是只飞鸟，
还是飘忽不定声音？
我躺在草地听你欢叫，
空谷震荡，回应频频，
山山传遍，处处弥漫，
一声悠远，一声贴近。
阳光洒满，鲜花灿烂，

你对着山谷呼唤阵阵，
我被带到神话的世界，
我被送往虚幻的梦境。
欢迎你啊，春之天使，
我的欢迎发自内心！
尽管在我眼里你不是鸟类，
你是谜团、是声音、是灵魂。
这叫声让我回到学童年代，
这叫声令我多么着迷入神；
树丛、蓝天我处处搜求，
千方百计我苦苦追寻。
为了寻找我四方流浪，
踏进草莽、穿过森林，
你是无影的希望和爱恋，
仍然让我的渴求那么稚嫩。
我总在原野上横卧，
听着你的倾诉回味至今，
直到重返金色的童年，
直到找回往日的纯真。
我们共享同一片天地，
奇幻无比，美妙绝伦；
布谷鸟啊，祝福你，
这天赐的福地让你安身。

（选自王佐良主编：《英国诗选》，上海译文出版社 2011 年版）

【品读作者】

威廉·华兹华斯（1770—1850）英国诗人，与柯尔律治、骚塞同被称为"湖畔派"诗人。生于律师之家，17 岁进入剑桥大学圣约翰学院学习，大学毕业后去法国，住在布卢瓦。他对法国革命怀有热情，1795 年 10 月，与妹妹多萝西一起迁居乡间，实现接近自然并探讨人生意义的宿愿。其诗以描写自然风光、田园景色、乡民村姑、少男少女闻名于世。文笔朴素清新，自然流畅，一反新古典主义平板、典雅的风格，开创了新鲜活泼的浪漫主义诗风。1798 年华兹华斯与柯尔律治共同发表的《抒情歌谣集》宣告了浪漫主义新诗的诞生。完成于 1805 年、发表于 1850 年的长诗《序曲》则是他最具有代表性的作品。

【读辟蹊径】

初春，一个和煦的早晨，绿草如茵的草地上，布谷鸟忽远忽近的啼叫声，勾起诗人浮想联翩：从季节的春天到人生的春天——童年；从儿时的兴奋不已到如今的无限眷恋、无限遐想；眼前的、童年的、现实的、虚幻的种种景象不绝如缕，似断犹连，永恒而悠远。诗写的虽是布谷鸟，实则是描写诗人自己童年时幼小心灵在春天里的欢欣和新奇感。布谷鸟不再是一只普通的鸟，而是能召回他失去的

异域风情

第一组 异国诗风

童年梦幻的一种力量。诗人正是用这样一颗天真无邪的童心感受世界与自然，令诗情与画意同时跃然于纸上。

● 朗读正文

秋 颂

[英] 济慈 著　　查良铮 译

1

雾气洋溢、果实圆熟的秋，
你和成熟的太阳成为友伴；
你们密谋用累累的珠球，
缀满茅屋檐下的葡萄藤蔓；
使屋前的老树背负着苹果，
让熟味透进果实的心中，
使葫芦胀大，鼓起了榛子壳，
好塞进甜核；又为了蜜蜂
一次一次开放过迟的花朵，
使它们以为日子将永远暖和，
因为夏季早填满它们的粘巢。

2

谁不经常看见你伴着谷仓？
在田野里也可以把你找到，
你有时随意坐在打麦场上，
让发丝随着簸谷的风轻飘；
有时候，为罂粟花香所沉迷，
你倒卧在收割一半的田垄，
让镰刀歇在下一畦的花旁；
或者，像拾穗人越过小溪，
你昂首背着谷袋，投下倒影，
或者就在榨果架下坐几点钟，
你耐心地瞧着徐徐滴下的酒浆。

3

啊，春日的歌哪里去了？但不要
想这些吧，你也有你的音乐——
当波状的云把将逝的一天映照，
以胭红抹上残梗散碎的田野，
这时啊，河柳下的一群小飞虫

就同奏哀音，它们忽而飞高，
忽而下落，随着微风的起灭；
篱下的蟋蟀在歌唱，在园中
红胸的知更鸟就群起呼哨；
而群羊在山圈里高声默默咩叫；
丛飞的燕子在天空呢喃不歇。

（选自《英国诗选》，上海译文出版社 1988 年版）

【品读作者】

约翰·济慈（1795—1821）杰出的浪漫主义诗人，与拜伦、雪莱齐名。出身卑微，少年即成孤儿，自幼喜爱文学，因家境窘困，于 1810 年被送去当药剂师的学徒。五年后考入伦敦的一所医学院，但不到一年，济慈便放弃了从医的志愿，而专心于写作诗歌。1817 年，济慈的第一本诗集出版。在接下来的几年中，疾病与经济上的问题一直困扰着济慈，但他却令人惊讶地写出了大量的优秀作品，其中包括《圣艾格尼丝之夜》、《秋颂》、《夜莺颂》和《致秋天》等名作。1821 年 2 月 23 日，济慈于去意大利疗养的途中逝世。

【读辟蹊径】

从古至今，写秋之诗之文，层出不穷，《秋声赋》下的悲凉寂寥已是人类共识，而此《秋颂》欢闹盛大：蟋蟀唱歌，知更鸟婉转呼哨，群羊高声咩叫，燕子呢喃不歇……确属另类，秋声如此悠闲如此迷人，何来寂寥，一切唯心耳。

● 朗读正文

西风颂

[英] 雪莱 著　　查良铮 译

1

哦，狂暴的西风，秋之生命的呼吸！
你无形，但枯死的落叶被你横扫，
有如鬼魅碰到了巫师，纷纷逃避：

黄的，黑的，灰的，红得像患肺痨，
呵，重染疫疠的一群：西风呵，是你
以车驾把有翼的种子催送到

黑暗的冬床上，它们就躺在那里，
像是墓中的死穴，冰冷，深藏，低贱，
直等到春天，你碧空的姊妹吹起

她的喇叭，在沉睡的大地上响遍，
（唤出嫩芽，像羊群一样，觅食空中）

145

异域风情

第一组　异国诗风

将色和香充满了山峰和平原。

不羁的精灵呵，你无处不远行；
破坏者兼保护者：听吧，你且聆听！

2

没入你的急流，当高空一片混乱，
流云像大地的枯叶一样被撕扯
脱离天空和海洋的纠缠的枝干，

成为雨和电的使者：它们飘落
在你的磅礴之气的蔚蓝的波面，
有如狂女的飘扬的头发在闪烁，

从天穹的最遥远而模糊的边沿
直抵九霄的中天，到处都在摇曳
欲来雷雨的卷发，对濒死的一年

你唱出了葬歌，而这密集的黑夜
将成为它广大墓陵的一座圆顶，
里面正有你的万钧之力在凝结；

那是你的浑然之气，从它会迸涌
黑色的雨、冰雹和火焰：哦，你听！

3

是你，你将蓝色的地中海唤醒，
而它曾经昏睡了一整个夏天，
被澄澈水流的回旋催眠入梦，

就在巴亚海湾的一个浮石岛边，
它梦见了古老的宫殿和楼阁
在水天映辉的波影里抖颤，

而且都生满青苔，开满花朵，
那芬芳真迷人欲醉！呵，为了给你
让一条路，大西洋的汹涌的浪波

把自己向两边劈开，而深在渊底
那海洋中的花草和泥污的树林
虽然枝叶扶疏，却没有精力；

听到你的声音，它们已吓得发青：
一边颤栗，一边自动萎缩：哦，你听！

4

哎，假如我是一片枯叶被你浮起，
假如我是能和你飞跑的云雾，
是一个波浪，和你的威力同喘息，

假如我分有你的脉搏，仅仅不如
你那么自由，哦，无法约束的生命！
假如我能像在少年时，凌风而舞

便成了你的伴侣，悠游天空
（因为呵，那时候，要想追你上云霄，
似乎并非梦幻），我就不致像如今

这样焦躁地要和你争相祈祷。
哦，举起我吧，当我是水波、树叶、浮云！
我跌在生活底荆棘上，我流血了！

这被岁月的重轭所制伏的生命
原是和你一样的：骄傲、轻捷而不驯。

5

把我当作你的竖琴吧，有如树林：
尽管我的叶落了，那有什么关系！
你巨大的合奏所振起的乐音

将染有树林和我的深邃的秋意：
虽忧伤而甜蜜。呵，但愿你给予我
狂暴的精神！奋勇者呵，让我们合一！
请把我枯死的思想向世界吹落，
让它像枯叶一样促成新的生命！
哦，请听从这一篇符咒似的诗歌，

就把我的话语，像是灰烬和火星
从还未熄灭的炉火向人间播散！
让预言的喇叭通过我的嘴唇

把昏睡的大地唤醒吧！要是冬天
已经来了，西风呵，春日怎能遥远？

（选自《雪莱抒情诗选》，人民文学出版社 1958 年版）

【品读作者】

珀西·比希·雪莱（1792—1822），19 世纪英国著名浪漫主义诗人。出生在一个古老而保守的贵族家庭。少年时在皇家的伊顿公学就读。1810 年入牛津大学学习，开始追求民主自由。1811 年，因写作哲学论文推理上帝的不存在，宣传无神论，被学校开除；也因此得罪父亲，离家独居。1812 年，偕同新婚的妻子赴爱尔兰参加人们反抗英国统治的斗争，遭到英国统治阶级的忌恨。后旅居意大利。1822 年 7 月 8 日，出海航行遭遇暴风雨，溺水而亡。一生创作了大量优秀的抒情诗及政治诗，《致云雀》、《西风颂》、《自由颂》、《解放了的普罗米修斯》、《暴政的假面游行》等诗都一直为人们传唱不衰。

【读辟蹊泾】

冬天已经来了，春天还会远吗？已是家喻户晓，何也？《西风颂》早已言之。

● 朗读正文

致大海

[俄] 普希金 著　　戈宝权 译

再见吧，自由奔放的大海！
这是你最后一次在我的眼前，
翻滚着蔚蓝色的波浪，
和闪耀着娇美的容光。

好像是朋友忧郁的怨诉，
好像是他在临别时的呼唤，
我最后一次在倾听
你悲哀的喧响，你召唤的喧响。

你是我心灵的愿望之所在呀！
我时常沿着你的岸旁，
一个人静悄悄地，茫然地徘徊，
还因为那个隐秘的愿望而苦恼心伤！

我多么热爱你的回音，

热爱你阴沉的声调，你的深渊的音响，
还有那黄昏时分的寂静，
和那反复无常的激情！

渔夫们的温顺的风帆，
靠了你的任性的保护，
在波涛之间勇敢地飞航；
但当你汹涌起来而无法控制时，
大群的船只就会被覆亡。

我曾想永远地离开
你这寂寞和静止不动的海岸，
怀着狂欢之情祝贺你，
并任我的诗歌顺着你的波涛奔向远方，
但是我却未能如愿以偿！

你等待着，你召唤着……而我却被束缚住；
我的心灵的挣扎完全归于虚枉：
我被一种强烈的热情所魅惑，
使我留在你的岸旁……

有什么好怜惜呢？现在哪儿
才是我要奔向的无忧无虑的路径？
在你的荒漠之中，有一样东西
它曾使我的心灵为之震惊。
那是一个峭岩，一座光荣的坟墓……
在那儿，沉浸在寒冷的睡梦中的，
是一些威严的回忆；
拿破仑就在那儿消亡。

在那儿，他长眠在苦难之中。
而紧跟他之后，正像风暴的喧响一样，
另一个天才，又飞离我们而去，
他是我们思想上的另一个君王。
为自由之神所悲泣着的歌者消失了，
他把自己的桂冠留在世上。

阴恶的天气喧腾起来吧，激荡起来吧：
哦，大海呀，是他曾经将你歌唱。

你的形象反映在他的身上，
他是用你的精神塑造成长：
正像你一样，他威严、深远而深沉，
他像你一样，什么都不能使他屈服投降。

世界空虚了，大海呀，
你现在要把我带到什么地方？
人们的命运到处都是一样：
凡是有着幸福的地方，那儿早就有人在守卫：
或许是开明的贤者，或许是暴虐的君王。

哦，再见吧，大海！
我永远不会忘记你庄严的容光，
我将长久地，长久地
倾听你在黄昏时分的轰响。

我整个心灵充满了你，
我要把你的峭岩，你的海湾，
你的闪光，你的阴影，还有絮语的波浪，
带进森林，带到那静寂的荒漠之乡。

（选自《普希金抒情诗全集》，湖南文艺出版社 1993 年版）

【品读作者】

　　亚历山大·谢尔盖耶维奇·普希金（1799—1837），俄国伟大的诗人、小说家，19 世纪俄国浪漫主义文学主要代表，同时也是现实主义文学的奠基人，现代标准俄语的创始人，被誉为"俄国文学之父""俄国诗歌的太阳"。12 岁开始文学创作，多写反对专制暴政和歌颂自由的政治抒情诗。其诗真诚、自然、朴素而优雅，"只有从普希金起，才开始有了俄罗斯文学，因为在他的诗歌里跳动着俄罗斯生活的脉搏。"（别林斯基语）普希金年仅 21 岁时，被沙皇放逐到南俄。1837 年因妻子被法国籍宪兵队队长丹特斯亵渎，普希金与其决斗，腹部受伤，两日后不治身亡，年仅 38 岁。他的早逝令俄国进步文人这样感叹："俄国诗歌的太阳沉落了！"为了纪念普希金，人们把他出生的皇村改名为普希金，现在这里已经成为著名的旅游景点。

【读辟蹊径】

　　《致大海》是诗人在南俄时期写的一篇浪漫主义的代表作。作品歌颂大自然的美和崇高，反对世俗生活的丑恶与平庸，突出人与自然在感情上的共鸣，诗人从内心的感受出发来描写大海，并寄情于大海，使内在情感客观化，凭借外在的形象得到体现；又使客观景物主观化，使大海具有了人的性灵和性格，使人与自然天衣无缝地交融在一起。

● 朗读正文

假如生活欺骗了你

［俄］普希金 著　　戈宝权 译

假如生活欺骗了你，
不要悲伤，不要心急！
忧郁的日子里需要镇静：
相信吧，快乐的日子将会来临。
心儿永远向往着未来；
现在却常是忧郁。
一切都是瞬息，
一切都将会过去；
而那过去了的，
就会成为亲切的怀恋。

（选自《普希金抒情诗全集》，湖南文艺出版社 1993 年版）

【读辟蹊径】

此诗写于普希金被沙皇流放的日子里。诗人虽处逆境仍没有丧失希望与斗志，依旧热爱生活，执著地追求理想，相信光明必来，正义必胜。诗贵含蓄抒情，说理乃为诗大忌，然此诗纯用议论，不仅不腻烦，反显亲密和婉，清新流畅，热诚坦率，人情味和哲理性十足，仿佛一位历经磨难、饱含沧桑之人对初遭挫折之人循循善诱，真诚安慰：一切都将会过去，而那过去了的，就会成为亲切的怀恋。今天青年人，可从中学习面对挫折的积极态度和坚韧的品质。

● 朗读正文

我曾经爱过你

［俄］普希金 著　　戈宝权 译

我曾经爱过你：爱情，也许
在我的心灵里还没有完全消亡，
但愿它不会再打扰你；
我也不想再使你难过悲伤。
我曾经默默无语地，毫无指望地爱过你，
我既忍受着羞怯，又忍受着嫉妒的折磨；
我曾经那样真诚，那样温柔地爱过你，
但愿上帝保佑你，另一个人也会像我爱你一样。

（选自《普希金抒情诗全集》，湖南文艺出版社 1993 年版）

【读辟蹊径】

诗人对女主人公爱恋至深，他爱得如此温柔、如此真挚且专一，如此坚强自制，尽管姑娘有可能并不知道他在爱着她，也可能姑娘早已另有所爱。诗人只能"默默无语地，毫无指望地"爱着她，宁愿忍受羞怯和嫉妒的折磨，也不愿去打扰她或者使她悲伤，他还祈求上帝保佑她，愿姑娘能得到另一个和他一样爱她的心上人。

● 朗读正文　　　　　　　船长！我的船长！

〔美〕惠特曼 著　　　邹仲之 译

啊，船长！我的船长！可怕的航程已完成；
这船历尽风险，企求的目标已达成。
港口在望，钟声响，人们在欢欣。
千万双眼睛注视着船——平稳，勇敢，坚定。
但是痛心啊！痛心！痛心！
瞧一滴滴鲜红的血！
甲板上躺着我的船长，
他倒下去，冰冷，永别。

啊，船长！我的船长！起来吧，倾听钟声；
起来吧，号角为您长鸣，旌旗为您高悬；
迎着您，多少花束花圈——候着您，千万人蜂拥岸边；
他们向您高呼，拥来挤去，仰起殷切的脸；
啊，船长！亲爱的父亲！
我的手臂托着您的头！
莫非是一场梦：在甲板上
您倒下去，冰冷，永别。

我的船长不作声，嘴唇惨白，毫不动弹；
我的父亲没感到我的手臂，没有脉搏，没有遗言；
船舶抛锚停下，平安抵达；航程终了；
历经艰险返航，夺得胜利目标。
啊，岸上钟声齐鸣，啊，人们一片欢腾！
但是，我在甲板上，在船长身旁，
心悲切，步履沉重：
因为他倒下去，冰冷，永别。

【品读作者】

　　沃尔特·惠特曼（1819—1892），生于纽约州长岛。曾在公立学校求学，任过乡村教师，干过送信、排字等杂务，做过报馆编辑。性格自由散漫，喜欢游荡并和船夫、舵手、渔民、杂役、马车夫、机械工等结交朋友，自称是美国的"吟游诗人"。1855年出版《草叶集》第一版，收诗十二首。1873年身患瘫痪症，卧床达二十年之久，但他的乐观主义与民主理想至死不渝。惠特曼打破长期以来诗歌因袭的格律，首创"自由体"新诗形式，大大提高了诗歌的表现力。其《草叶集》成为美国近代文学史上一座光辉的里程碑。

【读辟蹊泾】

这是诗人为悼念林肯而写下的著名诗篇。诗中把美国比作一艘航船，把林肯总统比作船长，把维护国家的统一和废奴斗争比作一段艰险的航程，赞美了林肯为追求人民的自由平等而不惜一切的奉献精神。全诗三节，逐层深入地表达了诗人对林肯总统的热爱和深切的悼念之情：第一节通过大船的胜利返航表现林肯的功绩，形象地赞颂林肯，表达对他的爱。第二节通过欢庆胜利的场面侧面描述人民群众对林肯的爱戴、敬仰之情。第三节从历史的角度肯定了林肯的成绩，并表达了自己万分悲痛之情。诗中以"倒下去，冰冷，永别"为主句反复咏叹，其中又有人称上的差别，这样的手法使本诗在表现上既保持悲怆感情抒发的一致性和沉重性，又体现了这种情感的发展过程。

● 朗读正文

哀希腊

[英] 拜伦 著　　查良铮 译

一

希腊群岛呵，美丽的希腊群岛！
火热的萨弗在这里唱过恋歌；
在这里，战争与和平的艺术并兴，
狄洛斯崛起，阿波罗跃出海面！
永恒的夏天还把海岛镀成金，
可是除了太阳，一切已经消沉。

二

开奥的缪斯，蒂奥的缪斯，
那英雄的竖琴，恋人的琵琶，
原在你的岸上博得了声誉，
而今在这发源地反倒喑哑；
呵，那歌声已远远向西流传，
远超过你祖先的"海岛乐园"。

三

起伏的山峦望着马拉松——
马拉松望着茫茫的海波；
我独自在那里冥想一刻钟，
梦想希腊仍旧自由而欢乐；
因为，当我在波斯墓上站立，
我不能想象自己是个奴隶。

四

一个国王高高坐在石山顶，

了望着萨拉密挺立于海外；
千万只船舶在山下靠停，
还有多少队伍全由他统率！
他在天亮时把他们数了数，
但日落的时候他们都在何处？

五

呵，他们而今安在？还有你呢，
我的祖国？在无声的土地上，
英雄的颂歌如今已沉寂——
那英雄的心也不再激荡！
难道你一向庄严的竖琴，
竟至沦落到我的手里弹弄？

六

也好，置身在奴隶民族里，
尽管荣誉都已在沦丧中，
至少，一个爱国志士的忧思，
还使我的作歌时感到脸红；
因为，诗人在这儿有什么能为？
为希腊人含羞，对希腊国落泪。

七

我们难道只好对时光悲哭
和惭愧？——我们的祖先却流血。
大地呵！把斯巴达人的遗骨
从你的怀抱里送回来一些！
哪怕给我们三百勇士的三个，
让德魔比利的决死战复活！

八

怎么，还是无声？一切都喑哑？
不是的！你听那古代的英魂
正像远方的瀑布一样喧哗，
他们回答："只要有一个活人
登高一呼，我们就来，就来！"
噫！倒只是活人不理不睬。

九

算了，算了；试试别的调门：
斟满一杯萨摩斯的美酒！

把战争留给土耳其野人，
让开奥的葡萄的血汁倾流！
听呵，每一个酒鬼多么踊跃
响应这一个不荣誉的号召！

十

你们还保有庀瑞克的舞艺，
但庀瑞克的方阵哪里去了？
这是两课，为什么只记其一，
而把高尚而坚强的一课忘掉？
凯德谟斯给你们造了字体——
难道他是为了传授给奴隶？

一一

把萨摩斯的美酒斟满一盅！
让我们且抛开这样的话题！
这美酒曾使阿纳克瑞翁
发为神圣的歌；是的，他屈于
波里克瑞底斯，一个暴君，
但这暴君至少是我们国人。
克索尼萨斯的一个暴君

一二

是自由的最忠勇的朋友：
暴君米太亚得留名至今！
呵，但愿现在我们能够有
一个暴君和他一样精明，
他会团结我们不受人欺凌！

一三

把萨摩斯的美酒斟满一盅！
在苏里的山岩，巴加的岸上，
住着一族人的勇敢的子孙，
不愧是斯巴达的母亲所养；
在那里，也许种子已经散播，
是赫剌克勒斯血统的真传。

一四

自由的事业别依靠西方人，
他们有一个做买卖的国王；
本土的利剑，本土的士兵，

是冲锋陷阵的唯一希望；
但土耳其武力，拉丁的欺骗，
会里应外合把你们的盾打穿。

一五

把萨摩斯的美酒斟满一盅！
树荫下正舞蹈着我们的姑娘——
我看见她们的黑眼亮晶晶，
但是，望着每个鲜艳的姑娘，
我的眼就为火热的泪所迷，
这乳房难道也要哺育奴隶？

一六

让我攀登苏尼阿的悬崖，
可以听见彼此飘送着悄悄话，
让我像天鹅一样歌尽而亡；
我不要奴隶的国度属于我——
干脆把那萨摩斯酒杯打破！

（选自陈淳、刘象愚主编：《外国文学作品选》，北京师范大学出版社 2011 年版）

【品读作者】

乔治·戈登·拜伦（1788—1824）生于英国一个破落的贵族家庭。成年后适逢欧洲各国民主民族革命兴起。二十岁时出国游历，1811 年回国。在旅途中写下长诗《恰尔德·哈罗尔德游记》，震动了欧洲的诗坛。同年，拜伦在上议院发表演说为工人辩护，并发表了政治讽刺诗《织机法案编制者颂》。拜伦一生为民主、自由、民族解放的理想而斗争，他的作品具有重大的历史进步意义和艺术价值，未完成的长篇诗体小说《堂璜》，是一部气势宏伟、艺术卓越的叙事长诗，在英国以至欧洲文学史上都是罕见的。

【读辟蹊泾】

这首诗追昔抚今，歌颂了希腊辉煌的过去，痛悼希腊当时饱受异族压迫与被奴役的处境，表现了诗人"哀其不幸，怒其不争"的态度，并热情地激励希腊人民依靠自己起来斗争，争取民族的解放。诗风悲壮深沉，用典丰富繁多，联想想象广远，对比古今鲜明，形式自由挥洒，感情汹涌澎湃，充分体现出积极浪漫主义的诗风。此诗有多个译本，此为其一，尚有苏曼殊、马君武、胡适三人曾用格律体译过，别有一番文言诗味，可供玩赏。

● 朗读正文　　　　　世界上最远的距离

[印] 泰戈尔 著　　　冰心 译

世界上最远的距离，
不是生与死的距离，
而是我站在你面前，
你不知道我爱你；
世界上最远的距离，

不是我站在你面前，
你不知道我爱你，
而是爱到痴迷，
却不能说我爱你；
世界上最远的距离，
不是我不能说我爱你，
而是想你痛彻心脾，
却只能深埋心底；
世界上最远的距离，
不是我不能说我想你，
而是彼此相爱，
却不能够在一起；
世界上最远的距离，
不是彼此相爱，
却不能够在一起，
而是明知道真爱无敌，
却装作毫不在意；
世界上最远的距离，
不是树与树的距离，
而是同根生长的树枝，
却无法在风中相依；
世界上最远的距离，
不是树枝无法相依，
而是相互了望的星星，
却没有交汇的轨迹；
世界上最远的距离，
不是星星之间的轨迹，
而是纵然轨迹交汇，
却在转瞬间无处寻觅；
世界上最远的距离，
不是瞬间便无处寻觅，
而是尚未相遇，
便注定无法相聚；
世界上最远的距离，
是鱼与飞鸟的距离，

一个在天，一个却深潜海底。

（选自《泰戈尔诗选》，人民文学出版社 1994 年版）

【品读作者】

罗宾德拉纳特·泰戈尔（1861—1941），印度诗人和作家。自小受文坛世家熏染，八岁起创作诗歌，多才多艺，学识涉猎文、史、哲、艺、政、经等范畴，几乎无所不包，无所不精，尤以诗歌成就最大，开辟了印度新诗的新天地，《吉檀迦利》、《园丁集》、《新月集》和《飞鸟集》等诗集皆是名篇巨著。1913 年，因诗集《吉檀迦利》获得诺贝尔文学奖而名声大振。与徐志摩是莫逆之交，和胡适、梁启超私交甚好，曾亲自为徐志摩起了一个印度名叫"索思玛"，梁启超则为泰戈尔起一中国名字——"竺震旦"，留下文坛一段佳话。他的一生可谓"生如夏花之绚烂，死如秋叶之静美"。

【读辟蹊泾】

全诗以爱为主线，在敏感的字里行间，流露着痛苦而无奈的情感，不能不令人动容。诗歌简短而整齐，全诗由四组"不是……而是……"构成，采取对比的手法，层层深入，把读者带到了那种痛苦而无奈的境地，并把诗人情怀感染给每位读者。读至最后令人恍然大悟——世界上最远的距离实际上是心与心的距离。

● 朗读正文

当你老了

［爱尔兰］ 叶芝 著　　袁可嘉 译

当你老了，头白了，睡思昏沉，
炉火旁打盹，请取下这部诗歌，
慢慢读，回想你过去眼神的柔和，
回想它们过去的浓重的阴影；

多少人爱你年青欢畅的时候，
爱慕你的美丽、假意或真心，
只有一个人爱你那朝圣者的灵魂，
爱你衰老了的脸上痛苦的皱纹；

垂下头来，在红光闪耀的炉子旁，
凄然地轻轻诉说那爱情的消逝，
在头顶的山上它缓缓踱着步子，
在一群星星中间隐藏着脸庞。

（选自王佐良主编：《英国诗选》，上海译文出版社 1988 年版）

【品读作者】

威廉·勃特勒·叶芝（1865—1939），爱尔兰诗人、剧作家。生于都柏林一个画师家庭，自小喜爱诗画艺术，并对乡间的秘教法术颇感兴趣。1884 年就读于都柏林艺术学校，不久违背父愿，抛弃画布和油彩，专意于诗歌创作。于 1889 年遇见爱尔兰民族自治运动的领导人之一、美丽的女演员茉德·贡之后，便终身爱慕，至老不衰，但遗憾的是叶芝终其一生的情感追求却没有得到茉德·贡的回报，诗人就在这遥遥无望的爱情中一直吟唱着一首首坚定而寂寞的诗歌。诗人早期的剧本 *Cathleen in Houli-han* 就是为茉德·贡所写并由其出任主角。

诗人先设想几十年后，茉德·贡成了老人，她满头染霜，独自一人坐在炉火旁打盹。但是她并不孤单，因为叶芝的诗仍然陪伴着她。这是爱情的信物，它把美好的过去珍藏于其中，使她能够在垂暮之年回忆往事时，重新品尝昔日的风光和快乐。紧接着，诗人从对遥远将来的憧憬转入现实的对爱情的直接表白：不管有多少人拜倒在你的裙下，也不论他们对你是假意还是真心，他们爱的不过是你的美丽的外形和你的青春，只有我爱的是你那为爱尔兰民族自由奋斗不息的圣洁心灵。随后，诗人又从现实的表白转向未来虚幻的场景，设想那时茉德·贡和自己两个老人，坐在红光闪烁的炉火旁，屈身相向，一起回忆往事，喃喃地诉说着年轻时的欢乐和痛苦、共同的理想和斗争以及炽热而又诚挚的爱情。实际上这是诗人希望茉德·贡能够理解自己的感情，及时作出结婚的肯定答复，不过手法隐蔽、含蓄不露，因此十分耐人寻味。全诗有起有结，有承前有启后，相互照应，浑然一体。不但饱含诗人的思想感情，谋篇布局也颇具匠心。此外，诗歌风格清丽，诗句流畅，音韵也很整齐，称得上是叶芝抒情诗中的上乘之作。

● 朗读正文

我愿意是激流

[匈] 裴多菲 著　　孙用 译

我愿意是激流，
是山里的小河，
在崎岖的路上，
岩石上经过……
只要我的爱人
是一条小鱼，
在我的浪花中，
快乐地游来游去。

我愿意是荒林，
在河流两岸，
对一阵阵的狂风，
勇敢地作战……
只要我的爱人
是一只小鸟，
在我的稠密的
树枝间做巢，鸣叫。

我愿意是废墟，
在峻峭的山岩上，

这静默的毁灭，
并不使我懊丧……
只要我的爱人
是青春的常春藤，
沿着我荒凉的额，
亲密地攀援上升。

我愿意是草屋，
在深深的山谷底，
草屋的顶上
饱受风雨的打击……
只要我的爱人
是可爱的火焰，
在我的炉子里，
愉快地缓缓闪现。

我愿意是云朵，
是灰色的破旗，
在广漠的空中，
懒懒地飘来荡去……
只要我的爱人
是珊瑚似的夕阳，
傍着我苍白的脸，
显出鲜艳的辉煌。

（选自裴多菲著，孙用译：《我愿意是激流》，湖南师范大学出版社1998年版）

【品读作者】

裴多菲·山陀尔（1823—1849），原来译名为彼得斐，是匈牙利的爱国诗人和英雄，也是匈牙利民族文学的奠基人。1823年生于屠户家庭。1835年，到奥赛德求学，三年时间里完成校方规定的课业外又组织进步的学生团体，阅读和研究法国大革命的历史和匈牙利古典作家的作品。1849年，成为一名少校军官，写诗的同时又直接拿起武器参加反抗俄奥联军的战斗。同年7月31日，在同沙俄军队作战时牺牲，年仅二十六岁。裴多菲的诗在匈牙利广为流传，并且被翻译成数十种外语，为国外读者所熟悉。鲁迅先生在《为了忘却的纪念》一文中，曾引用了裴多菲的一首诗："生命诚可贵，爱情价更高；若为自由故，二者皆可抛！"

【读辟蹊泾】

急流、荒林、废墟、草屋、云朵和破旗等，或荒瑟冷落，或凋敝残败，诗人以此自喻，而笔下的小鱼、小鸟、常春藤、火焰、夕阳则显得美好热情，欢畅明丽，用它们来比喻心中的爱人，两者形成了鲜明的反差，相反相成间流露出诗人的一腔赤诚。不管自身的处境多么险恶，命运怎样坎坷，只要同"我的爱人"在一起，只要"我的爱人"能够自由幸福，那么"我"也就"幸福着你的幸福"了，那么"我"也就能变得勇猛强悍，拥有战胜一切困难的力量了。一组博喻，一组对比，勾勒出男女主人公丰满的形象：是诗情的倾诉，是画意的泼墨，是至美的追求，是真爱的憧憬。美得令人拍案，真得荡人肺腑。

● 朗读正文

帆

[俄] 莱蒙托夫 著　　顾蕴璞 译

蔚蓝的海面雾霭茫茫，
孤独的帆儿闪着白光！……
它到遥远的异地寻找什么？
它把什么抛在故乡？……

呼啸的海风翻卷着波浪，
桅杆弓着腰在嘎吱作响……
唉！它不是要寻找幸福，
也不是逃离幸福的乐疆！

下面涌着清澈的碧流，
上面洒着金色的阳光……
不安分的帆儿却祈求风暴，
仿佛风暴里有宁静之邦！

（选自《莱蒙托夫诗选》，湖南人民出版社1985年版）

【品读作者】

米哈依尔·尤利耶维奇·莱蒙托夫（1814—1841），19世纪俄罗斯著名诗人。出生在贵族家庭，曾进莫斯科大学和彼得堡禁卫军军官学校学习。1834年入军队服役。早在中学时期，诗人就开始写诗，受普希金和拜伦的诗影响颇大。青年时代受十二月党人的影响，写下了很多对当时腐朽社会不满的诗歌。1837年，因写下著名的《诗人之死》一诗悼念普希金，触怒了沙皇政府，被流放到高加索地区。1840年，遭沙皇政府谋杀，身受重伤。次年，离开了人世。有《当代英雄》、《祖国》、《恶魔》等著名作品。

【读辟蹊径】

《帆》是一首杰出的具有象征意义的风景哲理抒情诗。它既有风景画面的精彩描绘，又有发人深省的哲理意蕴。整首诗有节奏地交替着两组镜头：一会儿是带有帆船的大海的画面，一会儿是站在岸边的诗人看到上述画面后的沉思。

诗歌通篇写的是白帆，但目的却是在写诗人自己的追求。白帆远行的过程中，波涛汹涌，海风呼啸，它仍然挣扎着坚持走自己的路，不留恋清澄的碧波，也不留恋灿烂的阳光。帆渴望的是风暴向它进攻的快意，是与风暴搏击中才体验到的生命的力量和充实。对帆而言，幸福和安宁都不重要，重要的是不断与厄运抗争。

帆就是诗人的化身，诗人那孤独、反叛的灵魂象征，同时也象征着诗人那一代贵族革命家对自由的向往。

異域风情

第一组 异国诗风

161

第二组　域外文情

深邃隽永的生命哲思

外国散文厚重的个性，浓郁的情愫，思辨的色彩，雍容絮谈的文风，一直受到人们的欢迎，在外国文学中有着重要的地位。法国的蒙田和英国的培根是外国散文的开拓者。蒙田创立了一种絮语式的散文体裁：Essay（随笔）。这种散文，不是长篇阔论的逻辑或理解的文章，乃如家常絮语，用清逸冷峻的笔法所写出来的零碎感想文章。英国的培根吸取蒙田的艺术营养并结合个人的独创，发展了 Essay 体，开英国散文之先河，其内容质朴而富实，充满格言警语，其形式短而有序，缺乏个人絮语的风趣。除此，我们还精选了契诃夫、马克·吐温、泰戈尔、梭罗、纪伯伦等人的散文。这些散文，有的为我们解读生命的真谛，有的为我们挖掘知识的力量，还有的为我们描画自然的美景。这些散文都有强烈的个性与自我表现意识，饱含着浓郁的情愫。

散文采萃

● 朗读正文

热爱生命

[法] 蒙田 著　　黄健华 译

我赋予某些词语特殊的含义。拿"度日"来说吧，天色不佳，令人不快的时候，我将"度日"看作是"消磨光阴"，而风和日丽的时候，我却不愿意去"度"，这时我是在慢慢赏玩、领略美好的时光。坏日子，要飞快地去"度"，好日子，要停下来细细品尝。"度日""消磨时光"的常用语令人想起那些"哲人"的习气。他们以为生命的利用不外乎将它打发、消磨，并且尽量回避它，无视它的存在，仿佛这是一件苦事、一件贱物似的。至于我，我认为生命不是这个样的，我觉得它值得称颂，富于乐趣，即便我自己到了垂暮之年也还是如此。我们的生命受到自然的厚赐，它是优越无比的，如果我们觉得不堪生之重压而白白虚度此生，那也只能怪我们自己。

"糊涂人的一生枯燥无味，躁动不安，却将全部希望寄托于来世。"

不过，我对随时告别人生，毫不惋惜。这倒不是因为生之艰辛或苦恼所致，而是由于生之本质在于死。因此只有乐于生的人才能真正不感到死之苦恼。享受生活要讲究方法。我比别人多享受到一倍的生活，因为生活乐趣的大小是随着我们对生活的关心程度而定的。尤其在此刻，我眼看生命的时光无多，我就愈想增加生命的分量。我想靠迅速抓紧时间，去留住稍纵即逝的日子；我想凭时间的有效利用去弥补匆匆流逝的光阴。剩下的生命愈是短暂，我愈要使之过得丰盈饱满。

（选自《蒙田随笔》，湖南人民出版社1987年版，有删改）

【品读作者】

米歇尔·埃康·蒙田（1533—1592），法国著名思想家和散文家，1533年出生于佩里戈尔，从小进入教会学校学习，熟谙拉丁语和希腊语，学习过法律和哲学。1554年起，先后在法院任职多年，后归隐田园，潜心研究和思考。他冷漠观察人类感情，冷静研究西方文化，是那个时代出现的一位现代人。他的哲学散文随笔——《蒙田随笔全集》，因其丰富的思想内涵而闻名于世，被誉为"思想的宝库"。

【读辟蹊径】

"度"，"消磨"，"坏日子"，"慢慢赏玩、领略美好的时光"，是我们可以选择的态度。生命是自然的厚赐，本是"优越无比"、"值得称颂"、"富于乐趣"的，是我们自己把它改造成"一件苦事、一件贱物"的。可见，生命的可爱与否完全取决于我们自己对于生命的理解和态度。生命的"特殊"状态是死亡。但作者有化死亡为生命的"秘诀"，即珍惜生命、热爱生命，因为"乐于生的人才能真正不感到死之苦恼"，还因为"生活乐趣的大小是随着我们对生活的关心程度而定的"。最后，作者深有感触地说他自信"比别人多享受到一倍的生活"，即使自己已经进入生命的暮年，但由于"迅速抓紧时间，去留住稍纵即逝的日子"，"凭时间的有效利用去弥补匆匆流逝的光阴"，所以自己最后的日子一定会更加"丰盈饱满"！文章篇幅短小，寥寥数语，却道出了生命的真谛。语言上富有哲理，结构上有张有弛，逻辑思路清晰严密，堪称赏析和借鉴的经典。

● **朗读正文**

<h2 style="text-align: center;">我有一个梦想</h2>

［美］马丁·路德·金 著　许立中 译

今天，我高兴地同大家一起，参加这次将成为我国历史上为了争取自由而举行的最伟大的示威集会。

100年前，一位伟大的美国人签署了解放黑奴宣言，今天我们就是在他的雕像前集会。这一庄严宣言犹如灯塔的光芒，给千百万在那摧残生命的不义之火中受煎熬的黑奴带来了希望。它之到来犹如欢乐的黎明，结束了束缚黑人的漫漫长夜。

然而100年后的今天，我们必须正视黑人还没有得到自由这一悲惨的事实。100年后的今天，在种族隔离的镣铐和种族歧视的枷锁下，黑人的生活备受压榨；100年后的今天，黑人仍生活在物质充裕的海洋中一个穷困的孤岛上；100年后的今天，黑人仍然蜷缩在美国社会的角落里，并且，意识到自己是故土家园中的流亡者。今天我们在这里集会，就是要把这种骇人听闻的情况公之于众。

就某种意义而言，今天我们是为了要求兑现诺言而汇集到我们国家的首都来的。我们共和国的缔造者草拟宪法和独立宣言时，曾以气壮山河的词句，向每一个美国人许下了诺言，他们承诺给予所有的人以不可剥夺的生存、自由和追求幸福的权利。

就有色公民而论，美国显然没有实践她的诺言。美国没有履行这项神圣的义务，只是给黑人开了一张空头支票，支票上盖上"资金不足"的戳子后便退了回来。但是我们不相信正义的银行已经破产，我们不相信，在这个国家巨大的机会之库里已没有足够的储备。因此今天我们要求将支票兑现——这张支票将给予我们宝贵的自由和正义的保障。

我们来到这个圣地也是为了提醒美国，现在是非常急迫的时刻。现在决非侈谈冷静下来或服用渐进主义的镇静剂的时候。现在是实现民主的诺言的时候。现在是从种族隔离的荒凉阴暗的深谷攀登种族平等的光明大道的时候，现在是把我们的国家从种族不平等的流沙中拯救出来，置于兄弟情谊的磐石上的时候，现在是向上帝所有的儿女开放机会之门的时候。

如果美国忽视时间的迫切性和低估黑人的决心，那么，这对美国来说，将是致命伤。自由和平等的爽朗秋天如不到来，黑人义愤填膺的酷暑就不会过去。1963年并不意味着斗争的结束，而是开始。有人希望，黑人只要撒撒气就会满足；如果国家安之若素，毫无反应，这些人必会大失所望的。黑人得不到公民的权利，美国就不可能有安宁或平静；正义的光明的一天不到来，叛乱的旋风就将继续动摇这个国家的基础。

但是对于等候在正义之宫门口的心急如焚的人们，有些话我是必须说的。在争取合法地位的过程中，我们不要采取错误的做法。我们不要为了满足对自由的渴望而抱着敌对和仇恨之杯痛饮。我们斗争时必须永远举止得体，纪律严明。我们不能容许我们的具有崭新内容的抗议蜕变为暴力行动。我们要不断地升华到以精神力量对付物质力量的崇高境界中去。

现在黑人社会充满着了不起的新的战斗精神，但是我们却不能因此而不信任所有的白人。因为我们的许多白人兄弟已经认识到，他们的命运与我们的命运是紧密相连的，他们今天参加游行集会就是明证；他们的自由与我们的自由是息息相关的。我们不能单独行动。

当我们行动时，我们必须保证向前进。我们不能倒退。现在有人问热心民权运动的人，"你们什么时候才能满足？"

只要黑人仍然遭受警察难以形容的野蛮迫害，我们就绝不会满足。

只要我们在外奔波而疲乏的身躯不能在公路旁的汽车旅馆和城里的旅馆找到住宿之所，我们就绝不会满足。

只要黑人的基本活动范围只是从少数民族聚居的小贫民区转移到大贫民区，我们就绝不会满足。

只要密西西比仍然有一个黑人不能参加选举，只要纽约有一个黑人认为他投票无济于事，我们就绝不会满足。

不！我们现在并不满足，我们将来也不满足，除非正义和公正犹如江海之波涛，汹涌澎湃，滚滚而来。

我并非没有注意到，参加今天集会的人中，有些受尽苦难和折磨，有些刚刚走出窄小的牢房，有些由于寻求自由，曾在居住地惨遭疯狂迫害的打击，并在警察暴行的旋风中摇摇欲坠。你们是人为痛苦的长期受难者。坚持下去吧，要坚决相信，忍受不应得的痛苦是一种赎罪。

让我们回到密西西比去，回到亚拉巴马去，回到南卡罗来纳去，回到佐治亚去，回到路易斯安那去，回到我们北方城市中的贫民区和少数民族居住区去，要心中有数，这种状况是能够也必将改变的。我们不要陷入绝望而不能自拔。

朋友们，今天我对你们说，在现在和未来，我们虽然遭受种种困难和挫折，我仍然有一个梦想。这个梦想是深深扎根于美国的梦想中的。

我梦想有一天，这个国家会奋起，真正实现其信条的真谛："我们认为这些真理是不言而喻的——人人生而平等。"

我梦想有一天，在佐治亚的红山上，昔日奴隶的儿子将能够和奴隶主的儿子坐在一起，共叙兄弟情谊。

我梦想有一天，甚至连密西西比州这个正义匿迹，压迫成风的地方，也将变成自由和正义的绿洲。

我梦想有一天，我的四个孩子将在一个不是以他们的肤色，而是以他们的品格优劣来评价他们的国度里生活。

我今天有一个梦想。

我梦想有一天，亚拉巴马州能够有所转变，尽管该州州长现在仍然满口异议，反对联邦法令，但有朝一日，那里的黑人男孩和女孩将能与白人男孩和女孩情同骨肉，携手并进。

我今天有一个梦想。

我梦想有一天，幽谷上升，高山下降，坎坷曲折之路成坦途，圣光披露，满照人间。

这就是我们的希望。我怀着这种信念回到南方。有了这个信念，我们将能从绝望之岭劈出一块希望之石。有了这个信念，我们将能把这个国家刺耳的争吵声，改变成为一支洋溢手足之情的优美交响曲。

有了这个信念，我们将能一起工作，一起祈祷，一起斗争，一起坐牢，一起维护自由；因为我们知道，终有一天，我们是会自由的。

在自由到来的那一天，上帝的所有儿女们将以新的含义高唱这支歌："我的祖国，美丽的自由之乡，我为您歌唱。您是父辈逝去的地方，您是最初移民的骄傲，让自由之声响彻每个山岗。"

如果美国要成为一个伟大的国家，这个梦想必须实现。让自由之声从新罕布什尔州的巍峨峰巅响起来！让自由之声从纽约州的崇山峻岭响起来！让自由之声从宾夕法尼亚州阿勒格尼山的顶峰响起来！

让自由之声从科罗拉多州冰雪覆盖的落基山响起来！让自由之声从加利福尼亚州蜿蜒的群峰响起来！不仅如此，还要让自由之声从佐治亚州的石岭响起来！让自由之声从田纳西州的瞭望山响起来！

让自由之声从密西西比的每一座丘陵响起来！让自由之声从每一片山坡响起来。

当我们让自由之声响起来，让自由之声从每一个大小村庄、每一个州和每一个城市响起来时，我们将能够加速这一天的到来，那时，上帝的所有儿女，黑人和白人，犹太教徒和非犹太教徒，耶稣教徒和天主教徒，都将手携手，合唱一首古老的黑人灵歌："终于自由啦！终于自由啦！感谢全能的上帝，我们终于自由啦！"

（选自《我有一个梦想》，中央编译出版社 2001 年版，有改动）

【品读作者】

马丁·路德·金（1929—1968），牧师，著名黑人民权运动领袖。1929 年出生于美国东南部佐治亚州的亚特兰大市，十五岁进入大学深造，1948 年大学毕业，担任教会的牧师。1964 年获诺贝尔和平奖，将全部奖金（五万四千六百美元）献给了自由运动。1968 年 4 月 18 日，被种族主义者刺杀身亡，年仅三十九岁。马丁·路德·金一生为美国黑人的政治权利而斗争。他带给人们的启示是黑人不应该被隔离，而应受到像其他人一样的待遇，而且应该受到完全的尊重。从 1986 年起，美国政府将每年一月的第三个星期一定为马丁·路德·金全国纪念日。

【读辟蹊泾】

1963 年春天，黑人民权运动领袖马丁·路德·金领导一场为黑人争取平等自由的游行集会运动。那年 8 月 28 日，二十五万人聚集在林肯纪念碑前，在 8 月的烈日下倾听了这篇《我有一个梦想》的旷世演讲。演讲以回顾历史为开端，以揭示黑人现实生活为主要内容，以展望美好的未来而结。展示了黑人的痛苦的生活处境，赞颂了黑人群众的高昂的战斗精神和争取民权的决心，满怀憧憬地表达了要求人人平等，渴望民权自由的强烈愿望。从期待、失望、兑现诺言的义正词严，到梦想灿烂前景，寄托了演讲者悲愤与热切的情感。整个演讲词，情感充沛，词句优美，感染力极强，以磅礴的笔势揭露了美国的现实，

生活是美好的

朗读正文

［俄］契诃夫 著　　汝龙 译

生活是极不愉快的玩笑，不过要使它美好却也不难。为了做到这一点，光是中头彩赢了 20 万卢布、得了"白鹰"勋章、娶了个漂亮女人、以好人出名，还是不够的——这些福分都是无常的，而且也很容易习惯。为了不断地感受到幸福，甚至在苦恼和愁闷的时候也感到幸福，那就需要：（一）善于满足现状；（二）很高兴地感到："事情原来可能更糟呢！"这是不难的。

要是火柴在你的衣袋里燃烧起来了，那你应当高兴，而且感谢上苍：多亏你的衣袋不是火药库。

要是有穷亲戚上别墅来找你，那你不要脸色发白，而要喜气洋洋地叫道："挺好，幸亏来的不是警察！"

要是你的手指上扎了一根刺，那你应当高兴："挺好，多亏这根刺不是扎在眼睛里！"

如果你的妻子或者小姨练钢琴，那你不要发脾气，而要感激这份福气：你是在听音乐，而不是在听狼嗥或者猫的音乐会。

你该高兴，因为你不是拉长途马车的马，不是寇克的"小点"（寇克是19世纪德国细菌学家，"小点"指细菌），不是旋毛虫，不是猪，不是驴，不是茨冈人牵的熊，不是臭虫。……你要高兴，因为眼下你没有坐在被告席上，也没有看见债主在你面前，更没有跟主笔土尔巴谈稿费的问题。

如果你不是住在边远的地方，那你一想到命运总算没有把你送到边远的地方去，你岂不觉着幸福？

要是你有一颗牙齿痛起来，那你就该高兴，幸亏不是满口的牙都痛。

你该高兴，因为你居然可以不必读《公民报》，不必坐在垃圾车上，不必一下子跟三个人结婚。……要是你给送到警察局去了，那就该乐得跳起来，因为多亏没有把你送到地狱的大火里去。

要是你挨了一顿桦木棍子的打，那就该蹦蹦跳跳，叫道："我多运气，人家总算没有拿带刺的棒子打我！"

要是你的妻子对你变了心，那就该高兴，多亏她背叛的是你，不是国家。

依此类推……朋友，照着我的劝告去做吧，你的生活就会欢乐无穷了。

（选自伍国文等编：《世界文学随笔精品大展》，上海文化出版社1992年版）

【品读作者】

安东·巴甫洛维奇·契诃夫（1860—1904），1860年生于南俄塔甘罗格。祖父是赎身的农奴，父亲是开杂货店的小商。自小在店中帮助父亲做事。1879年入莫斯科大学医疗系，毕业后一直以医生为职业。1900年当选为科学院名誉院士。1902年，为表示抗议沙皇尼古拉二世拒不批准高尔基为科学院名誉院士，与柯罗连科联名拒绝接受名誉院士的称号。1904年6月，因健康原因，偕夫人前往德国巴登维勒疗养，7月病故。

【读辟蹊泾】

这是一篇幽默小品，轻松俏皮，看似简单，却蕴含着无限哲理：生活就像是一面镜子，你从生活中看到的常常是你内心世界的真实映照。假如你的心态是暗淡的，那生活在你的眼里就会是暗淡无光的；假如你的心情是晴朗的，那生活在你的眼里就会是充满阳光的。善于积极认知的人是会享受生活的。会享受生活的人是非常幸福的。随遇而安，"退后一步天地宽"，是作者表达的生活观。亲爱的朋友，你是怎么想的呢？

● 朗读正文　　　　　　呼吸英雄的气息

[法] 罗曼·罗兰 著　　　傅雷 译

我们周围的空气多沉重。老大的欧罗巴在重浊与腐败的气氛中昏迷不醒。鄙俗的物质主义镇压着思想，阻挠着政府与个人的行动。社会在乖巧卑下的自私自利中窒息以死，人类喘不过气来。——打开窗子罢！让自由的空气重新进来！呼吸一下英雄们的气息。

人生是艰苦的。在不甘于平庸凡俗的人，那是一场无日无之的斗争，往往是悲惨的，没有光华的，没有幸福的，在孤独与静寂中展开的斗争。贫穷，日常的烦虑，沉重与愚蠢的劳作，压在他们身上，无益地消耗着他们的精力，没有希望，没有一道欢乐之光，大多数还彼此隔离着，连对患难中的弟兄们一援手的安慰都没有，他们不知道彼此的存在。他们只能依靠自己；可是有时连最强的人都不免在苦难中蹉跌。他们求助，求一个朋友。

为了援助他们，我才在他们周围集合一般英雄的友人，一般为了善而受苦的伟大的心灵。这些"名人传"不是向野心家的骄傲申说的，而是献给受难者的。并且实际上谁又不是受难者呢？让我们把神圣的苦痛的油膏，献给苦痛的人吧！我们在战斗中不是孤军。世界的黑暗，受着神光的烛照。即是今日，在我们近旁，我们也看到闪耀着两朵最纯洁的火焰，正义与自由：毕加大佐和蒲尔民族。即使他们不曾把浓密的黑暗一扫而空，至少他们在一闪之下已给我们指点了大路。跟着他们走吧，跟着那些散在各个国家、各个时代、孤独奋斗的人走吧。让我们来摧毁时间的阻隔，使英雄的种族再生。

我称为英雄的，并非以思想或强力称雄的人；而只是靠心灵而伟大的人。好似他们之中最伟大的一个，就是我们要叙述他的生涯的人所说的："除了仁慈以外，我不承认还有什么优越的标记。"没有伟大的品格，就没有伟大的人，甚至也没有伟大的艺术家，伟大的行动者；所有的只是些空虚的偶像，匹配下贱的群众的：时间会把他们一齐摧毁。成败又有什么相干？主要是成为伟大，而非显得伟大。

这些传记中人的生涯，几乎都是一种长期的受难。或是悲惨的命运，把他们的灵魂在肉体与精神的苦难中磨折，在贫穷与疾病的铁砧上锻炼；或是，目击同胞受着无名的羞辱与劫难，而生活为之戕害，内心为之碎裂，他们永远过着磨难的日子；他们固然由于毅力而成为伟大，可是也由于灾患而成为伟大。所以不幸的人啊！切勿过于怨叹，人类中最优秀的和你们同在。汲取他们的勇气做我们的养料吧；倘使我们太懦弱，就把我们的头枕在他们膝上休息一会吧。他们会安慰我们。在这些神圣的心灵中，有一股清明的力量和强烈的慈爱，像激流一般飞涌出来。甚至毋须探询他们的作品或倾听他们的声音，就在他们的眼里，他们的行述里，即可看到生命从没有像处于患难时那么伟大，那么丰满，那么幸福。

在此英勇的队伍内，我把首席给予坚强与纯洁的贝多芬。他在痛苦中还曾希望他的榜样能支持别的受难者，"但愿不幸的人，看到一个与他同样不幸的遭难者，不顾自然的阻碍，竭尽所能地成为一个不愧为人的人，而能藉以自慰"。经过了多少年超人的斗争与努力，克服了他的苦难，完成了他所谓"向可怜的人类吹嘘勇气"的大业之后，这位胜利的普罗米修斯，回答一个向他提及上帝的朋友时说道："噢，人啊，你当自助！"

我们对他这句豪语应当有所感悟。依着他的先例，我们应当重新鼓起对生命对人类的信仰！

（选自罗曼·罗兰著：《名人传》，译林出版社 2003 年版）

【品读作者】

罗曼·罗兰（1866—1944），法国杰出的现实主义作家、剧作家、随笔作家、社会活动家。1866 年出生于法国中部。1889 年毕业于巴黎高等师范学院史学系，后在巴黎大学教艺术史，从此开始写作。写出了一篇篇反战文章。1915 年，获诺贝尔文学奖，并将奖金全部赠送给国际红十字会和法国难民组织。一生创作了大量的戏剧、小说、传记、音乐史论著和散文等，其代表作《约翰·克利斯朵夫》于 1913 年获法兰西学院文学奖，被高尔基称为"长篇叙事诗"。

【读辟蹊泾】

此文系《名人传》序言，《名人传》是罗曼·罗兰所著《贝多芬传》、《米开朗琪罗传》和《托尔斯泰传》的合称。本书的三位传主皆极富天才，其人生丰富多彩，作品亦精深宏博，影响历经世代而不衰，罗曼·罗兰紧紧把握三人的共同之处，着力刻画其人生征途虽坎坷、困顿，仍不改初衷，以凸现其人格之崇高，情感之博大，胸襟之广阔。本文是一篇表明写作目的和宗旨的序言，又是一篇语言精简、激情洋溢、思想深邃的说理散文，与他的《贝多芬传》同样著名。

● 朗读正文

生命的五种恩赐

［美］马克·吐温 著　　王汉梁 译

（一）

在生命的黎明时分，一位仁慈的仙女带着她的篮子跑来，说："这些都是礼物，挑一样吧，把其余的留下。小心些，做出明智的抉择。哦，要做出明智的抉择哪！因为，这些礼物当中只有一样是宝贵的。"

礼物有五种：名望，爱情，财富，欢乐，死亡。少年人迫不及待地说："无需考虑了。"他挑了欢乐。

他踏进社会，寻欢作乐，沉湎其中。可是，每一次欢乐到头来都是短暂、沮丧、虚妄的。它们在行将消逝时都嘲笑他。最后，他说："这些年我都白过了。假如我能重新挑选，我一定会做出明智的抉择。"

（二）

仙女出现了，说："还剩四样礼物。再挑一次吧：哦，记住，光阴似箭。这些礼物当中只有一样是宝贵的。"

这个男人沉思良久，然后挑选了爱情。他没有觉察到仙女的眼里涌出了泪花。好多好多年以后，这个男人坐在一间空屋里守着一口棺材。他喃喃自忖道："她们一个个抛下我走了。如今，她——最亲密的，最后一个，躺在这儿了。一阵阵孤寂朝我袭来。为了那个滑头商人——爱情，卖给我的每小时欢娱，我付出了一个小时的悲伤。我从心底里诅咒它呀。"

（三）

"重新挑吧，"仙女道，"岁月无疑把你教聪明了。还剩三样礼物。记住，它们当中只有一样是有价值的，小心选择。"

这个男人沉吟良久，然后挑了名望。仙女叹了口气，扬长而去。

好些年过去后，仙女又回来了。她站在那个在暮色中独坐冥想的男人身后。她明白他的心思："我名扬全球，有口皆碑。对我来说，虽有一时之喜，但毕竟转瞬即逝！接踵而来的是忌妒，诽谤，中伤，嫉恨，迫害，然后便是嘲笑。一切的末了，则是怜悯。它是名望的葬礼。哦，出名的辛酸的悲伤啊！声名卓著时遭人唾骂，声名狼藉时受人轻蔑和怜悯。"

（四）

"再挑吧。"这是仙女的声音，"还剩两样礼物。别绝望。从一开始起，便只有一样东西是宝贵的。它还在这儿呢。""财富——即是权力！我真瞎了眼呀！"那个男人道，"现在，生命终于变得有价值了。我要挥金如土，大肆炫耀。那些惯于嘲笑和蔑视的人将匍匐在我的脚前的污泥中。我要用他们的忌妒来喂饱我饥饿的心灵。我要享受一切奢华，一切快乐，以及精神上的一切陶醉和肉体上的一切满足。这个肉体人们都视为珍宝。我要买，买！一个庸碌的人间商场所能提供的人生种种虚荣享受。我已经失去了许多时间，在这之前，都做了糊涂的选择。那时我懵然无知，尽挑那些貌似最好的东西。"

短暂的三年过去了。一天，那个男人坐在一间简陋的顶楼里瑟瑟发抖。他憔悴，苍白，双眼凹陷，衣衫褴褛。他一边咬嚼一块干面包皮，一边嘀咕道："为了那种种卑劣的事端和镀金的谎言，我要诅咒人间的一切礼物，以及一切徒有虚名的东西！它们不是礼物，只是些暂借的东西罢了。欢乐，爱情，名望，财富，都只是些暂时的伪装。它们永恒的真相是——痛苦，悲伤，羞辱，贫穷。仙女说得对。她的礼物之中只有一样是宝贵的，只有一样是有价值的。现在我知道，这些东西跟那无价之宝相比是多么可怜卑贱啊！好珍贵、甜蜜、仁厚的礼物呀！沉浸在无梦的永久酣睡之中，折磨肉体的痛苦和咬啮心灵的羞辱、悲伤，便一了百了。给我吧！我倦了；我要安息。"

（五）

仙女来了，又带来了四样礼物，独缺死亡。她说："我把它给了一个母亲的爱儿——一个小孩子。他虽懵然无知，却信任我，求我代他挑选。你没要求我替你选择啊。""哦，我真惨啊！那么留给我的是什么呢？""你只配遭受垂垂暮年的反复无常的侮辱。"

（选自楼肇明编：《世界散文诗宝典》，浙江文艺出版社1995年版。）

马克·吐温（1835—1910），出生于密西西比河畔小城汉尼拔的一个乡村贫穷律师家庭。从小出外拜师学徒，当过排字工人、密西西比河水手、南军士兵，还经营过木材业、矿业和出版业，但当记者和写作幽默文学对他影响最大。马克·吐温是美国批判现实主义文学的奠基人，世界著名的短篇小说大师。他的短篇小说《竞选州长》、《哥尔斯密的朋友再度出洋》等，以幽默、诙谐的笔法嘲笑美国"民主选举"的荒谬和"民主天堂"的本质。长篇小说《镀金时代》、《哈克贝里·费恩历险记》等，则以深沉、辛辣的笔调讽刺和揭露像瘟疫般盛行于美国的投机、拜金狂热及暗无天日的社会现实与惨无人道的种族歧视。被誉为"美国文学中的林肯"。

【读辟蹊径】

以仙女之口对人类发出怜悯的苦笑，使我们不得不惶恐地反省自己的思想。调侃式的语言中，流露出一种悲观和嘲讽的情绪。男主角饱受种种人生磨难，其中渗透着马克·吐温历经人间万象后对于人生的求索和反思：所谓的"恩赐"往往就是人生道路上的种种诱惑，选择不慎则一失足成千古恨。面对这些"恩赐"，你又会选择什么呢？

● 朗读正文

我为什么生活

[英] 罗素 著　　泰云 译

三种单纯然而极其强烈的激情支配着我的一生，那就是对于爱情的渴望，对知识的寻求，以及对于人类苦难痛彻肺腑的怜悯。这些激情犹如狂风，把我在伸展到绝望边缘的深深的苦海上东抛西掷，使我的生活没有定向。我追求爱情，首先因为它叫我销魂，爱情令人销魂的魅力使我常常乐意为了几小时这样的快乐而牺牲生活中的其他一切。我追求爱情，又因为它减轻孤独感——那种一个颤抖的灵魂望着世界边缘之外冰冷而无生命的无底深渊时所感到的可怕的孤独。

我追求爱情，还因为爱的结合使我在一种神秘的缩影中提前看到了圣者和诗人曾经想象过的天堂。这就是我所追求的，尽管人的生活似乎还不配享有它，但它毕竟是我终于找到的东西。

我以同样的热情追求知识。我想理解人类的心灵。我想了解星辰为何灿烂。我还试图弄懂毕达哥拉斯学说的力量，是这种力量使我在无常之上高踞主宰地位。我在这方面略有成就，但不多。

爱情和知识只要存在，总是向上导往天堂。但是，怜悯又总是把我带回人间。痛苦的呼喊在我心中反响、回荡。孩子们受饥荒煎熬，无辜者被压迫者折磨，孤弱无助的老人在自己的儿子眼中变成可恶的累赘，以及世上触目皆是的孤独、贫困和痛苦——这些都是对人类应该过的生活的嘲弄。我渴望能减少罪恶，可我做不到，于是我也感到痛苦。

这就是我的一生。我觉得这一生是值得活的。如果真有可能再给我一次机会，我将欣然重活一次。

[选自闻逸选编：《外国散文观止》（第一册），安徽文艺出版社 1995 年版]

异域风情

第二组　域外文情

【品读作者】

伯特兰·罗素（1872—1970），20 世纪英国哲学家、数学家、逻辑学家、历史学家，无神论或者不可知论者，也是 20 世纪西方最著名、影响最大的学者和和平主义社会活动家之一，与弗雷格、维特根斯坦和怀特海一同创建了分析哲学。他与怀特海合著的《数学原理》对逻辑学、数学、集合论、语言学和分析哲学有着巨大影响。1950 年，获得诺贝尔文学奖，以表彰其"多样且重要的作品，持续不断地追求人道主义理想和思想自由"。

【读辟蹊泾】

文章开宗明义，道出一颗赤子之心的生命自白。大师的爱与智慧随着对"爱"、"知识"、"怜悯"三方面的简约展开而流出。爱情与知识实为一体，代表理想；人类苦难代表现实。渴望爱情与追求知识均需激情，能带给人天堂般的享受，而人类苦难又引起作者的同情，使他不再一味迷乱于个人世界，而是面对社会现实。人生正是理想与现实并存，激情与理性同在。"这一生是值得活的"，既是作者对一生的总结，也是对我们活着的鼓励。无需华丽的辞藻，只要真实、流畅、朴素、简洁，即可体现燃烧的意志与澎湃的激情，本文即如此。

● **朗读正文**

对　岸

〔印〕泰戈尔 著　　郑振铎 译

我渴想到河的对岸去。

在那边，好些船只一行儿系在竹竿上；人们在早晨乘船渡过那边去，肩上扛着犁头，去耕耘他们的远处的田；在那边，牧人使他们鸣叫着的牛游泳到河旁的牧场去；黄昏的时候，他们都回家了，只留下豺狼在这满长着野草的岛上哀叫。妈妈，如果你不在意，我长大的时候，要做这渡船的船夫。

据说有好些古怪的池塘藏在这个高岸之后。

雨过去了，一群一群的野鹜飞到那里去。茂盛的芦苇在岸边四周生长，水鸟在那里生蛋；竹鸡带着跳舞的尾巴，将它们细小的足印在洁净的软泥上；黄昏的时候，长草顶着白花，邀月光在长草的波浪上浮游。

妈妈，如果你不在意，我长大的时候，要做这渡船的船夫。

我要自此岸至彼岸，渡过来，渡过去，所有村中正在那儿沐浴的男孩女孩，都要诧异地望着我。

太阳升到中天，早晨变为正午了，我将跑到你那里去，说道："妈妈，我饿了！"一天完了，影子俯伏在树底下，我便要在黄昏中回家来。

我将永不同爸爸那样，离开你到城里去作事。

妈妈，如果你不在意，我长大的时候，要做这渡船的船夫。

（选自《泰戈尔诗选》，人民文学出版社 1994 年版）

【读辟蹊泾】

《对岸》是诗集《新月集》中的一首诗，诗中以一个孩子的眼光来看待世界，以孩子丰富的想象力、朦朦胧胧的意识、纯真的感情描绘了三幅图画：淳朴无华的农庄田园，那是个可爱而又令人好奇的地方；池塘的周围，飞禽走兽，一花一草，都有生命有情趣；"对岸"是自然界的万物自由自在生长的地方,一个美丽愉快而令人神往的地方。第三部分的第一句话看似简约、平淡,实际上却惟妙惟肖地刻画了孩子内心的阵阵波澜,在同龄伙伴那种"诧异"目光的注视下,自由地渡来渡去,心里是多么的喜悦、得意神气啊!在自由自在的大地上玩耍,肚子饿了可以找妈妈,天色昏暗了可以回家,多么令人眷恋。全诗以一个儿童的口吻来描绘对岸的神奇和美丽,抒发了作者对生活、对自然、对故乡、对亲人的热爱。

● 朗读正文

暴风雨
——大自然的启示

[意] 拉法埃莱·费拉里斯 著　　李国庆 译

闷热的夜,令人窒息,我辗转不寐。窗外,一道道闪电划破漆黑的夜幕,沉闷的雷声如同大炮轰鸣,使人悸恐。

一道闪光,一声清脆的霹雳,接着便下起瓢泼大雨。宛如天神听到信号,撕开天幕,把天河之水倾注到人间。

狂风咆哮着,猛地把门打开,摔在墙上。烟囱发出呜呜的声响,犹如在黑夜中抽咽。

大雨猛烈地敲打着屋顶,冲击着玻璃,奏出激动人心的乐章。

一小股雨水从天窗悄悄地爬进来,缓缓地蠕动着,在天花板上留下弯弯曲曲的足迹。

不一会,铿锵的乐曲转为节奏单一的旋律,那优柔、甜蜜的催眠曲,抚慰着沉睡人儿的疲惫躯体。

从窗外射进来的第一束光线报道了人间的黎明。碧空中飘浮着朵朵的白云,在和煦的微风中翩然起舞,把蔚蓝色的天空擦拭得更加明亮。

鸟儿唱着欢乐的歌,迎接着喷薄欲出的朝阳;被暴风雨压弯了腰的花草儿伸着懒腰,宛如刚从梦中苏醒;偎依在花瓣、绿叶上的水珠,金光闪闪,如同珍珠闪烁着光华。

常年积雪的阿尔卑斯山迎着朝霞,披上玫瑰色的丽装;远处的村舍闪闪发亮,犹如姑娘送出的秋波,使人心潮激荡。

江山似锦,风景如画,艳丽的玫瑰花散发出阵阵芳香。

绮丽华美的春色啊,你是多么美好!

昨晚,狂暴的大自然似乎要把整个人间毁灭,而它带来的却是更加绚丽的早晨。

有时,人们受到种种局限,只看到事物的一个方面,而忽略了大自然整体那无与伦比的和谐的美。

(选自杜纾、杨宗、丁海宴、邱志军等主编:《世界散文诗鉴赏大词典》,北京广播学院出版社1992年版)

【品读作者】

作者生平不详,意大利作家。

【读辟蹊泾】

将自然界的两种美：雄壮之美和柔和之美形成鲜明的对比，达到一种视觉、听觉的强烈反差，使读者深刻地体会到作者对暴风雨的喜爱！而这两种美之间又是那样的密切：没有昨夜的暴风雨，今天的柔和之美体会可能就没有那么深刻；没有今天的柔和之美，昨夜的暴风雨也就没有那么壮美了。我们也能得到阳光总在风雨后的生命感悟，意识到事物有阴暗又有光明，但终究会走向光明。而这阴暗与光明的对立变化，才是世界辩证和谐的美。

● 朗读正文

雏 菊

[法] 雨果 著　　沈宝基 译

前几天我经过文宪路，一座联结两处六层高楼的木栅栏引起我的注意。它投影在路面上，透过拼合得不严紧的木板，阳光在影上画线，吸引人的平行金色条纹，像文艺复兴时期美丽的黑缎上所见的。我走近前去，往板缝里观看。

这座栅栏今天所围住的，是两年前，一八三九年六月被焚毁的滑稽歌舞剧院的场地。

午后两时，烈日炎炎，路上空无人迹。

一扇灰色的门，大概是单扇门，两边隆起中间凹下，还带着洛可可式的装饰，可能是百年前爱俏的年轻女子的闺门，正安装在栅栏上。只要稍稍提起插栓就开了。我走了进去。

凄凄惨惨，无比荒凉。满地泥灰，到处是大石块，曾经加过粗工的被遗弃在那里等待，苍白如墓石，发霉像废墟。场里没有人。邻近的房屋墙上留有明显的火焰与浓烟的痕迹。

可是，这块土地，火灾以后已遭受两个春天的连续毁坏，在它的梯形的一隅，在一块正在变绿的巨石下面，延伸着埋葬虫与蜈蚣的地下室。巨石后面的阴暗处，长出了一些小草。

我坐在石上俯视这棵植物。

天啊！就在那里长出一棵世界上最美丽的小小的雏菊，一个小小的，可爱的飞虫绕着雏菊娇艳地来回飞舞。

这朵草花安静地生长，并遵循大自然的美好的规律，在泥土中，在巴黎中心，在两条街道之间，离王宫广场两步，离骑兵竞技场四步，在行人、店铺、出租马车、公共马车和国王的四轮华丽马车之间，这朵花，这朵临近街道的田野之花激起我无穷无尽的遐想。

十年前，谁能预见日后有一天在那里会长出一朵雏菊！

如果说在这原址上，如像旁边的地面上一样，从没有别的什么，只有许多房屋，就是说房产业主，房客和看门人，以及夜晚临睡前小心翼翼地灭烛熄灯的居民，那么这里绝对不会长出田野的花。

这朵花凝结了多少事物，多少失败和成功的演出，多少破产的人家，多少意外的事故，多少奇遇，多少突然降临的灾难！对于每晚被吸引到这里来生活的我们这帮人，如果两年前眼中出现这朵花，这帮人骇然会把它当作幽灵！命运是多么作弄人的迷宫，多少神秘的安排，归根结底，终于化为这洁光四射的，悦目的小小黄太阳！

必须先要有一座剧院和一场火灾，即一个城市的欢乐和一个城市的恐怖，一个是人类最优美的发明，一个是最可怕的天灾，30年的狂笑和30小时的滚滚火焰，才生长出这朵雏菊，赢得这飞虫的喜悦！

对善于观察的人来说，最渺小的事物往往就是最重大的事物。

（选自祝勇主编：《外国散文精品文库·自然记·花未眠》，中国国际广播出版社2007年版）

【品读作者】

维克多·雨果（1802—1885），法国作家，浪漫主义文学的代表，出生于法国贝桑松，父亲是拿破仑麾下的一位将军，儿时随父在西班牙驻军，十岁回巴黎上学，中学毕业进入法学院学习，但是他的兴趣在于写作。二十岁时出版了诗集《颂诗集》，因其歌颂波旁王朝复辟，获路易十八赏赐，之后写了大量异国情调的诗歌。1841年被选为法兰西学院院士，1851年拿破仑三世称帝，雨果奋起反对而被迫流亡国外，流亡期间写下一部政治讽刺诗《惩罚集》。雨果一生著作很多，涉及文学所有领域，死后法国举国志哀，被安葬在聚集法国名人纪念牌的"先贤祠"。

【读辟蹊泾】

雏菊本是"田野之花"，本应静静地生长在田野上，但此刻却在巴黎中心的街道之间出现，离辉煌的王宫广场、威武的骑兵竞技场和车水马龙般繁杂的热闹场景只有几步之遥。这一朵平凡娇小的雏菊，凝结了城市的沧桑巨变，反映出命运的变化无常、大自然的神秘安排，寄寓了作者对自然、历史、生命的深沉思索。这种沉思完全是诗意的，又完全是哲学的。

● 朗读正文

秋天的日落

［美］梭罗 著　　高健 译

最近十一月的一天，我们目睹了一个极其美丽的日落。当我们像平时一样漫步于一道小溪发源处的草地之上，那高空的太阳，终于在一个凄苦的寒天之后、暮夕之前，突于天际骤放澄明。这时，但见远方天幕下的衰草残茎，山边的木叶橡丛，顿时沉浸在一片最柔美也最耀眼的绮照之中。而我们自己的身影也长长地伸向草地的东方，仿佛是那缕斜晕中仅有的点点微尘。周围的风物是那么妍美，一晌之前还是难以想象，空气也是那么和暖纯净，一时这普通草原实在无异于天上景象。但是当我想到眼前之景又岂必是绝不经见的特殊奇观？说不定自有天日以来，每个暮夕便都是如此，因而连跑动在这里的幼小孩童也会觉得自在欣悦。想到这些，这幅景象也就益发显得壮丽。

此刻那落日的余晕正以它全部的灿烂与辉煌，并不分城市还是乡村，甚至以往日也少见的艳丽，尽情斜映在一带境远地僻的草地之上；这里没有一间房舍——茫茫之中只瞥见一头孤零零的沼鹰，背羽上染尽了金黄同一只麝香鼠正探头穴外，另外在沼泽之间望见了一股水色黝黑的小溪，蜿蜒曲折，绕行于一堆残株败根之旁。我们漫步于其中的光照，是这样的纯美与熠耀，满目哀草枯叶，一片金黄，晃晃之中又是这般柔和恬静，没有一丝涟漪，一息咽鸣。我想我从来不曾沐浴于这么幽美的金色光波。西望林薮丘岗之际，彩焕灿然，恍若仙境边陲一般，而我们背后的秋阳，仿佛一个慈祥的牧人，正趁薄暮时分，赶送我们归去。

我们在踯躅于圣地的历程当中也是这样。总有一天，太阳的光辉会照耀得更加妍丽，会照射进我们的心扉灵府之中，会使我们的生涯充满了更大彻悟的奇妙光照，其温煦、恬淡与金光熠耀，恰似一个秋日的岸边那样。

（选自高健编译：《美国散文选》，北岳文艺出版社 1989 年版）

【品读作者】

亨利·戴维·梭罗（1817—1862），美国作家、哲学家。出生于马萨诸塞州的康科德，1837 年毕业于哈佛大学。著名论文《公民的不服从权利》影响了托尔斯泰和圣雄甘地。1845 年 7 月 4 日移居到瓦尔登湖畔的次生林里，尝试过一种简单的隐居生活。于 1854 年出版散文集《瓦尔登湖》，后因肺病死于康科德城。

【读辟蹊泾】

这是一篇优美的写景说理文章。借对秋天草地上日落时分大自然柔和恬静的景物描写来阐释自己对于人生的理解。在赞美大自然的同时，讴歌了真理的光芒无私和博爱。"秋日的岸边"，恰到好处地说明了这是一次"心灵的漫步"，感悟到生命庄重和肃穆的同时学会摒弃所有的烦躁，审视人生。

● 朗读正文　　　　　　　　　　美之歌

［黎巴嫩］纪伯伦 著　　　　仲跻昆 译

我是爱情的向导，是精神的美酒，是心灵的佳肴。我是一朵玫瑰，迎着晨曦，敞开心扉，于是少女把我摘下枝头，吻着我，把我戴上了她的胸口。

我是幸福的家园，是欢乐的源泉，是舒适的开端。我是姑娘樱唇上的嫣然一笑，小伙子见到我，刹时把疲劳和苦恼都抛到九霄云外，而使自己的生活变成美好的梦想的舞台。

我给诗人以灵感，我为画家指南，我是音乐家的教员。

我是孩子回眸的笑眼，慈爱的母亲一见，不禁顶礼膜拜，赞美上帝，感谢苍天。

我借夏娃的躯体，显现在亚当面前，并使他变得好似我的奴仆一般；我在所罗门王面前，幻化成佳丽使之倾心，从而使他成了贤哲和诗人。

我向海伦莞尔一笑，于是特洛伊成了废墟一片；我给克娄巴特拉戴上王冠，于是尼罗河谷地变得处处是欢歌笑语，生机盎然。

我是造化，人世沧桑由我安排；我是上帝，生死存亡归我主宰。

我温柔时，胜过紫罗兰的馥郁；我粗暴时，赛过狂风骤雨。

人们啊！我是真理，我是真理啊！你们要把这一点牢记在心里。

［选自伊宏主编：《纪伯伦全集》（上），甘肃人民出版社1994年版］

【品读作者】

卡里·纪伯伦（1883—1931），生于黎巴嫩北部山乡卜舍里。十二岁时随母去美国波士顿。两年后回到祖国，进贝鲁特"希克玛（睿智）"学校学习阿拉伯语、法文和绘画。学习期间，曾创办《真理》杂志，态度激进。1908年发表小说《叛逆的灵魂》，激怒当局，被逐，再次前往美国。后去法国，在巴黎艺术学院学习绘画和雕塑，曾得到艺术大师罗丹的奖掖。1911年重返波士顿，次年迁往纽约从事文学艺术创作活动，直至逝世。著有散文诗集《泪与笑》、《先知》、《沙与沫》等。作为哲理诗人和杰出的画家，和泰戈尔一样都是"站在东西方文化桥梁上的巨人"，有"上帝的先知于其身复活"美誉。同时，以他为中坚形成的阿拉伯第一个文学流派——叙美派（即"阿拉伯侨民文学"）闻名全球。

【读辟蹊径】

《美之歌》选自1913年出版的散文诗集《泪与笑》。与《浪之歌》、《雨之歌》、《花之歌》、《幸福之歌》组成《组歌》。诗人把美当成上帝、真理。认为她无所不包、无处不在，可主宰生死存亡，可令你获得爱情、灵感，可使人变得聪明、美丽，净化人的心灵，使社会变得崇高起来。同时，她也可"赛过狂风暴雨"，摧毁一切。诗人在这里不是在演绎哲理命题，而是用艺术的散文诗形式和优美语言，形象地阐述美的作用与意义。全诗一气呵成，行文华丽、流畅而富有音乐性。

● 朗读正文

花之歌

［黎巴嫩］纪伯伦 著　　　仲跻昆 译

我是大自然的话语，大自然说出来，又收回去，把它藏在心间，然后又说一遍……

我是星星，从苍穹坠落在绿茵中。

我是诸元素之女：冬将我孕育，春使我开放，夏让我成长，秋令我昏昏睡去。

我是亲友之间交往的礼品；我是婚礼的冠冕；我是生者赠与死者最后的祭献。

清早，我同晨风一道将光明欢迎；傍晚，我又与群鸟一起为它送行。

我在原野上摇曳，使原野风光更加旖旎；我在清风中呼吸，使清风芬芳馥郁。我微睡时，黑夜星空的千万颗亮晶晶的眼睛对我察看；我醒来时，白昼的那只硕大无比的独眼向我凝视。

我饮着朝露酿成的琼浆，听着小鸟的鸣啭、歌唱；我婆娑起舞，芳草为我鼓掌。我总是仰望高空，对光明心驰神往；我从不顾影自怜，也不孤芳自赏。而这些哲理，人类尚未完全领悟。

［选自伊宏主编：《纪伯伦全集》（上），甘肃人民出版社1994年版］

【读辟蹊径】

《花之歌》是纪伯伦散文诗《组歌》中的一首，诗人用花的语言来叙述大自然的话语，文中尽显"纪伯伦风格"中的轻柔、凝练、隽秀与清新，构建了一幅大自然活生生的图画。图画中有诗意的浪漫，也有现实的真实，有花的成长芬芳，也有花的凋谢祭献；人生如花，有开有谢。

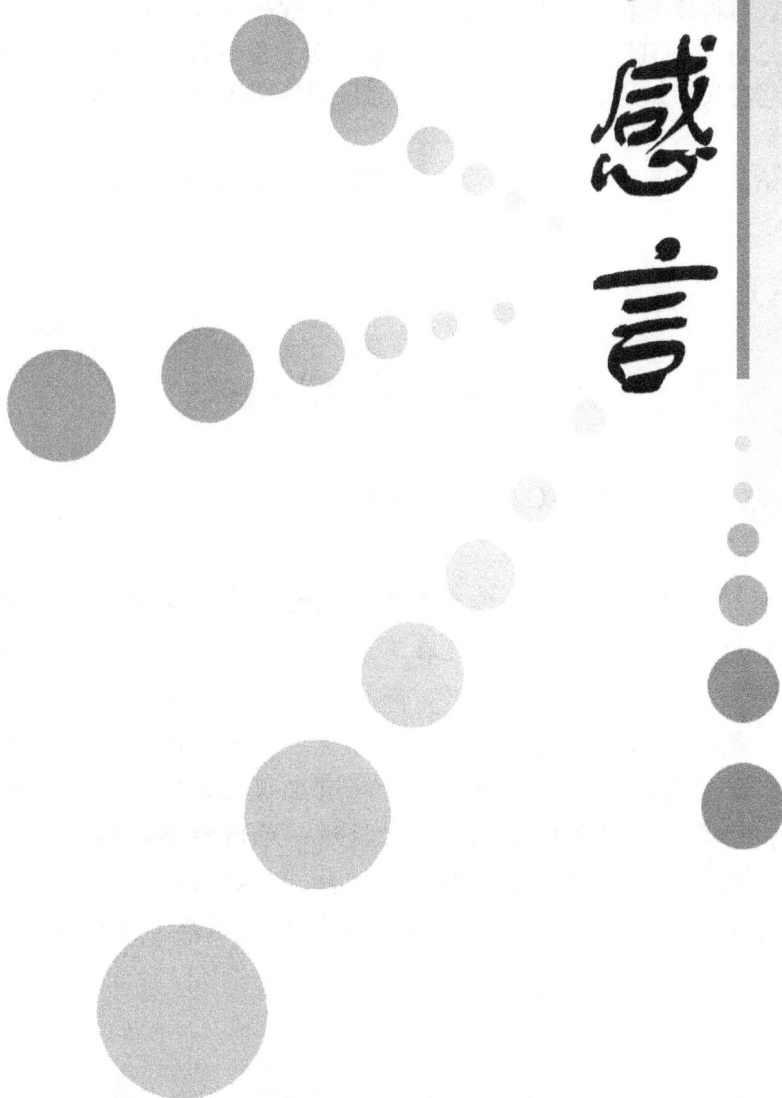

治学感言

读无定法， 贵在得法

自古重读书，读书必有法。古今中外硕学博儒无不如此：南北朝颜氏家族，教读有方，历百年而不衰；南宋朱熹读书有法，终成一代大儒；晚清重臣曾国藩以读为训，子女有成，人才辈出。以上诸家博览群书，治学有得，无不读书有法。近代以来，大师辈出：梁启超、陈垣、冯友兰、叶圣陶、朱光潜、缪钺等人，均以读书有法，方能学贯中西。其法虽多，然殊途同归：读书贵精不在多，学贵专不在广。西方学术虽与中土颇有异同，然他山之石，亦可攻玉也。

当今学子颇有博览群书者，多以炫学耀博为能，实不知书也。现有治学篇，节选古今中外学者读书经验方法以供诸生借鉴。或介绍其读书方法，或阐述其读书理念，或谈论其治学经验，不一而足。先授人以渔，示以读书门径，继之以记读书笔记之法：或摘抄名言锦句，此为青年学子初读书时之方法，见文中文采华丽之句，心好之，随手抄录；或评论其写作得失，如王瑶之读书笔记，皆评论古人诗文之妙处；或抒发一己之心得，如《国学入门书目及其读法》即是作者将平时读国学书目之看法行之于文，以供青年读者参考，再将读书心得形成科研教研论文；或赏析具体作品，如《春江花月夜》之赏析，以"春"、"江"、"花"、"月"、"夜"等意象逐句展开分析，属于串讲法；或比较其优劣得失，如《论宋诗》析唐宋诗之区别为"唐诗以情韵胜，宋诗以义理胜"，至为精当。

方法、笔记、论文，三者环环相扣，读书理论和写作实践相结合，以期能收拨云雾而睹青天之效。

第一组　读书理念

● 朗读正文　　　　　　　论读书（节选）
熊十力

凡读书者，须有主观方面之采获，有客观方面之探求。先言主观。读者胸中预有规模，有计划，则任读何书，随在有足供吾之触类而融通者。若无规模，无计划，而茫然读古人书。读一书，即死守一书之文义。读两书，即死守两书之文义。是谓书蠹，何关学问？次论客观。某一学派之大著，必自有其独到之精神，必自有其独立之系统。读者既有主观之采获，遂谓得彼之真，窥彼之全也，于是，必以主蔽客也。故必摒除一己所触类融通者，而对彼之宏纲众目，为纯客观之探求，方见吾与彼之异，及吾与彼，并其他诸家之异。益征理道无穷，宇宙无量，而免入混乱或管窥之诮矣。吾任读何书，只是如此。

之二

吾尝言，今日治哲学者，于中国、印度、西洋三方面，必不可偏废，《十力语要》卷一，《答薛生书》已言及此。此意容当别论。佛家于内心之照察，与人生之体验，宇宙之解析，真理之证会，此云真理，即谓实体。皆有其特殊独到处。即其注重逻辑之精神，于中土所偏，尤堪匡救。中国学问，何故不尚逻辑？《语要》卷一，时有所明。但言简意赅，恐读者忽而不察。自大法东来，什、肇、奘、基，既尽吸收之能，后详。华、台宗门，皆成创造之业。华严、天台、禅家，各立宗派，虽义本大乘，而实皆中土创造。魏、晋融佛于三玄，虽失则纵，非佛之过，曹魏流荡之余毒也。光武惩新莽之变，以名教束士人。其后，士相党附而饰节义，固已外强中干。曹氏父子怀篡夺之志，务反名教。操求不仁不孝而有术略者，丕、植兄弟以文学宏奖风流，士薄防检，而中无实质，以空文相煽，而中夏始为胡。又自此而有所谓名士一流，其风迄今未已，华胄之不竞，有以也哉！宋、明融佛于四子，虽失则迂，非佛之过，东汉名教之流弊也。宋承五代之错乱，故孙、石、程、张、司马、文、范诸公，复兴东汉名教，南渡诸儒继之，明儒尚守其风。若陆子静兄弟，及邓牧、王船山、黄黎洲诸儒，皆有民治思想，则其说亦不足行于世。揆之往事，中人融会印度佛家思想，常因缘会多违，而未善其用。今自西洋文化东来，而我科学未兴，物质未启，顾乃猖狂从欲，自取覆亡。使吾果怀自存，而且为全人类幸福计者，则导欲从理，而情莫不畅，人皆发展其占有冲动，终古黑暗，而无合理的生活，如何勿悲！本心宰物，而用无不利，现代人之生活，只努力物质的追求，而忽略自心之修养，贪瞋痴发展，占有冲动发展，心为物役，而成人相食之局。直不知有自心，不曾于自心作过照察的工夫。异生皆适于性海，异生，犹言众生，性者，万物之一源，故喻如海，见《华严》。人皆见性，即皆相得于一体，而各泯为己之私，世乃大同。人类各足于分愿，大同之世，人人以善道相与，而无相攘夺，故分愿各足也。其必有待中、印、西洋三方思想之调和，而为未来世界新文化植其根，然则佛学顾可废而不讲欤？此意，容当别为专论。

印度佛学，亡绝已久，今欲求佛学之真，必于中国。东土多大乘根器，佛有悬记，征验不爽。奈何今之人，一切自鄙夷其所固有，辄疑中土佛书，犹不足据。不知吾国佛书，虽浩如烟海，但从大体言之，仍以性相两宗典籍为主要，其数量亦最多。性宗典籍，则由什师主译；相宗典籍，则由奘师主译。奘师留印年久，又值佛法正盛，而乃博访师资，遍治群学，精通三藏，印度人尊之为大乘天，史实具在，岂堪诬蔑。不信奘师，而将谁信？奘师译书，选择甚精，不唯大乘也，小宗谈有者，其巨典已备译，即胜论之《十句论》亦译出。唯小空传译较少，然小空最胜者，莫如《成实论》，什师已译，故奘师于此方面可省也。什师产于天竺，博学多通，深穷大乘，神智幽远，靡得而称。弘化东来，于皇汉语文，无不精谙深造。本传云："自大法东来，始汉历晋，经论渐多。而支、竺所出，多滞文格义。什既至止，姚兴请译众经。什既率多谙诵，无不究尽，转能汉言，音译流便。既览旧经，义多纰缪，皆由先译失旨，不与梵本相应。姚兴使僧肇等八百余人，谘受什旨，凡所出经论，三百余卷。临终，自云：'今于众前，发诚实誓，若所传无谬者，当使焚身之后，舌不焦烂。'及焚尸已，薪灭形碎，唯舌不灰。"详此所云，什师既能汉语，又于译事，备极忠实，观其临终之词，可谓信誓旦旦。又《远法师传》，称什师见所著《法性论》叹曰："边国人未有经，什以印度为中，故称中夏为边。便暗与理合，岂不妙哉。"又《肇法师传》云，著《般若无知论》，什览之曰："吾解不谢子，文当相揖耳！"夫远、肇二师之文，古今能读者无几，而什师能欣赏焉，其于汉文深造可知。

（选自郭齐勇编：《存斋论学集》，生活·读书·新知三联书店 2008 年版）

【品读作者】

熊十力（1885—1968），原名继智、升恒、定中，号子真、逸翁，晚年号漆园老人，湖北省黄冈人。著名哲学家，新儒家开山祖师，国学大师。

【读辟蹊泾】

读书须有计划性和目的性，取我所需，同时，要冷静客观地分析他人书中之成败得失。

● 朗读正文

论读书

林语堂

本篇演讲只是谈谈本人对于读书的意见，并不是要训勉青年，亦非敢指导青年。所以不敢训勉青年有两种理由：第一，因为近来常听见贪官污吏到学校致训词，叫学生须有志操，有气节，有廉耻；也有卖国官僚到大学演讲，劝学生要坚忍卓绝，做富贵不能淫，威武不能屈的大丈夫。暗讽时事。不幸的是这样的事如今也一样发生。孟子曰，人之患在好为人师。料想战国的土豪劣绅亦必好训勉当时的青年，所以激起孟子这样不平的话。第二，读书没有什么可以训勉。世上会读书的人，都是书拿起来自己会读。不会读书的人，亦不会因为指导而变为会读。譬如数学，出五个问题叫学生去做，会做的人是自己脑里做出来的，并非教员教他做出，不会做的人经教员指导，这一题虽然做出，下一题仍旧非指导不可，数学并不会因此高明起来。我所要讲的话于你们本会读书的人，没有什么补助，于你们不会读书的人，也不会使你们变为善读书。所以今日谈谈，亦只是谈谈而已。

读书本是一种心灵的活动，向来算为清高。说破读书本质，"心灵"而已。"万般皆下品，惟有读书高。"所以读书向称为雅事乐事。但是现在雅事乐事已经不雅不乐了。今天读书，或为取资格，得学位，在男为娶美女，在女为嫁贤婿；或为做老爷，踢屁股；或为求爵禄，刮地皮；或为做走狗，拟宣言；或为写讣闻，做贺联；或为当文牍，抄账簿；或为做相士，占八卦；或为做塾师，骗小孩……诸如此类，都是借读书之名，取利禄之实，皆非读书本旨。亦有人拿父母的钱，上大学，跑百米，拿一块大银盾回家，在我是看不起的，因为这似乎亦非读书的本旨。读书本旨湮没于求名利之心中，可悲。可惜现在也一样。

今日所谈，亦非指学堂中的读书，亦非指读教授所指定的功课，在学校读书有四不可。（一）所读非书。学校专读教科书，而教科书并不是真正的书。今日大学毕业的人所读的书极其有限。然而读一部小说概论，到底不如读《三国》、《水浒》；读一部历史教科书，不如读《史记》。（二）无书可读。因为图书馆存书不多，可读的书极有限。（三）不许读书。因为在课室看书，有犯校规，例所不许。倘是一人自晨至晚上课，则等于自晨至晚被监禁起来，不许读书。（四）书读不好。因为处处受训导处干涉，毛孔骨节，皆不爽快。且学校所教非慎思明辨之学，乃记问之学。记问之学不足为人师，《礼记》早已说过。书上怎样说，你便怎样答，一字不错，叫做记问之学。倘是你能猜中教员心中要你如何答法，照样答出，便得一百分，于是沾沾自喜，自以为西洋历史你知道一百分，其实西洋历史你何尝知道百分之一。学堂所以非注重记问之学不可，是因为便于考试。如拿破仑生卒年月，形容词共有几种，这些不必用头脑，只需强记，然学校考试极其便当，差一年可扣一分；然而事实上于学问无补，你们的教员，也都记不得。要用时自可在百科全书上去查。又如罗马帝国之亡，三大原因，书上这样讲，你们照样记，然而事实上问题极复杂。有人说罗马帝国之亡，是亡于蚊子（传布寒热疟），这是书上所无的。在学校读过书者，皆当会心而笑。然想到教科书规范头脑，湮塞性灵，却又堪哭。

今日所谈的是自由的看书读书，无论是在校，离校，做教员，做学生，做商人，做政客有闲必读书。这种的读书，所以开茅塞，除鄙见，得新知，增学问，广识见，养性灵。人之初生，都是好学好问，及其长成，受种种的俗见俗闻所蔽，毛孔骨节，如有一层包膜，失了聪明，逐渐顽腐。读书便是将此层蔽塞聪明的包膜剥下。能将此层剥下，才是读书人。点明读书要能破俗见陋习，复人之灵性。对死读书本固持陈念之人一段讥讽，令人心惊警惕。盖我们也未尝不有鄙俗之时。并且要时时读书，不然便会鄙吝复萌，顽见俗见生满身上，一人的落伍、迂腐、冬烘，就是不肯时时读书所致。所以读书的意义，是使人较虚心，较通达，不固陋，不偏执。一人在世上，对于学问是这样的：幼时认为什么都不懂，大学时自认为什么都懂，毕业后才知道什么都不懂，中年又以为什么都懂，到晚年才觉悟一切都不懂。大学生自以为心理学他也念过，历史地理他亦念过，经济科学也都念过，世界文学艺术声光化电，他也念过，所以什么都懂，毕业以后，人家问他国际联盟在哪里，他说"我书上未念过"，人家又问法西斯蒂在意大利成绩如何，他也说"我书上未念过"，所以觉得什么都不懂。到了中年，许多人娶妻生子，造洋楼，有身分，做名流，戴眼镜，留胡子，拿洋棍，沾沾自喜，那时他的世界已经固定了：女子放胸是不道德，剪发亦不道德，社会主义就是共产党，读《马氏文通》是反动，节制生育是亡种逆天，提倡白话是亡国之先兆，《孝经》是孔子写的，大禹必有其人，……意见非常之多而且确定不移，所以又是什么都懂。其实是此种人久不读书，鄙吝复萌所致。此种人不可与深谈。但亦有常读书的人，老当益壮，其思想每每比青年急进，就是能时时读书所以心灵不曾化石，变为古董。

读书的主旨在于排脱俗气。黄山谷谓人不读书便语言无味，面目可憎。须知世上语言无味面目可憎的人很多，不但商界政界如此，学府中亦颇多此种人。然语言无味，面目可憎在官僚商贾则无妨，在读书人是不合理的。所谓面目可憎，不可作面孔不漂亮解，因为并非不能奉承人家，排出笑脸，所以"可憎"；胁肩谄笑，面孔漂亮，便是"可爱"。若欲求美男子小白脸，尽可于跑狗场、跳舞场，及政府衙门中求之。有漂亮脸孔，说漂亮话的政客，未必便面目不可憎。读书与面孔漂亮没有关系，因为书籍并不是雪花膏，读了便会增加你的容辉。所以面目可憎不可憎，在你如何看法。有人看美人专看脸蛋，凡有鹅脸柳眉皓齿朱唇都叫做美人。但是识趣的人若李笠翁看美人专看风韵，笠翁所谓三分容貌有姿态等于六七分，六七分容貌乏姿态等于三四分。有人面目平常，然而谈起话来，使你觉得可爱；也有满脸脂粉的摩登伽，洋囡囡，做花瓶，做客厅装饰甚好，但一与交谈，风韵全无，便觉得索然无味。"风韵"二字读书而来。性灵可决定面目，此处也说的这个道理。黄山谷所谓面目可憎不可憎亦只是指读书人之议论风采说法。若浮生六记的芸，虽非西施面目，并且前齿微露，我却觉得是中国第一美人。男子也是如是看法。章太炎脸孔虽不漂亮，王国维虽有一条辫子，但是他们是有风韵的，不是语言无味面目可憎的。简直可认为可爱。亦有漂亮政客，做武人的兔子姨太太，说话虽漂亮，听了却令人作呕三日。

至于语言无味（着重"味"字），都全看你所读是什么书及读书的方法。读书读出味来，语言自然有味，语言有味，做出文章亦必有味。有人读书读了半世，亦读不出什么味儿来，都是因为读不合的书，及不得其读法。读书须先知味。读书知味，世上多少强读人，听到此语否？这味字，是读书的关键。所谓味，是不可捉摸的，一人有一人胃口，各不相同，所好的味亦异，所以必先知其所好，始能读出味来。有人自幼嚼书本，老大不能通一经，便是食古不化勉强读书所致。袁中郎所谓读所好之书，所不好之书可让他人读之，这是知味的读法。若必强读，消化不来，必生疳积胃滞诸病。

口之于味，不可强同，不能因我的所嗜好以强人。先生不能以其所好强学生去读。父亲亦不得以其所好强儿子去读。所以书不可强读，强读必无效，反而有害，这是读书之第一义。有愚人请人开一张必读书目，硬着头皮咬着牙根去读，殊不知读书须求气质相合。人之气质各有不同，英人俗语所谓"在一人吃来是补品，在他人吃来是毒质"。因为听说某书是名著，因为，要做通人，硬着头皮去读，结果必毫无所得。过后思之，如作一场恶梦。甚且终身视读书为畏途，提起书名来便头痛。小时候若非有随时扔掉不喜之书之权，亦几乎堕入此道矣！萧伯纳说许多英国人终身不看莎士比亚，就是因为幼年塾师强迫背诵种下的果。许多人离校以后，终身不再看诗，不看历史，亦是旨趣未到学校迫其必修所致。

　　所以读书不可勉强，因为学问思想是慢慢胚胎滋长出来。其滋长自有滋长的道理，如草木之荣枯，河流之转向，各有其自然之势。逆势必无成就。树木的南枝遮荫，自会向北枝发展，否则枯槁以待毙。河流遇了矶石悬崖，也会转向，不是硬冲，只要顺势流下，总有流入东海之一日。世上无人人必读之书，只有在某时某地某种心境不得不读之书。警句，有你所应读，我所万不可读，有此时可读，彼时不可读，即使有必读之书，亦决非此时此刻所必读。见解未到，必不可读，思想发育程度未到，亦不可读。孔子说五十可以学《易》，便是说四十五岁时尚不可读《易经》。刘知几少读古文《尚书》，挨打亦读不来，后听同学读《左传》，甚好之，求授《左传》，乃易成诵。《庄子》本是必读之书，然假使读《庄子》觉得索然无味，只好放弃，过了几年再读。对《庄子》感觉兴味，然后读《庄子》，对《马克斯》感觉兴味，然后读《马克斯》。读书要等兴味来，若有不喜欢之书，搁下几年，未尝不变做喜欢，于我心有戚戚焉。

　　且同一本书，同一读者，一时可读出一时之味道出来。其景况适如看一名人相片，或读名人文章，未见面时，是一种味道，见了面交谈之后，再看其相片，或读其文章，自有另外一层深切的理会。或是与其人绝交以后，看其照片，读其文章，亦另有一番味道。四十学《易》是一种味道，五十而学《易》，又是一种味道。所以凡是好书都值得重读的。自己见解愈深，学问愈进，愈读得出味道来。譬如我此时重读 Lamb 的论文，比幼时所读全然不同，幼时虽觉其文章有趣，没有真正魂灵的接触，未深知其文之佳境所在。一人背痛，再去读范增的传，始觉趣味。

　　由是可知读书有二方面，一是作者，一是读者。程子谓《论语》读者有此等人与彼等人，有读了全然无事者；亦有读了不知手之舞足之蹈之者。所以读书必以气质相近，而凡人读书必找一位同调的先贤，一位气质与你相近的作家，作为老师，这是所谓读书必须得力一家。若单就读书，得力一家，失之于简率。然林语堂意思是要人找到师法对象，全心投入、气质浸润。此

第一组　读书理念

治学感言

即读书以"情"读和以"智"读之区别。不可昏头昏脑，听人戏弄，庄子亦好，荀子亦好，苏东坡亦好，程伊川亦好。一人同时爱庄荀，或同时爱苏程是不可能的事。找到思想相近之作家，找到文学上之情人，心胸中感觉万分痛快，而魂灵上发生猛烈影响，如春雷一鸣，蚕卵孵出，得一新生命，入一新世界。George Eliot 自叙读《卢骚自传》，如触电一般。尼采师叔本华、萧伯纳师易卜生，虽皆非及门弟子，而思想相承，影响极大。当二子读叔本华、易卜生时，思想上起了大影响，是其思想萌芽学问生根之始。因为气质性灵相近，所以乐此不疲，流连忘返，流连忘返，始可深入，深入后，如受春风化雨之赐，欣欣向荣，学业大进。

　　谁是气质与你相近的先贤，只有你知道，也无需人家指导，更无人能勉强，你找到这样一位作家，自会一见如故，苏东坡初读《庄子》，如有胸中久积的话，被他说出，袁中郎夜读徐文长诗，叫唤起来，叫复读，读复叫，便是此理。这与"一见倾心"之性爱同一道理。你遇到这样作家，自会恨相见太晚。一人必有一人中意的作家，各人自己去找去，找到了文学上的爱人，"文学上的爱人"，奇语，但极有道理。读书若无爱情，如强迫婚姻，终究无效。他自会有魔力吸引你，而你也乐自为所吸，甚至声音相貌，一颦一笑，亦渐与相似，这样浸润其中，自然获益不少，将来年事渐长，厌此情人，再找别的情人，到了经过两三个情人，或是四五个情人，大概你自己也已受了熏陶不浅，思想已经成熟，自己也就成了一位作家。若找不到情人，东览西阅，所读的未必能沁入魂灵深处，便是逢场作戏，逢场作戏，不会有心得，学问不会有成就。

　　知道情人滋味便知道"苦学"二字是骗人的话。"苦学"误人！只可惜读教科书，却非苦学不可。然如能从浸润各色奇书来长己之才智，未必不能过考卷关。学者每为"苦学"或"困学"二字所误。读书成名的人，只有乐，没有苦。据说古人读书有追月法、刺股法、又丫头监读法。其实都是很笨。读书无兴味，昏昏欲睡，始拿锥子在股上刺一下，这是愚不可当。一人书本摆在面前，有中外贤人向你说极精彩的话，尚且想睡觉，便应当去睡觉，刺股亦无益。叫丫头陪读，等打盹时唤醒你，已是下流，亦应去睡觉，不应读书。而且此法极不卫生，不睡觉，只有读坏身体，不会读出书的精彩来。若已读出书的精彩来，便不想睡觉，故无丫头唤醒之必要。刻苦耐劳，淬励奋勉是应该的，但不应视读书为苦。视读书为苦，第一着已走了错路。天下读书成名的人皆以读书为乐；汝以为苦，彼却沉湎以为至乐。比如一人打麻将，或如人挟妓冶游，流连忘返，寝食俱废，始读出书来。以我所知国文好的学生，都是偷看几百万言的《三国》《水浒》而来，决不是一学年读五十六页文选，国文会读好的。试问在偷读《三国》《水浒》之人，读书有什么苦处？何尝算页数？好学的人，是书无所不窥，窥就是偷看。于书无所不偷看的人，大概学会成名。

有人读书必装腔作势，或嫌板凳太硬，或嫌光线太弱，这都是读书未入门路，未觉兴味所致。有人做不出文章，怪房间冷，恐蚊子多，怪稿纸发光，怪马路上电车声音太嘈杂，其实都是因为文思不来，写一句，停一句。一人不好读书，总有种种理由。"春天不是读书天，夏日炎炎最好眠，等到秋来冬又至，不知等待到来年。"其实读书是四季咸宜。古所谓"书淫"之人，无论何时何地可读书皆手不释卷，这样才成读书人样子。读书要为书而读，不是为读而读。顾千里裸体读经，便是一例，即使暑气炎热，至非裸体不可，亦要读经。欧阳修在马上厕上皆可做文章，因为文思一来，非做不可，非必正襟危坐明窗净几才可做文章。一人要读书则澡堂、马路、洋车上、厕上、图书馆、理发室，皆可读。而且必办到洋车上、理发室都必读书，才可以读成书。

读书须有胆识，有眼光，有毅力。说回前面论点，最后一点，也即读书全部之主旨，读出自己性灵来。"胆识"二字拆不开，要有识，必敢有自己意见，即使一时与前人不同亦不妨。前人能说得我服，是前人是，前人不能服我，是前人非。人心之不同如其面，要脚踏实地，不可舍己耘人。诗或好李，或好杜，文或好苏，或好韩，各人要凭良知，读其所好，然后所谓好，说得好的道理出来。或竟苏韩皆不好，亦不必惭愧，亦须说出不好的理由来，或某名人文集，众人所称而你独恶之，则或系汝自己学力见识未到，或果然汝是而人非。学力未到，等过几年再读，若学力已到而汝是人非，则将来必发现与汝同情之人。刘知几少时读前后汉书，怪前书不应有古今人表，后书宜为更始立纪，当时闻者责以童子轻议前哲，乃"赧然自失，无辞以对"，后来偏偏发见张衡、范晔等，持见与之相同，此乃刘知几之读书胆识。因其读书皆得之襟腑，非人云亦云，所以能著成《史通》一书。如此读书，处处有我的真知灼见，得一分见解是一分学问，除一种俗见，算一分进步，才不会落入圈套，满口烂调，一知半解，似是而非。

（选自林语堂著：《励志人生》，四川文艺出版社1996年版）

【品读作者】

林语堂（1895—1976），福建龙溪人。原名和乐，后改玉堂，又改语堂。中国当代著名学者、文学家、语言学家。早年留学国外，回国后在北京大学等著名大学任教，1966年定居台湾。一生著述颇丰，有长篇小说《京华烟云》。

【读辟蹊径】

读书者，心灵而已。今日读书，多急功近利，何以养性情？因在校读书有四不可：（1）所读非书；（2）无书可读；（3）不许读书；（4）书读不好。故需自由读书，方可开茅塞，除鄙见，得新知，增学问，广识见，养性灵，脱俗气。读书不可强读，切忌装腔作势。读书须有胆识，有眼光，有毅力。

● 朗读正文

论读书

[英] 培根 著　　王佐良 译

　　读书足以怡情，足以博彩，足以长才。其怡情也，最见于独处幽居之时；其博彩也，最见于高谈阔论之中；其长才也，最见于处世判事之际。练达之士虽能分别处理细事或——判别枝节，然纵观统筹、全局策划，则舍好学深思者莫属。读书费时过多易惰，文采藻饰太盛则矫，全凭条文断事乃学究故态。读书补天然之不足，经验又补读书之不足，盖天生才干犹如自然花草，读书然后知如何修剪移接；而书中所示，如不以经验范之，则又大而无当。有一技之长者鄙读书，无知者羡读书，唯明智之士用读书，然书并不以用处告人，用书之智不在书中，而在书外，全凭观察得之。读书时不可存心诘难读者，不可尽信书上所言，亦不可只为寻章摘句，而应推敲细思。书有可浅尝者，有可吞食者，少数则须咀嚼消化。换言之，有只需读其部分者，有只须大体涉猎者，少数则须全读，读时须全神贯注，孜孜不倦。书亦可请人代读，取其所作摘要，但只限题材较次或价值不高者，否则书经提炼犹如水经蒸馏，淡而无味。

　　读书使人充实，讨论使人机智，笔记使人准确。因此不常做笔记者须记忆力特强，不常讨论者须天生聪颖，不常读书者须欺世有术，始能无知而显有知。读史使人明智，读诗使人灵秀，数学使人周密，科学使人深刻，伦理学使人庄重，逻辑修辞之学使人善辩；凡有所学，皆成性格。人之才智但有滞碍，无不可读适当之书使之顺畅，一如身体百病，皆可借相宜之运动除之。滚球利睾肾，射箭利胸肺，慢步利肠胃，骑术利头脑，诸如此类。如智力不集中，可令读数学，盖演题需全神贯注，稍有分散即须重演；如不能辨异，可令读经院哲学，盖是辈皆吹毛求疵之人；如不善求同，不善以一物阐证另一物，可令读律师之案卷。如此头脑中凡有缺陷，皆有特药可医。

（选自《王佐良文集》，外语教学与研究出版社 1997 年版）

【品读作者】

　　弗朗西斯·培根（1561—1626），英国文艺复兴时期最重要的科学家、哲学家、思想家。他不但在文学、哲学上多有建树，在自然科学领域里，也取得了重大成就。培根是一位经历了诸多磨难的贵族子弟，复杂多变的生活经历丰富了他的阅历，随之而来的，他的思想成熟，言论深邃、富含哲理。

【读辟蹊泾】

　　此文将读书之作用、方法分析得淋漓尽致。其见解与中国古人颇有相同之处，如"不可尽信书上所言"，与孟子所言"尽信书，不如无书"如出一辙；"用书之智不在书中，而在书外"和陆游"功夫在诗外"何其相似；"笔记使人准确"正应了中国一句俗话"好记性不如烂笔头"。书之分类亦极为恰当，有可浅尝者，有可吞食者，有须咀嚼消化者。书之精品尤要全读，读时全神贯注，孜孜不倦，方可慢慢咀嚼之，品味之，消化之。

读书是一种享受

[英] 毛姆 著　　刘文荣 译

一个人说话时，往往会忘记应有的谨慎。我曾在一本名叫《总结》的书里，就一些青年提出的关于如何读书的问题说了几句话，当时我并没有认真考虑。后来我便收到各种各样读者的来信，问我究竟提出了怎样的看法。对此，我虽然尽我所能给予答复，但在私人信件里却又不可能把这样的问题讲清楚。于是我想，既然有这么多人好像很希望得到我提供的指导，那么我根据自己有趣而有益的经验，在此简要地提出一些建议，他们或许是愿意听的。

首先，我要强调的是，读书应该是一种享受。不错，有时为了对付考试，或者为了获得资料，有些书我们不得不读，但读那种书是不可能得到享受的。我们只是为增进知识才读它们，所希望的也只是它们能满足我们的需要，至多希望它们不至于沉闷得难以卒读。我们读那种书是不得不读，而不是喜欢读。这当然不是我现在要谈的读书。我要谈的读书，它既不能帮你获得学位，也不能帮你谋生；既不会教你怎样驾船，也不会教你怎样修机器，却可以使你生活得更充实。只是，要想得到这样的好处，你必须喜欢读才行。

我这里所说的"你"，是指在业余时间里想读些书而且觉得有些书不读可惜的成年人，不是指本来就钻在书堆里的"书虫"。"书虫"们尽可以想读什么就读什么。他们的好奇心总是使他们踏上书丛中荒僻的小路，沿着这样的小路四处寻觅被人遗忘的"珍本"，并为此觉得其乐无穷。我却只想谈些名著，就是那些经过时间考验而已被公认为一流的著作。

一般认为这样的名著应该是人人都读过的，令人遗憾的是真正读过的人其实很少。有些名著是著名批评家们一致公认的，文学史家们也长篇累牍地予以论述，但现在的一般读者却没有时间，也没有兴趣去读了。它们对文学研究者来说是重要的，它们原来的诱人之处已不再诱人，因此现在要读它们，是很需要有点毅力的。举例说吧：我读过乔治·爱略特的《亚当·比德》，但我没法从心底里说，我读这本书是种享受。我读它多半是出于一种责任心，坚持读完后，才不由得松了口气。

关于这类书，我不想说什么。每个人自己就是最好的批评家。不管学者们怎么评价一本书，不管他们怎样异口同声地竭力颂扬，除非这本书使你感兴趣，否则它就与你毫不相干。别忘了批评家也会出错，批评史上许多明显的错误都出自著名批评家之手。你在读，你就是你所读的书的最后评判者，其价值如何就由你定。这道理同样适用于我向你推荐的书。

我们各人的口味不可能完全一样，只是大致相同而已。因此，如果认为合我口味的书也一定合你的口味，那是毫无根据的。不过，我读了这些书后，觉得心里充实了许多；要是没读的话，恐怕我就不是今天的我了。因此我对你说，如果你或者别人看了我在这里写的，于是便去读我推荐的书而读不下去的话，那就把它放下。既然它不能使你觉得是一种享受，那它对你就毫无用处。没有一个人有这样的义务，一定要读诗歌、小说或者任何纯文学作品。他只是为了一种乐趣才去读这些东西的。谁又能要求，使某人觉得有趣的东西，别人也一定要觉得有趣？

请不要认为，享受就是不道德。享受本身是件好事，享受就是享受，只是它会造成不同后果，所以有些方式的享受，对有理智的人来说是不可取的。享受也不一定是庸俗的和满足肉欲的。过去的有识之士就已发现，理性的享受和愉悦，是最完美、最持久的。

养成读书的习惯确实使人受用无穷。很少有什么娱乐，能让你在过了中年之后还会从中感到满足，除了玩单人纸牌、解象棋残局和填字谜之外，几乎没有什么游戏，你可以单独玩而不需要同伴。读书就没有这种不便；也许除了做针线活——可那是不大会让你安下心来的——没有哪一种活动可以那样容易地随时开始，随便持续多久，同时又干着别的事，而且随时可以停止。

今天，我们很幸运地有公共图书馆和廉价版图书，可以说没有哪种娱乐比读书更便宜了。养成读书习惯，也就是给自己营造一个几乎可以逃避生活中一切愁苦的庇护所。我说几乎可以，是因为我不想夸大其词，宣称读书可以解除饥饿的痛苦和失恋的悲伤；但是，几本引人入胜的侦探小说再加一只热水袋，确实可以使任何人对最严重的感冒满不在乎。反之，如果有人硬要他去读他讨厌的书，又有谁能养成那种为读书而读书的习惯呢？

为了方便起见，我将按年代顺序来谈我要谈的书，不过，要是你有意读这些书的话，我也没有理由一定要你照着这个顺序读。我想，你最好还是随你自己的兴趣来读，我甚至都不认为你一定要读完一本再读另一本。我自己就喜欢同时读四五本书。因为我们的心情毕竟天天都在变化，即便在一天里，也不是每小时都热切地想读某本书的。我们必须适应这样的情况。

我当然采取了最适合我自己的办法。早晨开始工作前，我总是读一会儿科学或者哲学方面的著作，因为读这类书需要头脑清醒、思想集中，这有助于我一天的工作。等工作做完后，我觉得很轻松，就不想再进行紧张的脑力活动了，这时我便读历史、散文、评论或者传记；晚上，我看小说。此外，我手边总有一本诗集，兴之所至就读上一段，而在我床头，则放着一本既可以随便从哪里开始读、又可以随便读到哪里都能放得下的书。可惜的是，这样的书非常少见。

（选自《毛姆读书随笔》，上海三联书店出版社1999年版）

【品读作者】

威廉·萨默塞特·毛姆（1874—1965），英国著名小说家、剧作家。毛姆原本学医，后转而致力写作。其文章常在讥讽中潜藏对人性的怜悯与同情。《人性枷锁》是其毕生心血巨著，也为他奠定了伟大小说家的不朽地位。

【读辟蹊泾】

如果我们真的能把读书当成是一种享受，我们就可以在快乐中学到知识，在读书中享受快乐。

● 朗读正文　　　　　读书与书籍（节选）

〔德〕叔本华 著

引言：没有什么人的话都是对的，并不是什么经典都需要精读，看到其他的观点之后一定要想清楚是否适合自己，要慢慢形成自己的风格和观点，要学习独立的思考，而不是轻易地相信一件事，把决定权交给其他人。

一

富翁阔佬在显露出他的愚昧无知时，常会格外令人鄙视。而穷人终日操劳，没有深思幽想的余闲，显出无知是不足为奇的。我们常常可以见到富裕阶层中的粗俗愚蠢者醉生梦死，恣情享乐，像禽兽一样活着。如果他们善于利用自己的财富和时间的话，本来可以做出一些很有价值的事情。

二

读书时，作者在代我们思想，我们不过在追循着他的思绪，好像一个习字的学生在依着先生的笔迹描划。我们自己的思维在读书时大部分停止了，因此会有轻松的感觉。但就在读书的时候，我们的头脑实际上成了他人思绪驰骋的运动场了。所以读书甚多，或几乎整天在读书的人，虽然可以借此宽松脑筋，却渐渐失去自行思想的能力，就像时常骑马的人渐渐失去步行的能力一样。有许多学者就是这样，读书太多反而变得愚蠢。经常读书，稍有空闲就读书，这种做法比体力劳动更容易令人思维麻痹，因为我们在干体力活时还可以沉湎于自己的遐想，一条弹簧在久受外力的压迫之后会失去弹性，同样，我们的头脑如果经常处在他人的思想影响之下，也会失去自己的活力。又譬如食物能够滋养身体，但吃得过多，反使胃肠受累，损害健康；而我们的精神生活如果向外摄取过多，也是有害无益的。读书越多，使你的头脑就像一块重重叠叠书写的黑板，每一篇读过的东西能够留存的越少。读书而不思考，就不可能心领神会，得到的浅薄印象往往稍纵即逝。就像我们所摄入的食物只有五十分之一能够被身体吸收，精神食粮也只有小部分真正成为大脑的营养。

况且记录在纸上的思想就好像沙上行走者的足迹：我们也许能看到他所走过的路径，但如果要知道他在路上究竟看见了什么，则必须用我们自己的眼睛。

三

作家们各有自己的风格特点，例如雄辩、豪放、华丽、优雅、简洁、纯朴、轻快、诙谐、精辟等等，并非阅读他们的作品就可以学到这些优点。但如果我们生来具有这方面的天赋，也许可因读书而受到启迪。看到别人的榜样而善于学习运用，我们才能获得同样的才干。这样的读书，能引导我们发挥自己的特长，培养写作的能力，但具有这方面的天赋是一个先决条件。否则我们在读书中除了学到一些陈词滥调，别无益处，只能成为浅薄的模仿者而已。

四

如同地层依次保存着古代的生物一样，图书馆的书架上也保存着历代的古书。后者与前者一样，在其当时，都是生气勃勃，大有作为的，现在则成为化石，死气沉沉，只有考古学家还有兴致玩赏。

五

据赫鲁多特斯说，色尔泽克斯在望着自己漫无边际的庞大军队时掉下了眼泪，因为他想到百年之后，这些人将荡然无存。如果想到堆积如山的流行图书在十年之后没有一本被人阅读，不也应该落几滴眼泪吗？

六

文艺界的情况与人世间相同：无论你向社会的哪一个角落望去，都会看到无数愚民像苍蝇似的攒动，追污逐垢，在文艺界中，也有无数坏书，像蓬勃滋生的野草伤害五谷。这些书原是为贪图金钱、企求官职而写作的，却使读者浪费时间、金钱和精力。因此，它们不但无益，而且为害甚大。现在的图书泛滥成灾，十分之九是以骗钱为目的，作者、评论家和出版商同流合污，朋比为奸。

许多文人非常狡猾，不是引导读者追求高尚的趣味和修养，而是引诱他们以读新书为时髦，好在交际场中卖弄学识。诸如斯平德勒、布尔沃、尤金·休等人，都因善于投机而名噪一时。无论何时，都会出现很多这样的通俗作品，却使读者倒了霉，他们把阅读这些庸俗作家的最新著作当作自己的义务，而不去阅读古今中外为数不多的杰作，其中那些每天出版的通俗刊物尤为缺德，偷偷夺去了世人宝贵的光阴，使他们无暇顾及真正有益于修养的作品。

因此，对于善于读书的人，决不滥读是件很重要的事情。即使是时下正享盛名，大受欢迎的书，如一年数版的政治、宗教小册子、小说、诗歌等，也切勿贸然拿来就读。要知道，为愚民而写作的人反而常会大受欢迎，不如把宝贵的时间用来专心一致地阅读古今中外出类拔萃的名著，这些书才使人开卷有益。

坏书是灵魂的毒药，读得越少越好，而好书则多多益善。因为一般人通常只读最新的出版物，而不读各个时代最杰出的作品，所以作家也就拘囿在流行思潮的小范围中，时代也就在自己的泥泞中越陷越深了。

不读坏书，是读好书的一个条件：因为人生短促，时间和精力都是有限的。

七

一般人都喜欢读那些介绍或评论古今大思想家的书，却不去阅读原著，因为他们习惯于阅读新出版的东西，又因为物以类聚，人以群分，他们觉得现今庸人的浅薄平淡的语言比伟人的思想更容易理解。我很幸运，在童年时就读到了施莱格尔美妙的警句，并把它奉为圭臬：

"你要常读古书，读古人的原著，今人对他们的论述没有多大意义。"

平凡的人，好像都是从一个模子里铸出来的，彼此多么相似。他们在同一个时期产生的思想几乎完全一样，而他们的意见又是同样的鄙俗。庸人所写的劣作，只要是新出版的，自会有愚蠢的人们爱读，而宁愿把大思想家的名著束之高阁。

平凡的作品像苍蝇一样每天在繁衍，人们只因为它油墨未干而争先阅读，真是愚不可及的事情。这些无价值的东西在几年之后必然被淘汰，实际上它一出世就应该被遗弃，只能作为后人助谈的笑料。

无论什么时代，都存在着互不相干的两种文艺，一种是真实的，另一种虚有其表。前者是由为科学或文学而生活的人所创造的不朽之作，他们的工作是严肃而深刻的，然而非常缓慢，欧洲在一个世纪中所产生的这样的作品不超过十部。另一种是靠科学或文学而谋生的人编造出来的，他们振笔疾书，在鼓噪颂扬声中每年有无数作品上市。可是数年之后，不免产生疑问：它们显赫的声誉如今安在？它们本身又消失到哪里去了？因此，我们可以把前者称为不朽的文艺，而后者是应景之作。

八

买书后又能一丝不苟地阅读，是很好的；然而一般人往往买而不读，读而不精。

要求读书人记住他所读过的一切东西，就像要求一个人把他所吃过的东西都储存在体内是一样的荒谬。人靠进食维持物质生活，又通过阅读过着精神生活。然而身体只吸收能够同化的食物，同样，读者也只能记住他所感兴趣的东西，也就是符合他的思想体系或生活目标的东西。当然，任何人都有自己的生活目标，但只有很少人形成了自己的思想体系。没有思想体系，就不能对事物作出明智的评价，他们读书也必然徒劳无益，毫无主见。

温习乃研究之母，任何重要的书都应该立即再读一遍。一方面因为再次阅读能使你更清楚地了解书中发生的各种事情之间的联系，知其结尾，才能更深刻地理解开端；另一方面，第二次阅读时你会有不同的心情，得到不同的印象，就像在不同的照明中观察同一件东西。

作品是作者思想活动的精华，如果作者是一个伟人，那么他的作品能大致体现他的生活，并常常能比实际生活包含更丰富的内容。（二流作家的著作也可能是有益的，因为这也是他思想活动的精华，是他全部思维和研究的成果，我们也不妨阅读一些。）崇高的精神生活使我渐渐达到一种境界，不再从与他人的应酬交往中寻求乐趣，而几乎完全潜心于书本之中。

没有别的事情能比阅读古人的名著给我们带来更多的精神上的乐趣，这样的书即使只读半小时，也会令人愉快、清醒、高尚、刚强，仿佛清澈的泉水沁人心脾。这是由于古代语言的优美，还是因为伟人的品性使其作品经古常新或者两者兼而有之。

文艺界有两种历史：一种是政治的，另一种是文学和艺术的。前者是意志的历史，其内容是可怕的，无非是恐怖、受难、欺诈和杀戮等等。后者是睿智的历史，其内容是欢愉明快的，即使在描写人类的迷误时也令人神往。哲学是这种文艺的重要分支，又是其基础，它的影响广泛，但又是缓慢地产生作用。

九

我很希望有人来写一部悲剧性的文学史，揭示出许多国家对于自己民族的大文豪和大艺术家虽然无不引以为荣，但在他们活着时，却百般残害虐待他们；揭示出在所有国家和任何时代里，真和善对邪恶进行着不知疲倦的无休止的斗争；他要揭示出在艺术的各个领域里，除了少数幸运者，人类的英华巨擘几乎都得遭灾罹难，他们贫寒困苦，命乖运蹇，而荣华富贵则为庸碌鄙俗者所享有。他们就像《创世纪》中的以扫，以扫外出为父亲打猎时，雅各却穿了以扫的衣服，在家里接受父亲的祝福。然而人类的巨匠大师们不屈不挠，继续奋斗，终能完成其事业，光耀史册。

（选自张恒主编：《读书记》，新星出版社2010年版）

【品读作者】

叔本华（1788—1860），德国哲学家，也是涉猎广泛的美学家，对音乐、绘画、诗歌和歌剧等都有研究。著有《论充足理由律的四重根》、《论视觉和颜色》等。

【读辟蹊泾】

叔本华告诉我们：书不可滥读，不可不读原著，不可买而不读，不可读而不精。

第二组 读书经验

颜氏家训·勉学（节选）
颜之推

夫所以读书学问，本欲开心明目，利于行耳。未知养亲者，欲其观古人之先意承颜[1]，怡声下气[2]，不惮劬劳[3]，以致甘嫩，惕然[4]惭惧，起而行之也；未知事君者，欲其观古人之守职无侵，见危授命，不忘诚谏，以利社稷，恻然[5]自念，思欲效之也；素骄奢者，欲其观古人之恭俭节用，卑以自牧[6]，礼为教本，敬者身基，瞿然[7]自失，敛容抑志也；素鄙吝者，欲其观古人之贵义轻财，少私寡欲，忌盈恶满，赒穷恤匮[8]，赧然悔耻，积而能散也；素暴悍者，欲其观古人之小心黜己，齿弊舌存。含垢藏疾[9]，尊贤容众，苶然沮丧，若不胜衣也；素怯懦者，欲其观古人之达生委命，强毅正直，立言必信，求福不回，勃然[10]奋厉，不可恐慑也；历兹以往，百行皆然。纵不能淳，去泰去甚[11]。学之所知。施无不达。世人读书者，但能言之，不能行之。忠孝无闻，仁义不足；加以断一条讼，不必得其理；宰[12]千户县，不必理其民；问其造屋，不必知楣横而梲竖也；问其为田，不必知稷早而黍迟也；吟啸谈谑，讽咏辞赋，事既优闲，材增迂诞，军国经纶，略无施用：故为武人俗吏所共嗤诋，良由是乎。

夫学者所以求益耳。见人读数十卷书，便自高大。凌忽[13]长者，轻慢同列；人疾之如仇敌。恶之如鸱枭[14]。如此以学自损，不如无学也。

古之学者为己，以补不足也；今之学者为人，但能说之也。古之学者为人，行道以利世也；今之学者为己，修身以求进也。夫学者犹种树也，春玩其华，秋登其实；讲论文章，春华也，修身利行，秋实也。

人生小幼，精神专利，长成已后，思虑散逸，固须早教，勿失机也。吾七岁时，诵灵光殿赋，至于今日，十年一理，犹不遗忘；二十之外，所诵经书，一月废置，便至荒芜矣。然人有坎壈[15]，失于盛年，犹当晚学，不可自弃。孔子云："五十以学易，可以无大过矣。"魏武、袁遗，老而弥笃，此皆少学而至老不倦也。曾子七十乃学，名闻天下；荀卿五十，始来游学，犹为硕儒；公孙弘四十余，方读春秋，以此遂登丞相；朱云亦四十，始学易、论语；皇甫谧二十，始受孝经、论语：皆终成大儒，此并早迷而晚寤也。世人婚冠[16]未学，便称迟暮，因循面墙，亦为愚耳。幼而学者，如日出之光，老而学者，如秉烛夜行，犹贤乎瞑目而无见者也。

【释读难点】

〔1〕先意承颜：此指孝子不等父母开口就能顺父母的心意去做。后指揣摩人意，谄媚逢迎。

〔2〕怡声下气：形容声音柔和，态度恭顺。出自《礼记·内则》："下气怡声，问衣燠寒。"

〔3〕劬劳：特指父母抚养儿女的劳累，出自《诗经·小雅·蓼莪》："哀哀父母，生我劬劳；念劬劳之恩，星夜前来，以全孝道。"

〔4〕惕然：惶恐的样子。

〔5〕恻然：悲伤的样子。出自诸葛亮《诫子书》："揭然有所存，恻然有所感。"

〔6〕卑以自牧：谓以谦卑自守。牧，养。语出《易·谦》，"谦谦君子，卑以自牧也。"

〔7〕瞿然：惊悟的样子。

〔8〕赒穷恤匮：接济救助鳏寡孤独及其他贫困的人。赒，周济、救济。恤，抚恤。匮，缺乏、不足。

〔9〕含垢藏疾：此处指包容人的器量。语出《左传·宣公十五年》："谚曰：'高下在心，川泽纳污，山薮藏疾，瑾瑜匿瑕。国君含垢。'"

〔10〕勃然：朝气蓬勃，精力充沛的样子。

〔11〕去泰去甚：适可而止，不可过分。

〔12〕宰：掌管。

〔13〕凌忽：欺凌。

〔14〕鸱枭（chīxiāo）：鸟名，古人对猫头鹰的文言叫法。鸱枭虽是益鸟，但在中国一直就是丧门星的代称，在古文里皆为贬义。

〔15〕坎壈：形容词，意思为困顿，不顺利。

〔16〕婚冠：古代男子到成年则举行加冠礼，叫做冠。一般在二十岁，并赐以字。

【品读作者】

颜之推（531—约595），字介，琅邪临沂（今山东临沂）人，中国古代文学家。著《颜氏家训》二十篇以教子孙，是为第一部系统而完整之家庭教育教科书。该书融立身、治家、处事、为学于一体，皆为作者一生治家经验之总结。后世称之为"家教规范"。

【读辟蹊泾】

夫读书，本为开言明目，以利于行也。然仅能言之，不能行之，空谈耳。"纸上得来终觉浅，绝知此事要躬行。"此之谓也。故颜氏以为学需以致用，且提倡早教。纵失于盛年，不可自弃，"荀卿五十，始来游学"犹未晚也。老而学者，犹贤于终身未学习者。

● 朗读正文　　　上欧阳内翰[1]第一书（节选）

苏 洵

洵少年不学，生二十七年，始知读书，从士君子[2]游。年既已晚，而又不遂刻意厉行[3]，以古人自期[4]。而视与己同列者，皆不胜己，则遂以为可矣。其后困益甚，然每取古人之文而读之，始觉其出言用意，与己大别。时复内顾[5]，自思其才则又似夫不遂止于是而已者。由是尽烧囊时[6]所为文数百篇，取《论语》、《孟子》、《韩子》及其他圣人、贤人之文，而兀然[7]端坐，终日以读之者七八年矣。方其始也，入其中而惶然[8]，博观于其外，而骇然[9]以惊。及其久也，读之益精，而其胸中豁然以明，若人之言固当然者，然犹未敢自出其言也。时既久，胸中之言日益多，不能自制，试出而书之，已而再三读之，浑浑乎觉其来之易矣，然犹未敢以为是也。

（选自苏洵著，曾枣庄、金成礼笺注：《嘉祐集笺注》，上海古籍出版社1993年版）

【释读难点】

〔1〕欧阳内翰：即欧阳修。当时他任翰林学士，身居朝廷要职，专掌内命，参与机要，故称之为内翰。

〔2〕士君子：旧时指有学问而品德高尚的人。

〔3〕刻意厉行：指努力学习。

〔4〕自期：自比。

〔5〕内顾：自我反省。

〔6〕曩时：如同"昔时"，指从前，以前。

〔7〕兀然：严肃的样子。

〔8〕惶然：恐惧不安貌。

〔9〕骇然：惊讶的样子。

【品读作者】

苏洵（1009—1066），字明允，苏轼、苏辙之父，四川眉山人。少不喜学，及壮，犹不知书，年二十七，始发愤苦读，闭户读书有年，终有所得，且教子有方，一门三父子，皆列于唐宋古文八大家之中，遂成就千古佳话。其文颇有战国纵横家之风，繁富不乱，能放能收，博辩宏伟，造语古劲简切，发人深省。

【读辟蹊泾】

本文作于北宋仁宗嘉祐元年（1056），实为自荐信。其时苏氏父子一同进京，晋谒翰林学士、文坛领袖欧阳修，欲其引荐，遂有此信。书信阅毕，欧阳修对其赞赏有加，苏洵之名乃大振。本文节选最后一段，此段自述求学过程，其中甘苦，足资借鉴。苏洵读书虽晚，成就颇大，吾辈尚幼，若能勤读，当有所得。学贵在专，持之以恒。读书有法，博不如精，读之愈熟，得之益深，积累有加，欲诉之言渐多，乃不能止，发而为文，情真意切。

● 朗读正文　　　　谈谈我的一些读书经验
——与北京师范大学历史系应届毕业生谈话纪要

陈　垣

十二岁以前，在学馆读四书五经，只是呆板地死背，不能背就挨打，只有用逃学一法来躲避。

十三岁发现张之洞的《书目答问》，书中列举很多书名，下面注着这书有多少卷，是谁所作，什么刻本好。我一看，觉得这是个门路，就渐渐学会按着目录买自己需要的书看。

十五岁广州大疫，学馆解散，因此不用学习科举的八股文，所以有时间读自己喜欢读的书，在三年时间里看了读了不少书，打下初步基础。

十八岁入京应试，因八股不好，失败。误听同乡一老先生的劝告，十九岁一面教书，一面仍用心学八股。等到八股学好，科举也废了，白白糟蹋了两年时间。不过也得到一些读书的办法。有人问我当时读书是用什么办法，其实也没有什么别的办法，法子是很笨的，我当时就是"苦读"，也就是我

治学感言

第二组　读书经验

们现在所说的刻苦钻研，专心致志，逐渐养成了刻苦读书的习惯。

科举废后，不受八股文约束，倒可以一面教书，一面读书。当时读书，就是想研究史学。中间有几年还学过西医，办过报纸，但读书和教书从未间断，因此《四库全书总目提要》读过好几遍。可惜《四库提要》所著录的书，许多在广州找不到。

辛亥革命后重入北京，时热河文津阁《四库全书》移贮京师图书馆，因此可以补读从前在广州未见的书。如是者十年，渐渐有所著述。

我读书是自己摸索出来的，没有得到老师的指导，有两点经验，对研究和教书或者有些帮助：

一、从目录学入手，可以知道各书的大概情况。这就是涉猎，其中有大批的书可以"不求甚解"。

二、要专门读通一些书，这就是专精，也就是深入细致，"要求甚解"。经部如论、孟，史部如史、汉，子部如庄、荀，集部如韩、柳，清代史学家书如《日知录》、《十驾斋养新录》等，必须有几部是自己全部过目常翻常阅的书。一部《论语》才一万三千七百字，一部《孟子》才三万五千四百字，都不够一张报纸字多，可见我们专门读通一些书也并不难。这就是有博，有约，有涉猎，有专精，在广泛的历史知识的基础上，又对某些书下一些功夫，才能作进一步的研究。

……

读书的时候，要作到脑勤、手勤、笔勤，多想、多翻、多写，遇见有心得或查找到什么资料时，就写下来，多动笔可以免得忘记，时间长了，就可以积累不少东西，有时把平日零碎心得和感想联系起来，就逐渐形成对某一问题的较系统的看法。收集的资料，到用的时候，就可以左右逢源，非常方便。

（选自陈智超编著：《励耘书屋问学记（增订本）》，生活·读书·新知三联书店 2006 年版）

【品读作者】

陈垣（1880—1971），字援庵，广东新会人。以《元也里可温考》一文成名，在宗教史、校勘学、考古学方面均有相当成就。自幼诵张之洞《书目答问》，并熟读《四库全书总目提要》，由此粗知治学门径，进而刻苦学习，博览群书，终成一代史学大家。

【读辟蹊泾】

从陈垣治学经验可看出：（1）读书要懂点目录学；（2）读书要有博，有约，有涉猎，有专精；（3）读书要做到三勤三多即脑勤、手勤、笔勤，多想、多翻、多写。

● 朗读正文　　　　　　　我的读书经验
　　　　　　　　　　　　　冯友兰

我今年八十七岁了，从七岁上学起就读书，一直读了八十年，其间基本上没有间断，不能说对于读书没有一点经验。我所读的书，大概都是文史哲方面的，特别是哲。我的经验总结起来有四点：（1）精其选；（2）解其言；（3）知其意；（4）明其理。

先说第一点。古今中外，积累起来的书真是多极了，真是浩如烟海。但是，书虽多，有永久价值的还是少数。可以把书分为三类，第一类是要精读的，第二类是可以泛读的，第三类是仅供翻阅的。所谓精读，是说要认真地读，扎扎实实地一个字一个字地读。所谓泛读，是说可以粗枝大叶地读，只要知道它大概说的是什么就行了。所谓翻阅，是说不要一个字一个字地读，不要一句话一句话地读，也不要一页一页地读。就像看报纸一样，随手一翻，看看大字标题，觉得有兴趣的地方就大略看看，没有兴趣的地方就随手翻过。听说在中国初有报纸的时候，有些人捧着报纸，就像念"四书""五经"一样，一字一字地高声朗诵。照这个办法，一天的报纸，念一天也念不完。大多数的书，其实就像报纸上的新闻一样，有些可能轰动一时，但是昙花一现，不久就过去了。所以，书虽多，真正值得精读的并不多。下面所说的就指值得精读的书而言。

怎样知道哪些书是值得精读的呢？对于这个问题不必发愁。自古以来，已经有一位最公正的评选家，有许多推荐者向它推荐好书。这个评选家就是时间，这些推荐者就是群众。历来的群众，把他们认为有价值的书，推荐给时间。时间照着他们的推荐，对于那些没有永久价值的书都刷下去了，把那些有永久价值的书流传下来。从古以来流传下来的书，都是经过历来群众的推荐，经过时间的选择，流传了下来。我们看见古代流传下来的书，大部分都是有价值的，我们心里觉得奇怪，怎么古人写的东西都是有价值的。其实这没有什么奇怪，他们所作的东西，也有许多没有价值的，不过这些没有价值的东西，没有为历代群众所推荐，在时间的考验上，落了选，被刷下去了。现在我们所称为"经典著作"或"古典著作"的书都是经过时间考验，流传下来的。这一类的书都是应该精读的书。当然随着时间的推移和历史的发展，这些书之中还要有些被刷下去。不过直到现在为止，它们都是榜上有名的，我们只能看现在的榜。

我们心里先有了这个数，就可随着自己的专业选定一些须要精读的书。这就是要一本一本地读，所以在一个时间内只能读一本书，一本书读完了才能读第二本。在读的时候，先要解其言。这就是说，首先要懂得它的文字；它的文字就是它的语言。语言有中外之分，也有古今之别。就中国的汉语笼统地说，有现代汉语，有古代汉语，古代汉语统称为古文。详细地说，古文之中又有时代的不同，有先秦的古文，有两汉的古文，有魏晋的古文，有唐宋的古文。中国汉族的古书，都是用这些不同的古文写的。这些古文，都是用一般汉字写的，但是仅只认识汉字还不行。我们看不懂古人用古文写的书，古人也不会看懂我们现在的《人民日报》，这叫语言文字关。攻不破这道关，就看不见这道关里边是什么情况，不知道关里边是些什么东西，只好在关外指手画脚，那是不行的。我所说的解其言，就是要攻破这一道语言文字关。当然要攻这道关的时候，要先作许多准备，用许多工具，如字典和词典等工具书之类。这是当然的事，这里就不多谈了。

中国有句老话说是"书不尽言，言不尽意"，意思是说，一部书上所写的总要比写那部书的人的话少，他所说的话总比他的意思少。一部书上所写的总要简单一些，不能像他所要说的话那样啰唆。这个缺点倒有办法可以克服。只要他不怕啰唆就可以了。好在笔墨纸张都很便宜。文章写得啰唆一点无非是多费一点笔墨纸张，那也不是了不起的事。可是言不尽意那种困难，就没有法子克服了。因为语言总离不了概念，概念对于具体事物来说，总不会完全合适，不过是一个大概轮廓而已。比如一个人说，他牙痛。牙是一个概念，痛是一个概念，牙痛又是一个概念。其实他不仅止于牙痛而已。那个痛，有一种特别的痛法，有一定的大小范围，有一定的深度。这都是很复杂的情况，不是仅仅牙痛两个字所能说清楚的，无论怎样啰唆他也说不出来的，言不尽意的困难就在于此。所以在读书的时候，即使书中的字都认得了，话全懂了，还未必能知道作书的人的意思。从前人说，读书要注意字里行间，又说读诗要得其"弦外音，味外味"。这都是说要在文字以外体会它的精神实质，这就是知其意。司马迁说过："好学深思之士，心知其意。"意是离不开语言文字的，但有些是语言文字所不能完全表达出来的。如果仅只局限于语言文字，死抓住语言文字不放，那就成为死读书了。死读书的人就是书呆子。语言文字是帮助了解书的意思的拐棍。既然知道了那个意思以后，最好扔了拐棍。这就是古人所说的"得意忘言"。在人与人的关系中，过河拆桥是不道德的事。但是，在读书中，就是要过河拆桥。

上面所说的"书不尽言"，"言不尽意"之外，还可再加一句"意不尽理"。"理"是客观的道理；"意"是著书的人的主观的认识和判断，也就是客观的道理在他的主观上的反映。理和意既然有主观客观之分，意和理就不能完全相合。人总是人，不是全知全能。他的主观上的反映、体会和判断，和客观的道理总要有一定的差距，有或大或小的错误。所以读书仅至得其意还不行，还要明其理，才不至于为前人的意所误。如果明其理了，我就有我自己的意。我的意当然也是主观的，也可能不完全合乎客观的理。但我可以把我的意和前人的意互相比较，互相补充，互相纠正。这就可能有一个比较正确的意。这个意是我的，我就可以用它处理事务，解决问题。好像我用我自己的腿走路，只要我心里一想走，腿就自然而然地走了。读书到这个程度就算是能活学活用，把书读活了。会读书的人能把死书读活；不会读书的人能把活书读死。把死书读活，就能把书为我所用，把活书读死，就是把我为书所用。能够用书而不为书所用，读书就算读到家了。

从前有人说过："六经注我，我注六经。"自己明白了那些客观的道理，自己有了意，把前人的意作为参考，这就是"六经注我"。不明白那些客观的道理，甚而至于没有得古人所有的意，而只在语言文字上推敲，那就是"我注六经"。只有达到"六经注我"的程度，才能真正地"我注六经"。

（选自肖东发、杨承运编：《北大学者谈读书》，北京图书馆出版社 2002 年版）

【品读作者】

冯友兰（1895—1990），字芝生，河南唐河人，著名哲学家。1924 年获哥伦比亚大学博士学位，历任中州大学（现在的河南大学）、广东大学、燕京大学教授，清华大学文学院院长兼哲学系主任，西南联大哲学系教授兼文学院院长，清华大学校务会议主席，北京大学哲学系教授，其哲学作品为中国哲学史的学科建设做出了重大贡献，被誉为"现代新儒家"。

【读辟蹊泾】

冯友兰读书经验大约有四：（1）精其选，有精读、泛读、略读之别；（2）解其言，懂其语言文字；（3）知其意，从字里行间悟出作者言外之意，要得其"弦外音，味外味"；（4）明其理，活学活用。须明白书中所述之客观道理，即只有先达到"六经注我"，方能"我注六经"。

● 朗读正文　　　治学杂语（节选）

蒙文通

象山言：我这里纵不识一个宇，亦须还我堂堂地做个人。又说：人当先理会所以为人，若不知人之所以为人，而与之讲学，是遗其大而言其细，便是放饭流歠而问无齿决。不管做哪门学问，都应体会象山这层意思。

一个心术不正的人，做学问不可能有什么大成就。

学生总得超过先生。如不能超过先生，纵学得和先生一样，还要你这学生作何用？

孟子说："观水有术，必观其澜。"观史亦然，须从波澜壮阔处着眼。浩浩长江，波涛万里，须能把握住它的几个大转折处，就能把长江说个大概；读史也须能把握历史的变化处，才能把历史发展说个大概。

做学问犹如江河行舟，会当行其经流，乘风破浪，自当一泻千里。若苟沿边逡巡，不特稽迟难进，甚或可能误入洄水沱而难于自拔。故做学问要敢抓、能抓大问题、中心问题，不要去搞那些枝枝节节无关大体的东西，谨防误入洄水沱。

以虚带实，也是做学问的方法。史料是实，思维是虚。有实无虚，便是死蛇。

读基础书要慢点读，仔细读。不仅是读过，而且要熟。更不在多，多是余事。只熟也还无用，而是要思。但思并不是乱出异解，不是穿凿附会，只是能看出问题。

读史，史书上讲的尽是故事，切不可当作小说读，要从中读出问题来，读出个道理来，读出一个当时的社会来。否则，便不如读小说。

中外进行比较，是研究历史的一个重要方法。写《古史甄微》时，就靠读书时学过些西洋史，知道点罗马、希腊、印度的古代文明，知道他们在地理、民族、文化上都不相同。从这里受到启发，结合我国古史传说，爬梳中国各民族可以江汉、河洛、海岱分为三系的看法，从而打破了关于传说时代的正统看法。学者或不以为谬，后又得到考古学上的印证。后来喜读汉译社会、经济各家名著，也常从正面、反面受到启发。所写一些文章虽未明确写上这点，但在考虑问题时常常是从这里出发的。

读书贵能钻进去，并不在于读罕见的书，要能在常见书中读出别人读不出来的问题。宋刻元椠并不足贵，章太炎就常说他是读洋板书的人。

中国地广人众，而能长期统一，就因为有一个共同的传统文化。欧洲较中国小、人口较中国少，反而长期是个分裂局面，就因没有一个共同的传统文化。中国这个传统文化，说到底就是儒家思想。要把中国的历史和现实讲清楚，离开了儒家思想是不行的。

学问贵成体系。但学力不足、才力不够是达不到的。体系有如几何学上点、线、面、体的"体"。清世学者四分之三以上都是饾饤之学，只能是点。其在某些分支上前后贯通自成系统者，如段玉裁之于文字学，可以算是线，还不能成面。如欧阳竟无先生之于佛学、廖季平先生之于经学，自成系统，纲目了然，但也只限于一面。能在整个学术各个方面都卓然有所建树而构成一个整体者，则数百年来盖未之见。做真学问者必须有此气魄。

有些著作，看似零散、无系统，其实是自有系统的。如顾炎武之《日知录》、赵瓯北之《廿二史札记》，就可说是自成体系的通史，只不过没有把人所共知的史实填充进去而已。然清人札记之能与二书相比者盖鲜。

欧阳先生尝言：读俱舍三年，犹未能通。于沪上见沈乙庵，沈谓：君当究俱舍宗，毋究俱舍学。归金陵，觅俱舍前诸书读之，又觅俱舍后诸书读之；又觅与俱舍同时他家诸书读之，读三月而俱舍之义灿然明白。盖自前后左右之书比较研读，则异同自见，大义顿显。章太炎先生尝言：近人读书尚多未至"不懂"处。旨哉斯言。能如欧阳大师之三年犹知其未能通者鲜矣。大师读俱舍之法，用于他书，何独不然。

做学问必选一典籍为基础而精熟之，然后再及其他。有此一精熟之典籍作基础，与无此一精熟之典籍作基础大不一样。无此精熟之典籍作基础，读书有如做工者之以劳力赚钱，其所得者究有限。有此精熟之典籍作基础，则如为商者之有资本，乃以钱赚钱，其所得将无限也。

每一学问必有其基础典籍：清代汉学，不离《说文》；今古文学，则不离《五经异义》、《白虎通义》；宋学则一《近思录》；文学则《昭明文选》、《文心雕龙》。此学者之所能知。治史则当以《文献通考》为基础，则世之学者鲜能首肯者也。

［选自蒙默编：《蒙文通学记》（增补本），生活·读书·新知三联书店 2006 年版］

【品读作者】

蒙文通（1894—1968），四川省盐亭县人，中国现代史学大家。蒙先生在中国古代史及古代学术文化研究领域中造诣很深，成就甚高。其子蒙默继承父业，在民族史方面亦卓然成家。

【读辟蹊泾】

蒙文通治学首重人品：人品不高，成就有限。治学要抓主要矛盾，要以虚带实。思维是虚，材料是实。简而言之，就是观点要统摄材料，从材料中归纳出观点，材料为观点所用，若无观点，则材料如同死蛇。治学要以精读为基础，尤其是那些基础典籍，要慢读、细读、熟读。熟读之后，有所思，有所疑，有所究，能钻，能成体系，所得将无限也。

● 朗读ℰ文　　程千帆先生的治学之路（节选）

程千帆 述　张伯伟 编

我三岁时，母亲就去世了，我的儿童时代是在外家度过的。1923 年左右，因为军阀混战，在长沙不易谋生，我家迁居湖北武昌，我也回到自己的家里。在武昌的五年中，我曾短期进过武昌圣约瑟中学附属小学和汉口振华中学，但大部分时间是随堂伯父君硕先生学习的，他是我在古代文学方面的启蒙老师。在 1928 年秋天以前，我的知识主要来自私塾。伯父名士经，是子大叔祖的长子，自幼才华出众，以早慧知名，十多岁就出版了他的第一部文集《曼殊沙馆初集》。但这也是他唯一的文学结集。他的才华如同在那个社会的多数文士一样，被困厄的生活压折了。

他那时流寓汉口，在家里办了一个名为"有恒斋"的私塾，招收了十名左右十二三岁到二十岁的少年，教读自给。二十年代，即使在汉口这样的大都市，新式学校还是不多的，能够出钱送子弟进这类学校的人家也不多，所以私塾也还不少。这个私塾就设在他家里，先在汉口模范区蔼吉里，后在特二区三教街。

有恒斋的主要特点是起点非常高。我们从来不读《三字经》、《百家姓》、《龙文鞭影》、《幼学琼林》，我们连《古文观止》、《唐诗三百首》也不读，因为君硕先生认为这类书是不知义法的俗学。我们不读《纲鉴易知录》，而是一上来就读《通鉴》。按照君硕先生的设想，他几乎要把传统士大夫应当具备的知识都教给我们，在这段时间里，我学过的主要经典著作有《论语》、《孟子》、《诗经》、《左传》、《礼记》、《文选》、《古文辞类纂》、《经史百家杂钞》、《资治通鉴》，其中除《礼记》、《文选》外，都是通读的。所以我的文言基础比较扎实。

注意写作训练是有恒斋的另一个特点（当然全是用文言文）。每天一定要写日记，记下自己的日常生活，读书心得。这既练习了文笔，又锻炼了恒心。当然是十分有益的。记得这些日记我在大学时还保存着，曾经将有关

治学感言

第二组　读书经验

《礼记》的一部分整理出来发表过。汪辟疆老师看到了，还曾夸奖说：今天学生肯治经的不多。我可没有敢对老师说，这是从读私塾时的日记中摘抄的。除了日记以外，每周还要作文一篇，这可是正儿八经的。伯父改得可仔细，坏的墨杠，好的浓圈，赏罚分明，我们也就不敢随随便便。记得在一篇游记中有"隔江灯火，下坞牛羊"之句，又云："烟波荡我心胸，晨昏异其观感。"他老人家高兴地说：也难为你了……

君硕先生的讲授是文辞义理并重，所以选授《礼记》时，《曲礼》、《少仪》、《内则》以及有关丧服诸篇说得很详细，对于《礼运》、《大学》、《中庸》等篇尤为重视。这对我一辈子做人，起了一定的作用。君硕先生虽然很贫困，但仍有些藏书。他常常指点我们在正课之外读些书，我也因此泛览了许多书籍。我从《日知录》初识考据门径，从《近思录》、《呻吟语》、《松阳讲义》初识理学面目，从《小仓山房尺牍》略知应酬文字写法。

写字也是每天必做的功课，这包含两个内容：一个是正确，即不准写错字、别字（包括碑帖上的异体）。这和今天要求的汉字规范化颇为相同。另一个是优美，即要把字写得好看。这就要读帖和临帖。我常用的帖小字是《洛神赋》、《灵飞经》，大字隶书是《张迁碑》、《曹全碑》，楷书是颜真卿《颜氏家庙碑》、《颜勤礼碑》，褚遂良《倪宽赞》、《圣教序》，欧阳询《醴泉铭》等。但没有学过篆书和草书。总之，要求能知能行，写、作俱佳，也包括在君硕先生的教学目的之内。我后来在成都，那时已经是副教授了，为了锻炼自己的恒心，还用打好格子的纸抄写文章，最好的成绩是抄了七千字，没有一个错字。

说实在的，当日读这些书，许多地方没有懂，其中部分至今茫然。但懂了的，逐渐成为我知识结构的一部分。用现在的话来说，就是在国学上打了一些底子了，这使我具备了阅读古书和写作文言文的能力。对于后来我以古典文学作为自己的专业，这是很有好处的。我在接受现代教育之前，学习生活就是在这样的私塾中度过的。

（选自程千帆述，张伯伟编：《程千帆全集·第十五卷·桑榆忆往》，河北教育出版社2000年版）

【品读作者】

程千帆是我国现当代著名学者和教授。他幼承庭训，多才多艺，古典文学功力尤为深厚。凭此功力，程千帆得以巍然耸立于现当代学术之林而不可动摇。他一贯治学谨严，实事求是，学术上多有创获，著述几与身等。

张伯伟，南京大学教授，博士生导师，和曹虹（亦为南京大学教授）同门，皆为程千帆博士，后结为伉俪，一时传为佳话。

【读辟蹊径】

程千帆治学经历中，可供借鉴者甚多：

(1) 要培养古文阅读能力，必须大量阅读古文；(2) 读书以后坚持写笔记，既能练笔，又能培养恒心；(3) 从学生受众对象来看，老师讲授文章文辞义理兼顾，方能教书育人；(4) 知、行并重，写、作同行。

第三组 读书方法

童蒙须知·读书写字[1]
朱 熹

凡读书，须整顿几案，令洁净端正，将书册整齐顿放，正身体；对书册，详缓看字，仔细分明。读之，须要读得字字响亮，不可误一字，不可少一字，不可多一字，不可倒一字，不可牵强暗记，只是要多诵遍数，自然上口，久远不忘。古人云：读书千遍，其义自见。谓熟读，则不待解说，自晓其义也。余尝谓读书有三到：谓心到、眼到、口到。心不在此，则眼不看仔细，心眼既不专一，却只漫浪诵读，决不能记。记亦不能久也。三到之法，心到最急，心既到矣，眼口岂不到乎？凡书册，须要爱护，不可损污皱折。济阳江禄[2]读书未竟，虽有急速，必待卷束整齐，然后起，此最为可法。凡写文字，须高执墨锭[3]，端正研磨，勿使墨汁污手；高执笔，双钩端楷书字，不得令手揩着毫。凡写字，未问写得工拙如何，且要一笔一画，严正分明，不可潦草。凡写文字，须要仔细看本，不可差讹。

【释读难点】

[1]《童蒙须知》是朱熹写的一篇启蒙读物。分衣服冠履、语言步趋、洒扫涓洁、读书写字、杂细事宜等目。对儿童生活起居、学习、道德行为礼节等均作详细规定。

[2] 江禄：字彦遐，济阳考城人，江茜之弟。生卒年均不详，约梁武帝天监六年前后在世（约公元507年前后在世）。幼笃学，有文章，工书善琴。形貌短小，神明俊发。起家太子洗马，湘东王录事参军。禄常以气陵府王，王深憾之。禄先代为武宁郡，颇有资产，积钱于壁，壁为之倒。湘东王恨之既深，以其名禄，改字荣财，以志其忿。后为唐侯相，卒。禄撰有列仙传十卷，行于世。

[3] 墨锭：系将墨团分成小块放入铜模或木头模后压成，砚台里加水研磨后，用于书写及绘画。

【品读作者】

朱熹（1130—1200），徽州婺源人，字元晦，一字仲晦，号晦庵，晚称晦翁，又称紫阳先生。谥文，又称朱文公。南宋理学家，理学集大成者，尊称朱子。

【读辟蹊径】

朱子谓读书须三到：眼到、口到、心到，可谓智言。既已三到，复熟读之（须仔细），其义自见。朱子论写字，实乃言做人。做人如写字，须端正。写字一笔一画，严正分明；做人亦然，须善恶分明。

与诸侄书
蒲松龄

古大将之才，类出天授。然其临敌制胜也，要皆先识兵势虚实，而以避实击虚为百战百胜之法。文士家作文，亦何独不然？盖意乘间则巧，笔翻空则奇，局逆振则险，词旁搜曲引则畅。虽古今名作如林，亦断无攻坚摭实[1]硬铺直写，而其文得佳者。故一题到手，必静相[2]其神理所起止，由实字勘到虚字，更由有字句处，勘到无字句处。既入其中，复周索之上下四旁焉，而题无余蕴[3]矣。及其取于心而注于手也，务于他人所数十百言未尽者，予以数言了之，及其幅穷墨止，反觉有数十百言在其笔下。又于他人数言可了者，予更以数十百言，排荡摇曳而出之。及其幅穷[4]墨止，反觉纸上不多一字。如是何虑文之不理明辞达，神完气足也哉！此则所谓避实击虚之法也。大将军得之以用兵，文人得之以作文。纵横天下，有余力矣。

（选自刘枫著：《中国情感：品读家书》，辽宁人民出版社2008年版）

【释读难点】

〔1〕摭实：摘取事实。指据实说明道理。

〔2〕相：察看，判断。

〔3〕蕴：韵味，内涵。

〔4〕幅穷：指纸张写完，没有空间。

【读辟蹊泾】

蒲松龄在此文中，以兵家术语"避实击虚"阐述为文之道。文章构思在于巧妙、出奇制胜，在于波澜起伏。平铺直叙者，有如兵家用兵，只知正合，不知以奇胜。为文切忌直露，须含蓄有味，留有余地。审题构思时，须"视通万里，思接千载"，必使题无余蕴，下笔写作时能人所不能。以数言表达他人数十百言不能尽者，或以数百言言他人数言可了者，所谓行于所当行，止于不可不止。倘能如此，则不患文不理明辞达，神完气足。

● 朗读正文

曾国藩读书法

曾国藩

一、读书三"有"

有志：立远大志向，不甘下流；

有识：须知学问无尽，勿以一得自足；

有恒：勤学不断则无不成之事。

二、读书要"约"

譬若掘井九仞，而不及泉，则以一井为隘，而必广掘数十百井，身老力疲，而卒无见泉之一日。要"老守一井，力求及泉"。

读书犹如游观，万壑争流，必有主脉，能把持神理所在，其他次要自能融会贯通。

曾国藩：每日读背诵之书十页，看涉猎之书六十页。

三、读书要"专"

读书不"二"，"穷经必专一经，不可泛鹜。"读书一部未完，决不换他部，此为不易之道。经则专守一经，史则专熟一代。读一人之书，则目见、耳闻、天地之间无别书也。

四、读书要"耐"

一句不通，不看下句；今日不适，明日再读；今年不精，明年再读。

五、读书四"到"

眼到、心到、手到、口到。

手到、口到尤为重要，读书时圈点评注，是为最有效方法之一，可助记忆；读文以声调为本。刘大《论文偶记》曰：学者求神气而得之于音节，求音节而得之于字句。烂熟后，我之神气，即古人之神气，古人之音节，都在我喉吻间。

六、读书须"看、温、习、思"

以上四点必须并行。看书宜求速，不多阅则太陋；温旧书宜求熟，不背诵则易忘。习字宜有恒，不善则如身之无衣，山之无木；作文宜苦思，不善作则如人之哑不能言，马之跛不能行，四者缺一不可。看、温偏重于知识方面，而习、思则偏重于技术方面，前者重博，后者重专。精读之书不妨"约"，浏览之书无惧多。

附：曾国藩读书十二规矩

一、主敬：整齐严肃，清明在躬，如日之升；

二、静坐：每日不拘何时，静坐四刻，正位凝命，如鼎之镇；

三、早起：黎明即起，醒后不沾恋；

四、读书不二：一书未完，不看他书；

五、读史：念二十三史，每日圈点十页，虽有事不间断；

六、谨言：刻刻留心，第一工夫；

七、养气：气藏丹田，无不可对人言之事；

八、保身：节劳，节欲，节饮食；

九、日知其所无：每日读书，记录心得语；

十、月无忘其所能：每月作诗文数首，以验积理的多寡，养气之盛否；

十一、作字：饭后写字半时；

十二、夜不出门。

【品读作者】

曾国藩（1811—1872），初名子城，字伯涵，号涤生，谥文正，湖南湘乡人（今属湖南娄底）。晚清重臣，湘军之创立者和统帅者。清朝军事家、理学家、政治家、书法家、文学家，晚清散文"湘乡派"创立人。晚清"中兴四大名臣"之一，官至两江总督、直隶总督、武英殿大学士，封一等毅勇侯。著有《曾国藩家书》，其教育理念颇有成效，曾氏家族人才辈出：长子曾纪泽是著名外交家；次子曾纪鸿精通天文、地理，最精代数，曾著有《对数详解》、《圆率考真图解》等书；曾孙曾宝荪和曾约农皆幼承庭训，博通经史，卓尔不群，信守曾氏家训，远离官场，一同成为大教育家。

【读辟蹊径】

曾国藩能成一代大儒，其读书确有法，集前人读书方法之大成，值得我们借鉴。

● 朗读正文　　中学国文学习法（节选）

叶圣陶

学习国文必须多多阅读，多多写作，并且随时要求阅读得精审，写作得适当。在课内，阅读的是国文课本。那用意是让学生在阅读教本的当儿，培养阅读能力。凭了这一份能力，应该再阅读其他的书，以及报纸杂志等等。这才可以使阅读能力越来越强。并且，要阅读什么就能阅读什么，才是真正的受用。

……就一个高中毕业生来说，阅读能力……应该达到如下的程度：

阅读方面——（一）能读日报和各种并非专门性质的杂志；（二）能看适于中学程度的各科参考书；（三）能读国人创作的以及翻译过来的各体文艺作品的一部分；（四）能读和教本里所选的欧阳修、苏轼、归有光等人所作散文那样的文言；（五）能适应需要，自己查看如《论语》、《孟子》、《史记》、《通鉴》一类的书；（六）能查看《国语辞典》、《辞源》、《辞海》一类的工具书。这里所说的"能"表示了解得到家，体会得透彻，至少要不发生错误。眼睛在纸面上跑一回马，心里不起什么作用，那是算不得"能"的。

……以上虽只是个人的意见，我自以为很切实际，一个高中毕业生能够如此，国文程度也就可以了，自己也很够受用了。至于阅读不急需的古书如《尚书》、《左传》、《老子》、《庄子》……各人有各人的自由，旁人自然不便说他不对。可是就时代观点和教育立场说，这些都是不必叫中学生操心思花工夫的。还有文艺创作，能够着手固然好，不能够也无须强求，因为这不是人人都近情的。

靠自己的力阅读

阅读要多靠自己的力，自己能办到几分务必办到几分；不可专等老师给讲解，也不可专等老师抄给字典词典上的解释以及参考书上的文句。直到自己实在没法解决，才去请教老师或其他的人。因为阅读是自己的事，像这样专靠自己的力才能养成好习惯，培养真能力。再说，我们总有离开可以请教的人的时候，这时候阅读些什么，非专靠自己的力不可。

要靠自己的力阅读，不能不有所准备。特别划一段时期特别定一个课程来准备，不但不经济，而且很无聊。也只须随时多用些心，不肯马虎，那就是为将来做了准备。譬如查字典，如果为了作准备，专看字典，从第一页开头，一页一页顺次看下去，这决非办法。只须在需要查某一字的时候看得仔细，记得清楚，以后遇到这个字就是熟朋友了，这就是做了准备。不但查字典如此，其他都如此。

应做的准备大概有以下几项：

（一）留心听人家的话。写在书上是文字，说在口里就是话。听话也是阅读，不过读的是"声音的书"。能够随时留心听话，对于阅读能力的长进大有帮助。听清楚，不误会，固然第一要紧；根据自己的经验加以衡量，人家的话正确不正确，有没有罅漏，也是必要的事。不然只是被动地听，那是很有流弊的。至于人家用词的选择，语调的特点，表现方法的优劣，也须加以考虑。他有长处，好在哪里？他有短处，坏在哪里？这些都得解答，对于阅读极有用处。

（二）留心查字典。一个字往往有几个意义，有些字还有几个读音。翻开字典一看，随便取一个读音一个意义就算解决，那实在是没有学会查字典。必须就读物里那个字的上下文通看，再把字典里那个字的释文来对勘，然后确定那个字何音何义。这是第一步。其次，字典里往往有些例句，自己也可以找一些用着那个字的例句，许多例句聚在一块儿，那个字的用法（就是通行这么用）以及限制（就是不通行那么用）可以看出来了。如果能找近似而不一样的字两相比较，辨明彼此的区别在哪里，应用上有什么不同，那自然更好了。

（三）留心查辞典。一个辞也往往有几个意义，认真查辞典，该与前一节说的一样。那个辞若是有关历史的，最好根据自己的历史知识，把那个时代的事迹想一回。那个辞若是个地名，最好把地图翻开来辨认一下。那个辞若是涉及生物理化等科的，最好把自己的生物理化的知识温习一遍，辞典里说的或许很简略，就查各科的书把它考究个明白。那个辞若是来自某书某文的典故或是有关某时某人的成语，如果方便，最好把某书某文以及记载某时某人的话的原书找来看看。那个辞若是一种制度的名称，一个专用在某种场合的术语，辞典里说的或许很简略，如果方便，最好找些相当的书来考究个详细。以上说的无非要真个弄明白，不容含糊了事。而且，这样将辞典作钥匙，随时翻检，阅读的范围就扩大了，阅读参考书的习惯也可以养成了。

（四）留心看参考书。参考书范围很广，性质不一，未可一概而论。可是也有可以说的。一种参考书未必需要全部看完，但是既然与它接触了，它的体例总得弄清楚。目录该通体一看，书上的序文，人家批评这书的文章，也该阅读。这样，多接触一种参考书就如多结识一个朋友，以后需要的时候，还可以向他讨教，与他商量。还有，参考书未必全由自己购备，往往要往图书馆借看。那么，图书分类法是必要的知识。某个图书馆用的什么分类法，其中卡片怎样安排，某一种书该在哪一类里找，必须认清搞熟，检查起来才方便。此外如各家书店的特点以及它们的目录，如果认得清，取得到，对于搜求参考书也有不少便利。

以上说的准备也可以换成"积蓄"两个字。积蓄得越多，阅读能力越强。阅读不仅是中学生的事，出了学校仍需要阅读。人生一辈子阅读，其实是一辈子在积蓄中，同时一辈子在长进中。

<h2 style="text-align:center">阅读举要</h2>

如果经常做前面说的那些准备，阅读就不是什么难事。阅读时候的心情也得自己调摄，务需起劲，愉快。认为阅读好像还债务，那一定读不好。要保持着这么一种心情，好像腹中有些饥饿的人面对着甘美膳食的时候似的，才会有好成绩。

阅读总得"读"。出声念诵固然是读，不出声默诵也是读，乃至口腔喉舌绝不运动，只用眼睛在纸面上巡行，如古人所谓"目治"，也是读。无论怎样读，起初该用论理的读法，把文句中一个个词切断，读出它们彼此之间的关系来。又按各句各节的意义，读出它们彼此之间的关系来。这样读了，就好比听作者当面说一番话，大体总能听明白。最忌的是不能分解，不问关系，糊里糊涂读下去——这样读三五遍，也许还是一片朦胧。

读过一节停一停，回转去想一下这一节说的什么，这是个好办法。读过两节三节，又把两节三节连起来回想一下。这个办法可以使自己经常清楚，并且容易记住。

回想的时候，最好自己多多设问。文中讲的若是道理，问问是怎样的道理？用什么方法论证这个道理？文中讲的若是人物，问问是怎样的人物？用怎样的笔墨表现这个人物？有些国文读本在课文后面提出这一类的问题，就是帮助读者回想的。一般的书籍报刊当然没有这一类的问题，唯有读者自己来提出。

读一遍未必够，而且大多是不够的，于是读第二遍第三遍。读过几遍之后，若还有若干地方不明白不了解，就得做翻查参考的工夫。这在前面已经说过了，关于翻查字典辞典，以及阅读参考书，这儿不再重复。

总之，阅读以了解所读的文篇书籍为起码标准。所谓了解，就是明白作者的意思情感，不误会，不缺漏，作者表达些什么，就完全领会他些什么，必须做到这一步，才可以进一步加以批评，说他说得对不对，合情理不合情理，值不值得同情或接受。

在阅读的时候，标记全篇或者全书的主要部分，有力部分，表现最好的部分，这可以帮助了解，值得采用。标记或画铅笔线，或做别种符号，都一样。随后依据这些符号，可以总结全部的要旨，可以认清全部的警句，可以辨明值得反复玩味的部分。

说理的文章大概只需论理地读，叙事叙情的文章最好还要"美读"。所谓美读，就是把作者的情感在读的时候传达出来。这无非如孟子所说的"以意逆志"，设身处地，激昂处还他个激昂，委婉处还他个委婉，诸如此类。美读的方法，所读的若是白话文，就如戏剧演员读台词那个样子。所读的若是文言，就用各地读文言的传统读法，务期尽情发挥作者当时的情感。美读得其法，不但了解作者说些什么，而且与作者的心灵相感通了，无论兴味方面或采用方面都有莫大的收获。

读要不要读熟？这看自己的兴趣和读物的种类而定。心爱某篇文字，自然乐于读熟。对于某书中的某几段文字感觉兴趣，也不妨读熟。读熟了，不待翻书也可以随时温习，得到新的领会，这是很大的乐趣。

学习文言，必须熟读若干篇。勉强记住不算熟，要能自己成诵才行。因为文言是另一种语言，不是现代口头运用的语言，文言的法则固然可以从分析比较而理解，可是要养成熟极如流的看文言的习惯，非先熟读若干篇文言不可。

阅读当然越快越好，可以经济时间，但是得以了解为先决条件。糊里糊涂读得快，不如通体了解而读得慢。练习的步骤该是先求其无不了解，然后求其尽量地快。出声读须运用口腔喉舌，总比默读仅用"目治"来得慢些。为阅读多数书籍报刊的便利起见，该多多练习"目治"。

（选自商金林编：《大家国学·叶圣陶卷》，天津人民出版社 2008 年版）

【品读作者】

叶圣陶（1894—1988），原名叶绍钧，字秉臣，江苏苏州人，著名作家、教育家、编辑家、文学出版家和社会活动家。尤其是在语文教育界，堪称泰斗，与吕叔湘、张志公合称"三老"。著有《语文教育论集》、《叶圣陶文集》。

【读辟蹊径】

本文原本论述如何培养阅读能力和写作能力，现只节选阅读部分。阅读之前准备有四：留心听人家的话，留心查字典，留心查辞典，留心看参考书。阅读之时，标记全篇或者全书的主要部分、有力部分、表现最好的部分，以帮助了解，可资采用。阅读之时，可辨体而读，侧重不一。说理的文章大概只需论理地读，叙事叙情的文章最好还要"美读"。

● 朗读范文　　　　　　　# 谈读书
朱光潜

书是读不尽的，就读尽也是无用，许多书没有一读的价值。你多读一本没有价值的书，便丧失可读一本有价值的书的时间和精力；所以你须慎加选择。你自己自然不会选择，须去就教于批评家和专门学者。我不能告诉你必读的书，我能告诉你不必读的书。

我所指的不必读的书，不是新书，是谈书的书，是值不得读第二遍的书。走进一个图书馆，你尽管看见千卷万卷的纸本子，其中真正能够称为"书"的恐怕还难上十卷百卷。你应该读的只是这十卷百卷的书。在这些书中间你不但可以得到正确的知识，而且可以于无形中吸收大学者治学的精神和方法。这些书才能松动你的心灵，激动你的思考。其他像《文学大纲》、

《科学大纲》以及杂志报章上的书评，实在都不能供你受用。你与其读千卷万卷的诗集，不如读一部《国风》或《古诗十九首》，你与其读千卷万卷谈希腊哲学的书籍，不如读一部柏拉图的《理想国》。

你也许要问我像我们中学生究竟应该读些什么书呢？这个问题可是不易回答。你大约还记得北平《京报副刊》曾征求"青年必读书十种"，结果有些人所举的十种尽是几何代数，有些人所举的十种尽是《史记》、《汉书》。这在旁人看起来似近于滑稽，而应征的人却各抱有一番大道理。本来这种征求的本意，是以一个人的标准做一切人的标准，好像我只欢喜吃面，你就不能吃米，完全是一种错误见解。各人的天资、兴趣、环境、职业不同，你怎么能定出万应灵丹似的十种书，供天下无数青年读之都能感觉同样趣味、发生同样效力？

我为了写这封信给你，我特地去调查了几个英日公共图书馆。他们的青年读物部最流行的书可以分为四类：（1）冒险小说和游记；（2）神话和寓言；（3）生物故事；（4）名人传记和爱国小说。其中代表的书籍是幽尔汎（凡尔纳）的《八十日环游世界记》和《海底二万里》，德孚（笛福）的《鲁滨孙漂流记》，大仲马的《三剑侠》，霍爽（霍桑）的《奇书》和《丹谷闲话》（Hawthorne：Wonder Book and Tanglewood Tales），金斯莱（Kingsley）的《希腊英雄传》（Heroes），法布尔的《鸟兽故事》（Fabre：Story Book of Birds and Beasts），安徒生的《童话》，骚德的《纳尔逊传》（Southey：Life of Nelson），房龙的《人类故事》（Vanloon：The Story of Mankind）之类。这些书在外国虽然流行，给中国青年读，却不甚相宜。中国学生们大半是少年老成，在中学时代就欢喜煞有介事的谈一点学理。他们——你和我自然都在内——不仅欢喜谈谈文学，还要研究社会问题，甚至于哲学问题。这既是一种自然倾向，也就不能漠视，我个人的见解也不妨提起和你商量商量。十五六岁以后，教育宜重发达理解，十五六岁以前的教育宜重发达想象。所以初中的学生们宜多读想象的文字，高中的学生才应该读含有学理的文字。

谈到这里，我还没有答复应读何书的问题。老实说，我没有能力答复，我自己便没曾读过几本"青年必读书"，老早就读些壮年必读书。比方中国书里，我最欢喜《国风》、《庄子》、《楚辞》、《史记》、《古诗源》、《文选》中的《书笺》、《世说新语》、《陶渊明集》、《李太白集》、《花间集》、《张惠言词选》、《红楼梦》等等。在外国书里，我最欢喜溪兹（济慈）、雪莱、考老芮基（柯尔律治）、白朗宁诸人的诗集，苏菲克里司（索福克勒斯）的七悲剧，莎士比亚的《哈孟列德（哈姆雷特）》、《李尔王》和《奥塞罗》，歌德的《浮士德》，易卜生的戏剧集，杜（屠）格涅夫的《新田地（处女地）》和《父与子》，妥斯套夫斯克（陀思妥耶夫斯基）的《罪与罚》，福洛伯（福楼拜）的《布华里（包法利）夫人》，莫泊桑的小说集，小泉八云关于日本的著作等等。如果我应北京《京报副刊》的征求，也许都把这古董洋货捧上，凑成"青年必读书十种"。但是我知道这是荒谬绝伦。所以我现在不敢答复你应读何书的问题。你如果要知道，你应该请教你所知的专门学者，请他们各就自己所学范围以内指定三两种青年可读的书。你如果请一个人替你面面俱到地设想，比方他是学文学的人，他也许明知青年必读书应含有社会问题科学常识等等，而自己又没甚把握，姑且就他所知的一两种拉来凑数，你就像问道于盲了。同时，你要知道读书好比探险，也不能全靠别人指导，自己也须费些工夫去搜求。我从来没有听见有人按照别人替他定的"青年必读书十种"，或"世界名著百种"读下去，便成就一个学者。别人只能介绍，抉择还要靠你自己。

关于读书方法，我不能多说，只有两点须在此约略提起。第一，凡值得读的书至少须读两遍。第一遍须快读，着眼在了解全篇大旨与特色。第二遍须慢读，须以批评态度衡量书的内容。第二，读过一本书，须笔记纲要和精彩的地方和你自己的意见。笔记不仅可以帮助你记忆，而且可以逼得你仔细，刺激你思考，记着这两点，其他琐细方法便用不着说。各人天资习惯不同，你用哪种方法收效较大，我用哪种方法收效较大，不是一概而论的。你自己终究会找出你自己的方法，别人决不能给你一个单方，使你可以"依法炮制"。

（选自《朱光潜全集》，安徽教育出版社 1993 年版）

【品读作者】

朱光潜（1897—1986），安徽桐城人，美学家、文艺理论家、翻译家。主要编著有《文艺心理学》、《悲剧心理学》、《西方美学史》、《谈美书简》等，并翻译了《歌德谈话录》、柏拉图的《文艺对话集》、黑格尔的《美学》、克罗齐的《美学》等。其中尤以《谈美书简》在青年读者中影响最大。

【读辟蹊径】

朱光潜论读书方法，颇中要害。读书须慎加选择，且讲究方法。好书要多读，先快读，后慢读，且需养成做读书笔记之习惯，既能加深记忆，又能细读文本。方法众多，因人而异，合适自身即可。

● 朗读正文　　　　　　我怎样读书

王云五

闲读、精读、略读、摘读

依我的见解，读书似可分为四种：闲读，精读，略读或速读，摘读。兹各别说明如下。

闲　读

闲读是指为消遣而读书。英国文豪蓝浦·查尔曾说过："人生的笑，是与灯火同时起的。"其意是说无所用心的闲谈，是以晚上为最适宜的时间；然而借灯火助兴的闲谈，必须有可与闲谈之人，而此种人或未必随时可以获得；于是灯下把卷闲读，倒可随心所欲，远较闲谈为便利。

这样的闲读，在我国可以陶渊明的《五柳先生传》里所称"好读书，不求甚解，每有会意，便欣然忘食"为注脚。这样读书，完全出于消遣，自无讲求读书方法的必要。

另一种闲读，则如美国的老罗斯福总统公余辄阅读侦探小说。据他说，由此种小说之巧妙的作者，故布疑局，使读者在一页一页的读下去时，对于谁是真正的罪犯，不免因好奇而作种种的臆测，致把日常萦怀的政务暂置脑后，而获得短时间的休息。

精　读

这是指要精细阅读的书而言，宋朱熹说："大抵所读经史，切要反复精详，方能渐见旨趣，诵之宜舒缓不迫，字字分明，更须端庄正坐，如对圣贤，则心定而义理易究，不可贪多务广，涉猎鲁莽，看过了便谓已通；小有疑问，即便思索，思索不通，即置小册子逐日抄记，以时省阅，俟后日逐一会理，切不可含糊护短，耻于质问，而终身受此黯暗以自欺也。"此语可为这一类书写照。

英国哲学家培根也曾说："有些书可以囫囵吞下；有些书却要细嚼慢吞。"这里所谓细嚼慢吞者，也就是这一类书。

速　读

这便是培根所称"可以囫囵吞下的书"。精读的长处固可使读者彻底领会书的内容与含义，而其短处则使人不能多读，而有陷于寡陋之虞。

因此，善于读书之人，应按书籍之性质，与其对所研究题目关系之轻重，而分别为精读与速读。属于速读的范围者，只要得一书之大意；故如有可能，尽管用一目十行之方法而读之。其有精读之必要者，当然不宜速读，致陷于"欲速则不达"之弊。因此，何者宜速读，何者宜精读，其区别不仅在性质方面，而且同一书亦可因不同之读者，与其各别之目的而异。

摘　读

此指不仅无需精读，甚至无需迅速读完全的书而言。此类书尽可摘读其中之若干部分。要行摘读的方法，大抵该书的导言或序文足以观全书的梗概者不可不读，其次便是阅看目录或细目，以决定某章某节当读；最后并参看索引，检得某节或某段当读。

读书方法种种

选　题

一个人如能在一个时期内集中研究一个问题，以谋解答，则除借观察实验或访问以外，定必从书报杂志上搜集种种有关资料；这样一来，他的阅读书籍总是有所为而为之。大抵先从书目上检寻相关的书志，检得认为当读之书志后，往往先从事摘读；如发现全书值得速读，则利用速读；如认为有精读之必要，便实行精读。阅读时，如发现有可供解答所研究问题的资料，定必欢喜万分；若证明无可取材，则将如饥思食、渴思饮，另行穷搜其他的资料，这样的习惯，经过几次的培养，渐渐成为自然，则毕生对于读书选材自必饶有兴趣。

明　体

读一书须先明其大体。书的大体包括：（一）学术流派，（二）作者立场，（三）时代背景。

提　纲

提纲是指利用书籍之提要而言。迄今关于书籍提要之作不下百数十种，其规模大者莫如清代的《四库全书总目提要》。外国这一类的书籍提要也很多。英文中像凯勒氏的《读者书籍提要》等最常用。

析　疑

读书时须先能怀疑。若对书中所说的理论和方法毫无条件地接受，即没有怀疑，那就用不着析疑了。孟子说得好："尽信书则不如无书。"宋程颐说："学者先要会疑。"可见古圣先贤，对于读书皆主张能怀疑。

英国文豪马可黎的记忆力极强，过目成诵；因此能够写作许多堂皇的历史和传记，但是后人也有说他的优点便是他的缺点，即由于记忆力太好，很容易掇拾他人的言论，自己思考的习惯不免有所疏忽，以致缺乏创造力；虽成为一位卓越的历史家与文学家，却不能以他的聪明才智发展而为一位思想家。这又是说不多用心之弊。

（选自王学哲编：《我怎样读书：王云五对青年谈求学与生活》，辽宁教育出版社 2005 年版，略有改动）

【品读作者】

王云五（1888—1979），原名日祥，后改名云五，号岫庐，广东香山市（今中山市）人。中国近现代著名出版家，出版世人瞩目的《万有文库》、《中国文化史丛书》、《大学丛书》等大型丛书。王云五靠自学成才，学习全凭个人兴趣，加上对新知的强烈渴求，使他读书广博精深，既涉及各门各类，又体现为中外兼备。

【读辟蹊泾】

王云五对各种读书方法介绍颇为详尽，取其中一点试行之，足矣。

治学感言

第三组　读书方法

第四组　读书笔记范例

● 朗读正文　　　国学入门书目及其读法（节选）
梁启超

序

两月前，《清华周刊》记者以此题相属，蹉跎久未报命。顷独居翠微山中，行箧无一书，而记者督责甚急。乃竭三日之力，专凭忆想所及草斯篇。漏略自所不免。且容有并书名篇名亦记忆错误者。他日当更补正也。

中华民国十二年四月二十六日启超。碧摩岩揽翠山房。

（甲）修养应用及思想史关系书类

○《论语》《孟子》

《论语》为二千年来国人思想之总源泉。《孟子》自宋以后势力亦与相埒。此二书可谓国人内的外的生活之支配者。故吾希望学者熟读成诵。即不能，亦须翻阅多次，务略举其辞；或摘记其身心践履之言以资修养。

《论语》、《孟子》之文，并不艰深，宜专读正文，有不解处方看注释。注释之书：朱熹《四书集注》，为其生平极矜慎之作，可读。但其中有堕入宋儒理障处，宜分别观之。清儒注本：《论语》则有戴望《论语注》、《孟子》则有焦循《孟子正义》最善。戴氏服膺颜习斋之学，最重实践，所注似近孔门真际；其训诂亦多较朱注为优。其书简洁易读。焦氏服膺戴东原之学，其《孟子正义》在清儒诸经新疏中为最佳本。但文颇繁，宜备置案头，遇不解时或有所感时则取供参考。

戴震《孟子字义疏证》，乃戴氏一家哲学，并非专为注释《孟子》而作。但其书极精辟，学者终须一读。最好是于读《孟子》时并读之，既知戴学纲领，亦可以助读《孟子》之兴味。

焦循《论语通释》，乃摹仿《孟子字义疏证》而作，将全部《论语》拆散，标举重要诸义如言仁言忠恕等列为若干目，通观而总诠之。可称治《论语》之一良法，且可应用其法以治他书。

右两书篇叶皆甚少，易读。

陈沣《东塾读书记》中读《孟子》之卷，取《孟子》学说分项爬梳，最为精切。其书不过二三十页，宜一读以观前辈治学方法，且于修养亦有益。

○《易经》

此书为孔子以前之哲学书。孔子为之注解，虽奥衍难究，然总须一读。

吾希望学者将《系辞传》、《文言传》熟读成诵；其《卦象传》六十四条，则用别纸抄出，随时省览。

后世说《易》者言人人殊。为修养有益起见，则程颐之《程氏易传》差可读。

说《易》最近真者，吾独推焦循。其所著《雕菰楼易学》三书（《易通释》、《易图略》、《易章句》）皆称精诣。学者如欲深通此经，可取读之。否则可以不必。

〇《老子》

道家最精要之书。希望学者将此区区五千言熟读成诵。注释书未有极当意者。专读白文自行寻索为妙。

……

〇《清代学术概论》梁启超著

欲略知清代学风，宜读此书。

（乙）政治史及其他文献学书类

〇《资治通鉴》

此为编年政治史最有价值之作品。虽卷帙稍繁，总希望学者能全部精读一过。若苦干燥无味，不妨仿《春秋大事表》之例，自立若干门类，标治摘记作将来著述资料。（吾少时曾用此法，虽无成书，然增长兴味不少。）

王船山《读通鉴论》，批评眼光，颇异俗流。读《通鉴》时取以并读，亦助兴之一法。

〇《二十四史》

《通鉴》、《通考》，已浩无涯矣。更语及庞大之《二十四史》，学者几何不望而却走！然而《二十四史》终不可不读。其故有二：（一）现在既无满意之通史，不读《二十四史》，无以知先民活动之遗迹；（二）假令虽有佳的通史出现，然其书自有别裁，《二十四史》中之原料，终不能全行收入。以故《二十四史》终久仍为国民应读之书。

书既应读，而又浩瀚难读，则如之何？吾今试为学者拟摘读之法数条。

一曰就书而摘。《史记》、《汉书》、《后汉书》、《三国志》，俗称四史。其书皆大史学家一手著述，体例精严。且时代近古，向来学人诵习者众，在学界之势力与六经诸子垺。吾辈为常识计，非一读不可。吾希望学者将此四史之列传，全体浏览一过，仍摘出若干篇稍为熟诵，以资学文之助。因四史中佳文最多也。（若欲吾举其目亦可。但手边无原书，当以异日。）四史之外，则《明史》共认为官修书中之最佳者，且时代最近，亦宜稍为详读。

二曰就事分类而摘读志。例如，欲研究经济史财政史，则读《平准书》、《食货志》。欲研究音乐，则读《乐书》、《乐志》。欲研究兵制，则读《兵志》。欲研究学术史，则读《艺文志》、《经籍志》，附以《儒林传》。欲研究宗教史，则读《魏书·释老志》（可惜他史无之）……每研究一门，则通各史此门之志而读之，且与《文献通考》之此门合读。当其读时，必往往发现许多资料散见于各传者，随即跟踪调查其传以读之。如此引申触类，渐渐便能成为经济史、宗教史……之长编。将来荟萃而整理之，便成著述矣。

三曰就人分类而摘读传。读名人传记，最能激发人志气，且于应事接物之智慧增长不少。古人所以贵读史者以此。全史各传既不能遍读（且亦不必），则宜择伟大人物之传读之，每史亦不过二三十篇耳。此外，又可就其所欲研究者而择读：如欲研究学术史，则读《儒林传》及其他学者之专传；欲研文学史，则读《文苑传》及其他文学家之专传……用此法读去，恐只患其少，不患其多矣。

又各史之《外国传》、《蛮夷传》、《土司传》等，包含种族史及社会学之原料最多，极有趣。吾深望学者一读之。

〇《廿二史札记》赵翼著

学者读正史之前，吾劝其一浏览此书。记称"属辞比事《春秋》之教"。此书深得"比事"之诀。每一个题目之下，其资料皆从几十篇传中零零碎碎觅出，如采花成蜜。学者能用其法以读史，便可养成著述能力。（内中校勘文学异同之部约占三分一，不读亦可。）

〇《中国历史研究法》梁启超著

读之可增史学兴味，且知治史方法。

（丙）韵文书类

〇《诗经》

希望学者能全部熟读成诵。即不尔，亦须一大部分能举其词。注释书，陈奂《诗毛氏传疏》最善。

〇《楚辞》

屈、宋作，宜熟读，能成诵最佳。其余可不读。注释书，朱熹《楚辞集注》较可。

（戊）随意涉览书类

学问固贵专精，又须博涉以辅之。况学者读书尚少时，不甚自知其性所近者为何。随意涉猎，初时并无目的，不期而引起问题，发生趣味，从此向某方面深造研究，遂成绝业者，往往而有也。吾固杂举有用或有趣之各书，供学者自由翻阅之娱乐。读此者不必顺页次，亦不必求终卷也。（各书亦随忆想所及杂举，无复诠次）。

〇《四库全书总目提要》

清乾隆间四库馆，董其事者皆一时大学者。故所作提要，最称精审。读之可略见各书内容（中多偏至语自亦不能免）。宜先读各部类之叙录，其各书条下则随意抽阅。有所谓存目者，其书被屏，不收入《四库》者也。内中颇有怪书，宜稍注意读之。

〇《世说新语》

将晋人谈玄语分类纂录，语多隽妙。课余暑暇之良伴侣。

〇《水经注》郦道元撰，戴震校。

六朝人地理专书。但多描风景，记古迹，文辞华妙。学作小品文最适用。

〇《文心雕龙》刘勰撰。

六朝人论文书。论多精到，文亦雅丽。

〇《徐霞客游记》

霞客晚明人，实一大探险家。其书极有趣。

〇《东塾读书记》陈沣撰。

此书仅五册，十余年乃成。盖合数十条笔记之长编乃成一条笔记之定稿，用力最为精苦。读之可识搜集资料及驾驭资料之方法。书中论郑学，论朱学，论诸子，论三国，诸卷最善。

〇《广艺舟双楫》康有为

论写字。极精博。文章极美。

以上所列五项，倘能依法读之，则国学根柢略立，可以为将来大成之基矣。惟青年学生校课既繁，所治专门别有在，恐仍不能人人按表而读。今再为拟一真正之最低限度如下：

《四书》（论语、孟子、大学、中庸）、《易经》、《书经》、《诗经》、《礼记》、《左传》、《老子》、《墨子》、《庄子》、《荀子》、《韩非子》、《战国策》、《史记》、《汉书》、《后汉书》、《三国志》、《资治通鉴》（或《通鉴纪事本末》）、《宋元明史纪事本末》、《楚辞》、《文选》、《李太白集》、《杜工部集》、《韩昌黎集》、《柳河东集》、《白香山集》，其他词曲集随所好选读数种。

以上各书，无论学矿学工程学……皆须一读。若并此未读，真不能认为中国学人矣。

（选自商金林编：《大家国学·梁启超卷》，天津人民出版社 2008 年版）

【品读作者】

梁启超（1873—1929），字卓如、任甫，号任公，别号饮冰室主人，广东新会人。"八岁学为文，九岁能缀千言"，十七岁中举，后师从康有为。1895 年春进京，协助康有为发动"公车上书"运动，人们合称二人为"康梁"。1898 年参与"百日维新"。梁先生是中国近代著名政治家，同时也是蜚声中外的大学者。后半生致力于文化建设事业，更以绝大精力到各地进行学术演讲，特别是晚年在南开大学、东南大学、燕京大学的兼课以及执教清华学校，成为该校研究院国学门著名的四大导师之一，更令其学术生命迸发出异彩。一生著作等身，涉及政治、经济、哲学、历史、语言、宗教及文化艺术、文字音韵等。《清代学术概论》、《中国近三百年学术史》、《中国历史研究法》皆是传世的经典之作，对当时及后世均影响深远。

【读辟蹊泾】

就以上所谓真正最低限度之书，今日学生亦未必能尽读。再删减之可为：四书、《易经》、前四史、《资治通鉴》、《诗经》、文选，另加《唐诗三百首》和《宋词三百首》可也。作者对所列书目皆有极为精到之点评，虽三言两语，然其书之精华概然可见。对书中精华部分直接提取列举，颇便读者，省却不少检时之功。读书笔记写法颇多，可摘抄，可评点。此文以极简洁之语言概括所读之书之精华，语言亦优美之极，今日学生可多借鉴。

● 朗读正文

读陶随录（节选）

王 瑶

归园田居

此乃陶诗中最为人传诵之篇，至今犹然。全诗总括于"久在樊笼里，复得返自然"二语，旧林故渊，园田方宅，皆为自然。《庄子·缮性》云："此之谓至一，当是时也，莫之为而常自然。"所谓莫之为即鸟不羁而人不限于樊笼也。"暧暧远人村，依依墟里烟。狗吠深巷中，鸡鸣桑树巅"，活绘出一幅田园图画，东坡许为"大匠运斤，无斧凿痕"，自为名句。三首"晨兴理荒秽，带月荷锄归"，四首"试携子侄辈，披榛步荒墟"，皆画中境也，微体验不可得之。二首言："白日掩荆扉，虚室绝尘想，时复墟曲中，披草共来往，相见无杂言，但道桑麻长。"五首言："漉我新熟酒，只鸡招近局，日入室中暗，荆薪代明烛，欢来苦夕短，已复至天旭。"皆家常话，而亲切真实。岂非桃花源中"怡然自乐"之境乎？

归去来兮辞

此文历代选家评家，备致赞扬之辞，无待赘述。名曰辞，祖尚楚辞也。辞以抒怀为主，与赋之重铺陈者异，两汉以来，作者日稀，太史公《屈贾列传》言宋玉唐勒景差之徒皆好辞而以赋见称，可知二者递变之迹也。此文较《离骚》简约真实，所言皆切身真境，而语不枯淡，欧阳永叔尊为晋文之冠，是矣。观序，将出仕之经过及痛苦，忠实道出；所谓"质性自然，非矫厉所得，饥冻虽切，违己交病"，初仕为生计所迫，只望一稔即归，而结果仅八十余日，其情可知矣。文中前半述归时之事，后半述归后之情；以田园启始，以乐天结终，将各层逐渐写出。"乃瞻衡宇，载欣载奔"，活写出脱樊之乐。"云无心以出岫，鸟倦飞而知还，景翳翳以将入，抚孤松而盘桓"四句写自然之景色，以兴起以下田园生活之叙述。"木欣欣以向荣，泉涓涓而始流"，由此之感而引起以下其人生态度之确定。结以"聊乘化以归尽，乐夫天命复奚疑"，人生至此，已于宇宙合一矣。

桃花源记

此文为渊明理想社会之素描，当无疑义。理想本为事实之扩大与改造，与事实绝难毫无关联，故考据家言某种制度情形为此文之背景则可，若言此为实事实录，则谬矣。文中言"不知有汉，无论魏晋"，诗言"嬴氏乱天纪，贤者避其世"，又言"淳薄既异源"，与集中各诗所表之思想，甚为一贯，可知其怀抱矣。魏晋小说多随记短语，辞意皆卑，此文结构井然，亦一佳美之短篇小说也，唐人作桃源行，以之为永生之神仙，陋之甚矣。

五柳先生传

此文托五柳先生以自况，其体盖源于阮籍之《大人先生传》。惟后之仿作者甚稀，盖言之浮夸则流于自诩，谦虚则难达微旨，非胸襟卓绝者不能道也。此文恰如其分。不慕荣利，屡空晏如诸事，固坦言之而无愧色，故各传皆云"时人谓之实录"也。文中"好读书，不求甚解"一语，后人每多误解，浅人更妄引以自解嘲，但下云："每有会意，便欣然忘食。"则所谓不求甚解者，重在会其"意"也。得意忘言，犹得鱼之忘筌，若拘之于章句之附会穿凿，乃以筌为鱼也。

（选自王瑶著：《中古文学史论》，北京大学出版社 1998 年版）

【品读作者】

王瑶（1914—1989），字昭琛，山西平遥人。1946 年毕业于清华大学研究院中国文学部。曾任清华大学副教授。1952 年调北京大学中文系任教，历任北京大学副教授、教授，国务院学位委员会第一届学科评议组成员，中国现代文学研究会第一至三届会长。研究领域为汉魏六朝文学及中国现当代文学。其所著《中古文学史论》，无论是关于中古文学的具体论述，还是文学史研究方法论，已成为一代代学人探索的伴侣：或引证，或评价，或品鉴，或引申发挥。其书影响深远，堪称传世之作。在中国现代文学研究方面，亦成大家，新中国成立后绝大多数中国现当代文学史的体例框架皆不出其《中国新文学史稿》之范围。

【读辟蹊径】

王瑶之读书笔记，文辞优美，见解独到。其读书笔记皆就常人所常见之经典古诗文阐发心中所想：首篇就名句进行点评，采取分总式，善于异中求同，归之"自然"二字。次篇则逐段分析文章大意，又述此文融叙事抒情议论于一体。思路极为清晰，可资为文借鉴。第三篇属议论体，有破有立。末篇分析一语中的，得意忘言。此文可谓读书笔记之范本。今之学子，能写出心中所想、读后所感即可。

● 朗读名文　毛泽东论读书与学习

胡为雄

毛泽东是个终生与书为伴的人，他热爱学习热爱读书无人能比。毛泽东曾说："我一生最大的爱好是读书。""饭可以一日不吃，觉可以一日不睡，书不可以一日不读。"自少年时代起，毛泽东就善于挤时间看书学习。长沙求学时期他勤学苦读，革命战争年代他利用战争空隙争分夺秒地研读，社会主义建设时代更加嗜读。毛泽东的故居中南海就像个书天书地，居室的书架上摆满了书，办公桌、饭桌、茶几上到处都是书，床上除躺卧的位置外也全都被书占领，连厕所里也摆放着书。为了读书，毛泽东把一切能利用的时间都用上了。他利用上厕所的时间，把宋代淳熙本《昭明文选》等书断断续续地看完了。外出开会或视察工作时，毛泽东也总是带着几箱子书。直到重病临终之前，毛泽东也未放弃对书本的钟爱。在1976年9月7日至8日下午的弥留之际，毛泽东仍在坚持看文件、读书。据医疗护理记录，8日这一天毛泽东看文件、看书共11次，达2小时50分钟。其中有一次在工作人员的帮助下看了7分钟的书，他又昏过去了。10多个小时后，毛泽东在书香味中离世了。

毛泽东孜孜不倦地读书学习，是他成为伟人、作出丰功伟绩的先决条件之一。在数十年的读书生涯中，毛泽东积累了渊博的学识，也有着丰富的学习经验。毛泽东常常论及读书与学习，其相关思想非常丰富。毛泽东是怎样论读书与学习的呢？概括起来主要有如下方面。

一、学要胜古人。在毛泽东早年所作的《讲堂录》中，曾有这样的记载："才不胜今人，不足以为才；学不胜古人，不足以为学。"在现实中，毛泽东也确实是才胜今人，学胜古人。从青年时代起，毛泽东就立志探寻宇宙的大本大源，想读尽天下书。从1920年开始，毛泽东到北京第一次接触到马克思主义的书刊后，就开始潜心钻研，不断积累这方面的知识，并完成世界观的转变，成为马克思主义者。

二、积学贵有恒。毛泽东在长沙求学时期曾立言以身心之修养、学问之研求为主，用功读书，持之以恒。他写过一副自勉联："贵有恒，何必三更起五更眠；最无益，只怕一日曝十日寒"（化用明代学者胡居仁所撰的对联）。这副对联体现了毛泽东对积学贵有恒精神的称道。毛泽东之所以成就为哲学家，是他终生注意研习哲学的结果。例如在延安时期，已是中国共产党主席的毛泽东，在读艾思奇的《哲学与生活》一书时，曾亲笔作了3000余字的摘录，还致信艾思奇虚心求教。

三、书要反复读。毛泽东提倡读书要"三复四温"。在日常生活中，毛泽东对喜欢读的书，一遍又一遍地研读，一次又一次地加深理解。每读一遍书，他习惯在封页上画上一个圈。从中南海故居保留下来的书籍中，可以看到许多书的封页上画有四、五个圈。有些书，页面上留有红、蓝、黑各色笔迹的圈划批注，这是毛泽东不同时期反复阅读留下的手迹。一些重要的马列著作、马克思主义哲学和党史类以及文学类的著作，他更是反复研读。如《联共（布）历史简明教程》、李达的《社会学大纲》，他都读了10遍以上。对于《红楼梦》，毛泽东读得更仔细，并且至少读过10种不同版本。

四、广收博览。读书广收博览是毛泽东一贯提倡和践行的。毛泽东在给秘书林克的信中曾这样说："钻到看书看报看刊物中去，广收博览，于你我都有益。"这句话其实也是毛泽东的经验之谈。他自己的读书范围就十分广泛，从社会科学到自然科学，从西方社会科学名著到马列主义著作，从古代作品到近人新作，总之，哲学、宗教、政治、经济、军事、文学、历史、地理、自然科学、科学技术等方面的书籍以及各种报刊杂志，都在毛泽东的涉猎范围。

五、系统钻研。毛泽东提倡博览群书，同时又提倡认真研究、系统掌握书本知识。对于马列主义，毛泽东更是号召系统研究。他曾指出：一切有相当研究能力的共产党员，都要研究马克思、恩格斯、列宁、斯大林的理论。他还强调："从担负主要领导责任的观点上说，如果我们党有一百个至二百个系统地而不是零碎地、实际地而不是空洞地学会了马克思列宁主义的同志，就会大大地提高我们党的战斗力量，并加速我们战胜日本帝国主义的工作。"

六、勤动笔墨。勤动笔墨是毛泽东读书时的一大特点。毛泽东在读书时常常在书页上圈圈点点，勾勾划划，留下自己的心得或评论。在湖南一师求学期间研读德国伦理学家泡尔生的《伦理学原理》时，毛泽东就曾在书页上写有12000字的读书批注。在领导红军长征到达陕北后，毛泽东为钻研马克思主义哲学，在所读过的哲学教材书页上都留下了许多阅读符号，如横线、竖线、斜线、波浪线、三角、方框、圈、点、勾、叉及问号等。此外，毛泽东在读书时，还细心地改正了原书中一些排错的文字和标点符号。在建国以后，毛泽东读书时作批注亦不少。

七、学思结合。毛泽东这一主张与孔子的名言"学而不思则罔"一致。青年时期毛泽东就曾批评学而不思的陋习。他说："吾国二千年之学者，皆可谓之学而不思。"与这种陋习相反，毛泽东在读书时善于独立思考。尤其是在读历史书的时候，毛泽东把所读之书放置在一个恰当的历史背景中，注意把握所读之书形成的时代特点、社会条件和作者的成书条件、写作动机、指导思想和目的，弄通读透书的内容。

八、不闭门求学。毛泽东主张，求学要结合社会的实际，不但要读有字之书，还要读无字之书。他在《讲堂录》中写道："闭门求学，其学无用。欲从天下万事万物而学之，则汗漫九垓，遍游四宇尚已。"他赞赏古人"读万卷书，行万里路"的治学之道。正是为了践行开门求学原则，毛泽东在湖南一师读书期间曾利用假期考察湖南农村。北伐战争期间，毛泽东于1927年专程赴湖南考察湘潭、长沙等五县的农民运动，并写出了《湖南农民运动考察报告》。正是在广泛和深入调查农村的基础上，毛泽东提出了一条新民主主义革命的总路线。

九、学离不开问。毛泽东认为学习不仅要善于读死的书本，还要善于读"活"的书本。他主张学孔夫子的"每事问"。在《反对本本主义》一文中，毛泽东批评许多领导者，一接任新的工作就喜欢宣布政见，一遇到困难就叹气、恼火，而不知到自己的"工作范围的各部分各地方去走走，学个孔夫子的'每事问'"。

十、要善于挤和钻。毛泽东在延安在职干部教育动员大会上讲话时曾说：学习可以想法子解决。一个法子叫做"挤"，用"挤"来对付忙。好比木匠师傅钉一个钉子到木头上，这就是向木头"挤"，木头让了步。另一个办法叫做"钻"，如木匠钻木头一样地"钻"进去。看不懂的东西我们不要怕，就用"钻"来对付。毛泽东是"挤"和"钻"精神的提倡者，更是实行这种精神的模范。青年时期他曾在路灯下看书，甚至躲在厕所里看书。建国后他日理万机，工作十分繁忙，但仍利用饭前饭后、节假日、旅途间隙读书。

十一、学而不厌，诲人不倦。毛泽东曾说："学习的敌人是自己的满足，要认真学习一点东西，必须从不自满开始。对自己，'学而不厌'，对人家，'诲人不倦'，我们应取这种态度。"事实上，毛泽东对学而不厌和诲人不倦这两者都作出了表率。学而不厌首先表现在毛泽东长年坚持阅读马恩列著作及许多马克思主义的政治、经济、哲学、军事、文学、史学等专著。毛泽东同时是诲人不倦的导师。无论是在湖南一师附小任教，还是在红军大学、抗日军政大学和中央党校讲课，毛泽东都能深入浅出，讲得非常生动、活泼，且循循善诱。

十二、学习的目的在于应用。毛泽东是理论联系实际的行家，他明确指出学习的目的在于应用。毛泽东曾明确指出："对于马克思主义的理论，要能够精通它、应用它，精通的目的全在于应用。"毛泽东不仅把理论与实践比作箭与靶的关系，更把对理论的应用或实践本身看作是更重要的学习，故他提倡在实践中学习。

（选自《党建》2010 年第 5 期，略有改动）

【品读作者】

胡为雄，中央党校教授、博士生导师。专治马克思哲学、毛泽东哲学，兼及中国近现代史、人类现实实践。主要著有《毛泽东诗赋人生》、《毛泽东思想研究史略》和《毛泽东哲学和中国哲学的兴趣》。

【读辟蹊径】

作者在长期阅读毛主席著作的过程中，总结出毛主席独到的学习方法。此文可视作作者读书时的笔记，不仅可学到读书方法，同时还可发现在做读书笔记时如何将自己的心得分类之法。作者对散见于毛主席著作中的读书经验进行了理论概括：多读、多写、多思考、多理论联系实际，学习时间靠挤和钻。作者在总结每一点时都不空谈，而是有相应的例子来证明自己的观点，这样材料就显得充实，有说服力。其所介绍的读书方法简单实用，具有很大的操作性，值得效仿。

第五组　科研教研论文范例

● *朗读飞文*

论宋诗

缪　钺

宋诗沿袭五代之馀，士大夫皆宗白居易诗，故王禹偁主盟一时。真宗时，杨亿、刘筠等喜李商隐，西昆体称盛，是皆未出中晚唐之范围。仁宗之世，欧阳修于古文别开生面，树立宋代之新风格，而于诗尚未能超诣，此或由于非其精力之所专注，亦或由于非其天才之所特长，然已能宗李白、韩愈，以气格为主，诗风一变。梅尧臣、苏舜钦辅之。其后王安石、苏轼、黄庭坚出，皆堂庑阔大。苏始学刘禹锡，晚学李白；王黄二人，均宗杜甫。"王介甫以工，苏子瞻以新，黄鲁直以奇。"（《苕溪渔隐丛话》卷四十二引《后山诗话》）宋诗至此，号为极盛。宋诗之有苏黄，犹唐诗之有李杜。元祐以后，诗人迭起，不出苏黄二家。而黄之畦径风格，尤为显异，最足以表宋诗之特色，尽宋诗之变态。《刘后村诗话》曰："豫章稍后出，会粹百家句律之长，究极历代体制之变，搜讨古书，穿穴异闻，作为古律，自成一家，虽只字半句不轻出，遂为本朝诗家宗祖。"其后学之者众，衍为江西诗派，南渡诗人，多受沾溉，虽以陆游之杰出，仍与江西诗派有相当之渊源。至于南宋末年所谓江湖派，所谓永嘉四灵，皆爝火微光，无足轻重。故论宋诗者，不得不以江西派为主流，而以黄庭坚为宗匠矣。

唐代为吾国诗之盛世，宋诗既异于唐，故褒之者谓其深曲瘦劲，别辟新境；而贬之者谓其枯淡生涩，不及前人。实则平心论之，宋诗虽殊于唐，而善学唐者莫近于宋，若明代前后七子之规摹盛唐，虽声色格调，或乱楮叶，而细味之，则如中郎已亡，虎贲入座，形貌虽具，神气弗存，非真赏之所取也。何以言宋人之善学唐人乎？唐人以种种因缘，既在诗坛上留空前之伟绩，宋人欲求树立，不得不自出机杼，变唐人之所已能，而发唐人之所未尽。其所以如此者，要在有意无意之间，盖凡文学上卓异之天才，皆有其宏伟之创造力，决不甘徒摹古人，受其笼罩，而每一时代又自有其情趣风习，文学为时代之反映，亦自不能尽同古人也。

唐宋诗人之异点，先粗略论之。唐诗以韵胜，故浑雅，而贵蕴藉空灵；宋诗以意胜，故精能，而贵深折透辟。唐诗之美在情辞，故丰腴；宋诗之美在气骨，故瘦劲。唐诗如芍药海棠，秋华繁采；宋诗如寒梅秋菊，幽韵冷香。唐诗如啖荔枝，一颗入口，则甘芳盈颊；宋诗如食橄榄，初觉生涩，而回味隽永。譬诸修园林，唐诗则如叠石凿池，筑亭辟馆；宋诗则如亭馆之中，饰以绮疏雕槛，水石之侧，植以异卉名葩。譬诸游山水，唐诗则如高峰远望，意气浩然；宋诗则如曲涧寻幽，情境冷峭。唐诗之弊为肤廓平滑，宋诗之弊为生涩枯淡。虽唐诗之中，亦有下开宋派者，宋诗之中，亦有酷肖唐人者；然论其大较，固如此矣。

兹更进而研讨之。就内容论，宋诗较唐诗更为广阔。就技巧论，宋诗较唐诗更为精细。然此中实各有利弊，故宋诗非能胜于唐诗，仅异于唐诗而已。

唐诗以情景为主，即叙事说理，亦寓于情景之中，出以唱叹含蓄。惟杜甫多叙述议论，然其笔力雄奇，能化实为虚，以轻灵运苍质。韩愈、孟郊等以作散文之法作诗，始于心之所思，目之所睹，身之所经，描摹刻画，委曲详尽，此在唐诗为别派。宋人承其流而衍之，凡唐人以为不能入诗或不宜入诗之材料，宋人皆写入诗中，且往往喜于琐事微物逞其才技。如苏黄多咏墨、咏纸、咏砚、咏茶、咏画扇、咏饮食之诗，而一咏茶小诗，可以和韵四五次。（黄庭坚《双井茶送子瞻》、《和答子瞻》、《省中烹茶怀子瞻用前韵》、《以双井茶送孔常父》、《常父答诗复次韵戏答》，共五首，皆用"书"，"珠"，"如"，"湖"四字为韵。）馀如朋友往还之迹，谐谑之语，以及论事说理讲学衡文之见解，在宋人诗中尤恒遇之。此皆唐诗所罕见也。夫诗本以言情，情不能直达，寄于景物，情景交融，故有境界，似空而实，似疏而密，优柔善入，玩味无斁，此六朝及唐人之所长也。宋人略唐人之所详，详唐人之所略，务求充实密栗，虽尽事理之精微，而乏兴象之华妙。李白、王维之诗，宋人视之，或以为"乱云敷空，寒月照水"（许尹《山谷诗注序》），不免空洞，然唐诗中深情远韵，一唱三叹之致，宋诗中亦不多见。故宋诗内容虽增扩，而情味则不及唐人之醇厚，后人或不满意宋诗者以此。

唐诗技术，已甚精美，宋人则欲百尺竿头，更进一步。盖唐人尚天人相半，在有意无意之间，宋人则纯出于有意，欲以人巧夺天工矣。兹分用事、对偶、句法、用韵、声调诸端论之。

（一）用事

杜甫自谓"读书破万卷，下笔如有神。"其诗中自有镕铸群言之妙。刘禹锡云："诗用僻字须要有来去处。宋考功诗云：'马上逢寒食，春来不见饧。'尝疑此字僻，因读《毛诗·有瞽》注，乃知六经中惟此有饧字。"宋祁云："梦得作九日诗，欲用糕字，思六经中无此字，不复用。"诗中用字贵有来历，唐人亦偶及之，而宋人尤注意于此。黄庭坚《与洪甥驹父书》云："自作语最难。老杜作诗，退之作文，无一字无来处。盖后人读书少，故谓韩杜自作此语耳。古之能为文章者，真能陶冶万物，虽取古人之陈言，入于翰墨，如灵丹一粒，点铁成金也。"黄庭坚欣赏古人，既着意于其"无一字无来处"，其自作诗亦于此尽其能事。如《咏猩猩毛笔》云："平生几两屐，身后五车书。"用事"精妙隐密"，为人所赏。故刘辰翁《简斋诗注序》谓："黄太史矫然特出新意，真欲尽用万卷，与李杜争能于一词一字之顷，其极至寡情少恩，如法家者流。"实则非独黄一人，宋人几无不致力于此。兹举一例，以见宋人对于用字贵有来历之谨细。

《西清诗话》："熙宁初，张揆以二府初成，作诗贺荆公，公和曰：'功谢萧规惭汉第，恩从隗始诧燕台。'以示陆农师。农师曰：'萧规曹随，高帝论功，萧何第一，皆掫故实，而请从隗始，初无恩字。'公笑曰：'子善问也。韩退之《斗鸡联句》："感恩惭隗始。"若无据，岂当对功字也。'乃知前人以用事一字偏枯，为倒置眉目，反易巾裳，盖谨之如此。"（《苕溪渔隐丛话》卷三十五）

唐人作诗，友朋间切磋商讨，如"僧推月下门"，易"推"为"敲"；"此波涵帝泽"，易"波"为"中"，所注意者，在声响之优劣，意思之灵滞，而不问其字之有无来历也。宋诗作者评者，对于一字之有无来历，斤斤计较，如此精细，真所谓"寡情少恩如法家者流"。此宋人作诗之精神与唐人迥异者矣。

所贵乎用事者，非谓堆砌饾饤，填塞故实，而在驱遣灵妙，运化无迹。宋人既尚用事，故于用事之法，亦多所研究。《蔡宽夫诗话》云："荆公尝云'诗家病使事太多。'盖皆取其与题合者类之，如此乃是编事，虽工何益。若能自出己意，借事以相发明，情态毕出，则用事虽多，亦何所妨。"《石林诗话》云："诗之用事，不可牵强，必至于不得不用而后用之，则事辞为一，莫见其安排斗凑之迹。苏子瞻尝作人挽诗云：'岂意日斜庚子后，忽惊岁在己辰年。'此乃天生作对，不假人力。"大抵用事贵精切、自然、变化，所谓"用事工者如己出"（《王直方诗话》），即用事而不为事所用也。

非但用字用事贵有来历，有所本，即诗中之意，宋人亦主张可由前人诗中脱化而出，有换骨夺胎诸法。黄庭坚谓："诗意无穷而人才有限，以有限之才，追无穷之意，虽渊明、少陵不得工也。不易其意而造其语，谓之换骨法；规摹其意形容之，谓之夺胎法。"

诗中用字用事用意，所以贵有所本，亦自有其理由。盖诗在各种文学体裁中最为精品，其辞意皆不容粗疏，又须言近旨远，以少数之字句，含丰融之情思，而以对偶及音律之关系，其选字须较文为严密。凡有来历之字，一则此字曾经古人选用，必最适于表达某种情思，譬之已提炼之铁，自较生铁为精。二则除此字本身之意义外，尚可思及其出处词句之意义，多一层联想。运化古人诗句之意，其理亦同。一则曾经提炼，其意较精；二则多一层联想，含蕴丰富。至于用事，亦为达意抒情最经济而巧妙之方法。盖复杂曲折之情事，决非三五字可尽，作文尚可不惮烦言，而在诗中又非所许。如能于古事中觅得与此情况相合者，则只用两三字而义蕴毕宣矣。然此诸法之运用，须有相当限度，若专于此求工，则雕篆字句，失于纤巧，反失为诗之旨。

（二）对偶

吾国文字，一字一音，宜于对偶，殆出自然。最古之诗文，如《诗经》、《尚书》，已多对句。其后对偶特别发展，故衍为骈文、律诗。唐人律诗，其对偶已较六朝为工，宋诗于此，尤为精细。《石林诗话》云："荆公晚年，诗律尤精严，造语用字，间不容发，然意与言会，言随意遣，浑然天成，殆不见有牵率排比处。如'含风鸭绿鳞鳞起，弄日鹅黄袅袅垂'，读之初不觉有对偶，至'细数落花因坐久，缓寻芳草得归迟'，但见舒闲容与之态耳，而字字细考之，皆经隐括权衡者，其用意亦深刻矣。尝与叶致远诸人和头字韵诗，往返数四，其末篇云：'名誉子真居谷口，事功新息困壶头。'以谷口对壶头，其精切如此。"大抵宋诗对偶所贵者数点：

（甲）工切

如"飞琼"对"弄玉"，皆人名，而"飞"字与"弄"字，"琼"字与"玉"字又相对。如"谷口"对"壶头"，皆地名，而"谷"字与"壶"字，"口"字与"头"字又相对。如"含风鸭绿鳞鳞起，弄日鹅黄袅袅垂"，"鸭绿"代水，"鹅黄"代柳，而"鸭""鹅"皆鸟名，"绿""黄"皆颜色，"鳞鳞""袅袅"均形容叠字，而"鳞"字从"鱼"，"袅"字从"鸟"，备极工切。

（乙）匀称

如"细数落花因坐久，缓寻芳草得归迟"，其中名词动词形容词相对偶者，意之轻重，力之大小，皆如五雀六燕，铢两悉称。

（丙）自然

对偶排比，虽出人工，然作成之后，应极自然，所谓"浑然天成，不见牵率处"。如黄庭坚《寄元明》诗："但知家里俱无恙，不用书来细作行。"陈师道《观月》诗："隔巷如千里，还家已再圆。"陈与义《次韵谢表兄张元东见寄》诗："灯里偶然同一笑，书来已似隔三秋。"骤读之似自然言语，一意贯注，细察之则字字对偶也。

（丁）意远

对句最忌合掌，即两句意相同或相近也。故须词字相对，而意思则隔离甚远，读之始能起一种生新之感。如苏轼："身行万里半天下，僧卧一庵初白头。"黄庭坚"舞阳去叶才百里，贱子与公俱少年。"读上句时，决想不到下句如此接出，此其所以奇妙也。

（三）句法

杜甫《赠李白》诗云："李侯有佳句，往往似阴铿。"《寄高适》诗云："佳句法如何。"《江上值水如海势聊短述》诗云："为人性僻耽佳句，语不惊人死不休。"韩愈《荐士》诗称孟郊云："横空盘硬语，妥帖力排奡。"唐人为诗，固亦重句法，而宋人尤研讨入微。宋人于诗句，特注意于洗炼与深折，或论古，或自作，或时人相欣赏，皆奉此为准绳。王安石每称杜甫"钩帘宿鹭起，丸药流莺转"之句，以为用意高峭，五字之模楷。黄庭坚爱杜甫诗："不知西阁意，肯别定留人。"肯别耶，定留人耶，一句有两节顿挫，为深远闲雅。《王直方诗话》云："山谷谓洪龟父云：'甥最爱老舅诗中何语？'龟父举'蜂房各自开户牖，蚁穴或梦封侯王。''黄流不解涴明月，碧树为我生凉秋。'以为深类工部。山谷曰：'得之矣。'张文潜尝谓余曰：'黄九似"桃李春风一杯酒，江湖夜雨十年灯"，真是奇语。'"观此可知宋诗造句之标准，在求生新，求深远，求曲折。盖唐人佳句，多浑然天成，而其流弊为凡熟、卑近、陈腐，所谓："十首以上，语意稍同。"故宋人力矫之。《复斋漫录》云："韩子苍言，作语不可太熟，亦须令生。东坡作《聚远楼》诗，本合用'青山绿水'，对'野花闲花'，以此太熟，故易以'云山烟水'。此深知诗病者。"此事最足以见宋人造句之特色。若在唐人，或即用青山绿水矣，而宋人必易以云山烟水，所以求生求新也。然过于求新，又易失于怪僻。最妙之法，即在用平常词字，施以新配合，则有奇境远意，似未经人道，而又不觉怪诞。如黄庭坚"桃李春风一杯酒，江湖夜雨十年灯"，张耒称为奇语。"桃李"，"春风"，"一杯酒"，"江湖"，"夜雨"，"十年灯"，皆常词也。及"桃李春风一杯酒，江湖夜雨十年灯"，六词合为两句，则意境清新，首句见朋友欢聚之乐，次句见离别索寞之苦，读之隽永有深味。前人诗中用"江湖"，用"夜雨"，用"十年灯"者多矣，然此三词合为一句，则前人所无。譬如膳夫治馔，即用寻常鱼肉菜蔬，而配合烹调，易以新法，则芳鲜适口，食之无厌。此宋人之所长也。

（四）用韵

唐诗用韵之变化处，宋人特注意及之欧阳修曰："韩退之工于用韵。其得韵宽，则波澜横溢，泛入傍韵，乍还乍离，出入回合，殆不可拘以常格，如《此日足可惜》之类是也。得韵窄，则不复傍出，而因难以见巧，愈趋愈奇，如《病中赠张十八》之类是也。譬夫善驭马者，通衢广陌，纵横驰逐，惟意所之，至于水曲蚁封，疾徐中节，而不蹉跌，乃天下之至工也。"宋人喜押强韵，喜步韵，因难见巧，往往叠韵至四五次，在苏黄集中甚多。吕居仁《与曾吉甫论诗帖》云："近世次韵之妙，无出苏黄，虽失古人唱酬之本意，然用韵之工，使事之精，有不可及者。"诗句之有韵脚，犹屋楹之有础石，韵脚稳妥，则诗句劲健有力。而步韵及押险韵时，因受韵之限制，反可拨弃陈言，独创新意。此皆宋人之所喜也。

（五）声调

唐诗声调，以高亮谐和为美。杜甫诗句，间有拗折之响，如"宠光蕙叶与多碧，点注桃花舒小红"，"一双白鱼不爱钓，三寸黄柑犹自青"，"角盐出井此溪女，打鼓发舡何郡郎"。其法大抵于句中第五字应用平声处易一仄声，应用仄声处易一平声。譬如"宠光"二句，上句第五字应用平声，下句第五字应用仄声，则音调谐和。今上句用仄声"与"字，下句用平声"舒"字，则声响别异矣。因声响之殊，而句法拗峭，诗之神味亦觉新异。此在杜甫不过偶一为之，黄庭坚专力于此。宋人不察，或以为此法创始于黄。《禁脔》云："鲁直换字对句法，如：'只今满坐且尊酒，后夜此堂空月明。''清谈落笔一万字，白眼举觞三百杯。''田中谁问不纳履，坐上适来何处蝇。''秋千门巷火新改，桑柘田园春向分。''忽乘舟去值花雨，寄得书来应麦秋。'其法于当下平字处以仄字易之，欲其气挺然不群。前此未有人作此体，独鲁直变之也。"黄非独于律诗如此，即作古诗（尤其七古），亦有一种奇异之音节。方东树谓黄诗："于音节尤别创一种兀傲奇崛之响，其神气即随此以见。"（《昭昧詹言》）

　　总之，宋诗运思造境，炼句琢字，皆剥去数层，透过数层。贵"奇"，故凡落想落笔，为人人意中所能有能到者，忌不用，必出人意表，崛峭破空，不从人间来。又贵"清"，譬如治馔，凡肥酸厨馔，忌不用。苏轼评黄诗云："黄鲁直诗文如蝤蛑江瑶柱，格韵高绝，盘飧尽废。"任渊谓读陈师道诗，"似参曹洞禅，不犯正位，切忌死语。"方东树评黄诗曰："黄山谷以惊创为奇，意，格，境，句，选字，隶事，音节，着意与人远，故不惟凡近浅俗，气骨轻浮，不涉毫端句下，凡前人胜境，世所程式效慕者，尤不许一毫近似之。"黄陈最足代表宋诗，故观诸家论黄陈诗之语，可以想见宋诗之特点。宋诗长处为深折，隽永，瘦劲，洗剥，渺寂，无近境陈言、冶态凡响。譬如同一咏雨也，试取唐人李商隐之作，与宋人陈与义之作比较之：

　　　　萧洒傍回汀，依微过短亭，
　　　　气凉先动竹，点细未开萍。
　　　　稍促高高燕，微疏旳旳萤。
　　　　故园烟草色，仍近五门青。

　　　　　　　　　　　　　　　　　　（李商隐《细雨》）

　　　　萧萧十日雨，稳送祝融归。
　　　　燕子经年梦，梧桐昨暮非。
　　　　一凉恩到骨，四壁事多违。
　　　　衮衮繁华地，西风吹客衣。

　　　　　　　　　　　　　　　　　　（陈与义《雨》）

　　李诗写雨之正面，写雨中实在景物，常境常情，人人意中所有，其妙处在体物入微，描写生动，使人读之而起一种清幽闲静之情。陈诗则凡雨时景物一概不写，务以造意胜，透过数层，从深处拗折，在空际盘旋。首二句点出雨。三四两句离开雨说，而又是从雨中想出，其意境凄迷深邃，决非恒人意中所有。同一用鸟兽草木也，李诗中之"竹"、"萍"、"燕"、"萤"，写此诸物在雨中之情况而已；陈诗用"燕子"、"梧桐"，并非写雨中燕子与梧桐之景象，乃写雨中燕子与梧桐之感觉，实则燕子、梧桐并无感觉，乃诗人怀旧之思，迟暮之慨，借燕子、梧桐以衬出耳。宋诗用意之深折如此。五六两句言人在雨时之所感。同一咏凉也，李诗则云"气凉先动竹"，借竹衬出；陈诗则云"一凉恩到骨"，直凑单微。"凉"上用"一"字形容，已觉新颖矣，而"一凉"下用"恩"字，"恩"下又接"到骨"二字，真剥肤存液，迥绝恒蹊。宋诗造句之烹炼如此。世之作俗诗者，记得古人许多陈词套语，无论何题，摇笔即来。描写景物，必"夕阳""芳草"；偶尔登临，亦"万里""百年"；伤离赠别，则"折柳""沾襟"；退隐闲居，必"竹篱""茅舍"。陈陈相因，使人生厌，宜多读宋诗，可以涤肠换骨也。再举宋人古诗为例，黄庭坚《跋子瞻和陶》诗云：

> 东坡谪岭南，时宰欲杀之。
> 饱吃惠州饭，细和渊明诗。
> 彭泽千载人，东坡百世士。
> 出处虽不同，风味乃相似。

此诗纯以意胜，不写景，不言情，而情即寓于意之中。其写意也，深透尽致，不为含蓄，而仍留不尽之味，所以不失为佳诗。然若与唐人短篇五古相较，则风味迥殊。如韦应物《淮上即事寄广陵亲故》诗：

> 前舟已渺渺，欲渡谁相待。
> 秋山起暮钟，楚雨连沧海。
> 风波离思满，宿昔容鬓改。
> 独鸟下东南，广陵何处在。

则纯为情景交融，空灵酝藉者矣。

宋诗中亦未尝无纯言情景以风韵胜者，如：

> 春阴垂野草青青，时有幽花一树明。
> 晚泊孤舟古祠下，满川风雨看潮生。

（苏舜钦）

> 梨花淡白柳深青，柳絮飞时花满城。
> 惆怅东栏一株雪，人生看得几清明。

（苏轼）

> 我家曾住赤栏桥，邻里相过不寂寥。
> 君若到时秋已半，西风门巷柳萧萧。

（姜夔）

诸作虽亦声情摇曳，神韵绝佳，然方之唐诗，终较为清癯曲折。至如：

书当快意读易尽，客有可人期不来。

世事相违每如此，好怀百岁几回开。

（陈师道）

则纯为宋诗意格矣。

宋诗既以清奇生新、深隽瘦劲为尚，故最重功力，"月锻季炼，未尝轻发"（任渊《山谷诗注序》），盖此种种之美，皆由洗炼得来也。吕居仁《与曾吉甫论诗帖》云："要之此事须令有悟入，则自然越度诸子，悟入之理，正在工夫勤惰间耳。"此言为诗赖工夫也。因此，一人之诗，往往晚岁精进。王安石少以意气自许，故语惟其所向，不复更为涵蓄。后为郡牧判官，从宋次道尽假唐人诗集，博观而约取，晚年始尽深婉不迫之趣。作诗贵精不贵多。黄庭坚尝谓洪氏诸甥言："作诗不必多，某生平诗甚多，意欲止留三百篇。"诸洪皆以为然。徐师川独笑曰："诗岂论多少，只要道尽眼前景致耳。"黄回顾曰："某所说止谓诸洪作诗太多，不能精致耳。"作诗时必殚心竭虑。陈师道作诗，闭户蒙衾而卧，驱儿童至邻家，以便静思，故黄庭坚有"闭门觅句陈无己"之语，而师道亦自称"此生精力尽于诗，末岁心存力已疲"，此最足代表宋人苦吟也。

宋诗流弊，亦可得而言。立意措词，求新求奇，于是喜用偏锋，走狭径，虽镌镵深透，而乏雍容浑厚之美。《隐居诗话》云："黄庭坚句虽新奇，而气乏浑厚。"刘熙载云："杜诗雄健而兼虚浑，宋西江名家，几于瘦硬通神，然于水深林茂之气象则远矣。"此其流弊一。新意不可多得，于是不得不尽力于字句，以避凡近，其卒也，得小遗大，句虽新奇，而意不深远，乍观有致，久诵乏味。《隐居诗话》云："黄庭坚喜作诗，得名，好用南朝人语，专求古人未使之一二奇字，缀茸而成诗，自以为工，其实所见之僻也。"方东树曰："山谷死力造句，专在句上弄巧，成篇之后，意境皆不甚远。"此其流弊二。求工太过，失于尖巧；洗剥太过，易病枯淡。《吕氏童蒙训》云："鲁直诗有太尖新、太巧处，不可不知。"方东树曰："山谷矫敝滑熟，时有枯促窘束处。"刘辰翁曰："后山外示枯槁，如息夫人绝世，一笑自难。"此其流弊三。

陈子龙谓："宋人不知诗而强作诗，故终宋之世无诗，然其欢愉愁苦之致，动于中而不能抑者，类发于诗馀，故其所造独工。"此言颇有所见，惟须略加解释。盖自中晚唐词体肇兴，其体较诗更为轻灵委婉，适于发抒人生情感之最精纯者，至宋代，此新体正在发展流衍之时，故宋人中多情善感之士，往往专借词发抒，而不甚为诗，如柳永、周邦彦、晏几道、贺铸、吴文英、张炎、王沂孙之伦是也。即兼为诗词者，其要眇之情，亦多易流入于词。如欧阳修，世人称其诗"多平易疏畅，律诗意所到处，虽语有不伦，亦不复问，而学之者往往遂失于快直，倾囷倒廪，无复馀地。"（《苕溪渔隐丛话》卷二十二引《石林诗话》）是讥其不能蕴藉也。然观欧阳修之词如：

寸寸柔肠，盈盈粉泪，楼高莫近危栏倚。平芜尽处是春山，行人更在春山外。

（《踏莎行》）

芳菲次第还相续，不奈情多无处足。尊前百计得春归，莫为伤春眉黛蹙。

（《玉楼春》）

尊前拟把归期说，未语春容先惨咽。人生自是有情痴，此恨不关风与月。

（《玉楼春》）

何其深婉绵邈！盖欧阳修此种之情，既发之于词，故诗中遂无之矣。由此可知，宋人情感多入于词，故其诗不得不另辟疆域，刻画事理，于是遂寡神韵。夫感物之情，古今不易，而其发抒之方式，则各有不同。唐人中工于言情者，如王昌龄、刘长卿、柳宗元、杜牧、李商隐，若生于宋代，或将专长于词；而宋代柳周晏贺吴王张诸词人，若生于唐，其诗亦必空灵酝藉。陈子龙谓："宋人不知诗而强作诗。"宋人非不知诗，惟前人发之于诗者，在宋代既多为词体夺之以去，故宋诗之内容不得不变，因之其风格亦不得不殊异也。

英国安诺德谓："一时代最完美确切之解释，须向其时之诗中求之，因诗之为物，乃人类心力之精华所构成也。"反之，欲对某时代之诗得完美确切之了解，亦须研究其时代之特殊精神，盖各时代人心力活动之情形不同，故其表现于诗者风格意味亦异也。宋代国势之盛，远不及唐，外患频仍，仅谋自守，而因重用文人故，国内清晏，鲜悍将骄兵跋扈之祸，是以其时人心，静弱而不雄强，向内收敛而不向外扩发，喜深微而不喜广阔。宋人审美观念亦盛，然又与六朝不同。六朝之美如春华，宋代之美如秋叶；六朝之美在声容，宋代之美在意态；六朝之美为繁丽丰腴，宋代之美为精细澄澈。总之，宋代承唐之后，如大江之水，潴而为湖，由动而变为静，由浑灏而变为澄清，由惊涛汹涌而变为清波容与。此皆宋人心理情趣之种种特点也。此种种特点，在宋人之理学、古文、词、书法、绘画，以至于印书，皆可征验。由理学，可以见宋人思想之精微，向内收敛；由词，可以见宋人心情之婉约幽隽；由古文及书法，可以见宋人所好之美在意态而不在形貌，贵澄洁而不贵华丽。明乎此，吾人对宋诗种种特点，更可得深一层之了解。宋诗之情思深微而不壮阔，其气力收敛而不发扬，其声响不贵宏亮而贵清冷，其词句不尚蕃艳而尚朴澹，其美不在容光而在意态，其味不重肥酦而重隽永，此皆与其时代之心情相合，出于自然。扬雄谓言为心声，而诗又言之菁英，一人之诗，足以见一人之心，而一时代之诗，亦足以见一时代之心也。

一九四〇年八月撰写
一九八六年二月审订

（选自缪钺著：《诗词散论》，陕西师范大学出版社 2008 年版）

【品读作者】

缪钺（1904—1995），字彦威，江苏溧阳人。少承庭训，在文字、音韵、训诂及目录学等方面功底扎实，对章太炎先生在古文声训之学上的精深造诣与论述经史之超卓识解，深为佩服。以后治学亦能博览清代学者著述而兼采诸家之长，如黄（宗羲）、全（祖望）、邵（晋涵）、章（学诚）的识解阔通，钱（大昕）、段（玉裁）、二王（念孙、引之）的考证精核，而尤慕汪中的"博极群书，文藻秀出"，且毕生推崇顾炎武"博学于文"、"行己有耻"的经世致用之学。近代学者中，缪钺曾亲承张尔田先生之教诲。张先生精研文史哲之学，兼有浙东学者之博通与浙西学者之专精，缪钺治学，深受其沾溉。缪钺又喜读王国维、陈寅恪两先生著作，在思想学术上服膺两先生之学识精博、融贯中西，能开拓新领域，运用新方法。1944年后，缪钺还曾与陈寅恪先生通函请益，更得陈先生学术之影响。除受益于上述前辈学者，缪钺平生交游中，相与研讨学术，深得切磋之益者，尚有吴宓、贺麟、夏承焘、谢国桢、熊德基、郑天挺、唐长孺、王仲荦、苏渊雷、周一良、杨联陞、韩国磐、赵俪生等先生。

缪钺治学，早在执教中学时即已开始，七十年中，著述斐然可观。所研究领域，主要集中在中国古代史、中国历史文献学、中国古典文学等方面。著有《元遗山年谱汇纂》、《诗词散论》、《读史存稿》、《杜牧传》、《杜牧年谱》、《冰茧庵丛稿》、《灵谿词说》（合著）、《冰茧庵序跋辑存》、《冰茧庵剩稿》、《词学古今谈》（合著）等。其中，尤以《诗词散论》最为有名。

【读辟蹊径】

作者在《论宋诗》一文中，论及唐诗与宋诗差别特异之点，分为用事、对偶、句法、用韵及声调数项，加以析论，对宋诗之优点及流弊，论述精辟。"唐诗以韵胜，宋诗以意胜"，"唐诗之美在情辞，宋诗之美在气骨"皆为不刊之论；"唐诗如芍药海棠，秋华繁采；宋诗如寒梅秋菊，幽韵冷香。唐诗如啖荔枝，一颗入口，则甘芳盈颊；宋诗如食橄榄，初尝生涩，而回味隽永"。"六朝之美如春华，宋代之美如秋叶"，"六朝之美为繁丽丰腴，宋代之美为精细澄澈"。比喻精美而恰当，其学识与才情于此可见。通观此文，文史结合，有论有据，从具体作品出发，诗歌鉴赏功底甚深，而概括能力极强，如此思维缜密之文，以优美华丽之文笔出之，其文字功底可谓强矣。见解之透彻，方法之严密，文辞之精洁，一人而兼具数美，求诸近百年，唯有王静安（王国维）先生堪与匹敌。

● 朗读正文

如梦似幻的夜曲
——《春江花月夜》赏析
袁行霈

春江潮水连海平，海上明月共潮生。滟滟随波千万里，何处春江无月明。
江流宛转绕芳甸，月照花林皆似霰，空里流霜不觉飞，汀上白沙看不见。
江天一色无纤尘，皎皎空中孤月轮，江畔何人初见月？江月何年初照人？
人生代代无穷已，江月年年只相似，不知江月待何人，但见长江送流水。
白云一片去悠悠，青枫浦上不胜愁，谁家今夜扁舟子？何处相思明月楼？
可怜楼上月徘徊，应照离人妆镜台，玉户帘中卷不去，捣衣砧上拂还来。
此时相望不相闻，愿逐月华流照君，鸿雁长飞光不度，鱼龙潜跃水成文。
昨夜闲潭梦落花，可怜春半不还家，江水流春去欲尽，江潭落月复西斜。
斜月沉沉藏海雾，碣石潇湘无限路，不知乘月几人归，落月摇情满江树。

这首诗从月生写到月落，把客观的实境与诗中人的梦境结合在一起，写得迷离惝恍，气氛很朦胧。也可以说整首诗的感情就像一场梦幻，随着月下景物的推移逐渐地展开着。亦虚亦实，忽此忽彼，跳动的，断续的，有时简直让人把握不住写的究竟是什么，可是又感觉到有深邃的、丰富的东西蕴涵在里边，等待我们去挖掘、体味。

这首诗一共三十六句，四句一转韵，共九韵，每韵构成一个小的段落。

诗一开头先点出题目中春、江、月三字，但诗人的视野并不局限于此，第一句"春江潮水连海平"，就已把大海包括进来了。第二句"海上明月共潮生"，告诉我们那一轮明月乃是伴随着海潮一同生长的。诗人在这里不用升起的"升"字，而用生长的"生"字，一字之别，另有一番意味。明月共潮升，不过是平时习见的景色，比较平淡。"明月共潮生"，就渗入诗人主观的想象，仿佛明月和潮水都具有生命，她们像一对姊妹，共同生长，共同嬉戏。这个"生"字使整个诗句变活了。三四句："滟滟随波千万里，何处春江无月明。"滟滟是水波溢满的样子。江海相通，春潮焕焕，月光随着海潮涌进江来，潮水走到哪里，月光跟随到哪里，哪一处春江没有月光的闪耀呢？

接下来："江流宛转绕芳甸，月照花林皆似霰。空里流霜不觉飞，汀上白沙看不见。"这四句由江写到花，由花又回到月，用其他景物来衬托月光的皎洁。"芳甸"，就是生满鲜花的郊野。"霰"，是雪珠。"江流宛转绕芳甸，月照花林皆似霰"，是说江水绕着生满鲜花的郊野曲折流过，明月随江水而来，把她的光辉投到花林上，仿佛给花林撒上了一层雪珠儿。"空里流霜不觉飞"，是说月色如霜，所以空中的霜飞反而不能察觉了。古人以为霜是从天上落下来的，好像雪一样，所以说"飞霜"。"汀上白沙看不见"，是说在洁白的月光之下，江滩的白沙也不易分辨了。一句写天上，一句写地上，整个宇宙都染上了明月的白色，仿佛被净化了似的。从这样的境界，很自然地会想到深邃的人生哲理，所以第三段接着说："江天一色无纤尘，皎皎空中孤月轮。江畔何人初见月？江月何年初照人？"江天一色，连一粒微尘也看不见，只有一轮孤月高悬在空中，显得更加明亮。在江边是谁第一个见到这轮明月呢？这江月又是哪一年开始把她的光辉投向人间呢？这是一个天真而稚气的问，是一个永无答案的谜。自从张若虚提出这个问题以后，李白、苏轼也发出过类似的疑问。李白说："青天明月来几时？我今停杯一问之……今人不见古时月，今月曾经照古人。"（《把酒问月》）苏轼说："明月几时有？把酒问青天。不知天上宫阙，今夕是何年。"（《水调歌头》）这已不仅仅是写景，而是在探索宇宙的起源，追溯人生的开端了。

接着由疑问转为感慨："人生代代无穷已，江月年年只相似。不知江月待何人，但见长江送流水。"人生易老，一代一代无穷无尽地递变着，而江月却是年复一年没有什么变化，她总是生于海上，悬于空中，好像在等待着什么人，可是总没等到。长江的水不停地流着，什么时候才把她期待的人送来呢？诗人这番想象是从"孤月轮"的"孤"字生发出来的，由月的孤单联想到月的期待。再由月的期待一跳跳到思妇的期待上来："白云一片去悠悠，青枫浦上不胜愁。谁家今夜扁舟子？何处相思明月楼？"浦，水口，江水分岔的地方，也就是江行分手的地方。白云一片悠悠飘去，本来就足以牵动人的离愁，何况是在浦口，青绿的枫叶点缀其间，更增添了许多愁绪。"谁家今夜扁舟子？何处相思明月楼？"一句写游子，一句写思妇，同一种离愁别绪，从两方面落笔，月光之下，是谁家的游子乘着一叶扁舟在外飘荡呢？那家中的思妇又是在哪座楼上想念着他呢？

从第六段以下专就思妇方面来写。曹植的《七哀》诗说："明月照高楼，流光正徘徊。上有愁思妇，悲叹有余哀。"张若虚化用这几句的意思对月光作了更细致的描写："可怜楼上月徘徊，应照离人妆镜台。玉户帘中卷不去，捣衣砧上拂还来。"那美好的月光似乎有意和思妇为伴，总在她的闺楼上徘徊着不肯离去，想必照上她的梳妆台了。月光照在门帘上，卷也卷不去；照在衣砧上，拂了却又来。她是那样的依人，却又那样的恼人，使思妇无法忘记同在这明月之下的远方的亲人。"此时相望不相闻，愿逐月华流照君。鸿雁长飞光不度，鱼龙潜跃水成文。"一轮明月分照两地，和我想念你一样，你一定也在望着明月想念我。有明月像镜子似的悬在中间，我们互相望着，但彼此的呼唤是听不到的。我愿随着月光投入你的怀抱，但我们相距太远了。上有广袤的天空，善于长途飞翔的鸿雁尚且不能随月光飞度到你的身边；下有悠长的流水，潜跃的鱼龙也只能泛起一层层波纹而难以游到你的跟前，我又怎么能和你相见呢？"昨夜闲潭梦落花，可怜春半不还家。江水流春去欲尽，江潭落月复西斜。"思妇回想昨夜的梦境：闲潭落花，春过已半，可惜丈夫还不回来。江水不停地奔流，快要把春天送走了；江潭的落月也更斜向西边，想借明月来寄托相思也几乎是不可能了。这四句把梦境与实境结合在一起写，亦梦亦醒，思妇自己也分辨不清了。这时天已快亮了："斜月沉沉藏海雾，碣石潇湘无限路。不知乘月几人归，落月摇情满江树。"斜月沉沉，渐渐淹没在海雾之中，月光下的一切也渐渐隐去了，好像一幕戏完了以后合上幕布一样。这整夜的相思，这如梦的相思，怎样排遣呢？游子思妇，地北天南，只能在想象中会见吧！不知道今夜有几人趁月落之前归来！看那落月的余晖摇动着满树的光影，仿佛怀着无限的同情呢！

《春江花月夜》是乐府清商曲吴声歌旧题，据说是陈后主创制的，隋炀帝也曾写过这个题目，那都是浮华艳丽的宫体诗。张若虚这首诗虽然用的是《春江花月夜》的旧题，题材又是汉末以来屡见不鲜的游子思妇的离愁，但他仍能以不平凡的艺术构思，开拓出新的意境，表现新的情趣，使这首诗成为千古绝唱。而张若虚也就以这一首诗确立了文学史上永不磨灭的地位。

诗人把游子思妇的离愁放到春江花月夜的背景上，以良辰美景更衬出离愁之苦；又以江月与人生对比，显示人生的短暂，而在短暂的人生里那离愁就越发显得浓郁。这首诗固然带着些许感伤和凄凉，但总的看来并不颓废。它表现了对于美好生活的向往，对于青春年华的珍惜，以及宇宙、人生的探索，境界是相当开阔的。

《春江花月夜》，题目共五个字，代表五种事物。全诗便扣紧这五个字来写，但又有重点，这就是"月"。春、江、花、夜，都围绕着月作陪衬。诗从月生开始，继而写月下的江流，月下的芳甸，月下的花林，月下的沙汀，然后就月下的思妇反复抒写，最后以月落收结。有主有从，主从巧妙地结合着，构成完整的诗歌形象。

这首诗对景物的描写，采取多变的角度，敷以斑斓的色彩，很有艺术效果。同是写月光，就有初生于海上的月光，有花林上似霰的月光，有沙汀上不易察觉的月光，有妆镜台上的月光，有捣衣砧上的月光，有斜月，有落月，多么富于变化！诗中景物的色彩虽然统一在皎洁光亮上，但是因为衬托着海潮、芳甸、花林、白云、青枫、玉户、闲潭、落花、海雾、江树，也在统一之中出现了变化，取得斑斓多彩的效果。

《春江花月夜》的作者张若虚是初唐后期著名的诗人。关于他的生平，材料很少，只知道他是扬州人，曾经做过兖州兵曹。唐中宗神龙年间已扬名于京都，玄宗开元初年与贺知章、张旭、包融号称"吴中四士"。可惜他的诗留传至今的，除了《春江花月夜》以外，还有一首《代答闺梦还》，一共只有两首了。

1980 年 7 月于北京大学

（选自《诗探索》1980 年第 1 期）

【品读作者】

袁行霈（1936— ），江苏武进人，北京大学中文系教授。其主要著作有《中国诗歌艺术研究》、《中国文学概论》。主编有《中国文学史》，该书的总绪论和各编的绪论从文化学的大视野考察了文学与政治社会、宗教信仰、学术思潮、传媒和受众等诸因素的联系，荦荦大端，层次分明，影响甚大。

【读辟蹊径】

此篇属于典型的诗歌赏析文章，采取的是综合分析法。作家简介、作品的创作背景，都作了交代。但对作品的艺术特点却未作简单分析，而是对作品逐字逐句进行串讲，既解释了典故，又疏通了大意，文笔优美，很好地传达出了诗歌本身的意境。可作赏析型读书笔记范文的范例学习。

● *朗读Ɵ文* 　拉近学生与文言文之间的"感情距离"

张新强

一、赋予时代感，拉近时间距离。

文言文中的传世佳作，大多禀承"诗言志"的传统，是思想性和艺术性高度统一的精品。但是，毕竟相距时代久远，由于文字的隔阂，不像现代作品那样容易引发学生的兴趣。这就有必要想些办法，赋予文言文一定的时代感，以便于学生"亲近"。这当然不是牵强附会，而要适当、适时、适度。

如学习荀子的《劝学》，不仅要让学生了解后天学习的重要意义，而且要求他们在学习中发扬锲而不舍的精神，树立正确的学习态度，掌握恰当的学习方法。文中一些富有哲理的话，如"学不可以已"，"不积跬步，无以至千里；不积小流，无以成江海"，"驽马十驾，功在不舍"，"锲而不舍，金石可镂"等要让学生和自己的学习生活联系起来理解，并且熟记。

这样拉近了时间距离，学生便易于接受。

二、体察古人心，引起感情共鸣。

"感人心者莫先乎情"，一些文言文之所以千古流传，就是因为与今天人们的思想感情有"相通"之处，今天读来仍然感觉历久弥新。体察"古仁人之心"，有助于引起与作者感情的共鸣，不仅有助于文章内容的理解，还能陶冶性情，提高学生的文化品位。

如教《烛之武退秦师》，不妨先让学生揣摩一下：

①假如你是烛之武，长期得不到重用，而到了国难当头的时候，人家才来求你，你会是一种怎样的心情？结果会怎样？

②假如你是郑伯，面对烛之武的托辞，你该如何应答？

这样一来，学生就会进入一种"设身处地"的状态，仿佛置身于课文中人物所处的年代，想古人之所想，言古人之所言，行古人之所行，从而丢开语言形式的羁绊，拉近学生与文言文之间的距离。

三、多读多品味，咀嚼长效补品。

"满堂灌"的顽症久治不愈，这一点在文言文教学中体现得最为突出。张定远先生对教浅易文言文却条分缕析的老师说："像这样简单的文章，稍微疏通一下字句，然后指导学生多读几遍，再品味品味，效果会好得多。"多读多品味，往往比教师分析的办法要灵得多。文言文是一种"长效补品"，有的甚至一辈子都不一定能解其"真意"，"并不在于立竿见影、立马见效，而在于通过长期、稳固的储存和积累，通过长期反复的揣摩和领悟，受到语言和文化的滋补，奠定语言及文化功底。这种语言在头脑中的'潜伏期'越长，其滋补功能就越显著。"（洪镇涛：《开明中小学语文实验课本说明》）

诵读，使文言文中的人和事成为"熟人""熟事"，为学生所津津乐道，这不仅有利于学习汲取古代语言的营养，而且有利于弘扬中华民族的传统文化。长期以诵读文言文作为日常功课，就会习以为常，"见怪不怪"，甚至，还可以训练人的思维品质。

四、抓住相同点，淡化古今区别。

对文言文，我们的教师习惯于视串讲为惟一法宝，似乎不啃烂嚼碎不足以证明语文教师的"功底"之深。

　　事实上，现代汉语是从古代汉语脱胎而来的，文言文与白话文表面看来区别很大，但从本质上来看，古今汉语一脉相承，其变化并不是那么大得惊人。我们常常有意无意地将夸大古今汉语之间的差异。汉语的三大要素（语言、语汇和语法）中变化最快的是语汇，经过变化，虽然有的词义扩大了，有的词义缩小了，有的词义转移了，但更多的只是形式上的变化，由原来的单音词变成了双音节词或多音节词，表示的意义却并无太大的改变。而最难掌握的语法规则，除了句子成分前置后置外，真正与现代汉语大相径庭的也在少数。所以大可不必"如临大敌""草木皆兵"。

　　如选入高中语文新教材的《逍遥游》，因为距现在已有两千多年，被教师和学生公认为是难度最大的作品之一。即使如此，它与现代汉语之间的差别，也并不是想象的那么大。如开头部分：

　　北冥有鱼，其名为鲲。鲲之大，不知其几千里也；化而为鸟，其名为鹏。鹏之背，不知其几千里也；怒而飞，其翼若垂天之云。

　　除了"冥"通"溟"指大海，以及"怒"作"奋发"解释外，几乎没有什么字词上的障碍。多读上几遍，别说读懂，就是背诵也不是什么难事。如果把它当作"外语"来教，一句一句地串讲、翻译，不仅效果不佳，还会人为地增加学生的心理负担。

　　以上四法，在我们的文言文教学中已初见成效，相当多的学生也不再为大纲后面要求背诵的区区 20 篇文言文、50 首诗词曲而苦恼了。因为他们算了一笔账：3 年时间，36 个月，平均每半个月才背诵一篇（首）古诗文，不是小意思吗？更何况，文言文与现代文之间，是"天涯若比邻"的关系。

（选自《语文教学通讯》2002 年第 10 期）

　【品读作者】

　　张新强（1962— ），湖南人。1984 年湖南师范大学毕业后，在衡山之东的一个小县任教中学、中师和高师语文十一年，担任中学语文教研员十一年。现任浙江省温州市教育教学教研室主任。1997 年破格评审为中学高级教师，2004 年被评审为温州市教授级中学高级教师、温州市专业技术拔尖人才。在省级以上获奖或发表的论文一百余篇，其中多篇被中国人民大学报刊资料转载或列入索引；主要著作有《初中作文教与学》、《语文教学科研的成果表达》等。

　【读辟蹊泾】

　　此文据作者所述，非一蹴而就，乃其多年实践所得。之前作者亦用串讲法，后与一些教师讨论切磋，方将感悟心得整理成论文，分成四法：赋予时代感、体察古人心、多读多品味和抓住相同点。四法之目的均为拉近现代人与文言文之距离，可谓殊途同归。细观其分类方法，有其内在规律。方法一适合《劝学》、《孟子》、《过秦论》等长于说理议论之文，方法二适于《烛之武退秦师》、《五柳先生传》、《陋室铭》、《项脊轩志》等抒情言志叙事之文，方法三可用于《与宋元思书》、《三峡·江水》、《湖心亭看雪》等写景之小品文，方法四常宜于古今差别较大之古文，如庄子《逍遥游》等。故若需将读书笔记形成教研论文，关键在于将所搜集之材料进行归类，将读书时之心得上升为理性认识。

附录一

正心篇

治学修身格言

1. 满招损，谦受益。 　　　　　　　　　　　　　　　　　　　（先秦）《尚书》
2. 穷则变，变则通，通则久。 　　　　　　　　　　　　　　　　（先秦）《周易》
3. 天行健，君子以自强不息。 　　　　　　　　　　　　　　　　（先秦）《周易》
4. 人而无信，不知其可也？ 　　　　　　　　　　　　　　　　　（先秦）《论语》
5. 见贤思齐，见不贤而内自省也。 　　　　　　　　　　　　　　（先秦）《论语》
6. 学而不思则罔，思而不学则殆。 　　　　　　　　　　　　　　（先秦）《论语》
7. 敏而好学，不耻下问。 　　　　　　　　　　　　　　　　　　（先秦）《论语》
8. 其身正，不令而行；其身不正，虽令不从。 　　　　　　　　（先秦）《论语》
9. 博学而不穷，笃学而不倦。 　　　　　　　　　　　　　　　　（先秦）《论语》
10. 己所不欲，勿施于人。 　　　　　　　　　　　　　　　　　　（先秦）《论语》
11. 不义而富且贵，于我如浮云。 　　　　　　　　　　　　　　　（先秦）《论语》
12. 德不孤，必有邻。 　　　　　　　　　　　　　　　　　　　　（先秦）《论语》
13. 君子成人之美，不成人之恶。 　　　　　　　　　　　　　　　（先秦）《论语》
14. 千里之行，始于足下。 　　　　　　　　　　　　　　　　　　（先秦）《老子》
15. 穷则独善其身，达则兼济天下。 　　　　　　　　　　　　　　（先秦）《孟子》
16. 博学之，审问之，慎思之，明辨之，笃行之。 　　　　　　　（先秦）《礼记》
17. 玉不琢不成器，人不学不知道。 　　　　　　　　　　　　　　（先秦）《礼记》
18. 不登高山，不知天之高也；不临深溪，不知地之厚也。 　　　（先秦）《荀子》
19. 人之于文学，犹玉之琢磨也。 　　　　　　　　　　　　　　　（先秦）《荀子》
20. 锲而不舍，金石可镂。 　　　　　　　　　　　　　　　　　　（先秦）《荀子》
21. 路漫漫其修远兮，吾将上下而求索。 　　　　　　　　　　　（屈原）《离骚》
22. 勿以恶小而为之，勿以善小而不为。 　　　　　　　　　　　（晋）《三国志》
23. 读书百遍，其义自见。 　　　　　　　　　　　　　　　　　　（晋）《三国志》
24. 老骥伏枥，志在千里。烈士暮年，壮心不已。 　　　　　　　　（东汉）曹操
25. 非学无以广才，非志无以成学。 　　　　　　　　　　　　　　（三国）诸葛亮
26. 操千曲而后晓声，观千剑而后识器。 　　　　　　　　　　　　（南朝）刘勰
27. 老当益壮，宁知白首之心；穷且益坚，不坠青云之志。 　　　　（唐）王勃
28. 别裁伪体亲风雅，转益多师是汝师。 　　　　　　　　　　　　　（唐）杜甫
29. 三更灯火五更鸡，正是男儿读书时。黑发不知勤学早，白首方悔读书迟。

　　　　　　　　　　　　　　　　　　　　　　　　　　　　　　（唐）颜真卿

30. 莫道桑榆晚，为霞尚满天。 　　　　　　　　　　　　　　　　（唐）刘禹锡

31. 宝剑锋从磨砺出，梅花香自苦寒来。　　　　　　　　　（北宋）王安石

32. 博观而约取，厚积而薄发。　　　　　　　　　　　　　（北宋）苏轼

33. 古之成大事者，不惟有超士之才，亦有坚忍不拔之志。　（北宋）苏轼

34. 莫等闲，白了少年头，空悲切！　　　　　　　　　　　（南宋）岳飞

35. 学无早晚，但恐始勤终惰。　　　　　　　　　　　　　（南宋）张孝祥

36. 纸上得来终觉浅，绝知此事要躬行。　　　　　　　　　（南宋）陆游

37. 百学须先立志。　　　　　　　　　　　　　　　　　　（南宋）朱熹

38. 读书之法，在循序而渐进，熟读而精思。　　　　　　　（南宋）朱熹

39. 处人不可任己意，要悉人之情；处理不可任己见，要悉事之理。　（明）吕坤

40. 海纳百川，有容乃大；壁立千仞，无欲则刚。　　　　　（清）郑板桥

41. 读未见书，如得良友；读已见书，如逢故人。　　　　《格言联璧·学问》

42. 不因果报方修德，岂为功名始读书。　　　　　　　　《格言联璧·学问》

43. 鱼离水则鳞枯，心离书则神索。　　　　　　　　　　《格言联璧·学问》

44. 读书贵能疑，疑乃可以启信；读书在有渐，渐乃克底有成。

　　　　　　　　　　　　　　　　　　　　　　　　《格言联璧·学问》

45. 有真才者，必不矜才；有实学者，必不夸学。　　　　《格言联璧·持躬》

46. 读书有四个字最要紧，曰阙疑好问；做人有四个字最要紧，曰务实耐久。

　　　　　　　　　　　　　　　　　　　　　　　　《格言联璧·持躬》

47. 毋毁众人之名，以成一己之善；毋设天下之理，以护一己之过。

　　　　　　　　　　　　　　　　　　　　　　　　《格言联璧·持躬》

48. 胆欲大，心欲小，智欲圆，行欲方。　　　　　　　　《格言联璧·持躬》

49. 天下无不可化之人，但恐诚心未至；天下无不可为之事，只怕立志不坚。

　　　　　　　　　　　　　　　　　　　　　　　　《格言联璧·处事》

50. 缓事宜急干，敏则有功；急事宜缓办，忙则多错。　　《格言联璧·处事》

51. 人之谤我也，与其能辩，不如能容；人之侮我也，与其能防，不如能化。

　　　　　　　　　　　　　　　　　　　　　　　　《格言联璧·接物》

52. 何以息谤？曰无辩。何以止怨？曰不争。　　　　　　《格言联璧·接物》

53. 能容小人是大人；能培薄德是厚德。　　　　　　　　《格言联璧·接物》

54. 喜闻人过，不如喜闻己过；乐道己善，何如乐道人善。《格言联璧·接物》

55. 静坐常思己过，闲谈莫论人非。　　　　　　　　　　《格言联璧·接物》

56. 人好刚，我以柔胜之；人好术，我以诚感之；人使气，我以理屈之。

　　　　　　　　　　　　　　　　　　　　　　　　《格言联璧·接物》

57. 勤俭治家之本，忠孝齐家之本，谨慎保家之本，诗书起家之本，积善传家之
本。　　　　　　　　　　　　　　　　　　　　　《格言联璧·齐家》

58. 择善人而交，择善书而读，择善言而听，择善行而从。　　　　　佚名

59. 蒙养之始，以德育为先。　　　　　　　　　　　　　　（清）康有为

60. 强不知以为知，此乃大愚；本无事而生事，是谓薄福。　　　弘一法师

61. 大学者，非大楼之谓，大师之谓也。　　　　　　　　　　　　梅贻琦

62. 德育实为完全人格之本，若无德，则虽体魄智力发达，适足助其为恶，无益

也。 蔡元培

63．有知识而无道德，则无以得一生之福祉，而保社会之安宁，未得为完全之人物也。夫人之生也，为动作也。非为知识也。 王国维

64．板凳要坐十年冷，文章不写一句空。 范文澜

65．哲学！人生之导师，至善之良友，罪恶之劲敌，假使没有你，人生又值得什么！ ［古罗马］西塞罗

66．一切教育的最终目的是形成人格。 ［美］杜威

67．生活的全部意义在于无穷地探索尚未知道的东西，在于不断地增加更多的知识。 ［法］左拉

68．对待知识就要像对待粮食一样，我们活着不是为了知道，正如活着不是为了吃饭一样。 ［英］洛斯金

69．书籍是巨大的力量。 ［苏］列宁

70．我觉得，当书本给我讲到闻所未闻、见所未见的人物、感情、思想和态度的时候，似乎是每一本书都在我面前打开了一扇窗户，让我看到一个不可思议的新世界。 ［苏］高尔基

71．书籍是在时代的波涛中航行的思想之船，它小心翼翼地把珍贵的货物送给一代又一代。 ［英］培根

72．书，这是这一代人对另一代人精神上的遗言，这是将死的老人对刚刚开始生活的青年人的忠告，这是准备去休息的哨兵向前来代替他的岗位的哨兵的命令。
［俄］赫尔岑

73．读书对于智慧，也像体操对于身体一样。 ［英］艾迪生

74．当我们第一遍读一本好书的时候，我们仿佛觉得找到了一个朋友；当我们再一次读这本好书的时候，仿佛又和老朋友重逢。 ［法］伏尔泰

75．喜欢读书，就等于把生活中寂寞的晨光换成巨大享受的时刻。 ［法］孟德斯鸠

76．各种蠢事，在每天阅读好书的影响下，仿佛烤在火上一样，渐渐熔化。
［法］雨果

77．在所阅读的书本中找出可以把自己引到深处的东西，把其他一切统统抛掉，就是抛掉使头脑负担过重和会把自己诱离要点的一切。 ［美籍德国］爱因斯坦

78．缺乏智慧的灵魂是僵死的灵魂，若以学问来加以充实，它就能恢复生气，犹如雨水浇灌荒芜的土地一样。 ［阿拉伯］阿布尔·法拉治·伊斯巴哈尼

79．知识是人们在任何一条道路上的旅伴。 ［格鲁吉亚］古拉米施维里

80．在知识的山峰上登得越高，眼前展现的景色就越壮阔。 ［俄］拉吉舍夫

81．读书有三种方法：一种是读而不懂，另一种是既读也懂，还有一种是读而懂得书上所没有的东西。 ［俄］克尼雅日宁

82．读书而不思考，等于吃饭而不消化。 ［英］波尔克

83．有些书可供一尝，有些书可以吞下，有不多的几部书则应当咀嚼消化；这就是说，有些书只要读读他们的一部分就够了，有些书可以全读，但是不必过于细心地读；还有不多的几部书则应当全读，勤读，而且用心地读。 ［英］培根

84．能够摄取必要营养的人要比吃得很多的人更健康，同样的，真正的学者往往

不是读了很多书的人，而是读了有用的书的人。　　　　　〔古希腊〕亚里士多德

85. 学到很多东西的诀窍，就是一下子不要学很多东西。　　　　〔英〕洛克

86. 背得烂熟还不等于掌握知识。　　　　　　　　　　　　　　〔法〕蒙田

87. 真正的学者就像田野上的麦穗。麦穗空瘪的时候，它总是长得很挺，高傲地昂着头；麦穗饱满而成熟的时候，它总是表现得温顺的样子，低垂着脑袋。〔法〕蒙田

88. 重复是学习之母。　　　　　　　　　　　　　　　　　　〔德〕狄慈根

89. 身边永远带着铅笔和笔记本，读书和谈话的时候碰到的一切美妙的地方和话语，都把它记下来。　　　　　　　　　　　　　　　〔俄〕列夫·托尔斯泰

90. 我认为我所学到的任何有价值的知识都是从自学中得来的。　〔英〕达尔文

91. 不好的书告诉你错误的概念，使无知者变得更无知。　　　〔俄〕别林斯基

92. 书籍使一些人博学多识，但也使一些食而不化的人疯疯癫癫。

　　　　　　　　　　　　　　　　　　　　　　　　　　〔意大利〕彼特拉克

93. 不好的书也像不好的朋友一样，可能会把你戕害。　　　　　〔英〕菲尔丁

94. 知识的源泉不会枯竭，不管人类在这方面取得多大成就，人们还是要不断地去探索、发掘和认识。　　　　　　　　　　　　　　　　〔俄〕冈察洛夫

95. 书读得越多而不加思考，你就会觉得你知道得很多；而当你读书而思考得越多的时候，你就会越清楚地看到，你知道得很少。　　　　　〔法〕伏尔泰

96. 有些人以为我所以在许多事情上有成就是因为我有什么"天才"，这是不正确的。无论哪个头脑清楚的人，如果他肯拼命钻研，都能像我一样有成就。〔美〕爱迪生

97. 要有耐心！不要依靠灵感。灵感是不存在的。艺术家的优良品质，无非是智慧、专心、真挚、意志。　　　　　　　　　　　　　　　　　〔法〕罗丹

98. 学习这件事不在乎有没有人教你，最重要的是在于你自己有没有觉悟和恒心。

　　　　　　　　　　　　　　　　　　　　　　　　　　　　　〔法〕法布尔

99. 虚假的学问比无知更糟糕。无知好比一块空地，可以耕耘和播种；虚假的学问就像一块长满杂草的荒地，几乎无法把草拔尽。　　　　〔意大利〕康图

100. 教育过程的结果是获得进一步学习的能力。　　　　　　　　〔美〕杜威

弟子规

总叙

圣人训　首孝弟　次谨信　泛爱众　而亲仁　有余力　则学文

入则孝

父母呼，应勿缓；父母命，行勿懒。父母教，须敬听；父母责，须顺承。冬则温，夏则凊，晨则省，昏则定。出必告，反必面，居有常，业无变。事虽小，勿擅为，苟擅为，子道亏。物虽小，勿私藏，苟私藏，亲心伤。亲所好，力为具；亲所恶，谨为去。身有伤，贻亲忧；德有伤，贻亲羞。亲爱我，孝何难？亲恶我，孝方贤。亲有过，谏使更，怡吾色，柔吾声。谏不入，悦复谏，号泣随，挞无怨。亲有疾，药先尝，昼夜侍，不离床。丧三年，常悲咽，居处变，酒肉绝。丧尽礼，祭尽诚，

事死者，如事生。

出则弟

兄道友，弟道恭，兄弟睦，孝在中。财物轻，怨何生？言语忍，忿自泯。或饮食，或坐走，长者先，幼者后。长呼人，即代叫，人不在，己即到。称尊长，勿呼名，对尊长，勿见能。路遇长，疾趋揖，长无言，退恭立。骑下马，乘下车，过犹待，百步余。长者立，幼勿坐，长者坐，命乃坐。尊长前，声要低，低不闻，却非宜。进必趋，退必迟，问起对，视勿移。事诸父，如事父；事诸兄，如事兄。

次谨信

朝起早，夜眠迟，老易至，惜此时。晨必盥，兼漱口，便溺回，辄净手。冠必正，纽必结，袜与履，俱紧切。置冠服，有定位，勿乱顿，致污秽。衣贵洁，不贵华，上循分，下称家。对饮食，勿拣择，食适可，勿过则。年方少，勿饮酒，饮酒醉，最为丑。步从容，立端正，揖深圆，拜恭敬。勿践阈，勿跛倚，勿箕踞，勿摇髀。缓揭帘，勿有声，宽转弯，勿触棱。执虚器，如执盈；入虚室，如有人。事勿忙，忙多错，勿畏难，勿轻略。斗闹场，绝勿近；邪僻事，绝勿问。将入门，问孰存；将上堂，声必扬。人问谁？对以名，吾与我，不分明。用人物，须明求，倘不问，即为偷。借人物，及时还；人借物，有勿悭。凡出言，信为先，诈与妄，奚可焉！话说多，不如少，惟其是，勿佞巧。刻薄语，秽污词，市井气，切戒之。见未真，勿轻言；知未的，勿轻传。事非宜，勿轻诺，苟轻诺，进退错。凡道字，重且舒，勿急疾，勿模糊。彼说长，此说短，不关己，莫闲管。见人善，即思齐，纵去远，以渐跻。见人恶，即内省，有则改，无加警。唯德学，唯才艺，不如人，当自励。若衣服，若饮食，不如人，勿生戚。闻过怒，闻誉乐，损友来，益友却。闻誉恐，闻过欣，直谅士，渐相亲。无心非，名为错，有心非，名为恶。过能改，归于无，倘掩饰，增一辜。

泛爱众

凡是人，皆须爱，天同覆，地同载。行高者，名自高。人所重，非貌高。才大者，望自大，人所服，非言大。己有能，勿自私；人所能，勿轻訾。勿谄富，勿骄贫，勿厌故，勿喜新。人不闲，勿事搅；人不安，勿话扰。人有短，切莫揭；人有私，切莫说。道人善，即是善，人知之，愈思勉。扬人恶，即是恶，疾之甚，祸且作。善相劝，德皆建；过不规，道两亏。凡取与，贵分晓，与宜多，取宜少。将加人，先问己，己不欲，即速已。恩欲报，怨欲忘，报怨短，报恩长。待婢仆，身贵端，虽贵端，慈而宽。势服人，心不然，理服人，方无言。

亲仁

同是人，类不齐，流俗众，仁者稀。果仁者，人多畏，言不讳，色不媚。能亲仁，无限好，德日进，过日少。不亲仁，无限害，小人进，百事坏。

余力学文

不力行，但学文，长浮华，成何人！但力行，不学文，任己见，昧理真。读书法，有三到。心眼口，信皆要。方读此，勿慕彼，此未终，彼勿起。宽为限，紧用功，工夫到，滞塞通。心有疑，随札记，就人问，求确义。房室清，墙壁净，几案洁，笔砚正。墨磨偏，心不端，字不敬，心先病。列典籍，有定处，读看毕，还原处。虽有急，卷束齐，有缺坏，就补之。非圣书，屏勿视，蔽聪明，坏心志。勿自暴，勿自弃，圣与贤，可驯致。

（选自李逸安译注：《三字经百家姓千字文弟子规》，中华书局 2009 年版）

朱子治家格言

黎明即起，洒扫庭除，要内外整洁；既昏便息，关锁门户，必亲自检点。

一粥一饭，当思来处不易；半丝半缕，恒念物力维艰。宜未雨而绸缪，毋临渴而掘井。自奉必须俭约，宴客切勿流连。

器具质而洁，瓦缶胜金玉；饮食约而精，园蔬愈珍馐。勿营华屋，勿谋良田。

三姑六婆，实淫盗之媒；婢美妾娇，非闺房之福。童仆勿用俊美，妻妾切忌艳妆。祖宗虽远，祭祀不可不诚；子孙虽愚，经书不可不读。

居身务期质朴，教子要有义方。莫贪意外之财，莫饮过量之酒。与肩挑贸易，毋占便宜；见穷苦亲邻，须加温恤。刻薄成家，理无久享；伦常乖舛，立见消亡。

兄弟叔侄，须分多润寡；长幼内外，宜法肃辞严。听妇言，乖骨肉，岂是丈夫；重资财，薄父母，不成人子。

嫁女择佳婿，毋索重聘；娶媳求淑女，勿计厚奁。见富贵而生谄容者，最可耻；遇贫穷而作骄态者，贱莫甚。

居家戒争讼，讼则终凶；处世戒多言，言多必失。勿恃势力而凌逼孤寡；毋贪口腹而恣杀生禽。乖僻自是，悔误必多；颓惰自甘，家道难成。狎昵恶少，久必受其累；屈志老成，急则可相依。轻听发言，安知非人之谮诉？当忍耐三思；因事相争，焉知非我之不是？须平心暗想。

施惠无念，受恩莫忘。凡事当留余地，得意不宜再往。人有喜庆，不可生妒忌心；人有祸患，不可生喜幸心。善欲人见，不是真善，恶恐人知，便是大恶。

见色而起淫心，报在妻女；匿怨而用暗箭，祸延子孙。家门和顺，虽饔飧不济，亦有余欢；国课早完，即囊橐无余，自得至乐。

读书志在圣贤，非徒科第，为官心存君国，岂计身家。守分安命，顺时听天。为人若此，庶乎近焉。

孝经（节选）
开宗明义章第一

仲尼居，曾子侍。子曰："先王有至德要道，以顺天下，民用和睦，上下无怨，汝知之乎？"

曾子避席曰："参不敏，何足以知之？"

子曰："夫孝，德之本也，教之所由生也。复坐，吾语汝。身体发肤，受之父母，不敢毁伤，孝之始也。立身行道，扬名于后世，以显父母，孝之终也。夫孝，始于事亲，中于事君，终于立身。《大雅》云：'无念尔祖，聿修厥德。'"

三才章第七

曾子曰："甚哉，孝之大也！"子曰："夫孝，天之经也，地之义也，民之行也。天地之经，而民是则之。则天之明，因地之利，以顺天下。是以其教不肃而成，其政不严而治。先王见教之可以化民也，是故先之以博爱，而民莫遗其亲；陈之以德义，而民兴行。先之以敬让，而民不争；导之以礼乐，而民和睦；示之以好恶，而民知禁。《诗》云：'赫赫师尹，民具尔瞻。'"

孝治章第八

子曰："昔者明王之以孝治天下也，不敢遗小国之臣，而况于公、侯、伯、子、男乎？故得万国之欢心。以事其先王。治国者，不敢侮于鳏寡，而况于士民乎？故得百姓之欢心，以事其先君。治家者，不敢失于臣妾，而况于妻子乎？故得人之欢心，以事其亲。夫然，故生则亲安之，祭则鬼享之，是以天下和平，灾害不生，祸乱不作。故明王之以孝治天下也如此。《诗》云：'有觉德行，四国顺之。'"

纪孝行章第十

子曰："孝子之事亲也，居则致其敬，养则致其乐，病则致其忧，丧则致其哀，祭则致其严，五者备矣，然后能事亲。事亲者，居上不骄，为下不乱，在丑不争。居上而骄则亡，为下而乱则刑，在丑而争则兵。三者不除，虽日用三牲之养，犹为不孝也。"

大学

大学之道，在明明德，在亲民，在止于至善。知止而后有定，定而后能静，静而后能安，安而后能虑，虑而后能得。物有本末，事有终始，知所先后，则近道矣。

古之欲明明德于天下者，先治其国；欲治其国者，先齐其家；欲齐其家者，先修其身；欲修其身者，先正其心；欲正其心者，先诚其意；欲诚其意者，先致其知，致知在格物。物格而后知至，知至而后意诚，意诚而后心正，心正而后身修，身修而后家齐，家齐而后国治，国治而后天下平。自天子以至于庶人，壹是皆以修身为本。其本乱而末治者否矣，其所厚者薄，而其所薄者厚，未之有也！

康诰曰："克明德。"大甲曰："顾是天之明命。"帝典曰："克明峻德。"皆自明也。

汤之盘铭曰："苟日新，日日新，又日新。"康诰曰："作新民。"诗曰："周虽旧邦，其命惟新。"是故君子无所不用其极。

诗云："邦畿千里，惟民所止。"诗云："缗蛮黄鸟，止于丘隅。"子曰："于止，知其所止，可以人而不如鸟乎！"诗云："穆穆文王，于缉熙敬止！"为人君，止于仁；

为人臣，止于敬；为人子，止于孝；为人父，止于慈；与国人交，止于信。

诗云："瞻彼淇澳，菉竹猗猗。有斐君子，如切如磋，如琢如磨。瑟兮僴兮，赫兮喧兮。有斐君子，终不可喧兮！"如切如磋者，道学也；如琢如磨者，自修也；瑟兮僴兮者，恂栗也；赫兮喧兮者，威仪也；有斐君子，终不可諠兮者，道盛德至善，民之不能忘也。诗云："于戏前王不忘！"君子贤其贤而亲其亲，小人乐其乐而利其利，此以没世不忘也。

子曰："听讼，吾犹人也，必也使无讼乎！"无情者不得尽其辞。大畏民志，此谓知本。此谓知本，此谓知之至也。

所谓诚其意者，毋自欺也。如恶恶臭，如好好色，此之谓自谦，故君子必慎其独也！小人闲居为不善，无所不至，见君子而后厌然，揜其不善，而着其善。人之视己，如见其肺肝然，则何益矣。此谓诚于中，形于外，故君子必慎其独也。曾子曰："十目所视，十手所指，其严乎！"富润屋，德润身，心宽体胖，故君子必诚其意。

所谓致知在格物者，言欲致吾之知，在即物而穷其理也。盖人心之灵莫不有知，而天下之物莫不有理，惟于理有未穷，故其知有不尽也。是以大学始教，必使学者即凡天下之物，莫不因其已知之理而益穷之，以求至乎其极。至于用力之久，而一旦豁然贯通焉，则众物之表里精粗无不到，而吾心之全体大用无不明矣。此谓物格，此谓知之至也。

所谓修身在正其心者，身有所忿懥，则不得其正；有所恐惧，则不得其正；有所好乐，则不得其正；有所忧患，则不得其正。心不在焉，视而不见，听而不闻，食而不知其味，此谓修身在正其心。

所谓齐其家在修其身者，人之其所亲爱而辟焉，之其所贱恶而辟焉，之其所敬畏而辟焉，之其所哀矜而辟焉，之其所敖惰而辟焉。故好而知其恶，恶而知其美者，天下鲜矣！故谚有之曰："人莫知其子之恶，莫知其苗之硕。"此谓身不修不可以齐其家。

所谓治国必齐其家者，其家不可教而能教人者，无之。故君子不出家而成教于国。孝者，所以事君也；弟者，所以事长也；慈者，所以使众也。康诰曰："如保赤子。"心诚求之，虽不中不远矣。未有学养子而后嫁者也！一家仁，一国兴仁；一家让，一国兴让；一人贪戾，一国作乱，其机如此。此谓一言偾事，一人定国。尧舜帅天下以仁，而民从之；桀纣帅天下以暴，而民从之；其所令反其所好，而民不从。是故君子有诸己而后求诸人，无诸己而后非诸人。所藏乎身不恕，而能喻诸人者，未之有也。故治国在齐其家。诗云："桃之夭夭，其叶蓁蓁，之子于归，宜其家人。"宜其家人，而后可以教国人。诗云："宜兄宜弟。"宜兄宜弟，而后可以教国人。诗云："其仪不忒，正是四国。"其为父子兄弟足法，而后民法之也。此谓治国在齐其家。

所谓平天下在治其国者，上老老而民兴孝，上长长而民兴弟，上恤孤而民不倍，是以君子有系矩之道也。所恶于上，毋以使下；所恶于下，毋以事上；所恶于前，毋以先后；所恶于后，毋以从前；所恶于右，毋以交于左；所恶于左，毋以交于右，此之谓系矩之道。诗云："乐只君子，民之父母。"民之所好好之，民之所恶恶之，此之谓民之父母。诗云："节彼南山，维石岩岩，赫赫师尹，民具尔瞻。"有国者不可以不慎，辟则为天下僇矣。诗云："殷之未丧师，克配上帝；仪监于殷，峻命不易。"道得众则得国，失众则失国。是故君子先慎乎德。有德此有人，有人此有土，有土此有财，有财此有用。德者本也，财者末也，外本内末，争民施夺。是故财聚则民散，财散则民聚。是故言悖而出者，亦悖而入；货悖而入者，亦悖而出。康诰曰："惟命不于常！"道善则得之，不善则失之矣。楚书曰："楚国无以为宝，惟善以为宝。"舅犯曰："亡人无以为宝，仁亲以为宝。"秦誓曰："若有一个臣，断断兮无他技，其心休休焉，其如有容焉。人之有技，若己有之，人之彦圣，其心好之，不啻若自其口出。实不能容之，以能保我子孙黎民，尚亦有利哉。人之有技，媢疾以恶之，人之彦圣，而违之俾不通，实不能容，以不能保我子孙黎民，亦曰殆哉。"唯仁人放流之，迸诸四夷，不与同中国。此谓唯仁人为能爱人，能恶人。见贤而不能举，举而不能先，命也；见不善而不能退，退而不能速，过也。好人之所恶，恶人之所好，是谓拂人之性，菑必逮夫身。是故君子有大道，必忠信以得之，骄泰以失之。生财有大道，生之者众，食之者寡，为之者疾，用之者舒，则财恒足矣。仁者以财发身，不仁者以身发财。未有上好仁而下不好义者也，未有好义其事不终者也，未有府库财非其财者也。孟献子曰："畜马乘不察于鸡豚，伐冰之家不畜牛羊，百乘之家不畜聚敛之臣，与其有聚敛之臣，宁有盗臣。"此谓国不以利为利，以义为利也。长国家而务财用者，必自小人矣。彼为善之，小人之使为国家，菑害并至，虽有善者，亦无如之何矣！此谓国家不以利为利，以义为利也。

中庸

天命之谓性，率性之谓道，修道之谓教。道也者，不可须臾离也，可离非道也。是故君子戒慎乎其所不睹，恐惧乎其所不闻。莫见乎隐，莫显乎微，故君子慎其独也。喜怒哀乐之未发，谓之中；发而皆中节，谓之和。中也者，天下之大本也；和也者，天下之达道也。致中和，天地位焉，万物育焉。

仲尼曰：君子中庸，小人反中庸。君子之中庸也，君子而时中；小人之中庸也，小人而无忌惮也。

子曰：中庸其至矣乎！民鲜能久矣！

子曰：道之不行也，我知之矣，知者过之，愚者不及也；道之不明也，我知之矣，贤者过之，不肖者不及也。人莫不饮食也，鲜能知味也。

子曰：道其不行矣夫！

子曰：舜其大知也与！舜好问而好察迩言，隐恶而扬善，执其两端，用其中于民，其斯以为舜乎！

子曰：人皆曰予知，驱而纳诸罟擭陷阱之中，而莫之知辟也。人皆曰予知，择乎中庸而不能期月守也。

子曰：回之为人也，择乎中庸，得一善，则拳拳服膺而弗失之矣。

子曰：天下国家可均也，爵禄可辞也，白刃可蹈也，中庸不可能也。

子路问强。子曰：南方之强与？北方之强与？抑而强与？宽柔以教，不报无道，南方之强也，君子居之。衽金革，死而不厌，北方之强也，而强者居之。故君子和而不流，强哉矫！中立而不倚，强哉矫！国有道，不变塞焉，强哉矫！国无道，至死不变，强哉矫！

子曰：素隐行怪，后世有述焉，吾弗为之矣。君子遵道而行，半途而废，吾弗能已矣。君子依乎中庸，遯世不见知而不悔，唯圣者能之。

君子之道费而隐。夫妇之愚，可以与知焉，及其至也，虽圣人亦有所不知焉；夫妇之不肖，可以能行焉，及其至也，虽圣人亦有所不能焉。天地之大也，人犹有所憾。故君子语大，天下莫能载焉；语小，天下莫能破焉。诗云："鸢飞戾天，鱼跃于渊。"言其上下察也。君子之道，造端乎夫妇；及其至也，察乎天地。

子曰："道不远人。人之为道而远人，不可以为道。诗云：'伐柯伐柯，其则不远。'执柯以伐柯，睨而视之，犹以为远。故君子以人治人，改而止。忠恕违道不远，施诸己而不愿，亦勿施于人。君子之道四，丘未能一焉：所求乎子，以事父未能也；所求乎臣，以事君未能也；所求乎弟，以事兄未能也；所求乎朋友，先施之未能也。庸德之行，庸言之谨，有所不足，不敢不勉，有余不敢尽；言顾行，行顾言，君子胡不慥慥尔！"

君子素其位而行，不愿乎其外。素富贵，行乎富贵；素贫贱，行乎贫贱；素夷狄，行乎夷狄；素患难，行乎患难；君子无入而不自得焉。在上位不陵下，在下位不援上，正己而不求于人则无怨。上不怨天，下不尤人。故君子居易以俟命，小人行险以徼幸。子曰："射有似乎君子；失诸正鹄，反求诸其身。"

君子之道，譬如行远必自迩，辟如登高必自卑。诗曰："妻子好合，如鼓瑟琴，兄弟既翕，和乐且耽；宜尔室家，乐尔妻帑。"

子曰："鬼神之为德，其盛矣乎！视之而弗见，听之而弗闻，体物而不可遗。使天下之人齐明盛服，以承祭祀。洋洋乎！如在其上，如在其左右。诗曰：'神之格思，不可度思！矧可射思！'夫微之显，诚之不可揜如此夫。"

子曰："舜其大孝也与！德为圣人，尊为天子，富有四海之内。宗庙飨之，子孙保之。故大德必得其位，必得其禄，必得其名，必得其寿。故天之生物，必因其才而笃焉。故栽者培之，倾者覆之。诗曰：'嘉乐君子，宪宪令德！宜民宜人；受禄于天；保佑命之，自天申之！'

子曰："无忧者其惟文王乎！以王季为父，以武王为子，父作之，子述之。武王缵大王、王季、文王之绪。壹戎衣而有天下，身不失天下之显名。尊为天子，富有四海之内。宗庙飨之，子孙保之。武王末受命，周公成文武之德，追王大王、王季，上祀先公以天子之礼。斯礼也，达乎诸侯大夫，及士庶人。父为大夫，子为士；葬以大夫，祭以士。父为士，子为大夫；葬以士，祭以大夫。期之丧达乎大夫，三年之丧达乎天子，父母之丧无贵贱一也。"

子曰："武王、周公，其达孝矣乎！夫孝者：善继人之志，善述人之事者也。春秋修其祖庙，陈其宗器，设其裳衣，荐其时食。宗庙之礼，所以序昭穆也；序爵，所以辨贵贱也；序事，所以辨贤也；旅酬下为上，所以逮贱也；燕毛，所以序齿也。践其位，行其礼，奏其乐，敬其所尊，爱其所亲，事死如事生，事亡如事存，孝之至也。郊社之礼，所以事上帝也，宗庙之礼，所以祀乎其先也。明乎郊社之礼、禘尝之义，治国其如示诸掌乎。"

哀公问政。子曰："文武之政，布在方策。其人存，则其政举；其人亡，则其政息。人道敏政，地道敏树。夫政也者，蒲庐也。故为政在人，取人以身，修身以道，修道以仁。仁者人也，亲亲为大；义者宜也，尊贤为大；亲亲之杀，尊贤之等，礼所生也。在下位不获乎上，民不可得而治矣！故君子不可以不修身，思修身，不可以不事亲；思事亲，不可以不知人；思知人，不可以不知天。天下之达道五，所以行之者三：曰君臣也，父子也，夫妇也，昆弟也，朋友之交也：五者天下之达道也。知、仁、勇三者，天下之达德也，所以行之者一也。或生而知之，或学而知之，或困而知之，及其知之一也；或安而行之，或利而行之，或勉强而行之，及其成功一也。子曰："好学近乎知，力行近乎仁，知耻近乎勇。知斯三者，则知所以修身；知所以修身，则知所以治人，知所以治人，则知所以治天下国家矣。"凡为天下国家有九经，曰：修身也，尊贤也，亲亲也，敬大臣也，体群臣也，子庶民也，来百工也，柔远人也，怀诸侯也。修身则道立，尊贤则不惑，亲亲则诸父昆弟不怨，敬大臣则不眩，体群臣则士之报礼重，子庶民则百姓劝，来百工则财用足，柔远人则四方归之，怀诸侯则天下畏之。齐明盛服，非礼不动，所以修身也；去谗远色，贱货而贵德，所以劝贤也；尊其位，重其禄，同其好恶，所以劝亲亲也；官盛任使，所以劝大臣也；忠信重禄，所以劝士也；时使薄敛，所以劝百姓也；日省月试，既禀称事，所以劝百工也；送往迎来，嘉善而矜不能，所以柔远人也；继绝世，举废国，治乱持危，朝聘以时，厚往而薄来，所以怀诸侯也。凡为天下国家有九经，所以行之者一也。凡事豫则立，不豫则废。言前定则不跲，事前定则不困，行前定则不疚，道前定则不穷。在下位不获乎上，民不可得而治矣；获乎上有道；不信乎朋友，不获乎上矣；信乎朋友有道：不顺乎亲，不信乎朋友矣；顺乎亲有道：反诸身不诚，不顺乎亲矣；诚身有道：不明乎善，不诚乎身矣。诚者，天之道也；诚之者，人之道也。诚者不勉而中，不思而得，从容中道，圣人也。诚之者，择善而固执之者也。博学之，审问之，慎思之，明辨之，笃行之。有弗学，学之弗能弗措也；有弗问，问之弗知弗措也；有弗思，思之弗得弗措也；有弗辨，辨之弗明弗措也；有弗行，行之弗笃弗措也；人一能之己百之，人十能之己千之。果能此道矣，虽愚必明，虽柔必强。

自诚明，谓之性；自明诚，谓之教。诚则明矣，明则诚矣。

唯天下至诚，为能尽其性；能尽其性，则能尽人之性；能尽人之性，则能尽物之性；能尽物之性，则可以赞天地之化育；可以赞天地之化育，则可以与天地参矣。

其次致曲，曲能有诚，诚则形，形则著，著则明，明则动，动则变，变则化，唯天下至诚为能化。

至诚之道，可以前知。国家将兴，必有祯祥；国家将亡，必有妖孽。见乎著龟，动乎四体。祸福将至：善，必先知之；不善，必先知之。故至诚如神。

诚者自成也，而道自道也。诚者物之终始，不诚无物。是故君子诚之为贵。诚者非自成己而已也，所以成物也。成己，仁也；成物，知也。性之德也，合内外之道也，故时措之宜也。

故至诚无息。不息则久，久则征，征则悠远，悠远则博厚，博厚则高明。博厚，所以载物也；高明，所以覆物也；悠久，所以成物也。博厚配地，高明配天，悠久无疆。如此者，不见而章，不动而变，无为而成。天地之道，可一言而尽也：其为物不贰，则其生物不测。天地之道：博也，厚也，高也，明也，悠也，久也。今夫天，斯昭昭之多，及其无穷也，日月星辰系焉，万物覆焉。今夫地，一撮土之多，及其广厚，载华岳而不重，振河海而不泄，万物载焉。今夫山，一卷石之多，及其广大，草木生之，禽兽居之，宝藏兴焉。今夫水，一勺之多，及其不测，鼋鼍、蛟龙、鱼鳖生焉，货财殖焉。诗云："维天之命，于穆不已！"盖曰天之所以为天也。于乎不显！文王之德之纯！"盖曰文王之所以为文也，纯亦不已。

大哉圣人之道！洋洋乎！发育万物，峻极于天。优优大哉！礼仪三百，威仪三千，待其人而后行。故曰苟不至德，至道不凝焉。故君子尊德性而道问学，致广大而尽精微，极高明而道中庸。温故而知新，敦厚以崇礼。是故居上不骄，为下不倍，国有道其言足以兴，国无道其默足以容。诗曰："既明且哲，以保其身，"其此之谓与！

子曰："愚而好自用，贱而好自专，生乎今之世，反古之道。如此者，灾及其身者也。"非天子，不议礼，不制度，不考文。今天下车同轨，书同文，行同伦。虽有其位，苟无其德，不敢作礼乐焉；虽有其德，苟无其位，亦不敢作礼乐焉。子曰："吾说夏礼，杞不足征也；吾学殷礼，有宋存焉；吾学周礼，今用之，吾从周。"

王天下有三重焉，其寡过矣乎！上焉者虽善无征，无征不信，不信民弗从；下焉者虽善不尊，不尊不信，不信民弗从。故君子之道：本诸身，征诸庶民，考诸三王而不缪，建诸天地而不悖，质诸鬼神而无疑，百世以俟圣人而不惑。质诸鬼神而无疑，知天也；百世以俟圣人而不惑，知人也。是故君子动而世为天下道，行而世为天下法，言而世为天下则。远之则有望，近之则不厌。诗曰："在彼无恶，在此无射；庶几夙夜，以永终誉！"君子未有不如此而蚤有誉于天下者也。

仲尼祖述尧舜，宪章文武；上律天时，下袭水土。辟如天地之无不持载，无不覆帱；辟如四时之错行，如日月之代明。万物并育而不相害，道并行而不相悖，小德川流，大德敦化。此天地之所以为大也。

唯天下至圣，为能聪明睿知，足以有临也；宽裕温柔，足以有容也；发强刚毅，足以有执也；齐庄中正，足以有敬也；文理密察，足以有别也。溥博渊泉，而时出之。溥博如天，渊泉如渊。见而民莫不敬，言而民莫不信，行而民莫不说。是以声名洋溢乎中国，施及蛮貊；舟车所至，人力所通；天之所覆，地之所载，日月所照，霜露所队；凡有血气者，莫不尊亲。故曰配天。

唯天下至诚，为能经纶天下之大经，立天下之大本，知天地之化育。夫焉有所倚？肫肫其仁！渊渊其渊！浩浩其天！苟不固聪明圣知达天德者，其孰能知之？

诗曰："衣锦尚絅"，恶其文之著也。故君子之道，闇然而日章；小人之道，的然而日亡。君子之道：淡而不厌，简而文，温而理，知远之近，知风之自，知微之显，可与入德矣。诗云："潜虽伏矣，亦孔之昭！"故君子内省不疚，无恶于志。君子之所不可及者，其唯人之所不见乎。诗云："相在尔室，尚不愧于屋漏。"故君子不动而敬，不言而信。诗曰："奏假无言，时靡有争。"是故君子不赏而民劝，不怒而民威于鈇钺。诗曰："不显惟德！百辟其刑之。"是故君子笃恭而天下平。诗云："予怀明德，不大声以色。"子曰："声色之于以化民，末也。"诗曰："德輶如毛"，毛犹有伦。"上天之载，无声无臭"，至矣！

附录二

正文篇

文赋

陆 机

余每观才士之所作，窃有以得其用心。夫其放言遣辞，良多变矣。妍蚩好恶，可得而言。每自属文，尤见其情。恒患意不称物，文不逮意，盖非知之难，能之难也。故作《文赋》以述先士之盛藻，因论作文之利害所由，他日殆可谓曲尽其妙。至于操斧伐柯，虽取则不远，若夫随手之变，良难以辞逮。盖所能言者，具于此云尔。

伫中区以玄览，颐情志于典坟。遵四时以叹逝，瞻万物而思纷；悲落叶于劲秋，喜柔条于芳春。心懔懔以怀霜，志眇眇而临云；咏世德之骏烈，诵先人之清芬；游文章之林府，嘉丽藻之彬彬。慨投篇而援笔，聊宣之乎斯文。

其始也，皆收视反听，耽思傍讯，精骛八极，心游万仞。其致也，情曈昽而弥鲜，物昭晰而互进，倾群言之沥液，漱六艺之芳润，浮天渊以安流，濯下泉而潜浸。于是沈辞怫悦，若游鱼衔钩，而出重渊之深；浮藻联翩，若翰鸟缨缴，而坠曾云之峻。收百世之阙文，采千载之遗韵，谢朝华于已披，启夕秀于未振，观古今于须臾，抚四海于一瞬。

然后选义按部，考辞就班，抱景者咸叩，怀响者毕弹。或因枝以振叶，或沿波而讨源，或本隐以之显，或求易而得难，或虎变而兽扰，或龙见而鸟澜，或妥帖而易施，或岨峿而不安。罄澄心以凝思，眇众虑而为言，笼天地于形内，挫万物于笔端。始踯躅于燥吻，终流离于濡翰，理扶质以立干，文垂条而结繁，信情貌之不差，故每变而在颜；思涉乐其必笑，方言哀而已叹。或操觚以率尔，或含毫而邈然。

伊兹事之可乐，固圣贤之可钦，课虚无以责有，叩寂寞而求音，函绵邈于尺素，吐滂沛乎寸心。言恢之而弥广，思按之而愈深，播芳蕤之馥馥，发青条之森森，粲风飞而猋竖，郁云起乎翰林。

体有万殊，物无一量，纷纭挥霍，形难为状。辞程才以效伎，意司契而为匠，在有无而僶俛，当浅深而不让。虽离方而遁员，期穷形而尽相。故夫夸目者尚奢，惬心者贵当，言穷者无隘，论达者唯旷。诗缘情而绮靡。赋体物而浏亮。碑披文以相质。诔缠绵而凄怆。铭博约而温润。箴顿挫而清壮。颂优游以彬蔚。论精微而朗畅。奏平彻以闲雅。说炜晔而谲诳。虽区分之在兹，亦禁邪而制放。要辞达而理举，故无取乎冗长。

其为物也多姿，其为体也屡迁。其会意也尚巧，其遣言也贵妍。暨音声之迭代，若五色之相宣。虽逝止之无常，固崎锜而难便。苟达变而识次，犹开流以纳泉。如失机而后会，恒操末以续颠，谬玄黄之秩序，故淟涊而不鲜。

或仰偪于先条，或俯侵于后章。或辞害而理比，或言顺而义妨。离之则双美，合之则两伤。考殿最于锱铢，定去留于毫芒。苟铨衡之所裁，固应绳其必当。

或文繁理富，而意不指适。极无两致，尽不可益。立片言而居要，乃一篇之警策。虽众辞之有条，必待兹而效绩。亮功多而累寡，故取足而不易。

或藻思绮合，清丽芊眠。炳若缛绣，凄若繁弦。必所拟之不殊，乃闇合乎曩篇。虽杼轴于予怀，怵他人之我先。苟伤廉而愆义，亦虽爱而必捐。

或苕发颖竖，离众绝致。形不可逐，响难为系。块孤立而特峙，非常音之所纬。心牢落而无偶，意徘徊而不能揥。石韫玉而山晖，水怀珠而川媚。彼榛楛之勿翦，亦蒙荣于集翠。缀《下里》于《白雪》，吾亦济夫所伟。

或托言于短韵，对穷迹而孤兴。俯寂寞而无友，仰寥廓而莫承。譬偏弦之独张，含清唱而靡应。

或寄辞于瘁音，言徒靡而弗华。混妍蚩而成体，累良质而为瑕。象下管之偏疾，故虽应而不和。

或遗理以存异，徒寻虚以逐微。言寡情而鲜爱，辞浮漂而不归。犹弦么而徽急，故虽和而不悲。

或奔放以谐合，务嘈囋而妖冶。徒悦目而偶俗，故声高而曲下。寤《防露》与《桑间》，又虽悲而不雅。

或清虚以婉约，每除烦而去滥，阙大羹之遗味，同朱弦之清泛。虽一唱而三叹，固既雅而不艳。

若夫丰约之裁，俯仰之形，因宜适变，曲有微情。或言拙而喻巧。或理朴而辞轻。或袭故而弥新。或沿浊而更清。或览之而必察。或研之而后精。譬犹舞者赴节之投袂，歌者应弦而遣声。是盖轮扁所不得言，亦非华说之所能精。

普辞条与文律，良余膺之所服。练世情之常尤，识前修之所淑。虽浚发于巧心，或受欬于拙目。彼琼敷与玉藻，若中原之有菽。同橐钥之罔穷，与天地乎并育。虽纷蔼于此世，嗟不盈于予掬。患挈缾之屡空，病昌言之难属。故踸踔于短韵，放庸音以足曲。恒遗恨以终篇，岂怀盈而自足。惧蒙尘于叩缶，顾取笑乎鸣玉。

若夫应感之会，通塞之纪，来不可遏，去不可止。藏若景灭，行犹响起。方天机之骏利，夫何纷而不理。思风发于胸臆，言泉流于唇齿。纷葳蕤以馺沓，唯豪素之所拟。文徽徽以溢目，音泠泠而盈耳。及其六情底滞，志往神留，兀若枯木，豁若涸流，揽营魂以探赜，顿精爽而自求。理翳翳而愈伏，思轧轧其若抽。是故或竭情而多悔，或率意而寡尤。虽兹物之在我，非余力之所勠。故时抚空怀而自惋，吾未识夫开塞之所由也。

伊兹文之为用，固众理之所因。恢万里而无阂，通亿载而为津。俯殆则于来叶，仰观象乎古人。济文武于将坠，宣风声于不泯。涂无远而不弥，理无微而不纶。配沾润于云雨，象变化乎鬼神。被金石而德广，流管弦而日新。

诗品序

钟 嵘

气之动物，物之感人，故摇荡性情，形诸舞咏。照烛三才，晖丽万有，灵祇待之以致飨，幽微藉之以昭告。动天地，感鬼神，莫近于诗。

昔《南风》之词，《卿云》之颂，厥义夐矣。夏歌曰："郁陶乎予心。"楚谣曰：

"名余曰正则"，虽诗体未全，然是五言之滥觞也。逮汉李陵，始著五言之目矣。古诗眇邈，人世难详，推其文体，固是炎汉之制，非衰周之倡也。自王、扬、枚、马之徒，词赋竞爽，而吟咏靡闻。从李都尉迄班婕妤，将百年间，有妇人焉，一人而已。诗人之风，顿已缺丧。东京二百载中，惟有班固《咏史》，质木无文。降及建安，曹公父子，笃好斯文；平原兄弟，郁为文栋；刘桢、王粲，为其羽翼。次有攀龙托凤，自致于属车者，盖将百计。彬彬之盛，大备于时矣！尔后陵迟衰微，迄于有晋。太康中，三张、二陆、两潘、一左，勃尔复兴，踵武前王，风流未沫，亦文章之中兴也。永嘉时，贵黄、老，稍尚虚谈，于时篇什，理过其辞，淡乎寡味。爰及江表，微波尚传，孙绰、许询、桓、庾诸公诗，皆平典似《道德论》，建安风力尽矣。先是郭景纯用俊上之才，变创其体；刘越石仗清刚之气，赞成厥美。然彼众我寡，未能动俗。逮义熙中，谢益寿斐然继作。元嘉中，有谢灵运，才高词盛，富艳难踪，固已含跨刘、郭，陵轹潘、左。故知陈思为建安之杰，公干、仲宣为辅；陆机为太康之英，安仁、景阳为辅；谢客为元嘉之雄，颜延年为辅：斯皆五言之冠冕，文词之命世也。

夫四言文约意广，取效风骚，便可多得，每苦文繁而意少，故世罕习焉。五言居文词之要，是众作之有滋味者也，故云会于流俗。岂不以指事造形，穷情写物，最为详切者耶！故诗有三义焉：一曰兴，二曰比，三曰赋。文已尽而意有余，兴也；因物喻志，比也；直书其事，寓言写物，赋也。宏斯三义，酌而用之，干之以风力，润之以丹彩，使味之者无极，闻之者动心，是诗之至也。若专用比兴，患在意深，意深则词踬。若但用赋体，患在意浮，意浮则文散，嬉成流移，文无止泊，有芜漫之累矣。

若乃春风春鸟，秋月秋蝉，夏云暑雨，冬月祁寒，斯四候之感诸诗者也。嘉会寄诗以亲，离群托诗以怨。至于楚臣去境，汉妾辞宫。或骨横朔野，魂逐飞蓬。或负戈外戍，杀气雄边。塞客衣单，孀闺泪尽。或士有解佩出朝，一去忘反。女有扬蛾入宠，再盼倾国。凡斯种种，感荡心灵，非陈诗何以展其义？非长歌何以骋其情？故曰："诗可以群，可以怨。"使穷贱易安，幽居靡闷，莫尚于诗矣。故词人作者，罔不爱好。今之士俗，斯风炽矣。才能胜衣，甫就小学，必甘心而驰骛焉。于是庸音杂体，人各为容。至使膏腴子弟，耻文不逮。终朝点缀，分夜呻吟，独观谓为警策，众睹终渝平钝。次有轻薄之徒，笑曹、刘为古拙，谓鲍照羲皇上人，谢朓今古独步。而师鲍照，终不及"日中市朝满"；学谢朓，劣得"黄鸟度青枝"。徒自弃于高明，无涉于文流矣。

观王公缙绅之士，每博论之余，何尝不以诗为口实，随其嗜欲，商榷不同。淄渑并泛，朱紫相夺，喧议竞起，准的无依。近彭城刘士章，俊赏之士，疾其淆乱，欲为当世诗品，口陈标榜，其文未遂，感而作焉。昔九品论人，七略裁士，校以宾实，诚多未值。至若诗之为技，较尔可知，以类推之，殆均博弈。方今皇帝资生知之上才，体沈郁之幽思，文丽日月，赏究天人，昔在贵游，已为称首。况八纮既奄，风靡云蒸，抱玉者联肩，握珠者踵武。固以暧汉、魏而不顾，吞晋、宋于胸中。谅非农歌辕议，敢致流别。嵘之今录，庶周旋于闾里，均之于谈笑耳。

一品之中，略以世代为先后，不以优劣为诠次。又其人既往，其文克定，今所寓言，不录存者。夫属词比事，乃为通谈。若乃经国文符，应资博古；撰德驳奏，宜穷往烈。至乎吟咏情性，亦何贵于用事？"思君如流水"，既是即目，"高台多悲风"，亦惟所见；"清晨登陇首"，羌无故实；"明月照积雪"，讵出经、史。观古今胜语，多非补假，皆由直寻。颜延、谢庄，尤为繁密，于时化之。故大明、泰始中，文章殆同书钞。近任昉、王元长等，辞不贵奇，竞须新事，尔来作者，寝以成俗。遂乃句无虚语，语无虚字，拘挛补衲，蠹文已甚。但自然英旨，罕值其人。词既失高，则宜加事义，虽谢天才，且表学问，亦一理乎！

陆机《文赋》，通而无贬；李充《翰林》，疏而不切；王微《鸿宝》，密而无裁；颜延论文，精而难晓；挚虞《文志》详而博赡，颇日知言。观斯数家，皆就谈文体，而不显优劣。至于谢客集诗，逢诗辄取；张骘《文士》，逢文即书。诸英志录，并义在文，曾无品第。嵘今所录，止乎五言。虽然，网罗今古，词文殆集，轻欲辨彰清浊，掎摭利病，凡百二十人。预此宗流者，便称才子。至斯三品升降，差非定制，方申变裁，请寄知者尔。

昔曹、刘殆文章之圣，陆、谢为体贰之才，锐精研思，千百年中，而不闻宫商之辨，四声之论。或谓前达偶然不见，岂其然乎？尝试言之：古曰诗颂，皆被之金竹，故非调五音，无以谐会。若"置酒高堂上"、"明月照高楼"，为韵之首。故三祖之词，文或不工，而韵入歌唱，此重音韵之义也，与世之言宫商异矣。今既不被管弦，亦何取于声律邪？齐有王元长者，尝谓余云："宫商与二仪俱生，自古词人不知之，惟颜宪子乃云律吕音调，而其实大谬；唯见范晔、谢庄颇识之耳。尝欲进《知音论》，未就。"王元长创其首，谢朓、沈约扬其波，三贤或贵公子孙，幼有文辩。于是士流景慕，务为精密，襞积细微，专相陵架，故使文多拘忌，伤其真美。余谓文制，本须讽读，不可蹇碍，但令清浊通流，口吻调利，斯为足矣。至平上去入，则余病未能；蜂腰鹤膝，闾里已具。

陈思"赠弟"，仲宣《七哀》，公干"思友"，阮籍《咏怀》，子卿"双凫"，叔夜"双鸾"，茂先"寒夕"，平叔"衣单"，安仁"倦暑"，景阳"苦雨"，灵运《邺中》，士衡《拟古》，越石"感乱"，景纯"咏仙"，王微"风月"，谢客"山泉"，叔源"离宴"，鲍照"戍边"，太冲《咏史》，颜延"入洛"，陶公《咏贫》之制，惠连《捣衣》之作，斯皆五言之警策者也。所以谓篇章之珠泽，文彩之邓林。

文选序

萧 统

式观元始，眇觌玄风；冬穴夏巢之时，茹毛饮血之世，世质民淳，斯文未作。逮乎伏羲氏之王天下也，始画八卦，造书契，以代结绳之政，由是文籍生焉。《易》曰："观乎天文，以察时变；观乎人文，以化成天下。"文之时义，远矣哉！若夫椎轮为大辂之始，大辂宁有椎轮之质？增冰为积水所成，积水曾微增冰之凛，何哉？盖踵其事而增华，变其本而加厉；物既有之，文亦宜然；随时变改，难可详悉。

尝试论之曰：《诗序》云："诗有六义焉，一曰风，二曰赋，三曰比，四曰兴，五曰雅，六曰颂。"至于今之作者，异乎古昔，古诗之体，今则全取赋名。荀、宋表之于前，贾、马继之于末。自兹以降，源流实繁。述邑居则有"凭虚""亡是"之作，戒畋游则有《长杨》《羽猎》之制。若其纪一事，咏一物，风云草木之兴，鱼虫禽兽之流，推而广之，不可胜载矣。

又楚人屈原，含忠履洁，君匪从流，臣进逆耳，深思远虑，遂放湘南。耿介之意既伤，壹郁之怀靡愬；临渊有怀沙之志，吟泽有憔悴之容。骚人之文，自兹而作。

诗者，盖志之所之也，情动于中而形于言：《关雎》《麟趾》，正始之道着；桑间濮上，亡国之音表；故风雅之道，粲然可观。自炎汉中叶，厥途渐异：退傅有"在邹"之作，降将着"河梁"之篇；四言五言，区以别矣。又少则三字，多则九言，各体互兴，分镳并驱。颂者，所以游扬德业，褒赞成功；吉甫有"穆若"之谈，季子有"至矣"之叹。舒布为诗，既言如彼；总成为颂，又亦若此。次则：箴兴于补阙，戒出于弼匡，论则析理精微，铭则序事清润，美终则诔发，图像则赞兴。又：诏诰教令之流，表奏笺记之列，书誓符檄之品，吊祭悲哀之作，答客指事之制，三言八字之文，篇辞引序，碑碣志状，众制锋起，源流间出。譬陶匏异器，并为入耳之娱；黼黻不同，俱为悦目之玩。作者之致，盖云备矣。

余监抚余闲，居多暇日。历观文囿，泛览辞林，未尝不心游目想，移晷忘倦。自姬、汉以来，眇焉悠邈，时更七代，数逾千祀。词人才子，则名溢于缥囊；飞文染翰，则卷盈乎缃帙。自非略其芜秽，集其清英，盖欲兼功，太半难矣！若夫姬公之籍，孔父之书，与日月俱悬，鬼神争奥，孝敬之准式，人伦之师友；岂可重以芟夷，加之剪截。老、庄之作，管、孟之流，盖以立意为宗，不以能文为本；今之所撰，又以略诸。若贤人之美辞，忠臣之抗直，谋夫之话，辨士之端，冰释泉涌，金相玉振。所谓坐狙丘，议稷下，仲连之却秦军，食其之下齐国，留侯之发八难，曲逆之吐六奇，盖乃事美一时，语流千载，概见坟籍，旁出子史，若斯之流，又亦繁博；虽传之简牍，而事异篇章；今之所集，亦所不取。至于记事之史，系年之书，所以褒贬是非，纪别异同；方之篇翰，亦已不同。若其赞论之综缉辞采，序述之错比文华，事出于深思，义归乎翰藻。故与夫篇什，杂而集之。远自周室，迄于圣代，都为三十卷，名曰《文选》云尔。

凡次文之体，各以汇聚。诗赋体既不一，又以类分；类分之中，各以时代相次。

典论论文
曹 丕

文人相轻，自古而然。傅毅之于班固，伯仲之间耳，而固小之，与弟超书曰："武仲以能属文为兰台令史，下笔不能自休。"夫人善于自见，而文非一体，鲜能备善，是以各以所长，相轻所短。里语曰："家有弊帚，享之千金。"斯不自见之患也。

今之文人，鲁国孔融文举，广陵陈琳孔璋，山阳王粲仲宣，北海徐干伟长，陈留阮瑀元瑜，汝南应玚德琏，东平刘桢公干。斯七子者，于学无所遗，于辞无所假，咸自以骋骥騄于千里，仰齐足而并驰，以此相服，亦良难矣。盖君子审已以度人，故能免于斯累而作论文。

王粲长于辞赋，徐干时有齐气，然粲之匹也。如粲之《初征》《登楼》《槐赋》《征思》，干之《玄猿》《漏卮》《圆扇》《橘赋》，虽张、蔡不过也。然于他文，未能称是。琳、瑀之章表书记，今之隽也。应玚和而不壮，刘桢壮而不密。孔融体气高妙，有过人者，然不能持论，理不胜辞，以至乎杂以嘲戏。及其所善，扬、班俦也。

常人贵远贱近，向声背实，又患闇于自见，谓己为贤。

夫文本同而末异，盖奏议宜雅，书论宜理，铭诔尚实，诗赋欲丽。此四科不同，故能之者偏也；唯通才能备其体。

文以气为主，气之清浊有体，不可力强而致。譬诸音乐，曲度虽均，节奏同检，至于引气不齐，巧拙有素，虽在父兄，不能以移子弟。

盖文章，经国之大业，不朽之盛事。年寿有时而尽，荣乐止乎其身，二者必至之常期，未若文章之无穷。是以古之作者，寄身于翰墨，见意于篇籍，不假良史之辞，不托飞驰之势，而声名自传于后。故西伯幽而演《易》，周旦显而制《礼》，不以隐约而弗务，不以康乐而加思。夫然则古人贱尺璧而重寸阴，惧乎时之过已。而人多不强力，贫贱则慑于饥寒，富贵则流于逸乐，遂营目前之务，而遗千载之功，日月逝于上，体貌衰于下，忽然与万物迁化，斯志士之大痛也！

融等已逝，唯干着论，成一家言。

文心雕龙（节选）
刘 勰

情采第十一

圣贤书辞，总称文章，非采而何？夫水性虚而沦漪结，木体实而花萼振，文附质也。虎豹无文，则鞟同犬羊；犀兕有皮，而色资丹漆，质待文也。若乃综述性灵，敷写器象，镂心鸟迹之中，织辞鱼网之上，其为彪炳，缛采名矣。故立文之道，其理有三：一曰形文，五色是也；二曰声文，五音是也；三曰情文，五性是也。五色杂而成黼黻，五音比而成《韶》、《夏》，五性发而为辞章，神理之数也。

《孝经》垂典，丧言不文，故知君子常言未尝质也。老子疾伪，故称"美言不信"，而五千精妙，则非弃美矣。庄周云"辩雕万物。"谓藻饰也。韩非云"艳乎辩说。"谓绮丽也。绮丽以艳说，藻饰以辩雕，文辞之变，于斯极矣。

研味《李》、《老》，则知文质附乎性情；详览《庄》、《韩》，则见华实过乎淫侈。若择源于泾渭之流，按辔于邪正之路，亦可以驭文采矣。夫铅黛所以饰容，而盼倩生于淑姿；文采所以饰言，而辩丽本于情性。故情者文之经，辞者理之纬；经正而后纬成，理定而后辞畅，此立文之本源也。

昔诗人什篇，为情而造文；辞人赋颂，为文而造情。何以明其然？盖风雅之兴，志思蓄愤，而吟咏情性，以讽其上，此为情而造文也；诸子之徒，心非郁陶，苟驰夸饰，鬻声钓世，此为文而造情也。故为情者要约而写真，为文者淫丽而烦滥。而后之作者，采滥忽真，远弃风雅，近师辞赋，故体情之制日疏，逐文之篇愈盛。故有志深轩冕，而泛咏皋壤；心缠几务，而虚述人外。真宰弗存，翩其反矣。

夫桃李不言而成蹊，有实存也；男子树兰而不芳，无其情也。夫以草木之微，依情待实；况乎文章，述志为本，言与志反，文岂足征？

是以联辞结采，将欲明理；采滥辞诡，则心理愈翳。固知翠纶桂饵，反所以失鱼。言隐荣华，殆谓此也。是以衣锦褧衣，恶文太章；贲象穷白，贵乎反本。夫能设模以位理，拟地以置心。心定而后结音，理正而后摛藻，使文不灭质，博不溺心，正采耀乎朱蓝，间色屏于红紫，乃可谓雕琢其章，彬彬君子矣。

赞曰：言以文远，诚哉斯验。心术既形，兹华乃赡。

吴锦好渝，舜英徒艳。繁采寡情，味之必厌。

神思第二十六

古人云：形在江海之上，心存魏阙之下。神思之谓也。文之思也，其神远矣。故寂然凝虑，思接千载；悄焉动容，视通万里；吟咏之间，吐纳珠玉之声；眉睫之前，卷舒风云之色：其思理之致乎。故思理为妙，神与物游。神居胸臆，而志气统其关键；物沿耳目，而辞令管其枢机。枢机方通，则物无隐貌；关键将塞，则神有遁心。

是以陶钧文思，贵在虚静，疏瀹五藏，澡雪精神，积学以储宝，酌理以富才，研阅以穷照，驯致以怿辞，然后使玄解之宰，寻声律而定墨；独照之匠，窥意象而运斤；此盖驭文之首术，谋篇之大端。

夫神思方运，万途竞萌，规矩虚位，刻镂无形，登山则情满于山，观海则意溢于海，我才之多少，将与风云而并驱矣。方其搦翰，气倍辞前，暨乎篇成，半折心始。何则？意翻空而易奇，言征实而难巧也。

是以意授于思，言授于意，密则无际，疏则千里，或理在方寸而求之域表，或义在咫尺而思隔山河。是以秉心养术，无务苦虑，含章司契，不必劳情也。人之禀才，迟速异分，文之制体，大小殊功：相如含笔而腐毫，扬雄辍翰而惊梦，桓谭疾感于苦思，王充气竭于思虑，张衡研《京》以十年，左思练《都》以一纪。虽有巨文，亦思之缓也。淮南崇朝而赋骚，枚皋应诏而成赋，子建援牍如口诵，仲宣举笔似宿构，阮禹据案而制书，祢衡当食而草奏，虽有短篇，亦思之速也。

若夫骏发之士，心总要术，敏在虑前，应机立断；覃思之人，情饶歧路，鉴在虑后，研虑方定。机敏，故造次而成功；虑疑，故愈久而致绩。难易虽殊，并资博练。若学浅而空迟，才疏而徒速，以斯成器，未之前闻。是以临篇缀虑，必有二患：理郁者苦贫，辞溺者伤乱，然则博见为馈贫之粮，贯一为拯乱之药，博而能一，亦有助乎心力矣。

若情数诡杂，体变迁贸，拙辞或孕于巧义，庸事或萌于新意，视布于麻，虽云未费，杼轴献功，焕然乃珍。至于思表纤旨，文外曲致，言所不追，笔固知止。至精而后阐其妙，至变而后通其数，伊挚不能言鼎，轮扁不能语斤，其微矣乎！

赞曰：神用象通，情变所孕。物心貌求，心以理应。

刻镂声律，萌芽比兴。结虑司契，垂帷制胜。

体性第二十七

夫情动而言形，理发而文见，盖沿隐以至显，因内而符外者也。然才有庸俊，气有刚柔，学有浅深，习有雅郑，并情性所铄，陶染所凝，是以笔区云谲，文苑波诡者矣。故辞理庸俊，莫能翻其才；风趣刚柔，宁或改其气；事义浅深，未闻乖其学；体式雅郑，鲜有反其习：各师成心，其异如面。若总其归涂，则数穷八体：一曰典雅，二曰远奥，三曰精约，四曰显附，五曰繁缛，六曰壮丽，七曰新奇，八曰轻靡。典雅者，熔式经诰，方轨儒门者也；远奥者，馥采曲文，经理玄宗者也；精约者，核字省句，剖析毫厘者也；显附者，辞直义畅，切理厌心者也；繁缛者，博喻酿采，炜烨枝派者也；壮丽者，高论宏裁，卓烁异采者也；新奇者，摈古竞今，危侧趣诡者也；轻靡者，浮文弱植，缥缈附俗者也。故雅与奇反，奥与显殊，繁与约舛，壮与轻乖，文辞根叶，苑囿其中矣。

若夫八体屡迁，功以学成，才力居中，肇自血气；气以实志，志以定言，吐纳英华，莫非情性。是以贾生俊发，故文洁而体清；长卿傲诞，故理侈而辞溢；子云沈寂，故志隐而味深；子政简易，故趣昭而事博；孟坚雅懿，故裁密而思靡；平子淹通，故虑周而藻密；仲宣躁锐，故颖出而才果；公干气褊，故言壮而情骇；嗣宗俶傥，故响逸而调远；叔夜俊侠，故兴高而采烈；安仁轻敏，故锋发而韵流；士衡矜重，故情繁而辞隐。触类以推，表里必符，岂非自然之恒资，才气之大略哉！

　　夫才由天资，学慎始习，斫梓染丝，功在初化；器成彩定，难可翻移。故童子雕琢，必先雅制，沿根讨叶，思转自圆，八体虽殊，会通合数，得其环中，则辐辏相成。故宜摹体以定习，因性以练才，文之司南，用此道也。

　　赞曰：才性异区，文体繁诡。辞为肤根，志实骨髓。

　　雅丽黼黻，淫巧朱紫。习亦凝真，功沿渐靡。

附录三

正学篇

三字经

人之初，性本善，性相近，习相远。苟不教，性乃迁，教之道，贵以专。
昔孟母，择邻处，子不学，断机杼。窦燕山，有义方，教五子，名俱扬。
养不教，父之过，教不严，师之惰。子不学，非所宜，幼不学，老何为？
玉不琢，不成器，人不学，不知义。为人子，方少时，亲师友，习礼仪。
香九龄，能温席，孝于亲，所当执。融四岁，能让梨，弟于长，宜先知。
首孝弟，次见闻，知某数，识某文。一而十，十而百，百而千，千而万。
三才者，天地人，三光者，日月星。三纲者：君臣义，父子亲，夫妇顺。
曰春夏，曰秋冬，此四时，运不穷。曰南北，曰西东，此四方，应乎中。
曰水火，木金土，此五行，本乎数。曰仁义，礼智信，此五常，不容紊。
稻粱菽，麦黍稷，此六谷，人所食。马牛羊，鸡犬豕，此六畜，人所饲。
曰喜怒，曰哀惧，爱恶欲，七情具。匏土革，木石金，丝与竹，乃八音。
高曾祖，父而身，身而子，子而孙，自子孙，至玄曾，乃九族，人之伦。
父子恩，夫妇从，兄则友，弟则恭，长幼序，友与朋，君则敬，臣则忠，
此十义，人所同。凡训蒙，须讲究，详训诂，名句读。为学者，必有初，
小学终，至四书。论语者，二十篇，群弟子，记善言。孟子者，七篇止，
讲道德，说仁义。作中庸，子思笔，中不偏，庸不易。作大学，乃曾子，
自修齐，至平治。孝经通，四书熟，如六经，始可读。诗书易，礼春秋。
号六经，当讲求。有连山，有归藏，有周易，三易详。有典谟，有训诰，
有誓命，书之奥。我周公，作周礼，著六官，存治体。大小戴，注礼记，
述圣言，礼乐备。曰国风，曰雅颂，号四诗，当讽咏。诗既亡，春秋作。
寓褒贬，别善恶。三传者，有公羊，有左氏，有谷梁。经既明，方读子，
撮其要，记其事。五子者，有荀杨，文中子，及老庄。经子通，读诸史，
考世系，知终始。自羲农，至黄帝，号三皇，居上世。唐有虞，号二帝，
相揖逊，称盛世。夏有禹，商有汤，周文武，称三王。夏传子，家天下，
四百载，迁夏社。汤伐夏，国号商，六百载，至纣亡。周武王，始诛纣，
八百载，最长久。周辙东，王纲坠，逞干戈，尚游说。始春秋，终战国，
五霸强，七雄出。赢秦氏，始兼并，传二世，楚汉争。高祖兴，汉业建，
至孝平，王莽篡。光武兴，为东汉，四百年，终于献。魏蜀吴，争汉鼎，
号三国，迄两晋。宋齐继，梁陈承，为南朝，都金陵。北元魏，分东西，
宇文周，与高齐。迨至隋，一土宇，不再传，失统绪。唐高祖，起义师，
除隋乱，创国基。二十传，三百载，梁灭之，国乃改。梁唐晋，及汉周，

称五代，皆有由。炎宋兴，受周禅。十八传，南北混。辽与金，帝号纷，
迨灭辽，宋犹存。至元兴，金绪歇，有宋世，一同灭。并中国，兼戎狄，
九十年，国祚废。明太祖，久亲师，传建文，方四祀。迁北京，永乐嗣，
迨崇祯，煤山逝。清太祖，膺景命，靖四方，克大定。至世祖，乃大同，
十二世，清祚终。读史者，考实录。通古今，若亲目。口而诵，心而惟，
朝于斯，夕于斯。昔仲尼，师项橐，古圣贤，尚勤学。赵中令，读鲁论，
彼既仕，学且勤。披蒲编，削竹简，彼无书，且知勉。头悬梁，锥刺股，
彼不教，自勤苦。如囊萤，如映雪，家虽贫，学不辍。如负薪，如挂角，
身虽劳，犹苦卓。苏老泉，二十七，始发愤，读书籍。彼既老，犹悔迟，
尔小生，宜早思。若梁灏，八十二，对大廷，魁多士。彼既成，众称异，
尔小生，宜立志。莹八岁，能咏诗，泌七岁，能赋棋。彼颖悟，人称奇，
尔幼学，当效之。蔡文姬，能辨琴，谢道韫，能咏吟。彼女子，且聪敏，
尔男子，当自警。唐刘晏，方七岁，举神童，作正字。彼虽幼，身已仕，
尔幼学，勉而致。有为者，亦若是。犬守夜，鸡司晨，苟不学，曷为人？
蚕吐丝，蜂酿蜜。人不学，不如物。幼而学，壮而行，上致君，下泽民。
扬名声，显父母，光于前，裕于后。人遗子，金满籯。我教子，惟一经。
勤有功，戏无益，戒之哉，宜勉力。

（选自李逸安译注：《三字经百家姓千字文弟子规》，中华书局2009年版）

笠翁对韵（节选）

卷一

卷一·一 东

天对地，雨对风。大陆对长空。山花对海树，赤日对苍穹。雷隐隐，雾蒙蒙。日下对天中。风高秋月白，雨霁晚霞红。牛女二星河左右，参商两曜斗西东。十月塞边，飒飒寒霜惊戍旅；三冬江上，漫漫朔雪冷鱼翁。

河对汉，绿对红。雨伯对雷公。烟楼对雪洞，月殿对天宫。云叆叇，日曈朦。腊屐对渔蓬。过天星似箭，吐魂月如弓。驿旅客逢梅子雨，池亭人抱荷花风。茅店村前，皓月坠林鸡唱韵；板桥路上，青霜锁道马行踪。

山对海，华对嵩。四岳对三公。宫花对禁柳，塞雁对江龙。清暑殿，广寒宫。拾翠对题红。庄周梦化蝶，吕望兆飞熊。北牖当风停夏扇，南帘曝日省冬烘。鹤舞楼头，玉笛弄残仙子月；凤翔台上，紫箫吹断美人风。

五微

贤对圣，是对非。觉奥对参微。鱼书对雁字，草舍对柴扉。鸡晓唱，雉朝飞。红瘦对绿肥。举杯邀月饮，骑马踏花归。黄盖能成赤壁捷，陈平善解白登危。太白书堂，瀑泉垂地三千尺；孔明祀庙，老柏参天四十围。

戈对甲，幄对帏。荡荡对巍巍。严滩对邵圃，靖菊对夷薇。占鸿渐，采凤飞。虎榜对龙旗。心中罗锦绣，口内吐珠玑。宽宏豁达高皇量，叱咤暗哑霸主威。灭项兴刘，狡兔尽时走狗死；连吴拒魏，貔貅屯处卧龙归。

衰对盛，密对稀。祭服对朝衣。鸡窗对雁塔，秋榜对春闱。乌衣巷，燕子矶。久别对初归。天姿真窈窕，圣德实光辉。蟠桃紫阙来金母，岭荔红尘进玉妃。霸主军营，亚父丹心撞玉斗；长安酒市，谪仙狂兴换银龟。

十一真

莲对菊，凤对麟。浊富对清贫。渔庄对佛舍，松盖对花茵。萝月叟，葛天民。国宝对家珍。草迎金埒马，花醉玉楼人。巢燕三春尝唤友，塞鸿八月始来宾。古往今来，谁见泰山曾作砺；天长地久，人传沧海几扬尘。

兄对弟，吏对民。父子对君臣。勾丁对甫甲，赴卯对同寅。折桂客，簪花人。四皓对三仁。王乔云外舄，郭泰雨中巾。人交好友求三益，士有贤妻备五伦。文教南宣，武帝平蛮开百越；义旗西指，韩侯扶汉卷三秦。

申对午，侃对訚。阿魏对茵陈。楚兰对湘芷，碧柳对青筠。花馥馥，叶蓁蓁。粉颈对朱唇。曹公奸似鬼，尧帝智如神。南阮才郎差北富，东邻丑女效西颦。色艳北堂，草号忘忧忧甚事？香浓南国，花名含笑笑何人？

卷二·三肴

诗对礼，卦对爻。燕引对莺调。辰钟对暮鼓，野馔对山肴。雉方貌，鹊始巢。猛虎对神獒。疏星浮荇叶，皓月上松梢。为邦自古推瑚琏，从政于今愧斗筲。管鲍相知，能交忘形胶漆友；蔺廉有隙，终对刎颈死生交。

歌对舞，笑对嘲。耳语对神交。焉乌对亥豕，獭髓对鸾胶。宜久敬，莫轻抛。一气对同胞。祭遵甘布被，张禄念绨袍。花径风来逢客访，柴扉月到有僧敲。夜雨园中，一颗不雕王子柰；秋风江上，三重曾卷杜公茅。

衔对舍，廒对庖。玉磬对金铙。竹林对梅岭，起凤对腾蛟。鲛绡帐，兽锦袍。露果对风梢。扬州输桔柚，荆土贡菁茅。断蛇埋地称孙叔，渡蚁作桥识宋郊。好梦难成，蛩响阶前偏唧唧；良明远到，鸡声窗外正嘐嘐。

声律启蒙（节选）

一东

云对雨，雪对风。晚照对晴空。来鸿对去燕，宿鸟对鸣虫。三尺剑，六钧弓。岭北对江东。人间清暑殿，天上广寒宫。两岸晓烟杨柳绿，一园春雨杏花红。两鬓风霜，途次早行之客；一蓑烟雨，溪边晚钓之翁。

沿对革，异对同。白叟对黄童。江风对海雾，牧子对渔翁。颜巷陋，阮途穷。冀北对辽东。池中濯足水，门外打头风。梁帝讲经同泰寺，汉皇置酒未央宫。尘虑萦心，懒抚七弦绿绮；霜华满鬓，羞看百炼青铜。

贫对富，塞对通。野叟对溪童。鬓皤对眉绿，齿皓对唇红。天浩浩，日融融。佩剑对弯弓。半溪流水绿，千树落花红。野渡燕穿杨柳雨，芳池鱼戏芰荷风。女子眉纤，额下现一弯新月；男儿气壮，胸中吐万丈长虹。

三肴

风对雅，象对爻。巨蟒对长蛟。天文对地理，蟋蟀对螵蛸。龙夭矫，虎咆哮。北学对东胶。筑台须垒土，成屋必诛茅。潘岳不忘秋兴赋，边韶常被昼眠嘲。抚养群黎，已见国家隆治；滋生万物，方知天地泰交。蛇对虺，蜃对蛟。麟薮对鹊巢。风声对月色，麦穗对桑苞。何妥难，子云嘲。楚甸对商郊。五音惟耳听，万虑在心包。葛被汤征因仇饷，楚遭齐伐责包茅。高矣若天，洵是圣人大道；淡而如水，实为君子神交。牛对马，犬对猫。旨酒对嘉肴。桃红对柳绿，竹叶对松梢。藜杖叟，布衣樵。北野对东郊。白驹形皎皎，黄鸟语交交。花圃春残无客到，柴门夜永有僧敲。墙畔佳人，飘扬竟把秋千舞；楼前公子，笑语争将蹴踘抛。

十二侵

眉对目，口对心。锦瑟对瑶琴。晓耕对寒钓，晚笛对秋砧。松郁郁，竹森森。闵损对曾参。秦王亲击缶，虞帝自挥琴。三献卞和尝泣玉，四知杨震固辞金。寂寂秋朝，庭叶因霜摧嫩色；沉沉春夜，砌花随月转清阴。前对后，古对今。野兽对山禽。犍牛对牝马，水浅对山深。曾点瑟，戴逵琴。璞玉对浑金。艳红花弄色，浓绿柳敷阴。不雨汤王方剪发，有风楚子正披襟。书生惜壮岁韶华，寸阴尺璧；游子爱良宵光景，一刻千金。丝对竹，剑对琴。素志对丹心。千愁对一醉，虎啸对龙吟。子罕玉，不疑金。往古对来今。天寒邹吹律，岁旱傅为霖。渠说子规为帝魄，侬知孔雀是家禽。屈子沉江，处处舟中争系粽；牛郎渡渚，家家台上竞穿针。

幼学琼林（节选）

卷二·师生

马融设绛帐，前授生徒，后列女乐；孔子居杏坛，贤人七十，弟子三千。

称教馆曰设帐，又曰振铎；谦教馆曰糊口，又曰舌耕。

师曰西宾，师席曰函丈；

学曰家塾，学俸曰束修。

桃李在公门，称人弟子之多；苜蓿长阑干，奉师饮食之薄。

冰生于水而寒于水，比学生过于先生；青出于蓝而胜于蓝，谓弟子优于师傅。

未得及门，曰宫墙外望；称得秘授，曰衣钵真传。

人称杨震为关西夫子，世称贺循为当世儒宗。

负笈千里，苏章从师之殷；立雪程门，游杨敬师之至。

弟子称师之善教，曰如坐春风之中；学业感师之造成，曰仰沾时雨之化。

卷三·人事

大学首重夫明新，小子莫先于应对。

其容固宜有度，出言尤贵有章。

智欲圆而行欲方，胆欲大而心欲小。

阁下足下，并称人之辞；不佞鲰生，皆自谦之语。

恕罪曰宽宥，惶恐曰主臣。

大春元、大殿选、大会状，举人之称不一；大秋元、大经元、大三元，士人之誉多殊。

大掾史，推美吏员；大柱石，尊称乡宦。

贺入学，曰云程发轫；贺新冠，曰元服初荣。

贺人荣归，谓之锦旋；作商得财，谓之稇载。

谦送礼曰献芹，不受馈曰反璧。

谢人厚礼曰厚贶，自谦礼薄曰菲仪。

送行之礼，谓之赆仪；拜见之贽，名曰贽敬。

贺寿仪曰祝敬，吊死礼曰奠仪。

请人远归，曰洗尘；携酒送行，曰祖饯。

犒仆夫，谓之旌使；演戏文，谓之俳优。

谢人寄书，曰辱承华翰；谢人致问，曰多蒙寄声。

望人寄信，曰早赐玉音；谢人许物，曰已蒙金诺。

具名帖曰投刺，发书函曰开缄。

思慕久，曰极切瞻韩；想望殷，曰久怀慕蔺。

相识未真，曰半面之识；不期而会，曰邂逅之缘。

登龙门，得参名士；瞻山斗，仰望高贤。

一日三秋，言思慕之甚切；渴尘万斛，言想望之久殷。

暌违教命，乃云鄙吝复萌；来往无凭，则曰萍踪靡定。

虞舜慕唐尧，见尧于羹，见尧于墙；

颜渊学孔圣，孔步亦步，孔趋亦趋。

曾经会晤，曰向获承颜接辞；谢人指教，曰深蒙耳提面命。

求人涵容，曰望包荒；求人吹嘘，曰望汲引。

求人荐引，曰幸为先容；求人改文，曰望赐郢斫。

借重鼎言，是托人言事；望移玉趾，是浼人亲行。

多蒙推毂，谢人引荐之辞；望作领袖，托人首倡之说。

言辞不爽，谓之金石语；乡党公论，谓之月旦评。

逢人说项斯，表扬善行；名下无虚士，果是贤人。

党恶为非，曰朋奸；尽财赌博，曰孤注。

徒了事，曰但求塞责；

戒明察，曰不必苛求。

方命是逆人之言，执拗是执己之性。

曰觊觎，曰睥睨，总是私心之窥望；曰怅惚，曰旁午，皆言人事之纷纭。

小过必察，谓之吹毛求疵；乘患相攻，谓之落阱下石。

欲心难厌如溪壑，财物易尽若漏卮。

望开茅塞，是求人之教导；多蒙药石，是谢人之箴规。

芳规芳躅，皆善行之可慕；格言至言，悉嘉言之可听。

无言曰缄默，息怒曰霁威。

包拯寡色笑，人比其笑为黄河清；商鞅最凶残，尝见论囚而渭水赤。

仇深曰切齿，人笑曰解颐。

人微笑曰莞尔，掩口笑曰胡卢。

大笑曰绝倒，众笑曰哄堂。

留位待贤，谓之虚左；官僚共署，谓之同寅。

人失信曰爽约，又曰食言；人忘誓曰寒盟，又曰反汗。

铭心镂骨，感德难忘；结草衔环，知恩必报。

自惹其灾，谓之解衣抱火；幸离其害，真如脱网就渊。

两不相入，谓之枘凿；两不相投，谓之冰炭。

彼此不合曰龃龉，欲进不前曰趑趄。

落落，不合之词；区区，自谦之语。

竣者作事已毕之谓，酿者敛财饮酒之名。

赞襄其事，谓之玉成；分裂难完，谓之瓦解。

事有低昂曰轩轾，力相上下曰颉颃。

凭空起事曰作俑，仍前踵弊曰效尤。

手口共作曰拮据，不暇修容曰鞅掌。

手足并行曰匍匐，俯首而思曰低徊。

明珠投暗，大屈才能；入室操戈，自相鱼肉。

求教于愚人，是问道于盲；枉道以干主，是炫玉求售。

智谋之士，所见略同；仁人之言，其利甚溥。

班门弄斧，不知分量；岑楼齐末，不识高卑。

势延莫遏，谓之滋蔓难图；包藏祸心，谓之人心叵测。

作舍道旁，议论多而难成；一国三公，权柄分而不一。

事有奇缘，曰三生有幸；事皆拂意，曰一事无成。

酒色是耽，如以双斧伐孤树；力量不胜，如以寸胶澄黄河。

兼听则明，偏听则暗，此魏征之对太宗；众怒难犯，专欲难成，此子产之讽子孔。

欲逞所长，谓之心烦技痒；绝无情欲，谓之槁木死灰。

座上有江南，语言须谨；往来无白丁，交接皆贤。

将近好处，曰渐入佳境；无端倨傲，曰旁若无人。

借事宽役曰告假，将钱嘱托曰夤缘。

事有大利，曰奇货可居；事宜鉴前，曰覆车当戒。

外彼为此曰左袒，处事两可曰模棱。

敌甚易摧，曰发蒙振落；志在必胜，曰破釜沉舟。

曲突徙薪无恩泽，不念预防之力大；焦头烂额为上客，徒知救急之功宏。

贼人曰梁上君子，强梗曰化外顽民。

竹头木屑，皆为有用之物；牛溲马勃，可备药石之资。

五经扫地，祝钦明自亵斯文；一木撑天，晋王敦未可擅动。

题凤题午，讥友讥亲之隐词；破麦破梨，见夫见子之奇梦。

毛遂片言九鼎，人重其言；季布一诺千金，人服其信。

岳飞背涅尽忠报国，杨震惟以清白传家。

下强上弱，曰尾大不掉；上权下夺，曰太阿倒持。

当今之世，不但君择臣，臣亦择君；受命之主，不独创业难，守成亦不易。

生平所为皆可对人言，司马光之自信；运用之妙惟存乎一心，岳武穆之论兵。

不修边幅，谓人不饰仪容；不立崖岸，谓人天性和乐。

蕞尔么么，言其甚小；卤莽灭裂，言其不精。

误处皆缘不学，强作乃成自然。

求事速成曰躁等，过于礼貌曰足恭。

假忠厚者，谓之乡愿；出人群者，谓之巨擘。

孟浪由于轻浮，精详出于暇豫。

为善则流芳百世，为恶则遗臭万年。

过多曰稔恶，罪满曰贯盈。

尝见冶容诲淫，须知慢藏诲盗。

管中窥豹，所见无多；坐井观天，知识不广。

无势可乘，英雄无用武之地。

有道则见，君子有展采之思。

求名利达，曰捷足先得；慰士迟滞，曰大器晚成。

不知通变，曰徒读父书；自作聪明，曰徒执己见。

浅见曰肤见，俗言曰俚言。

识时务者为俊杰，昧先几者非明哲。

村夫不识一丁，愚者岂无一得。

拔去一丁，谓除一害；又生一秦，是增一仇。

戒轻言，曰恐属垣有耳；戒轻敌，曰勿谓秦无人。

同恶相帮，谓之助桀为虐；贪心无厌，谓之得陇望蜀。

当知器满则倾，须知物极必反。

喜嬉戏名为好弄，好笑谑谓之诙谐。

谗口交加，市中可信有虎；众奸鼓衅，聚蚊可以成雷。

萋斐成锦，谓谮人之酿祸；含沙射影，言鬼蜮之害人。

针砭所以治病，鸩毒必至杀人。

李义府阴柔害物，人谓之笑里藏刀；李林甫奸诡陷人，世谓之口蜜腹剑。

代人作事曰代庖，与人设谋曰借箸。

见事极真，曰明若观火；对敌易胜，曰势若摧枯。

汉武内多欲而外施仁义，廉颇先国难而后私仇。

卧榻之侧，岂容他人鼾睡，宋太祖之语；一统之世，真是胡越一家，唐高祖之时。

至若暴秦以吕易嬴，是嬴亡于庄襄之手；弱晋以牛易马，是马灭于怀愍之时。

中宗亲为点筹于韦后，秽播千秋；明皇赐洗儿钱于贵妃，丑遗万代。

非类相从，不如鹝鹨；父子同牝，谓之聚麀。

以下淫上谓之烝，野合奸伦谓之乱。

从来淑慝殊途，惟在后人法戒；斯世清浊异品，全赖吾辈激扬。

卷三·贫富

命之修短有数，人之富贵在天。

惟君子安贫，达人知命。

贯朽粟陈，称羡财多之谓；紫标黄榜，封记钱库之名。

贪爱钱物，谓之钱愚；好置田宅，谓之地癖。

守钱虏，讥蓄财而不散；落魄夫，谓失业之无依。

贫者地无立锥，富者田连阡陌。

室如悬磬，言其甚窘；家无儋石，谓其极贫。

无米曰在陈，守死曰待毙。

富足曰殷实，命蹇曰数奇。

苏涸鲋，乃济人之急；呼庚癸，是乞人之粮。

家徒壁立，司马相如之贫；饔飧为炊，秦百里奚之苦。

鹄形菜色，皆穷民饥饿之形；炊骨爨骸，谓军中乏粮之惨。

饿死留君臣之义，伯夷叔齐；资财敌王公之富，陶朱猗顿。

石崇杀伎以侑酒，恃富行凶；何曾一食费万钱，奢侈过甚。

二月卖新丝，五月粜新谷，真是剜肉医疮；三年耕而有一年之食，九年耕而有三年之食，庶几遇荒有备。

贫士之肠习藜苋，富人之口厌膏粱。

石崇以蜡代薪，王恺以饴沃釜。

范丹釜中生鱼，破甑生尘；曾子捉襟见肘，纳履决踵。

子路衣敝缊袍，与轻裘立，贫不胜言；韦庄数米而炊，称薪而爨，俭有可鄙。

总之，饱德之士不愿膏粱，闻誉之施奚图文绣。

卷二·朋友宾主

取善辅仁，皆资朋友；往来交际，迭为主宾。

尔我同心曰金兰，朋友相资曰丽泽。

东家曰东主，师傅曰西宾。

父所交游，尊为父执；己所共事，谓之同袍。

心志相孚为莫逆，老幼相交曰忘年。

刎颈交，相如与廉颇；总角好，孙策与周瑜。

胶漆相投，雷义之与陈重；鸡黍之约，元伯之与巨卿。

与善人交，如入芝兰之室，久而不闻其香；与恶人交，如入鲍鱼之肆，久而不闻其臭。

肝胆相照，斯为心腹之友；意气不孚，谓之口头之交。

彼此不合，谓之参商；尔我相仇，如同冰炭。

民之失德，干糇以愆；他山之石，可以攻玉。

落月屋梁，相思颜色；暮云春树，想望丰仪。

王阳在位，贡禹弹冠以待荐；杜伯非罪，左儒宁死不徇君。

分首判袂，叙别之辞；拥彗扫门，迎迓之敬。

陆凯折梅逢驿使，聊寄江南一枝春；王维折柳赠行人，遂唱阳关三迭曲。

频来无忌，乃云入幕之宾；不请自来，谓之不速之客。

醴酒不设，楚王戊待士之意怠；投辖于井，汉陈遵留客之心诚。

蔡邕倒屣以迎宾，周公握发而待士。

陈蕃器重徐稚，下榻相延；孔子道遇程生，倾盖而语。

伯牙绝弦失子期，更无知音之辈；管宁割席拒华歆，谓非同志之人。

分金多与，鲍叔独知管仲之贫；绨袍垂爱，须贾深怜范叔之窘。

要知主宾联以情，须尽东南之美；朋友合以义，当展切偲之诚。

千字文

（南朝）周兴嗣

天地玄黄，宇宙洪荒。日月盈昃，辰宿列张。寒来暑往，秋收冬藏。闰馀成岁，
律吕调阳。云腾致雨，露结为霜。金生丽水，玉出昆冈。剑号巨阙，珠称夜光。
果珍李柰，菜重芥姜。海咸河淡，鳞潜羽翔。龙师火帝，鸟官人皇。始制文字，
乃服衣裳。推位让国，有虞陶唐。吊民伐罪，周发殷汤。坐朝问道，垂拱平章。
爱育黎首，臣伏戎羌。遐迩一体，率宾归王。鸣凤在竹，白驹食场。化被草木，
赖及万方。盖此身发，四大五常。恭惟鞠养，岂敢毁伤。女慕贞洁，男效才良。
知过必改，得能莫忘。罔谈彼短，靡恃己长。信使可覆，器欲难量。墨悲丝染，
诗赞羔羊。景行维贤，克念作圣。德建名立，形端表正。空谷传声，虚堂习听。
祸因恶积，福缘善庆。尺璧非宝，寸阴是竞。资父事君，曰严与敬。孝当竭力，
忠则尽命。临深履薄，夙兴温凊。似兰斯馨，如松之盛。川流不息，渊澄取映。
容止若思，言辞安定。笃初诚美，慎终宜令。荣业所基，籍甚无竟。学优登仕，
摄职从政。存以甘棠，去而益咏。乐殊贵贱，礼别尊卑。上和下睦，夫唱妇随。
外受傅训，入奉母仪。诸姑伯叔，犹子比儿。孔怀兄弟，同气连枝。交友投分，
切磨箴规。仁慈隐恻，造次弗离。节义廉退，颠沛匪亏。性静情逸，心动神疲。
守真志满，逐物意移。坚持雅操，好爵自縻。都邑华夏，东西二京。背邙面洛，
浮渭据泾。宫殿盘郁，楼观飞惊。图写禽兽，画彩仙灵。丙舍傍启，甲帐对楹。
肆筵设席，鼓瑟吹笙。升阶纳陛，弁转疑星。右通广内，左达承明。既集坟典，
亦聚群英。杜稿钟隶，漆书壁经。府罗将相，路侠槐卿。户封八县，家给千兵。
高冠陪辇，驱毂振缨。世禄侈富，车驾肥轻。策功茂实，勒碑刻铭。磻溪伊尹，
佐时阿衡。奄宅曲阜，微旦孰营？桓公匡合，济弱扶倾。绮回汉惠，说感武丁。
俊义密勿，多士寔宁。晋楚更霸，赵魏困横。假途灭虢，践土会盟。何遵约法，
韩弊烦刑。起翦颇牧，用军最精。宣威沙漠，驰誉丹青。九州禹迹，百郡秦并。
岳宗泰岱，禅主云亭。雁门紫塞，鸡田赤诚。昆池碣石，钜野洞庭。旷远绵邈，
岩岫杳冥。治本于农，务兹稼穑。俶载南亩，我艺黍稷。税熟贡新，劝赏黜陟。
孟轲敦素，史鱼秉直。庶几中庸，劳谦谨敕。聆音察理，鉴貌辨色。贻厥嘉猷，
勉其祗植。省躬讥诫，宠增抗极。殆辱近耻，林皋幸即。两疏见机，解组谁逼。
索居闲处，沉默寂寥。求古寻论，散虑逍遥。欣奏累遣，戚谢欢招。渠荷的历，
园莽抽条。枇杷晚翠，梧桐蚤凋。陈根委翳，落叶飘摇。游鹍独运，凌摩绛霄。
耽读玩市，寓目囊箱。易辎攸畏，属耳垣墙。具膳餐饭，适口充肠。饱饫烹宰，
饥厌糟糠。亲戚故旧，老少异粮。妾御绩纺，侍巾帷房。纨扇圆絜，银烛炜煌。
昼眠夕寐，蓝笋象床。弦歌酒宴，接杯举觞。矫手顿足，悦豫且康。嫡后嗣续，
祭祀烝尝。稽颡再拜，悚惧恐惶。笺牒简要，顾答审详。骸垢想浴，执热愿凉。
驴骡犊特，骇跃超骧。诛斩贼盗，捕获叛亡。布射僚丸，嵇琴阮啸。恬笔伦纸，
钧巧任钓。释纷利俗，并皆佳妙。毛施淑姿，工颦妍笑。年矢每催，曦晖朗曜。

璇玑悬斡，晦魄环照。指薪修祜，永绥吉劭。矩步引领，俯仰廊庙。束带矜庄，
徘徊瞻眺。孤陋寡闻，愚蒙等诮。谓语助者，焉哉乎也。

（选自李逸安译注：《三字经百家姓千字文弟子规》，中华书局 2009 年版）

新千字文

高占祥、赵　缺

云蒸沧海，雨润桑田。阴阳世界，造化黎元。羲农开辟，轩昊承传。魆凌涿鹿，
熊奋阪泉。四凶伏罪，群兽听宣。垂裳拱手，击壤欢颜。挽弓射日，采石补天。巢由
小隐，稷契大贤。触峰贻患，治水移权。鲧惟北面，舜竟南迁。洪荒待考，虚诞连篇。
聊将俊杰，尽作神仙。

桀纣多情，履发能征。每言失道，必曰倾城。戮兄叔旦，述父武庚。败皆怙恶，
成则彰名。三王既殁，诸霸迭兴。七雄更勃，百战不宁。起甘杀妇，羊忍啜羹。枉称
顺逆，漫说纵横。楚户秦俑，燕台赵坑。推诚赴会，转瞬渝盟。役丁困死，戍卒求生。
饱经丧乱，渴望升平。

始皇暴戾，赤帝刚柔。俱为一统，谁得千秋？遂分郡县，稍褫公侯。豪侠饮恨，
渔樵忘忧。九畿旌斾，万里丝绸。计出帷幄，功归冕旒。或逢外戚，空遑叛谋。秀堪
应谶，莽固招尤。汉廷何在？洛邑另修。往来阉宦，蹴踏清流。魏晋受禅，陶虞蒙羞。
蜀申炎祚，吴访夷洲。

瑜亮已逝，干戈且终。尘侵塞内，烟锁江东。六朝斜月，五族飘风。尔登宝殿，
朕坐囚笼。投鞭踊跃，挥麈雍容。锋芒闪烁，血泪混融。隋代至伟，齐州复同。寒窗
苦读，进士荣封。杨涧李继，周退唐隆。长明乃晦，极盛而穷。怯谈藩镇，愁看深宫。
篡臣交替，僭主相攻。

稚童徒泣，点检难防。惯冲营阵，巧取庙堂。力除前弊，反致后殃。但吞闽岭，
未定朔方。虽繁市肆，屡怅边疆。凄惶离汴，逸乐居杭。欺心奸佞，涅背忠良。仍遭
德佑，敢忆靖康？狼奔沃野，龙没汪洋。怒声幽咽，浩气苍凉。匹夫举义，衲子安邦。
勋贵并剪，恩威远航。

花鼓久唱，胡弦又弹。八旗猛烈，十室赡残。细删坟典，强改衣冠。扰绥奴婢，
震慑戎蛮。欧师美旅，锐炮坚船。惕兢揖盗，慷慨和蕃。昼消积雪，夜涌狂澜。金銮
骤废，火凤频燃。秣陵惨怖，缅甸辛酸。粟枪驱寇，镰斧劈山。凿穿愚昧，扫净冥顽。
红霞普照，碧宇偕攀！

先哲所知，今我之资。卷丰旨博，意畅魂驰。白马诡辩，青牛玄思。商韩利害，
孔孟孝慈。兵家有策，墨者无私。观星邹衍，问稼樊迟。斩蛟驭鹤，跨象乘狮。法休
妄悟，戒可恒持。真佛劝善，伪僧媚时。常存正念，莫祷淫祠。随缘似懒，格物若痴。
勉探精粹，渐却瑕疵。

嬴政焚书，刘彻尊儒。独裁专制，异轨殊途。仆非轻贱，君自寡孤。澹然朱紫，
妙矣莼鲈。奉亲首责，报国宏图。睦友以信，悦妻如初。爱当掷果，贞只还珠。女宜
立业，男亦入厨。礼须微薄，仪忌粗疏。禁奢从俭，守洁去污。理争尺寸，财舍锱铢。
临危谨慎，闻诟糊涂。

附录三

正学篇

华夏巍峨，文章耸峙。窥测豹斑，步趋麟趾。断竹鸣歌，结绳纪事。甲骨撰辞，鼎碑刻字。嗟咏饥劳，颂吟祭祀。藉此抒怀，因其阐志。荷锄展喉，抛笏戟指。抱蕙兰芬，吐蔷薇刺。骚屈哀民，漆庄避仕。盲岂误编，腐犹着史。萧瑟毫端，扶摇胸次。倚案抚膺，破霄振翅。

瑶琴古韵，牙板新腔。濯莲沁酒，漱玉含霜。诗宗老杜，词祖重光。律工沈宋，艺让苏黄。桃源遗迹，柳岸余觞。艳撩蝶舞，醉激鹰扬。曲喧茶社，赋售椒房。俚音跌宕，骈句铿锵。松龄话鬼，芹圃怜香。病魔噬体，呓语牵肠。谦益节妓，晓岚幸倡。笔加脂粉，愧及膏肓。

胜境欲描，旧籍易抄。熟谙脉络，勿惑皮毛。行间璀璨，灯下寂寥。少年涉涧，壮岁弄潮。请呈朋辈，共励儿曹。

名胜古迹楹联选录

北京
故宫三友轩联：丽日和风春淡荡，花香鸟语物昭苏。
昌平居庸关联：万壑烟岗春雨后，千峰苍翠夕阳中。
故宫协和门联：协气东来禹甸琛球咸辑瑞，和风南被尧阶蓂荚早迎春。
陶然亭联：窗前绿树分禅榻，城外青山倒酒杯。

上海
上海豫园明月楼联：楼高但任云飞过，池小能将月送来。

重庆
白帝城关公庙联：兄玄德，弟翼德，威震孟德；师卧龙，将子龙，偃月青龙。

河北
赵州桥联：水从碧玉环中去，人在苍龙背上行。
万里长城联：登万里长城览万里江山，欲乘万里东风破万里浪；
访千秋胜迹温千秋史，当创千秋大业立千秋功。

山西
北武当山联：武当南北，术通古今。

江苏
清凉山清凉寺联：波心似镜留明月，松韵如筝振午风。
苏州留园联：奇石尽含千古秀，桂花香动万山秋。
苏州拙政园联：春雨声中莺啭滑，晚霞明处鹤飞来。
南京雨花台烈士陵园联：彩石万颗凝碧血，悲歌一曲跃丹阳。

浙江
西湖天下景联：山山水水处处明明秀秀，晴晴雨雨时时好好奇奇。
富阳富春江联：两岸重山峰秀石奇崖抹黛，千秋佳话观鱼钓浪隐高贤。
兰亭王右军祠联：曲水绕华筵兰亭风月添秀色，流觞成雅集翠竹潇湘忆故人。
杭州灵隐寺联：古迹重湖山，历数名贤，最难忘白傅留诗，苏公判牍；
胜缘结香火，来游福地，莫虚负荷花十里，桂子三秋。

安徽

黄山迎客松联：寿历三千虬枝恭迎中外客，势压万仞涛声狂撼远近山。

县琅琊山醉翁亭联：翁去八百年醉乡犹在，山行六七里亭影不孤。

和县陋室联：山高自有神仙在，室陋何妨道德馨。

江西

庐山白鹿洞书院联：日月两轮天地眼，诗书万卷圣贤心

南昌滕王阁联：我辈复登临目极湖山千里而外，奇文共赏人在水天一色中。

山东

山东济南大明湖：舟行着色屏风里，人在回文锦字中。

题济南大明湖（刘金门题）：四面荷花三面柳，一城山色半城湖。

孔府大堂联：十月偏如春气暖，三秋雅爱夜光寒。

河南

南阳卧龙冈联：立品于莘野渭滨之间，表读出师，两朝勋业惊司马；

结庐在紫峰白水一侧，曲吟梁父，千载风云起卧龙。

湖北

武汉市黄鹤楼联：一笛清风寻鹤梦，千秋皓月问梅花。

黄州赤壁联：水月易盈亏赤壁长存文久在，诗词谁唱和苏公早去我迟来。

湖南

长沙三闾大夫祠（屈原）：何处招魂香草还生三户地，当年呵壁湘流应识九歌心。

长沙天心阁联：四面云山都在眼，万家灯火最关心。

桃源县桃花源联：山若有灵应识我，水如无意莫回头。

广东

林则徐销烟池旧址博物馆联：人自得之湖山千里之外，书可读乎唐虞三代以前。

广州越秀山镇海楼联：急水与天争入海，乱云随日共沉山

高要望夫石联：日为宝镜天天照，月作明灯夜夜光。

广西

桂林迭彩山门联：山静水流开画景，鸢飞鱼跃悟天机。

望江亭联：千古江流环槛绕，万重山色上城来。

如来佛殿联：诸天岁月无古今，此地山林有性情。

南宁宝华山应天寺联：秀出城南号宝华，翠微深处纳僧家。

四川

成都杜甫草堂诗史堂联：侧身天地更怀古，独立苍茫自咏诗。

工部祠联：锦水春风公占却，草堂人日我归来。

水槛联：此地经过春未老，伊人宛在水之涯。

青城山天然图画阁联：山清水秀皆成画，鸟语花香自是诗。

剑门蜀道联：笔酬剑阁千年驿，墨染翠云万点松。

四川眉山三苏祠联：一门父子三词客，千古文章八大家。

巫山关帝庙联：山势西来犹护蜀，江声东下欲吞吴。

峨眉山千佛禅院弥勒堂联：处己何妨真面目，对人总要大肚皮。

乐山大佛寺联：俯瞰三江，远水流长，一任推波归大海；
纵观峨岭，高山仰止，徒然寄目望诸峰。

贵州

遵义桃溪寺联：四面青山朝佛座，一湾绿水空禅心

修水县阳明书院联：楼台四望烟云合，草木一豁文字香。

黄果树观瀑亭联：白水如棉不用弓弹花自散，红霞似锦何须梭织天生成。

云南

昆明西山龙门达天阁联：高山仰止疑无路，曲径通幽别有天。

通海县秀山清凉台联：天上何曾有山水，人间岂不是神仙。

石屏县秀山联：西南诸峰此独秀，东北一览小众山。

大理笔塔寺联：万丈文光辉雁塔，千重墨浪漾贵州

陕西

西安博物馆联：芳草天涯秦汉景，危楼眼底宋元诗。

潼关城楼联：华岳三峰凭槛立，黄河九曲抱关来。

西安市灞桥联：婉啭莺声长醉客，婆娑柳浪欲迷鸿。

甘肃

华山玉女宫联：唾落珠玑天上雨，步摇环佩夜来风。

兰州曹家花园联：窗含野色通书幌，山带泉声入酒杯

兰州五泉山联（梁章巨题）：佛地本无边看排闼层层紫塞千峰平槛立，
清泉不能浊笑出山滚滚黄河九曲抱城来

参考文献

1. （清）彭定求：《全唐诗》，中华书局 1960 年版。

2. 陈伯海：《唐诗汇评》，浙江教育出版社 1995 年版。

3. 金性尧：《唐诗三百首新注》，上海古籍出版社 1980 年版。

4. 高步瀛：《唐宋诗举要》，上海古籍出版社 1959 年版。

5. 高步瀛：《唐宋文举要》，上海古籍出版社 1982 年版。

6. 中国社科院文研所：《唐诗选》，人民文学出版社 1978 年版。

7. 曾昭岷：《全唐五代词》，中华书局 1999 年版。

8. 唐圭璋，王仲闻：《全宋词》，中华书局 1965 年版。

9. 俞陛云：《唐五代两宋词选释》，上海古籍出版社 1985 年版。

10. 龙榆生：《唐宋名家词选》，上海古籍出版社 1980 年版。

11. 刘永济：《唐五代两宋词简释》，上海古籍出版社 1981 年版。

12. 俞平伯：《唐宋词选释》，人民文学出版社 1979 年版。

13. 陈匪石：《宋词举》，江苏古籍出版社 2002 年版。

14. 唐圭璋：《唐宋词简释》，上海古籍出版社 1981 年版。

15. 唐圭璋：《唐宋词鉴赏辞典》，上海辞书出版社 1988 年版。

16. 吴熊和：《唐宋词汇评》，浙江教育出版社 2004 年版。

17. 王兆鹏：《词学史料学》，中华书局 2004 年版。

18. 夏晓虹：《大家国学·梁启超卷》，天津人民出版社 2008 年版。

19. 陈智超：《励耘书屋问学记》，生活·读书·新知三联书店 2006 年版。

20. 蒙默：《蒙文通学记》，生活·读书·新知三联书店 2006 年版。

21. 王瑶：《中古文学史论》，北京大学出版社 1998 年版。

22. 王小波：《沉默的大多数》，北方文艺出版社 2006 年版。

23. 郭预衡：《中国古代文学史长编》，首都师范大学出版社 2000 年版。

24. 王保才：《古代汉语》，人民教育出版社 2004 年版。

25. 金克木：《人生与学问》，陕西师范大学出版社 2008 年版。

26. 缪钺：《诗词散论》，陕西师范大学出版社 2008 年版。

27. 王步高：《唐诗鉴赏》，南京大学出版社 2006 年版。

28. 王步高：《宋词鉴赏》，南京大学出版社 2006 年版。

29. 北京大学中国文学史教研室：《先秦文学史参考资料》，中华书局 1962 年版。

30. 北京大学中国文学史教研室：《两汉文学史参考资料》，中华书局 1962 年版。

31. 北京大学中国文学史教研室：《魏晋南北朝文学史参考资料》，中华书局 1962 年版。

32. 卞孝萱，黄清泉：《中国古代文学作品选》，华中师范大学出版社 1999 年版。

33. 杨伯峻：《论语译注》，中华书局 1980 年版。

34. 杨伯峻：《孟子译注》，中华书局 1980 年版。

35. 章培恒，骆玉明：《中国文学史》，复旦大学出版社 1997 年版。

36. 余诚：《古文释义》，岳麓书社 2003 年版。

37. 朱一清：《古文观止鉴赏集评》，安徽文艺出版社 2010 年版。

38. 黄修己：《20 世纪中国文学史》，中山大学出版社 2004 年版。

39. 陈思和：《中国当代文学史教程》，复旦大学出版社 1999 年版。

40. 钱理群等：《中国现代文学三十年》，北京大学出版社 2007 年版。

41. 王步高，丁帆：《大学语文》，南京大学出版社 2003 年版。

42. 刘建平：《外国文学》，高等教育出版社 2008 年版。

43. 陈惇，刘象愚：《外国文学作品选》，北京师范大学出版社 2001 年版。

44. 刘川鄂：《新编中国现当代文学作品选》，武汉出版社 2002 年版。

45. 钱钟书：《写在人生边上》，生活·读书·新知三联书店 2002 年版。

46. 余光中：《大美为美：余光中散文精选》，海天出版社 2001 年版。

47. 余秋雨：《文化苦旅》，东方出版中心 2001 年版。

48. 郭齐勇：《存斋论学集》，生活·读书·新知三联书店 2008 年版。

49. 张恒：《读书记》，新星出版社 2010 年版。

50. 张世林：《家学与师承——著名学者谈治学门径》，广西师范大学出版社 2007 年版。

51. 商金林：《大家国学·叶圣陶卷》，天津人民出版社 2008 年版。

52. 辞海编辑委员会：《辞海》，上海辞书出版社 2000 年版。

53. 喻岳衡：《声律启蒙》，岳麓书社 2007 年版。

54. 胡平生：《孝经译注》，中华书局 2009 年版。

55. 朱熹：《四书章句集注》，中华书局 1983 年版。

56. 郭绍虞：《中国历代文论选》，上海古籍出版社 1980 年版。

57. 袁行霈：《中国文学作品选注》，中华书局 2007 年版。

58. 朱东润：《中国历代文学作品选》，上海古籍出版社 1980 年版。

59. 高占祥，赵缺：《新千字文》，昆仑出版社 2010 年版。

60. （明）程登吉著，金新、朱伯荣主编：《幼学琼林》，浙江古籍出版社 2011 年版。

61. （清）李渔：《笠翁对韵》，浙江古籍出版社 2011 年版。

后记

初稿终见天日，多年思考所得终能付梓，心有乐乐焉。忆及成书过程，感慨万千。

诸同事，聚于一堂，共议晨读之况，商议本书内容与体例，体例既定，则确定内容分工。具体分工如下：徐娥编撰"古典情韵"之"诗境揽胜"、"文华章彩"；郭健勇、向悦编写古典情韵之"雅词掬芳"；彭祖鸿编撰现代情怀之"新诗寻美"、"散文沐情"；马骋编撰"异域风情"之"异国诗风"、"域外文情"；符有明修改"现代情怀"总论及全书的各项相关资料；谢志强编撰"治学感言"、编排"治学修身格言"及"三字经"、"弟子规"、"千字文"等附录内容，并撰写"雅词掬芳"之总论；李荣英确定本书编写思想，制定编写体例和纲目，撰写文之总论、修撰"异域风情"及"古典情韵"之"雅词掬芳"等部分，并负责全书的统稿、修改、审定工作。

因编者各有所专而致书中质量优长异现：就选文目录而言，以"异域风情"篇最为精当；以"释读难点"而论，为"古典情韵"最见功力；若观"读辟蹊径"，则以中国现代诗歌部分为佳；倘看"品读作者"，却是治学诸篇颇见性情。他者文字，皆略过于传统，未能体现编者一己之情怀。实为一憾事。

本书在编写过程中，得到多方热心人士的关怀与支持。罗定职业技术学院教育系何永业、叶太明、赖金凤、罗艳林、钟子亮等同学为本书的校对做了很多工作，广东人民出版社梁晖老师为本书的出版付出了辛勤的劳动，在此一并谨表深深地谢忱！

本书所采用之部分文章，来源辗转多途，未能及时与作者联系上，请有关作者（版权持有人）及时与编者联系，以便领取稿酬，在此特表谢意。

编者水平有限，加之时间仓促，本书的错漏与不足之处，在所难免，尚望各位同仁及同学多提宝贵建议。电子信函请寄：427313@163.com。

编　者

2012 年 7 月